메리
마리아
마틸다

서양편 / 775

MARY

Mary Wollstonecraft

MARIA

Mary Shelley

MATHILDA

메리 / 마리아 / 마틸다

메리 울스턴크래프트 · 메리 셸리 지음
이나경 옮김

한국문화사

▌서문 ▌

메리 울스턴크래프트는 18세기 영국의 작가이자 사상가, 대표적인 초기 여권운동가이며, 그가 집필한 『여권옹호론』은 여성주의 철학을 개진한 최초의 작품 가운데 하나로 널리 알려져 있다. 영국의 여권운동 역사 연구나 낭만주의 전후 여성주의 비평에 있어서 출발점으로 간주되는 『여권옹호론』이 연구자들에게 많은 주목을 받아온 데 비해 울스턴크래프트의 소설, 『메리』와 『마리아』는 상대적으로 덜 알려져 왔으며, 국내에서 번역된 적도 없다. 그러나 자전적 성격이 강하며, 당대의 여성 소설 장르, 그리고 여성이 처한 정치 사회적 문제에 대한 비판과 성찰을 바탕으로 한 이 두 작품은 울스턴크래프트의 철학과 여권운동의 역사, 그리고 19세기 소설 이해에 기여할 것으로 판단되어 본 번역을 시작하게 되었다.

또한, 울스턴크래프트의 딸이자 문인이었던 메리 셸리의 중편 소설 『미틸다』를 함께 번역하여 19세기를 대표하는 여성 문인 모녀의 작품이 맺는 관계, 세 작품이 제기하는 당대적 문제를 파악하고, 여권주의와 낭만주의 여성 소설이 탄생하는 배경과 시대적 맥락을 이해하는 데 도움이 되는 번역 텍스트를 만들고자 한다. 셸리의 『프랑켄슈타인』이 대중으로부터 오랫동안 사랑을 받아온 데 더해, 최근에 와서는 학계에서도 주목받아온 반면, 『마틸다』는 현재까지 국내에서 번역된 바 없는, 상대적으로 덜 알려진 작품이다. 그러나 자서전적 줄거리와 풍부한 문학적 레퍼런스, 광기와 근친관계와 같은 고딕 요소를 갖추고 있는 본 작품은 『프랑켄슈타인』을 이해하는 데, 그리고 주로 한 작품으로만 알려진 메리 셸리의 작품세계를 보다 깊이 있게 탐색하고 19세기 낭만주의 소설이 구축한 인간관과 세계관 속에서 논의하고자 하는 일반 독자와 연구자들에게 필수적인 참고 자료가 되어 줄 것으로 기대된다.

울스턴크래프트가 『메리』와 『마리아』를 통해 보여주는 여성 자아의 탐색 과정이나 여성 간의 우정과 같은 주제는 17세기 이래 메리 로스와 에프라 벤, 캐서린 필립스와 같은 여성 작가로부터 제인 오스틴과 샬럿 브론테를 거치며 오늘날까지 지속적으로 다루어져 온 것으로, 여성문학사의 흐름에서 중요한 의미를 지니며 그러한 맥락에서 이해해야 할 필요가 있다. 이들 작품에서 주목한 여성 자아, 독서, 교육, 낭만주의 인간관, 그리고 사랑과 우정, 감정과 같은 개념에 대해 당대의 사회 맥락 속에서 이해한다면, 여성주의가 문학 작품 속에서 본격적으로 발현된 방식을 살피는 데 큰 도움을 받을 수 있을 것이다.

따라서 본 작품은 초기 여성 운동의 궤적을 기록한 텍스트이자 새롭게 소개하는 초기 낭만주의 소설로서 영문학 전공자, 그리고 여성주의 영문학 및 19세기 영국 소설에 관심을 갖고 있는 일반 독자들에게 의미 있는 자료가 될 것이다.

차례

메리
MARY

Mary Wollstonecraft

서문

이 픽션[1]의 여주인공을 그려내는 데 있어서, 필자는 일반적으로 묘사되어 온 기존의 여주인공과는 다른 인물을 만들고자 한다. 이 이야기의 주인공은 클라리사 같은 여인도, 그랜디슨 부인이나 소피[2] 같은 여인도 아니다.[3] 이들 여주인공을 본보기로 삼아 개작해서 만들어낸 여러 인물에 대해서는 언급할 필요도 없다. 화가들이 위대한 거장의 원작을 모사할 때, 본질로부터 얼마나 멀어지는지 말할 필요도 없는 것과 마찬가지로 말이다. 그런 작가들은 전체적인 모습만 잡아낼 뿐이기에, 감추어진 이야기의 핵심은 증발해 버리고 만다.

---

[1] 메리 울스턴크래프트는 자신의 소설을 당시 유행하던 감상 소설(sentimental novels)과 구별하여, '픽션'(fiction)으로 지칭한다. 이처럼 기존 장르와의 구별을 시도한 것은, 부도덕한 남성 주인공의 성장에 소모되는 기존 여주인공과 다른 새로운 종류의 여주인공에 대한 이야기를 쓰겠다는 포부를 밝히는 것이기도 하다. (역자 주)

[2] 루소 (저자 주)

[3] 클라리사는 새뮤얼 리처드슨의 소설 『클라리사』, 그랜디슨 부인은 역시 리처드슨의 소설 『찰스 그랜디슨 경 이야기』, 소피는 장 자크 루소의 『에밀』에 등장하는 여주인공으로, 모두 정절과 사랑이라는 여성에게 부과된 의무를 지켜낸 것으로 칭송 받는 인물이다. (역자 주)

그러므로 보는 사람을 매료하는 우아함이 발휘되어야 할 때, 제대로 모방해내지 못한 어설픈 흉내는 불쾌함만을 가져올 뿐이다.

그처럼 잘 쓴 작품만이 진정한 즐거움을 줄 수 있고, 작가에게 몸을 내맡긴 우리 독자들을 작가의 영혼이 드러나는, 감추어진 샘물로 안내한다. 기쁨과 열의에 사로잡힌 작가들은 자신이 그려낸 장면 속에 살지, 남들이 걸어간 길을 밟지 않는다. 그들은 남들이 기대하는 꽃을 따는 것도, 정해진 원칙에 따라 화환을 만드는 것도 원치 않기 때문이다.

이처럼 특별히 선택받은 소수의 작가는 자신의 의견을 말하지, 아무리 아름다운 소리라도 남의 말을 그대로 메아리치듯 따라 하지 않는다. 또한 아무리 숭고한 빛이라도 그대로 반사하는 거울 노릇 역시 하지 않는다. 그들이 거니는 낙원[4]은 직접 창조한 곳이어야 한다.[5] 그렇지 않으면 그곳은 곧 무기력해질 것이며, 활력을 불러일으키는 원칙의 부재로 인해 다채로운 모습을 얻지 못해 시들어 죽어갈 것이다.

지어낸 이야기가 아니라서, 실제로 있을 법한 이야기에서는 생각할 줄 아는 여성이 지닌 사고력이 드러난다. 여성의 신체는 너무

---

4 여기서 '우인들의 낙원'에 대해 위트 있는 논평을 할 기회를 비평가 여러분께 드리는 바이다. (저자 주)

5 밀턴의 『실낙원』에서 지옥의 변방, 림보를 "우인들의 낙원"이라고 부른 것을 가리킨다. 울스턴크래프트는 18세기를 거치면서 새롭게 정의되는 작가적 상상력과 천재성을 대표하는 밀턴을 인용함으로써, 여성 작가인 자신의 창작이 지닌 가능성을 주장하고 있다. (역자 주)

약해 이처럼 고된 일을 할 수 없다고 여겨져 왔고, 경험도 이러한 주장이 옳다고 증명하는 것처럼 보인다. 그러나 그럴듯한 픽션 속에서는 생각할 줄 아는 여인이 존재할 수 있다는 '가능성'을 일부러 주장하지 않고도, 그런 여인을 등장시킬 수 있다. 남의 의견에 종속되어서가 아니라, 인간이 저마다 가진 본연의 근원에서 비롯한 사고력의 작용으로부터 존엄성을 얻은 여인이 존재할 수 있다.

1

이 소설의 주인공 메리의 부친 에드워드는 엘리자라는 점잖은 집안 출신의 세련된 아가씨와 결혼했다. 엘리자의 성품에는 나태한 면이 있었는데, 이는 소극적인 의미에서 좋은 성품이라고 불러 줄 수도 있었다. 사실, 엘리자가 지닌 장점에는 모두 그런 측면이 있었다. 엘리자는 겉으로 드러나는 것들을 세심하게 살폈고, 그녀의 의견, 아니, 편견은 대다수가 찬성할 만한 것이었다. 엘리자는 큰 재산을 물려받을 기대로 교육을 받았지만, 남들이 시키는 대로 따르는 존재가 되는 데 그치고 만 것은 두말할 나위도 없었다. 수행하는 이들이 바치는 찬양은 엘리자에게 유아적인 오락거리가 되어 주었으나, 그녀는 그런 칭찬을 들으면 그에 어울리게 행동해야 하는 의무가 있다고는 생각해 본 적도 없었다. 이런 상황 탓에 머릿속에는 자신이 중요한 존재라는 생각이 자리 잡았고, 엘리자는 제대로 된 안목을 갖지 못한 채 몇 가지 얕은 재주를 배우면서 어린 시절을 헛되이 보냈다. 사교계에 처음 발을 내디뎠을 때, 엘리자는 어느 장교와 춤을 추었고, 막연히 그와 결혼하기를 바랐지만, 아버지가 곧 더욱 귀한 집안의 사람을 추천하자 그 뜻에 순순히 따랐으며, 아내된 의무에 따라 (참으로 어리석게도!) 사랑하고, 공경하며, 복종하기를 서약했다.

부부는 런던에 사는 동안에는 상류층 유행에 따라 서로 거의 만나지 않고 지냈다. 일 년에 절반 이상, 자연의 여신이 사방 구석구석 아름답게 꾸며놓은 시골에서 소박한 행복을 즐길 때 역시, 두 사람은 자주 어울리지 않았다. 남편은 냉정하고 무덤덤한 시선으로 그 아름다운 광경을 그냥 지나쳤고, 시골이 내놓는 오락거리에서 즐거움을 찾았다. 그는 아침이면 사냥을 했고, 과한 만찬이 끝나면 보통 잠들어버렸다. 이렇게 적절히 휴식을 취한 덕분에, 엄청나게 먹어치운 것을 소화할 수 있었다. 그러고 나면 그는 예쁘장한 소작농 여인들을 찾아다니곤 했다. 발그레하게 빛나는 그들의 혈색을 볼연지도 살려내지 못하는 아내의 안색과 비교했을 때, '대식가'의 마음에 든 것이 어느 쪽인지는 굳이 말할 필요도 없었다. 그들이 신이 나서 멋대로 추는 춤은, 병약하고 기력이 없어 늘어져 있는 아내보다 그의 마음에 맞았다. 엘리자의 가녀린 목소리는 제대로 들리지도 않을 지경이었고, 연약한 여인상을 완성하며 긴장을 너무나 풀어버린 나머지, 그녀의 존재감은 사라지고 없었다.

여인 중에는 그처럼 제대로 존재하지 못하는 이들이 숱하게 많았다! 하지만 엘리자는 자신이 잘하고 있다고 믿었다. 물론, 기도도 길게 했고, 가끔은 성찬 준비 기도서도 읽곤 했으니까. 그리고 엘리자는 사람들이 '지옥'이라고 부르는, 저 아래 무시무시한 곳을 두려워했다. 하지만 엘리자의 영혼이 천국을 향하고 있는지, 필자가 아는 척할 수는 없다. 게다가 그녀가 이승을 떠나게 될 때 어느 세상에 속할 것인지는 철학자들이 결정할 문제다. 육신을 벗은 그녀의 영혼을 향해 필자는 할 말이 없다.

엘리자는 때때로 혼자, 또는 프랑스인 시녀하고만 함께 있어야 했으니, 런던에 사람을 보내 새로 나온 책을 모두 사들였고 머리를 매만지는 동안 거울에서 눈을 돌릴 수 있을 때면 육신의 향락을 대신하는 가장 즐거운 오락거리인 소설을 읽었다. 필자가 육신이라고, 또는 동물적인 영혼이라고 부른 것은, 이성적인 영혼이란 사교계에 속할 수 없는 법이기 때문이다. 휘황찬란한 불빛, 일부러 흐트러뜨린 옷차림, 가짜 미인에게 마치 여신이라도 되는 양 바치는 찬양은 모조리 육신의 감각에 호소하는 것들이니 말이다.

한 가지 방법으로는 더는 변덕스러운 상상력을 채울 수 없던 엘리자는 다른 것도 시도해 보았다. 『플라토닉한 결혼』이니, 『엘리자 워릭의 이야기』[6], 그 밖에 흥미로운 이야기들을 열렬히 탐독했다. 이런 책들을 읽고 있노라면, 뜨거운 애정이 생겨나는 것만큼 자연스러운 일도 없고, 사람의 마음을 보는 것만큼 놀라운 일도 없는 것 같았다. 사랑에 저항하는 이들은 어찌나 허약한지! 그리고 어찌나 기발한 발상이 많은지! 이야기 속에서 나무딸기나 미모사가 청년의 옷가지를 잡아당기고, 거기 놓여 있던 그림에는 그의 눈을 홀리는

---

[6] 카트라이트 부인의 『플라토닉한 결혼』(1787)과 작가미상의 『엘리자 워릭의 이야기』(1789)를 가리키며, 이 두 작품은 모두 울스턴크래프트가 자신의 픽션과는 거리를 두고자 한 작품이다. (역자 주)

초상이 그려져 있었다. 도저히 헤어날 수 없는 여인의 초상이![7] 그 그림은 그때까지는 아무것도 느끼지 못했던 마음에 가시 하나를 박았고, 이 시대의 기사[8]에게 임무를 맡겨 세상에 내보냈다. 하지만 이조차도 주인공들이 맞이하게 될 파국에 비하면, 말벌이 잠든 연인의 얼굴에 앉은 아슬아슬한 상황에 비하면 아무것도 아니었다. 너무나 가슴 아픈 사건! 엘리자도 그 가련한 연인들처럼 장미꽃밭을 가꾸었다. 하지만 꽃밭을 눈물로 적셔줄 때, 함께 울어줄 연인은 없었다. 아아, 슬퍼라!

독자 여러분께서 상상력을 제멋대로 발휘하는 것을 허락해 주신다면, 그리고 필자의 재능을 믿어주신다면, 감성 충만으로 눈물이 아름다운 뺨에 철철 흘러내려 곱게 바른 볼연지를 망가뜨릴 이야기를 계속해 볼 셈이다. 아니, 이야기를 너무나 재미있게 지어내 아리따운 독자 엘리자가 미용사에게 알아서 머리를 매만지고, 방해하지 말아 달라고 부탁하도록 만들 셈이다.

그 밖에도 엘리자에게는 또 다른 오락거리가 있었는데, 아주 예쁘장한 개 두 마리가 온종일 침상을 함께 쓰며, 늘 곁에 붙어 있었다. 엘리자는 이 개들을 세심하게 보살피며 따뜻한 손길로 쓰다듬어

---

7 18세기에 큰 인기를 얻었던 필립 시드니의 『아케이디어』를 비롯한 여러 산문 로맨스에서 남성 주인공이 여인의 초상화를 우연히 보고 사랑에 빠지는 설정이 이용되었다. (역자 주)

8 작가는 당대 유행하던 산문 로맨스에서 중세의 아서 로맨스의 요소를 전용하는 전통을 염두에 두고 남성 주인공을 새로운 종류의 '기사'라고 부르고 있다. (역자 주)

주었다. 이렇게 동물을 좋아하는 것은 살아있는 존재에게 먹을 것과 편안한 자리를 제공하는 데서 즐거움을 느끼게 되는, 그런 종류의 감정이 아니었다. 그것은 오히려 허영심에서 비롯한 것으로, 열광적인 애정을 표현하는 프랑스어 표현 몇 가지를, 온화한 구석이라고는 없는 목소리로 더듬거리며 써볼 기회를 얻기 위함이었다.

세상 사람들이 순결하다는 말에 부여하는 의미를 그대로 따르자면, 엘리자는 너무나 순결했고, 실제로 실수를 저지르는 일은 없었다. 세상을 두려워했고 게을렀으니 말이다. 하지만 겉으로 자제심을 발휘하며 사는 척하는 대신, 엘리자는 온갖 감상적인 소설을 다 읽었고, 연애 장면들을 곱씹었다. 만약 엘리자가 읽는 동안 생각을 했다면, 그 마음도 영향을 받았을 것이다. 연인들을 따라 으슥한 나무그늘로 동행하고, 환한 달빛을 보며 그들과 함께 거니는 동안 말이다. 엘리자는 남편이 왜 집에 붙어 있지 않는지 궁금했다. 질투도 느꼈다. 어째서 남편은 자신을 사랑해주지 않는 것인지, 자신의 곁에 앉아, 손을 꼭 잡아주고, 이루 형언할 수 없는 표정을 지어주지 않는 것일까? 고귀한 독자 여러분, 필자가 그 까닭을 말씀드리자면, 그들이 말로 표현할 수 없는 감정을 느끼지 못했기 때문이다. 그들이 항상 하나의 개념에 하나의 단어를 붙인다는 말을 하려는 것은 아니다. 하지만 그들에게는 쉽게 분석할 수 없는 복잡한 감정이 조금도 없었다.

2

때가 되자 엘리자는 아들을 낳았는데, 아이는 몸이 약했다. 그리고 이듬해에는 딸이 태어났다. 산통을 겪고 난 엘리자는 모성애를 그다지 느끼지 못했다. 아이들은 유모에게 맡기고, 엘리자는 개들을 데리고 놀았다. 운동 부족으로 기력을 회복할 희박한 가능성조차 사라졌다. 두세 차례 젖몸살을 겪고 나니, 엘리자는 약한 체질 탓에 결핵에 걸리고 말았다. 첫 두 아이를 빼고는 아이들이 모두 갓난아기 때 사망했고, 엘리자는 유난히 잘생긴 아들에게 정을 붙이기 시작했다. 엘리자는 몇 해 동안 소파에 기대거나 카드 테이블에 앉아서만 시간을 보냈다. 무덤가에 서 있는 셈이었음에도, 죽는다는 생각은 들지 않았다. 엘리자는 자신이 놓인 위치에 요구되는 어떤 의무도 반드시 지켜야 한다고 생각하지 않았다. 아이들은 유모에게 맡겼다. 그리고 볼이 발그레하고 조그만 메리가 눈에 띌 때마다, 엘리자는 불편해 내보내곤 했다. 사실, 메리는 함께 놀아줄 상대가 하나도 없는 집에서 정말이지 어쩔 줄 몰랐다. 오빠는 학교에 가고 없었고, 메리는 무엇을 하며 시간을 보낼지 알지 못했다. 그래서 정원을 돌아다니며 꽃을 구경하고 개들과 놀곤 했다. 늙은 관리인

하나가 메리에게 옛날이야기를 들려주고, 책을 읽어주고, 글을 가르쳐주었다. 어머니는 건강이 허락하면 가정 교사를 구하겠다고 했다. 그리고 그때까지는 자기 시중드는 여자에게 프랑스어를 가르치게 했다. 메리는 글을 깨우치면서 손에 들어오는 모든 책을 열심히 읽어냈다. 아무도 간섭하지 않아 자신의 사고력을 발휘할 수 있었던 메리는 눈에 보이는 모든 것을 살펴보고, 생각하는 법을 배웠다. 정교분리라는 말도 주워들었고, 이따금 천사가 이 땅에 찾아온다는 말도 들었다. 메리는 영지의 울창한 숲속에 들어가 앉아 천사들에게 말을 걸어보기도 했다. 천사들에게 바치는 짧은 노래 가사를 만들어 자신이 지은 곡조에 맞추어 부르기도 했다. 메리가 자라난 숲에서 부르는 자연 그대로의 노래는 아름답고 감동적이었다.

메리의 아버지는 여성이 배우는 것에 늘 반대했고, 아내가 게으르고 몸이 약해 딸의 교육에 신경 쓰지 않는 것을 다행으로 여겼다. 엘리자에게는 또 다른 이유가 있었는데, 늘씬하고 잘 자란 처녀를 자기 딸이라며 남들 앞에 내놓고 싶지 않았던 것이다. 엘리자는 그때까지도 몸이 나을 것이며, 그러면 사교계에 나설 수 있을 것이라고 기대했다. 남편은 아주 제멋대로에다 불같은 성미였다. 실제로 그는 취하면 짜증을 몹시 내기도 해서, 메리는 아버지가 놀라게 하는 바람에 어머니가 죽지 않을까 늘 걱정이었다. 메리는 병든 어머니에게 최선을 다해 상냥하게 대했고, 늘 가엾게 여긴 나머지 이러한 성품이 이기심을 이기게 되어 평생 다정하고 동정심 많은 사람이 되었다. 메리도 격정적인 데가 있었지만, 아버지의 잘못을 볼 줄 알았고, 아버지의 성미와 자신이 닮은 것을 깨닫게 되면 눈물을 흘리곤 했다. 그뿐만이 아니었다. 메리는 잘못을 저지른 것을 알면 하늘에 꾸밈없는 기도를 바쳐 용서를 구했다. 회개하는 과정이 어찌나 괴로웠던지, 메리는 이 고통스러운 참회에서 벗어나기 위해서 분노와 짜증이 처음 느껴지는 순간을 놓치지 않고 마음을 다스릴 정도였다.

메리의 어린 마음속에 숭고한 생각이 들어찼고, 그것은 늘 헌신적인 감정과 결부되어 있었다. 새들의 노랫소리를 들을 때나, 사슴을 쫓을 때면 곧바로 감사가 느껴졌고, 찬양의 노래가 터져 나왔다. 메리는 달을 바라보며, 어둑한 오솔길을 따라 걸으면서 구름이 만들어내는 온갖 형상을 살피면서 멀지 않은 곳에서 들려오는 바닷소리에 귀 기울이곤 했다. 메리가 자연 어디에나 살고 있다고 상상한 만물의 정령들이 늘 친구가 되어 주었고, 비밀을 털어놓을 상대가 되어 주었다. 메리는 태초에 세상을 창조한 조물주의 뜻에 따라 인간에게는 조물주의 자질을 제대로 파악하는 능력이 있다고 여기기 시작했으며, 특히 신의 지혜와 선의에 대해 사색했다. 만약 메리가 부모를 사랑할 수 있었다면, 그리고 그들이 그 애정을 돌려줄 수 있었다면, 메리는 그처럼 일찍이 새로운 세상을 찾지 않았을 것이다.

메리의 감수성은 사랑할 대상을 찾기를 원했지만, 이 땅 위에서는 찾을 수 없었다. 어머니는 종종 실망스러웠고, 오빠를 대놓고 편애해 메리의 마음을 몹시 아프게 했다. 그로 인해 메리는 늘 우울했고, 슬픈 이야기를 좋아하게 되었으며, 이야기 속에 등장하는 비애가 얼마나 심한 것인지 깨달을 정도가 되었다.

작은 병아리 한 마리가 발밑에서 죽는 것을 보기 전까지, 그리고 아버지가 분노해 개를 매달아 죽인 것을 보기 전까지, 메리는 죽음이라는 개념을 알지 못했다. 그리고 난 후 메리는 동물에게도 영혼이 있다고, 그렇지 않다면 인간의 변덕에 좌우되지 않았을 것이라고 판단을 내렸다. 하지만 인간이나 동물의 영혼은 무엇이란 말인가? 이런 식으로 한 해, 한 해가 흘러갔고, 어머니는 여전히 하는 일 없이 지냈다.

아이 방을 보살피던 어린 여자아이 하나가 병에 걸렸다. 메리는 그 아이에게 큰 관심을 가졌다. 메리는 그 아이를 계속 돌봐주고 싶었지만, 아이는 어머니에게 돌려보내졌고 가난한 어머니는 먹을 것을 벌기 위해 아픈 아이를 집에 두고 나가야 했다. 불쌍한 아이는 열에 들떠 정신이 흐려지는 바람에 자기 몸을 칼로 찔렀다. 메리는 그 애의 시신을 보았고, 끔찍한 사연도 들었다. 그 일이 메리의 상상력을 어찌나 강렬하게 자극했던지 매일 밤 잠들 무렵이면 피 흘리는 시신이 떠올랐다. 메리는 너무나 괴로웠던 나머지 한 가정의 여주인이 된다면, 한 가지도 빠짐없이 구석구석 보살피리라 맹세했다. 이 사건이 남긴 인상은 지워지지 않았다.

어머니의 건강이 조금씩 더 악화되는 가운데, 그렇게 끊임없이 앓는 소리를 도무지 이해할 수 없었던 아버지는 아내의 변덕이 점점 더 심해진다고 생각했으며, 아내가 조금만 노력한다면 건강도 곧 되찾을 수 있을 거라고 여겼다. 대체로 그는 아내에게 무관심했다. 그러나 아내의 병 때문에 즐기는 데 방해가 될 때면 몹시 냉혹하게 훈계했고, 병자를 대놓고 괴롭혔다. 그럴 때면 메리는 아버지의 관심을 딴 데로 이끌려고 전심을 다해 노력하곤 했다. 그리고 부모의 안전에서 쫓겨나는 경우에는, 태풍이 가라앉을 때까지 문을 바라보며 서 있곤 했다. 그렇지 않으면 마음이 놓이지 않았기 때문이다. 메리의 안정을 방해하는 일은 또 있었다. 어머니가 교인으로서 의무를 소홀히 하는 것을 보면 메리는 몹시 괴로웠다. 그리고 아버지의 악행을 지켜볼 때면 뜻밖의 눈물이 흐르곤 했다. 거지들이 도움을 받지 못하고 문밖으로 쫓겨날 때면 메리는 비참해졌다. 남들의 눈에 띄지 않을 때면 메리는 그들에게 자신의 식사를 내주었고, 그 결과 배가 고파오면 만족했다.

메리는 한두 차례 소소한 비밀을 어머니에게 털어놓았다. 그리고 어머니가 그 말에 웃어버리자 다시는 그러지 않기로 했다. 이런 식으로 메리는 자신의 감정을 되짚어 보았다. 그리고 사색을 통해 흔들림 없는 마음을 갖게 된 메리는 일찌감치 독특하고 변함없는 인물이 되었다. 감정에 휘둘리지 않는 지력은 강하고 냉철했다. 하지만 메리도 역시 충동에 좌우되는 존재이자 동정심의 노예였다.

3

아버지의 집 근처에 가난한 과부 한 사람이 살았는데, 부유한 집안에서 자랐지만, 남편의 낭비로 사정이 몹시 어려워진 처지였다. 그 남편은 재산을 탕진하는 동안 건강도 망쳤다. 그래서 그가 죽자 부인과 어린아이 다섯은 얼마 안 되는 돈으로 살게 되었다. 장녀는 먼 친척인 목사에게서 몇 년 동안 교육을 받았다. 그 목사와 함께 지내던 시절, 근처 좋은 집안의 아들인 젊은 신사가 그 장녀를 눈여겨보았다. 사실, 그가 사랑한다고 말한 적은 없었다. 하지만 그들은 함께 놀았고, 함께 붙어 있었다. 둘은 함께 풍경을 그렸고, 그녀가 일하는 동안 그는 책을 읽어주었으며, 고상한 취향을 함양시켜 주었고, 남몰래 마음을 빼앗았다. 바로 그 순간, 꼼꼼히 따져보지 않았지만, 희망이 미소를 지으며 앞날을 밝혀주고, 즐거운 기대가 눈앞에서 춤을 추던 순간, 그녀의 보호자가 사망했다. 그녀는 어머니에게로 돌아갔고, 어린 시절의 친구는 그녀를 잊었으며, 둘은 더는 함께 달콤한 대화를 나누지 않게 되었다. 이로 인해 실망한 그녀의 모습에는 슬픔이 번졌고, 그래서 흥미로운 대상이 되었다. 그녀는 혼자 있는 것을 좋아하게 되었고, 타고난 성품은 매우 달랐지만, 메리와 비슷한 사람처럼 보였다.

그녀는 메리보다 몇 살 많았지만 세련된 행동과 취향이 메리의 시선을 끌었고, 메리는 그녀와 친구가 되기를 간절히 바랐다. 그녀가 돌아오기 전, 메리는 몹시 어려운 처지였던 그 가족을 도왔는데, 그녀가 돌아온 뒤에도 그 집안에 관심을 가질 동기가 또 생긴 셈이었다.

메리가 새 친구 앤에게 전갈을 보낼 일이 자주 있었으므로, 종종 오해가 일어나기도 했다. 앤은 앞으로는 이런 어려움을 없애도록 편지를 써서 대화를 편하게 나누자고 제안했다. 젊은이들은 대부분 글쓰기를 좋아하는 법. 메리는 편지 쓰기를 배운 적이 없었지만, 친구의 글씨에 감탄하며 편지를 베끼다 보니 곧 능숙해졌다. 조금씩 연습하니 웬만큼 정확하게 쓰는 법을 배웠고, 본래 지닌 재능 역시 도움이 되었다. 메리는 어떤 감정을 느낄 때면 대화에서도, 글에서도 공감을 일으킬 줄 알았고, 다정하며 설득력 있었다. 그리고 경멸을 느낄 때면 어찌나 격렬하게 드러냈던지, 메리가 쏘아보는 눈빛을 견딜 수 있는 이는 드물었다.

앤과 친밀한 사이가 되어가면서 메리의 태도는 부드러워졌고, 행동거지는 어느 정도 한결같아졌다. 하지만 기분에는 여전히 동요가 심했고, 움직임도 빨랐다. 이제 메리도 사랑받는 기쁨을 경험할 수 있게 되었으니, 오빠를 편애하는 어머니 때문에 느끼는 아픔도 덜했다. 하지만 이런 기대는 새로운 슬픔을 낳았고, 대개가 그렇듯이 실망을 가져왔다. 앤의 감정은 감사뿐이었다. 앤의 마음은 오로지 하나의 대상에만 몰두하고 있었고, 우정은 그 대용품이 될 수 없었다. 기억은 옛일들을 당당히 소환시켰고, 덧없는 소망에 시간은 더디 흘렀다.

이런 상황인지라 메리는 앤이 뜻하지 않게 무관심하게 구는 것에 종종 마음이 상했다. 메리에게 친구는 온 세상과 마찬가지였지만, 자신은 친구의 행복에 그만큼 필요한 존재가 아니었던 것이다. 그리고 메리의 섬세한 마음은 친구의 사랑을 방해할 수도 없었고, 동정심에서 자선처럼 베푸는 애정을 받아들일 수도 없었다. 메리가 기쁨에 들떠 앤에게 달려갔다가 앤의 표정에서 자신과 같은 기쁨이 보이지 않아 위축되어 돌아오는 경우가 자주 있었다. 그러면 감정이 극에서 극으로 치닫는 바람에 막 건네려던 따뜻한 인사는 온데간데없이 사라지고, 싸늘한 무표정이 얼굴에 자리 잡았다.

그러다 메리는 앤이 아프거나 불행한 탓이라고 생각했고, 그러면 상냥한 마음이 물밀듯 쏟아져 들어와 마음을 채우는 바람에 온갖 상념은 밀려났다. 이런 식으로 어머니의 질병과 친구의 불행, 자신의 불안으로 인해, 메리의 감수성은 자극을 받았고, 또한 발휘되었다.

4

메리의 아버지의 집 주변은 산이 에워싸고 있었다. 그중 어떤 산은 정상이 늘 구름으로 덮여 있어 장엄한 경치를 이루고 있었다. 그리고 여러 산기슭에 흘러내리는 작은 폭포들이 모여 아름다운 강을 이루었다. 제멋대로 자란 나무들과 덤불 사이로 바람이 휘파람을 불었고, 그 위에서는 새들, 특히 울새들이 지저귀었다. 새들은 오래된 성, 유령이 나온다는 전설이 내려오는 성에 자라는 담쟁이덩굴에 보금자리를 만들기도 했다. 성은 그중 어느 산등성이에 자리를 잡고 바다를 내다보고 있었다. 메리의 조상 가운데 몇몇이 살던 곳이었다. 늙은 집지기가 거기 살던 인물들에 대해 메리에게 여러 가지 이야기해 주었다.

어머니가 인상을 찌푸릴 때나 친구가 냉랭한 얼굴을 하고 있을 때면 메리는 인적 드문 이곳으로 살그머니 찾아가 바다를 바라보고 잿빛 구름을 관찰하거나, 앞길을 막는 것으로부터 달아나려 애쓰는 바람 소리에 귀 기울이곤 했다. 기분이 더 좋을 때면 메리는 햇빛과 그림자가 만들어내는 갖가지 모양을, 멀리 언덕에 햇빛이 드리우는 아름다운 색조를 감탄하며 바라보기도 했다. 그리고 메리는 주어진 현재에 기뻐하며 미래를 향해 달려나갔다.

집으로 돌아가는 길 하나는 흙이 얇게 덮고 있는 바위 사이 틈을 지나는 길이었다. 그곳을 덮은 흙에는 야트막한 덤불과 야생 식물이 양옆에서 자라 바위 꼭대기 너머로 구부러질 정도로 딱 적당한 양분이 있었다. 거기서 맑은 시냇물이 흘러나와 그 옆에 흩어져 있는 바윗덩어리 사이로 흘러내려 갔다. 이곳에서는 석양이 언제나 휘황찬란했다. 마치 '고독의 신전'과도 같았다. 이렇게 말하니 모순되기는 하지만, 발이 그 바위에 닿는 순간, 그곳에 침범한 사람은 겁에 질렸고, 마치 정당한 군주가 왕위를 찬탈당하기라도 한 것처럼 기이한 느낌에 사로잡혔다. 이 외딴곳에서 메리는 톰슨의 『사계절』[9]과 영의 『한밤의 사색』[10], 그리고 『실낙원』[11]을 읽었다.

거기서 조금 떨어진 곳에 가난한 어부 몇 명이 사는 오두막들이 있었는데, 그들은 위험천만한 일을 해서 여러 자식을 부양했다. 이 작은 오두막에서 메리는 자주 쉬었고, 거기 사는 이들을 돕기 위해서 자신의 어린아이다운 욕구는 모두 자제했다. 메리의 마음은 그들

---

9 스코틀랜드의 시인 제임스 톰슨이 1730년에 발표한 네 편의 연작시 『사계절』. 각 계절의 자연풍광과 그로 인한 사색을 담은 내용이며 낭만주의 이후 문학과 미술에 지대한 영향력을 지닌 작품이다. (역자 주)

10 에드워드 영이 1742년에서 1745년 사이에 발표한 장시로서, 아내와 친구들을 잃은 시인의 죽음에 대한 사색이 내용을 이룬다. (역자 주)

11 1667년 영국의 시인 존 밀턴이 발표한 서사시로 성경 속에 등장하는 천지창조로부터 인간의 타락을 다룬다. 낭만주의에 큰 영향을 미친 작품으로 평가받아왔으며, 월스턴크래프트의 여성 인물들의 감수성을 형성한 텍스트이다. (역자 주)

을 동경했고, 그들의 요구를 들어주거나 그들에게 즐거움을 줄 때면 기쁨에 겨워 들뜨곤 했다.

그러는 사이 메리는 선행이 가져다주는 귀한 즐거움을 알게 되었다. 자비심에서 솟아나는 달콤한 눈물이 그 두 눈을 자주 적셨고 영롱한 반짝임을 더해 주었는데, 그때를 제외하면 메리의 눈은 반짝이지 않았다. 오히려, 메리의 두 눈은 두리번거리는 법이 없었고, 그 영혼이 움직이게 하지 않으면 남의 눈에 띄지 않았을 것이다. 메리의 눈은 잘 닦아 놓은 다이아몬드처럼 눈부시게 온갖 겉만 번드르르한 이들을 둘러보면서 자신의 영혼보다는 주위의 구경꾼들을 더 많이 비춰대는 여느 여자들의 두 눈과는 달랐다.

실제로 메리의 선행에는 끝이 없었다. 메리는 타인의 고통을 접하면 도저히 견딜 수 없었다. 메리는 그들의 고통을 덜어주거나 위로해줄 때까지 쉬지 않았다. 따뜻한 동정심으로 인해, 메리는 몹시 부지런해졌고, 그래서 관심이 부족한 관찰자라면 놓치고 지나갈 만한 많은 일이 일어났다.

마찬가지로 메리는 읽는 것을 아주 열심히 했고, 거기서 깨어나는 감정이 어찌나 강렬하던지 그것이 곧 마음의 일부가 되었다.

이 시기에 생겨난 헌신적인 열성이 메리를 움직이게 했다. 메리는 신의 작품 속에서 창조주를 감지할 수 있었다. 하지만 그것들은 대부분 그녀가 사색하기 좋아하는, 장엄하거나 엄숙한 자연이었다. 메리는 서서 출렁이는 파도를 바라보곤 했고, 그 거친 바다를 잠잠히 가라앉힐 음성을 떠올리곤 했다.

격정이 독재자처럼 권력을 휘두르기 시작해 영향을 미칠 하나의 대상을 골라내기 전, 이런 성향이 메리의 정신에 힘을 더해 주었다.

여러 해가 지난 뒤 바로 그곳을 거닐던 메리의 상상력은 과거로 돌아가 그곳의 광경이 처음 불러일으켰던 차분한 감상을 기억해 냈고, 그때와 똑같이 평온하고 고요한 상태를 간절히 되찾고 싶었다.

메리는 여러 날 밤을 지새우며, 이런 표현을 써도 될지 모르겠지만, 자연을 창조한 신과 '대화'를 나누었고, 시를 짓고, 직접 작곡한 노래를 불렀다. 메리는 자신이 지닌 여러 가지 재능으로 어떤 목표를 추구해야 할지 생각해보기도 하고, 깨닫고자 노력했다. 그리고 한 가지 진실을 일별했는데, 이는 훗날 더욱 분명하게 드러났다.

메리는 무한한 존재만이 인간의 영혼을 채울 수 있으며, 행복을 위해 다른 대상을 좇는 동안 그 착각이 실망으로 인한 고통으로 이끈다고 생각했다. 열렬한 애정이 떨치는 위세 아래에서, 메리가 얼마나 자주 이러한 믿음과 싸웠는지 모른다. 그리고 두 배로 강해진 애정의 공세를 다시 받을 때, 또 얼마나 자주 그 믿음으로 돌아갔는지 모른다. 메리는 곧잘 순수한 기쁨을 맛보았다. 메리의 즐거움, 메리의 환희는 타고난 재능에서 비롯한 것이었다.

이제 열다섯 살이 된 메리는 성례를 받고 싶었다. 그리고 성경을 읽고, 알 수 없는 교리 몇 가지를 토론하느라 밤에 잠들지 않곤 했다. 밤은 정신을 수양하는 메리가 가장 좋아하는 시간이었다. 메리는 거울을 통해 희미하게[12] 보이는 것을 너무나 분명하게 감지했다. 그리고 우리의 지적 탐색을 저지하기 위해 정해 놓은 한계는 심판을 앞둔 인간이 겪어야 하는 시험임을 인식했다.

그러나 메리의 애정은 신이 부여한 자비심이 일으킨 것이었다. 그리고 메리는 자신의 가장 큰 은인이[13] 죽음으로 보여주신 사랑을 기념할 수 있기를 간절히 바랐다. 성례를 받기로 한 중대한 날을 앞둔 밤, 메리는 잠자리에 들 수 없었다. 동이 텄을 때, 메리는 여전히 명상 중이었고, 밤을 지새우고도 지친 기색은 없었다.

동방의 진주 같은 이슬이 사방에 맺혀 있었다. 메리는 아침을 반기며 기쁨에 들떠, 인간에게 보여주시는 신의 높고 선한 뜻을 찬양했다. 메리는 자신의 영생을 위한 기도에 함께할 때 너무나 감동해 격한 감정을 감추지 못할 지경이었다. 그리고 속된 걱정으로 믿음이 약해질 때, 그때를 기억하면 늘 잠들었던 신심이 깨어났다.

이처럼 다양한 메리의 정신 작용에 대해 무엇이라 논평하는 사람이 없었고, 파릇파릇 무성하게 돋아나는 싹을 막는 손도 없었다. 하인들과 가난한 사람들은 메리를 사랑했다.

가장 높은 차원의 만족을 느끼기 위해, 메리는 몹시 엄격하게 근검절약했다. 자신의 욕구와 변덕을 어찌나 철저하게 조절했던지 메리는 큰 노력을 들이지 않고도 그런 것들을 완벽하게 억제했으며, 머리로나 마음으로나 목표가 생기면 자신에게 돌볼 몸이 있다는

---

12 고린도전서 13장 12절, "우리가 지금은 거울로 보는 것처럼 희미하나 그때에는 얼굴과 얼굴을 대하여 볼 것이요 지금은 내가 부분적으로 아나 그때에는 주께서 나를 아신 것 같이 내가 온전히 알리라." (역자 주)

13 예수 그리스도를 가리킴. (역자 주)

사실을 잊다시피 했다.

이처럼 생각하는 습관, 이와 같은 집중력 덕분에 감정은 더욱 강해졌다.

이제 메리에게 좀 더 활동적인 인생 여정이 시작될 것이다.

5

메리가 열일곱 살이 된 지 몇 달 뒤, 오빠가 심한 열병에 걸려 아버지가 학교에 미처 도착하기도 전에 세상을 떠났다.

메리가 그렇게 상속자가 되자 어머니는 메리를 중요하게 여기기 시작했고, 딸을 더는 '그 아이'라고 부르지 않게 되었다. 적당한 선생을 찾았다. 그리고 뛰어난 선생 한 사람이 모든 것 가운데 가장 꼭 필요한 기량, 댄스를 메리에게 완벽하게 가르치게 했다.

메리가 상속받게 되어 있었던 영지의 일부가 소송에 걸려 있었다. 그런데 그때까지도 상법 소송 중이었던 사람의 상속자는 우리의 여주인공보다 두 살밖에 어리지 않았다. 분쟁 중이었음에도, 아버지들은 자주 만났고 소송을 잘 해결하기 위해 어느 날 술을 마시며 결혼으로 해결하기로 합의를 보았다. 두 영지를 하나로 합침으로써 양측의 서로 다른 주장을 더 따질 필요가 없도록 한 것이다.

이 중요한 문제가 결정되는 동안, 메리는 다른 일에 정신이 팔렸었다. 앤의 어머니가 가진 재산이 바닥나고 있었다. 그리고 무시무시한 유령과도 같은 가난이 그들을 움켜쥐려고 다가오고 있었다. 앤은 이처럼 힘겨운 고통을 이겨낼 만큼 용감하지 못했다. 게다가

자벌레[14] 같은 상사병이 앤의 심장을 갉아먹고 건강을 악화시켰다. 앤은 조금도 편안하게 지내려 하지 않았다. 건강할 때면 하나도 힘들지 않은 것들이 몸이 아플 때는 고통을 덜기 위해, 그리고 몸의 기능을 유지하기 위해 필요한 법인데도 말이다.

앤이 즐거움으로 삼게 되었던 일 가운데, 마음의 극심한 괴로움을 덜어줄 여러 가지 우아한 오락거리가 있었다. 하지만 몹시 곤궁한 처지로 인해 앤은 이런 것들을 즐길 수 없었다. 그래서 앤은 휴식 삼아 연인이 좋아하던 곡을 연주했고, 그가 가르쳐 준 대로 연필을 잡았으니, 앤의 머릿속에 그의 모습이 떠다니고, 그로 말미암아 연심이 더욱 강해진 것은 당연했다.

가난과 가난에 뒤따르는 온갖 품위 없는 수행원들이 앤 어머니의 집을 떠나지 않았다. 앤의 어머니는 좋은 사람이기는 했지만 하찮고 재미없는 대화밖에 할 줄 몰라 딸이 빠져 있는 환상을 쫓아줄 수 없었다.

이 불운한 사랑으로 인해 앤의 행동거지는 매혹적일 만큼 부드러워졌고, 여성스럽게 섬세해져서 감정을 가진 남자라면 누구나 그 슬픔을 가시게 해주고 싶어질 지경이었다. 앤은 소심하고 결단력이 없었으며 아무렇게나 몸을 내맡기고 싶어 하는 편이었다. 슬픔만이 앤으로 하여금 생각하도록 만들었다.

---

14 자벌레(cankerworm)는 전통적으로 장미꽃으로 상징되는 순수한 여인, 사랑을 갉아먹는 욕망을 상징해왔다. (역자 주)

앤의 관심을 끄는 것은 매사에 위대한 것이 아니라, 아름답거나 예쁜 것뿐이었다. 그리고 작문에 있어서 유려한 문체와 숫자의 조화가 재능이나 추상적인 고찰보다 훨씬 더 앤의 흥미를 끌었다.

앤은 메리가 고르는 책을 보고 종종 의아하게 여겼다. 메리는 몽상하기를 즐겼지만, 이해력이 있는 식자층을 독자로 삼는 글을 자주 읽곤 했기 때문이다. 이런 독서 취향은 메리로 하여금 격렬한 감정에 휩싸여 있을 때도 생각을 정리하고, 자신의 의견을 스스로 반박하는 법을 가르쳐주었다.

앤이 불행해지고 건강이 악화되자 메리는 앤에게서 떨어지지 않았다. 메리는 늘 앤이 살 집을 갖고 싶다는 생각을 하느라 다른 바람은 머릿속에 떠올리지 않았다. 그리고 동정심과 우정에서 우러난 계획을 세우던 메리는 그 계획을 실행에 옮길 수 있기를 간절히 바랐다.

메리가 친구를 몹시 사랑하기는 했지만, 어머니를 잊지는 않았는데, 어머니의 건강은 너무나 조금씩 악화되어서 곧 세상을 떠나게 되리라는 사실을 가족이 깨닫지 못했다. 하지만 의사는 굉장히 두려운 증상을 보았다. 그리고 남편은 곧 위험이 닥친다는 사실을 알자 우선 아내에게 딸에 관해 세운 계획을 이야기했다.

엘리자는 남편의 계획에 찬성했다. 메리를 부르러 사람을 보냈지만, 메리는 집에 없었다. 앤을 찾아간 메리는 앤이 히스테리 발작[15]

---

[15] 히포크라테스가 명명했다고 알려진 히스테리는 19세기 말까지 여성에게 일

을 일으킨 것을 보았다. 앤이 살고 있는 작은 땅 주인이 오랫동안 밀린 집세를 받기 위해 중개인을 보냈고, 중개인은 그들에게 집을 곧 비우지 않으면 남아 있는 가축을 잡아가고 그들을 쫓아내겠다고 협박했다.

중개인은 땅 주인에게 세를 사는 사람들을 괴롭혀 몰래 이익을 보는 사람이었으니 그의 관용은 기대할 수 없었다.

앤의 어머니는 이 모든 이야기를 메리에게 전했고, 그밖에도 많은 채무자가 달려와 남은 살림을 빼앗아갈 것이라고 덧붙였다. "나는 다 참을 수 있지만." 그녀가 울며 말했다. "내 아이들은 어떻게 하지?" 그녀는 정신을 잃는 앤을 가리키며 말했다. "이미 근심과 슬픔에 쇠약해진 이 아이는 어떻게 될까? 이 아이를 대체 어디로 보내야 할까?" 그 질문에 메리의 심장이 멎을 것 같았다. 메리는 입을 벌려보았지만, 목소리가 나오지 않았다. 어떻게 할지 채 생각을 정리하기도 전에, 아버지가 몸소 찾아와 당장 집으로 가자고 재촉했다.

방금 본 비참한 광경에 정신이 팔린 메리가 아버지 옆에서 말없이 걷고 있을 때, 아버지는 어머니가 아마도 얼마 살지 못할 것 같다고 말했다. 그리고 메리가 미처 대답하기 전, 아버지는 메리를 친구 아들 찰스와 결혼시키기로 어머니와 함께 결정했다고 알렸다. 메리의

어나는 증세로 간주했으며, 특히 여성의 성적 욕구 불만에서 기인한 여러 가지 정신적, 신체적 증세라고 알려져 있었다. 오늘날 히스테리는 의학적 장애로 간주하지 않는다. (역자 주)

아버지는 아내가 지켜볼 수 있도록 결혼식을 곧 올릴 예정이라고 덧붙였다. 엘리자가 어린아이처럼 간절히 그러기를 바란다고 했기 때문이다.

이 소식에 놀란 메리는 주위를 돌아보다가 아버지의 얼굴에 멍한 시선을 보냈다. 하지만 그 눈은 아무것도 지각하지 못했다. 메리의 눈은 아무런 생각도 머리에 전달하지 못했다. 집에 가까워지면서 메리의 정신이 평소 상태로 되돌아왔다. 이처럼 생각이 정지된 후, 수천 가지 생각이 머릿속에 떠올랐다. 어머니가 곧 돌아가신다는 것, 친구가 겪고 있는 비참한 상황, 이렇게 성급한 결정을 따라야 할 수밖에 없는 처지에 대한 극심한 두려움이 한꺼번에 몰려들었다. 이미 애정을 준 상대가 있었지만, 메리는 혐오감이나 망설임을 느끼지 않았다.

메리는 앤을 세상 그 누구보다 사랑했으며, 앤을 집어삼키려는 아가리에서 구하기 위해서라면 사자와도 맞섰을 것이다. 이 친구를 늘 곁에 둘 수 있다면, 친구가 가족에 대해 염려하지 않게 해줄 수 있다면, 그것이 최상의 행복이 아닐까?

메리는 이런 생각에 잠겨 어머니의 방에 들어갔지만, 죽어가는 어머니를 보자 그런 생각이 모두 달아나버렸다. 메리는 어머니에게 다가가 손을 잡았다. 어머니의 손은 힘없이 메리의 손을 쥐었다. "내 아가." 기운 없는 어머니가 말했다. 그 말이 메리의 가슴에 와 닿았다. "내 아가. 너를 늘 다정하게 대해주지는 못했구나. 신께서 나를 용서하시기를! 너는 나를 용서하겠니?" 메리는 눈물을 흘렸다.

가슴에 눈물방울이 뚝뚝 떨어졌지만, 두근거리는 심장을 가라앉히지는 못했다. “용서해요!” 메리가 놀란 목소리로 말했다.

신부가 환자를 위한 기도문을 읽으러 들어왔고 그 후에 결혼식이 거행되었다. 메리는 절망을 구현한 조각상처럼 멍하니 서서 아무 생각 없이 끔찍한 혼인서약을 말했다. 그리고 달려가 어머니를 부축했고, 어머니는 바로 그날 밤 딸의 품에서 세상을 떠났다.

바로 그 날, 메리의 남편은 외국의 대학에서 공부를 마치고자 가정 교사와 함께 대륙으로 떠났다.

메리의 가족은 메리를 위로해 달라고 앤을 불렀다. 새로운 가족, 관심도 없던 남자아이가 떠난 것을 위로하기 위해서가 아니라, 운명을 받아들이라고 메리를 설득하기 위해서였다. 더군다나 메리에게는 함께 있어 줄 여인이 있어야 했는데, 가족 중에 미혼의 이모나 고모도, 사촌도 없었기 때문이다.

6

메리는 몹시 염려했던 집세를 낼 수 있게 되었고, 앤의 가족을 도와달라고 아버지를 설득하기 위해 전력을 다했다. 하지만 메리가 얻어낼 수 있는 것은 턱없이 부족한 액수뿐으로, 가련한 여인은 대도시 근처에서 자질구레한 일을 시작할 수 있을 정도였다.

메리의 아버지는 딸의 이타심과 우정에 설득된 것이 아니라, 그곳을 떠나겠다는 앤의 어머니의 결심을 더 중요하게 여겼다. 이타심과 우정은 그가 본 적도 느낀 적도 없는 것이라, 이해한 적도, 생각해본 적도 없는 것이었다.

어머니가 떠난 후, 앤은 곁에서 간호에만 전념하는 간병인이 있었음에도 계속 쇠약해졌다. 앤의 건강이 다시 좋아졌다면, 그 시간은 고요하고 유익하게 지나갔을 것이다.

엘리자를 애도하는 한 해 동안 그들은 집에서만 지냈다. 음악과 그림 그리기, 독서로 시간을 채웠다. 그리고 관찰하는 습관을 갖고 자연의 소박한 아름다움을 사색하면서 메리의 취향과 판단력은 더욱 향상되었다.

메리는 차이를 파악하고, 처음에는 비슷해 보이지 않는 생각을 서로 연결하는 데 놀라울 만큼 민첩했다. 하지만 이렇게 다양한 일로 소일한다고 근심이 모두 사라지는 것도, 몸을 구성하는 검은 담즙[16]이 없어지는 것도 아니었다. 이전에 메리는 앤과 함께 지낸다면 완벽하게 행복해질 줄 알았다. 메리는 실망했지만 무엇을 불평해야 할지 알 수 없었다.

친구가 산책에 함께할 수 없었고 혼자 있고 싶어 했으므로 메리는 당연한 이유로 예전에 늘 찾아다니던 곳으로 돌아가 예전에 기대했던 즐거움을 되짚어 보았다. 하지만 그 즐거움을 실제로 느끼게 되니 그 매력이 변하고 너무나 무의미하게 느껴지는 것이 이상하게 여겨졌다.

메리는 원하던 친구를 찾지 못했다. 앤과 메리는 마음이 잘 맞지도 않았고, 앤이 기대했던 만큼 위로가 되지도 못했다. 메리는 앤을 가난으로부터 구해주었지만, 이것은 소극적인 의미에서 축복일 뿐이었다. 가난의 압박을 받을 때는 몹시 괴로웠고 가난에 대한 불안은 더욱 고통스러웠지만, 그 두려움에서 일단 벗어나고 나자 메리는 만족할 수 없었다.

인간의 본성이 그랬다. 그 법칙은 우리의 여주인공을 기쁘게 하지 못했고, 메리는 행복이란 천국에서만 가능한 것이라 우리는 맛볼 수도, 체험할 수도 없음을 알게 되었다.

점점 더 불안한 상태로 한 해가 더 지났다. 앤은 고질적인 기침에

---

16 당시 의학에서 담즙의 분비는 우울증과 연결되었다. (역자 주)

시달렸고, 여러 차례 좋지 않은 진단을 받았다. 그러자 메리는 앤을 잃게 된다는 두려움 이외에는 모든 것을 잊어버리고, 앤이 회복한다면 행복해질 것이라고 생각하기에 이르렀다.

불안으로 인해 메리는 약학을 공부했고 한동안 그 방면의 책만 읽었다. 그러나 이러한 지식은 문자 그대로 헛되었으며, 영혼을 성가시게 할 뿐이었다.[17] 그로 인해 메리는 막을 수도 없는 일을 예견할 수 있게 되었으니까.

생각이 넓어지면서, 메리는 자신의 결혼을 끔찍한 불행으로 여기게 되었다. 이따금 그 무거운 족쇄가 떠오르면, 마음이 괴롭기 이를 데가 없었다!

그가 형식적인 편지를 보내면 메리도 형식적인 답장을 썼으므로 두 사람 사이에 한 가지 공감대는 형성된 것 같았다. 메리의 마음속에 지극한 혐오감이 뿌리를 내렸다. 그의 이름을 듣기만 해도 메리는 속이 메스꺼웠다. 하지만 메리는 앤의 기침 소리를 들으며, 그 힘없는 몸을 부축하며 모든 것을 잊었다. 그리고 메리는 아가리를 벌린 무덤에 내려앉는 친구를 구하려는 듯, 앤을 가슴에 꼭 끌어안았다.

---

[17] 전도서 1장 14절 (역자 주)

7

메리가 거의 모든 종류의 슬픔을 경험하도록 하는 것이 신의 섭리인 모양이었다. 메리의 아버지가 매우 흥분한 상태에서 말에서 떨어져 크게 다치게 된 것이다. 의사들은 그가 회복하지 못할 것이라고 했다.

아버지가 너무나 뜻밖에 갑작스레 돌아가시게 된 것을 보고 겁에 질린 딸은 경건한 성격 탓에 더욱 큰 고통을 느끼며 아버지 병상을 지켰다.

메리는 자신 때문에 슬퍼하는 것이 아니었다. 아버지는 친구도, 보호자도 아니었기 때문이다. 하지만 그는 메리의 아버지였고, 타락한 채 아무런 생각도 없이 영원을 맞이하게 된, 불운하고도 가련한 존재였다. 쾌락을 누리는 삶이 평화로운 죽음에 대한 준비가 될 수 있을까? 그런 사색을 하면서 메리는 아버지 곁에서 고요한 자정을 보냈다.

간호사는 잠들었고, 천둥을 동반한 요란한 폭풍우가 메리를 더욱 두렵게 했지만, 간호사는 그 소리에도 잠에서 깨어나지 않았다. 아버지의 불규칙한 숨소리에 놀란 메리가 숨을 길게 들이쉬는 소리가 들리자 그것이 마지막 숨인가 싶어 다음 숨소리를 기다리고 있었을 때, 무시무시한 천둥소리가 귓전을 때렸다. 영혼과 육체가 분리되는 과정임을 생각할 때, 그 밤은 몹시 침통하고 길었다.

죄 많은 사람을 공격할 때, 죽음은 진정 공포의 제왕답다! 동정심 많은 사람은 어떤 위로도 찾지 못하고, 영원히 헤어지는 것을 두려워할 뿐이다. 살아남은 자들도 각자의 길을 마쳐야 하니, 다시 만나자는 인사도 기대할 수 없다. 하지만 모든 것이 검다! 무덤은 진정 망자를 받아들인다고 말할 수 있다. 이것이 바로 죽음의 고통이다!

매일 밤 메리는 아버지를 지켰고, 극심한 피로로 메리 자신의 건강도 나빠졌으며 앤에게는 더욱 나쁜 영향을 주었다. 앤은 계속 침대에 누워 있었지만, 쉴 수가 없었다. 여러 가지 불안한 생각이 앞을 다투어 떠올랐다. 그리고 지친 마음으로나마 사랑하는 메리가 염려되어, 앤의 마음이 괴로웠다. 하룻밤 제대로 자지 못하고 열에 들떠 지낸 뒤, 발작을 일으키며 기침하던 앤의 혈관이 터졌다. 집에 있던 의사가 앤을 진찰하고 방을 나오니, 메리가 단호한 목소리로 진심에서 우러나온 의견을 물었다. 의사는 마지못해 앤이 위중한 상태라고 알렸다. 그리고 앤이 영국에서 다가오는 겨울을 보낸다면 이듬해 봄에 죽을 거라고 알렸다. 봄은 결핵을 앓는 이들에게 치명적인 계절이었다. 봄! 메리의 남편이 그때 돌아오기로 되어 있었다. 하늘이시여. 메리가 이 모든 일을 견딜 수 있을지.

며칠 뒤 아버지가 숨을 거두었다. 그의 죽음이 가져다주는 끔찍한 느낌은 견디기 어려웠다. 그리고 앤에게 닥친 위험과 자신이 처한 상황이 메리로 하여금 어떻게 처신해야 할지 생각하게 했다. 메리는 이 일로 남편이 앞당겨 돌아와 자신이 계획한 일을 실행에 옮기지 못하게 할까 두려웠다. 앤과 함께 기후가 더 온화한 곳으로 옮기는 것이 그 계획이었다.

8

메리가 남편에게 날마다 더 혐오감을 느낄 만큼, 애정을 느낀 상대가 따로 있었던 것은 아니라고 앞에서도 밝혔다. 앤에 대한 우정이 메리의 마음을 온통 사로잡고 있었고, 그것은 사랑과 비슷했다. 사실, 메리가 잠시 좋아했던 사람은 몇 있었다. 하지만 그것이 사랑은 아니었다. 재주 있는 사람들과 함께하면 메리는 즐거웠고, 재능도 자랐다. 하지만 이런 사람들을 자주 만나지는 못했다. 그런 사람은 귀했으니까. 메리가 처음 좋아했던 사람들은 인생의 절반을 넘긴 철학자들이었다.

남부 프랑스나 리스본에 가기로 한 뒤, 메리는 순종을 서약한 남편에게 편지를 썼다. 의사들은 친구뿐만 아니라 메리 자신에게도 환경을 바꾸는 것이 필요하다고 했다. 메리는 의사의 말을 적고, 이렇게 덧붙였다. "내 안위가, 내 존재 자체가, 보살피고 싶은 환자의 회복에 달려 있습니다. 만약 의사의 조언을 따르지 않는다면, 나 자신도, 나를 막은 이들도 용서할 수 없을 겁니다." 계획을 실행에 옮기기로 결심을 굳혔기에 메리는 평소보다 편하게 편지를 썼다. 그리고 이 편지는 메리의 다른 편지와 마찬가지로 마음을 그대로 적은 것이었다.

“이 소중한 친구의 유순한 성품과 한결같은 미덕을 사랑합니다. 친구의 건강을 늘 살피고 간호하는 일을 하다 보니 모성애와도 같은 애정이 생겨났습니다. 저는 친구를 보살필 유일한 사람이고 친구는 제게 의지합니다. 제가 버림받은 이를 버리고, 꺾인 갈대를 꺾을 수 있을까요. 아뇨, 차라리 제가 먼저 죽는 편을 택하겠어요! 가야만 합니다. 갈 겁니다.” 메리가 호소했다.

메리는 “제게 동의해 주셔야 합니다”라고 덧붙여야 했지만, 그럴 마음은 내키지 않아서 그의 행복을 기원한다고 적당히 적었다. “나는 온 세상이 행복해지는 것을 원하지 않는 걸까?” 메리는 편지 말미에 이름을 적으면서 울었다. 서명은 번졌고, 서둘러 봉한 편지를 메리는 내보냈다. 그리고 여행 준비를 시작했다.

그다음 편지들이 도착했을 때, 메리는 남편의 답장을 받았다. 그는 앤에 대한 메리의 우정을 낭만적 우정이라고 부르며 진부한 말을 적었다. “의사들이 환경을 바꾸는 것을 조언했으니, 반대하지 않습니다.”

9

이제 여행을 지체할 까닭은 아무것도 없었다. 그리고 메리는 보고 싶지 않은 유일한 사람으로부터 더 멀리 있고 싶다는 이유로 프랑스 대신 리스본을 택했다.

따라서 그들은 그 도시로 가는 길에 팰머스[18]로 향했다. 그 여행은 앤에게 도움이 되었고, 친구의 나아진 모습에 메리의 기분도 밝아졌다. 전에는 절망했지만, 이제 메리는 희망에 마음을 맡기고 들떴다. 배에서 앤은 내내 선실에 있었다. 앤은 물을 보기만 해도 겁에 질렸다. 반면 메리는 앤이 잠자리에 들거나 낮잠을 잘 때면 갑판으로 나가 선원들과 이야기를 나누었고 눈 앞에 펼쳐진 끝없는 바다를 기쁜 마음으로 바라보았다. 메리는 바다를 바라보다가, 그다음에는 성난 바다를 헤치고 나아가는 이들을 바라보곤 했다. 그들의 무감각, 두려움을 모르는 태도를 용기라고 부를 수는 없었다. 아무 생각 없이 기뻐하는 그들은 마치 동물 같았고 그들의 감정은 그들이 가르며 나아가는 바다처럼 충동적이고 불확실하게 느껴졌다.

---

[18] 잉글랜드의 서남부, 콘월 주의 항구 도시 (역자 주)

항해를 시작한 지 일주일 뒤 리스본을 보았고, 이튿날 아침 성에 닻을 내렸다. 관례에 따라 성을 방문한 후 그들은 도시에서 3마일 정도 떨어진 해변에 내릴 수 있었다. 그리고 그곳 말을 알아듣는 선원 한 사람이 그 나라 특유의 흉하게 생긴 마차를 한 대 구하러 간 사이, 그들은 타호강[19] 근처에 자리 잡고 있는 아일랜드 수도원에서 기다렸다.

훌륭한 오르간 연주가 있는 성당으로 안내하겠다고 몇몇 사람들이 제안했다. 메리는 그들을 따라 나섰지만 앤은 대화를 나누기 시작한 수녀와 함께 있고 싶어 했다.

듣기 좋은 목소리를 지닌 수녀 한 사람이 노래하고 있었다. 메리는 경외심에 사로잡혔다. 메리의 마음도 함께 경건해졌다. 감사와 애정의 눈물이 흘러내렸다. 아버지여, 감사합니다! 감사의 기도가 튀어나왔다. 하지만 말로는 그 감정을 제대로 표현할 수 없었다. 메리는 소리 없이 높다란 돔 천장을 살펴보았다. 낯선 소리가 들렸다. 그리고 아직은 자매라는 느낌은 들지 않는, 낯선 얼굴이 보였다.

미지의 땅에 도착한 메리는 자신이 흠모하는 신이 영원 속에 항존하며 숱하게 많은 세상 속에 편재한다고 생각했다. 사랑하는 사람이 아무도 옆에 없을 때, 메리는 전지전능한 친구의 존재를 똑똑히 감지할 수 있었다.

---

[19] 스페인에서 서쪽으로 흘러 포르투갈을 지나 리스본에서 대서양으로 흘러 들어가는 강 (역자 주)

마차가 도착하는 바람에 메리의 사색이 중단되었다. 환자를 받기 적당한 호텔로 그들을 데려다줄 마차였다. 불행히도 호텔에 도착하기 전 폭우가 내렸다. 그리고 바람도 몹시 세게 불어 마차 앞에 비를 막기 위해 친 가죽 장막을 두드렸다. 장막은 소용이 없었고, 비가 안으로 들이쳐 메리가 조심했음에도 불구하고 앤은 감기에 걸리고 말았다.

관습에 따라 호텔에서 지내는 다른 환자들, 또는 손님들이 그들의 안부를 확인하러 왔다. 앤은 답답해서 온종일 방에서 머무르는 일이 거의 없었는데, 앤이 방을 나서면 곧 그들이 인사를 나누러 왔다. 상류층 여인 셋과 신사 둘이었다. 하나는 젊은 여인 중에서 가장 나이 많은 여인의 오빠였고, 하나는 그들처럼 좋은 날씨를 찾아 요양하러 온 환자였다. 그들은 곧 대화를 주고받기 시작했다.

타국에서, 그것도 한 집에서 함께 만난 사람들은, 친척들을 모아 놓고 서로의 집을 방문하는 절차를 거치지 않아도 쉽게 친해지는 법이다. 앤은 상냥한 사람들을 만난 것에 특히 기뻐했다. 아침이면 앤은 고질적인 열병 때문에 곧잘 기분이 가라앉았지만, 저녁때가 되면 생기가 돌고 사람들을 만나고 싶어 했다. 앤만 생각하는 메리는 앤이 딴 데 마음을 쓸 수 있다면 기력을 얻을 것으로 생각하고 사람들과 더 가깝게 지내기로 마음먹었다.

그들은 모두 음악을 좋아했으므로 작은 연주회를 열기로 했다. 신사 한 명은 바이올린을 연주했고 다른 한 명은 독일 플루트를 연주하기로 했다. 새로운 계획을 실행할 때면 늘 그렇듯이 모두 성의를 다해 악기를 구해왔다.

메리는 조심스러웠으므로 별로 말을 하지 않았다. 모두 모여 대화할 때 메리가 동석하는 경우도 드물었다. 기민한 통찰력 덕분에 메리는 곧 대화하는 상대의 성격을 꿰뚫어 볼 수 있었고, 뛰어난 감수성 덕분에 모든 사람을 기쁘게 해주고 싶어 했다. 게다가 특별히 슬픈 일이나 공부에 마음을 쓰지 않는 경우, 메리는 남들이 행복감을 드러내는 모습을 지켜보는 것이 기뻤다. 비록 그들의 즐거움이 메리 자신의 이익과 무관했지만 말이다.

그날 메리는 계속해서 앤의 회복에 대해 생각하고 있었고, 희망을 키우고 있었다. 그 희망이 우울한 기분을 쫓아주긴 했지만, 메리는 아직 무엇을 바라는지 입 밖에 내어 말하지는 않았다. 대화보다도 음악이 메리의 사색을 더 방해했다. 하지만 처음부터 그런 것은 아니었다. 독일 플루트를 연주한 신사는 잘생겼고 점잖았으며 지각 있는 사람이었다. 그리고 그의 견해는 독창적이지는 않더라도 적절했다.

말이 별로 많지 않은 다른 신사는 바이올린을 들더니 짧은 스코틀랜드 발라드를 연주했다. 그가 그 악기에서 어찌나 신나는 곡조를 뽑아내는지 메리는 놀라고 말았고, 이전과는 달리 좀 더 관심을 기울여 그를 바라보았다. 그러자 못생긴 편에 속하는 얼굴에서 재능을 드러내는 강한 선이 눈에 띄었다.[20] 그의 행동거지는 어색했는데,

---

[20] 관상학, 또는 골상학(physiognomy)은 근대에 와서 스위스의 요한 카스파르

보통 문사들에게서 나타나는 어색함이었다. 그는 사색가처럼 보였고, 자신의 의견을 우아하게, 낭랑한 목소리로 전달했다.

음악회가 끝나자 모두 각자의 방으로 돌아갔다. 메리는 늘 악몽에 시달리는 앤과 함께 잤다. 그리고 밤이면 앤이 숨이 막히지 않도록 자주 돌봐주어야 했다. 둘은 방에서 새로 알게 된 사람들에 관해 이야기를 나누었는데, 남자들에 대해서는 둘의 의견이 달랐다.

라바터에 의해 크게 전파되었다. 윌리엄 고드윈의 회고록에 따르면, 월스턴크래프트는 라바터의 주장에 관심을 가졌고, 그의 저서 『관상학 에세이』를 발췌, 번역했다. (역자 주)

10

두 사람은 거의 날마다 새로 사귄 사람들을 만났다. 그리고 예의를 갖춘 만남에서 친밀감이 생겨났다. 메리는 이따금 친구를 그들과 함께 두었다. 그사이 메리는 새로운 삶의 방식을 살펴보고 그러한 방식을 만들어낸 원인을 찾아보았다. 메리에게는 철학적인 면이 있어서 지나치는 모든 사물을 보고 사색하곤 했다. 메리의 마음은 지나가는 모든 상을 받아들이지만 담지는 못하는 거울과 달랐다. 메리에게는 편견이 없어서 모든 의견을 잘 살핀 후 받아들였다.

로마 가톨릭 의식이 메리의 관심을 끌었는데, 모두 모였을 때 화제로 떠올랐다. 신사 중 한 명은 계속해서 이신론적 관점[21]을 소개하면서 모두가 보고 놀란 가톨릭의 화려한 행사를 조롱했다. 메리는 로마 가톨릭 교리와 이신론적 의혹을 모두 생각해 보았다. 그리고 회의론자는 아니라도 메리 자신의 신앙이 기반으로 삼고 있는 증거를 우선 살펴보는 것이 옳다고 생각했다. 메리는 버틀러의 『종교의

---

[21] 하나님이 우주를 창조했지만, 그 움직임에 관여하지 않고 우주는 자체의 법칙에 따라 움직인다고 보는 사상 (역자 주)

유추』와 그 밖에 몇몇 저자들의 글을 읽었다.[22] 이러한 연구서는 메리를 확신을 가진 기독교인으로 만들어주었다. 메리는 특히 신도들에게 베푸는 자선에 대해 배웠고, 겉으로 보기에 훌륭하고 견고한 주장이 서로 다른 시각에서 비롯된 것일 수도 있음을 알게 되었다. 그리고 메리는 동의해서는 안 되는 이들에게도 나름대로 이유가 있음을 알고서 기뻤다.

---

22 18세기 영국의 신학자이자 철학자인 조셉 버틀러의 저서로, 신의 통치 원칙과 인간이 관찰할 수 있는 자연 섭리의 유사성에 집중했다. (역자 주)

11

여인 셋에 대해서는 상류층 여인이라고 했는데, 사실을 충실히 기록하고자 하는 필자가 그들에게 보낼 수 있는 찬사는 그뿐이었다. 그들에게 있어서 변함없는 것도 바로 그 점뿐이었으니. 그들이 한 가족이라는 말을 빠뜨렸는데, 사실 그들은 어머니와 딸, 그리고 조카딸 사이였다. 딸은 북쪽의 겨울을 피하고자 의사의 지시를 받고 온 것이었고, 어머니와 두 조카는 그녀와 동행했다.

그들은 신분이 높은 사람들이었다. 안타까운 일이지만, 그들이 아주 유서 깊은 가문의 일원인데도 작위는 다른 분파로 넘어가 얻지 못했다. 그래서 그쪽 분파와 가깝게 지내려고 애쓰면서 백작 부인의 행동거지를 모방하느라 분주했다. 그들은 예의범절과 세상의 평판과 같은, 약한 자들을 괴롭히는 것에 연연했다. 세상 사람들이 뭐라고 할까? 전에 한 적 없는 일을 시도할 때면 항상 우선 떠올리는 것이 이 질문이었다. 혹은, 백작 부인이라면 이런 경우 어떻게 할까? 그리고 이 질문에 대답을 구하고 나면, 자기들 머릿속으로는 아무 생각도 하지 않고 옳고 그름을 판단해 버렸다. 그 백작 부인이라는 사람이 행성이라면 이 위성들은 그 주위에서 멋진 댄스를 지켜보는 셈이었다.

이렇게 말해두었으니 그들이 별 소양을 갖추지 못했음은 덧붙일 필요도 없다. 그들은 프랑스어와 이탈리아어, 스페인어를 배웠다. 모국어는 영어였다. 그런데 그들이 배운 것은? 햄릿이 대답해줄 것이다. 말, 말뿐이라고. 하지만 그들이 이탈리아어 노래를 진정 열정적으로 불러댔다는 사실은 잊지 말도록 하자. 머릿속에서 자라는 이해력도, 마음속에서 우러나오는 애정도 없는 그들은 얼굴이 평범해지기 전에 화려한 꽃처럼 귀족을 사로잡기 위해 사교계로 나왔다.

그들은 예쁘장했고 이 파티에서 저 파티로 바삐 돌아다니다가 병에 걸려 요양을 오게 되었다. 나이가 스무 살 많은 것만 제외하면 어머니도 그저 똑같은 사람이었다. 20년을 더 산 것은 그녀로 하여금 어리석은 일에 더욱 집착하고, 사소한 격식 문제를 쓸데없이 중히 여기게 할 뿐이었다. 상류 사회에서 여인으로 그토록 오래 살았으니, 그녀는 이런 문제에 대해 훌륭한 판단력을 지니고 있었다. 우리가 태양을 바라보듯이 무지한 자들이 우러러보는 그 세계에 대해서 말이다.

필자가 보기에 모든 사람은 숭고한 아름다움에 대해 저마다의 식견, 또는 평가를 하고 있다. 나약한 사람들은 재산, 또는 재산으로 부유한 상태를 숭고하다고 간주한다. 하지만 진정 숭고한 아름다움은 그들의 작은 영혼을 채우기에는 너무 크다.

어느 날 오후, 사람들과 함께 시간을 보내기로 했는데, 앤의 상태가 좋지 않자 메리는 차를 함께 마시지 못해 미안하다는 연락을 보내야 했다. 사과를 전하는 쪽지가 전달되었고, 그 어머니는 엄숙한 표정으로 헨리라는 환자에게 이렇게 말했다. "신분이 높은 사람들도 이런 곳에 자주 와서 누군지 모르는 사람들과 사귀기는 하지만, 지체 높은 집안의 내 딸을 다른 곳이라면 부끄러울 만한 상대와 사귀게 하진 않을 겁니다. 그런 이유에서, 나를 대동하지 않고는 누구하고도 만나지 않게 하는 겁니다." 그녀는 허리를 좀 더 꼿꼿이 세우며 말했다. 그리고 얼굴에는 자기만족의 미소가 떠올랐다.

"여기서 만난 사람들에 대해 알아봤는데, 예의범절을 품위 있게 지키는 그 사람은 알고 보니 물려받은 재산이 있더군요." "어머, 어머니, 그분은 옷을 참 못 입잖아요." 이 말에 어머니가 말했다. "낭만적인 사람이지. 너는 그 사람처럼 행동해서는 안 된다. 하지만 ○○ 주에서 큰 유산을 물려받은 사람이란다. 그곳에 대해서는 네가 모두 칭찬했던 무도회 드레스를 입었던 날, 백작 부인께서 이야기하시는 걸 기억할지도 모르겠다. 그리고 결혼도 했더구나."

그 어머니는 하녀에게서 들은 이야기를 모두 들려주었다. 그 하녀가 메리의 하인에게서 들은 내용이었다. "어리석은 사람이야. 그 사람이 귀한 집 딸이라는 듯 돌봐주는 그 친구는 알고 보니 거지란다." "어머, 참 이상한 일이네요!" 여자들이 외쳤다.

"하지만, 매력적인 사람이기는 해요." 부인의 조카가 말했다. 헨리는 한숨을 쉬더니 방을 두어 차례 왔다 갔다 하다가 바이올린을 들고서 메리에게 처음 들려준 곡을 연주했다. 메리가 그 곡을 칭찬하는 것을 그는 여러 차례 들었다.

그 음악은 유난히 감미로웠고, "향기로운 남쪽 나라처럼 감각을 빼앗아갔다." 익숙한 음악 소리는 친구 곁에 앉아 있는 메리에게까지 흘러갔고, 메리는 자신이 그 소리를 듣는 것도 미처 알아차리지 못한 채, 자신도 모르는 사이 눈물을 흘렸다. 앤은 아편을 먹고 곧 잠들었다.[23] 그러자 메리는 걱정하다가 스스로를 속였다고 생각하기 시작했다. 앤은 여전히 많이 아팠다. 희망이 속임수를 써서 힘든 시간을 넘기게 해주었지만, 메리는 이 반가운 손님인 희망을 의심 없이 받아들인 자신이 싫었다. 너무나 불안한 나머지 메리는 다시 의사의 도움을 구하기로 마음을 먹었다.

결심하자마자 메리는 흐트러진 모양새로 달려나가 여인들에게 누구를 불러야 할지 물었다. 방 안으로 들어간 메리는 두렵다는 말을 입 밖에 낼 수가 없었다. 그것은 마치 앤의 사형 선고 같았기 때문이다. 메리는 몇 마디를 띄엄띄엄 중얼거리고 가만히 있었다. 여인들은 메리처럼 지각 있는 사람이 그렇게 자신을 통제하지 못하는 것이 이상했고, 하늘의 뜻을 받아들이는 것이 우리의 의무라는 등, 시시한 말로 평범한 위로를 시작했지만 메리는 대답하지 않았다. 메리는 손을 내저으며, 견딜 수 없다는 듯 외쳤다. "앤이 없으면 살 수 없어요! 제게는 다른 친구가 없어요. 앤을 잃는다면, 제게 세상은 사막과도 같을 거예요." "친구가 없다니." 모두 함께 되물었다.

---

23 18세기 유럽에서 우울증 등의 정신질환을 치료하는 데 사용되었던 아편은 19세기까지도 의료용으로 사용되었다. (역자 주)

"남편이 있잖아요?"

메리는 뒤로 물러나더니 얼굴이 창백해졌다 붉어지기를 반복했다. 메리는 부적절한 행동을 해서는 안 된다는 생각에 대답을 말하지 않고 이성을 되찾았다. 이성을 되찾은 결과, 좀 더 침착해진 태도로 메리는 다시 질문했고, 방을 나왔다. 여인들이 메리의 이상한 행동을 마음껏 비난하는 동안, 헨리의 눈길은 메리를 좇았다.

12

의사가 도착했다. 의사의 처방으로 앤은 잠시 조금 나아졌고, 둘은 다시 모임에 나갔다. 안 된 일이지만, 일주일 이상 계속 비가 와서 아무도 외출을 할 수 없었다. 앤은 여인들이 전처럼 다정하지 않다고 느꼈다. 내내 함께 있다 보니 뻔한 이야기도 다 떨어지고 말았다. 그러니 카드 게임이나 음악이 없었더라면 긴긴 저녁 시간에는 할 일이 없어 하품이나 하며 보냈을 것이다.

궂은 날씨는 앤뿐만 아니라 헨리에게도 좋지 않은 영향을 주었다. 헨리는 종종 깊은 생각에 잠기거나 우울했다. 헨리의 대화가 다른 사람들보다 월등하게 뛰어나지 않았더라도, 우울증만으로도 그는 메리의 관심을 끌었을 것이다. 그와 이야기할 때면 메리의 영혼이 지닌 모든 능력이 저절로 확장되었다. 재능이 메리의 얼굴에 생기를 부여했다. 그리고 몹시 우아한, 마음에서 우러나온 몸짓이 메리의 말에 활기를 더했다.

두 사람은 종종 아주 중요한 주제로 이야기를 나눴고, 그동안 다른 사람들은 노래를 부르거나 카드 게임을 했다. 하지만 두 사람만 이야기를 나누는 것처럼 보이지는 않았는데, 모두가 좋아하는 헨리가 예의를 갖추어 다른 사람들에게도 관심을 보였기 때문이다. 게다가 메리의 옷차림이나 태도에 유혹적인 면이라고는 없었으므로 그들은 그가 메리를 자신들보다 좋아하리라고는 꿈도 꾸지 않았다.

헨리는 학식 있는 사람이었다. 그는 인간에 대해서도 연구했고, 자신의 병약함으로 인해 사람 마음의 복잡한 면면에 대해서도 알고 있었다. 자연을 비판적인 시선으로 관찰하며 그것을 기준으로 삼았으므로 그의 안목은 공정했다. 그는 늘 겉으로 보이는 것만 보지 않고, 그 내면을 살폈으므로 메리는 그와 함께 있으면 생각이 넓어진다고 여기지 않을 수 없었다. 메리는 식견이 높아졌다.

헨리는 신심이 깊은 사람이기도 했다. 그의 이성적인 신앙심은 감수성으로 인해 뜨거워졌다. 그리고 아주 특별한 경우가 아니면 그의 신앙심은 도를 넘지 않았다. 이러한 감성은 그의 기질을 형성하기도 했으므로 그는 상냥했고, 남의 간청을 쉽게 들어주었다. 두 사람이 매일 낯선 교회 의식을 목격했으므로, 진지한 주제로 대화하게 되었다. 헨리는 다른 때라면 부끄러워서 불필요한때 꺼내지도 않았을 의견을 개진하게 되었다.

13

날씨가 맑아지기 시작하자 메리는 가끔 혼자서 밖으로 나가 지진이 일어난 뒤 남은 폐허를 구경하거나 타호강의 아름다운 광경을 마음껏 바라보러 강가로 나가기도 했다. 메리는 역사적인 그림을 보는 것을 특히 좋아했으므로 여러 성당을 찾아다니기도 했다.

이렇게 성당에 다녀온 것이 화제에 오르자 모두 한마디씩 했다. 하지만 여인들은 그 화제를 잘 다루지 못했고, 그들은 곧 초상화에 대한 이야기로 옮겨가 어떤 자세나 어떤 인물로 자신을 그리게 하고 싶은지 이야기하기 시작했다. 메리가 한 가지를 정하지 못하고 있을 때, 헨리가 평소보다 열렬하게 말했다. "당신이 친구를 부축할 때의 표정을 그린 그림이라면, 이 세상을 다 주더라도 갖고 싶습니다."

이런 섬세한 칭찬은 메리의 허영심을 자극하지는 않았지만, 마음에는 와 닿았다. 그러자 메리는 예전에 초상화를 그린 것이 생각났다. 그것이 누구를 위한 것이었던가? 남자를 위해! 화가 나서 메리의 뺨이 붉어졌다. 재산 때문에 그렇게 쉽게 내던져진 것에, 너무나 강한 모멸감이 느껴졌던 것이다.

메리가 다시 희망을 품기 시작하자 마음이 좀 편해졌고 주위의 여러 가지 문제를 생각하게 되었다.

메리는 서너 곳의 수도원을 찾아가 보았고, 고독은 몇 가지 감정을 가시게 할 뿐, 다른 감정을 키운다는 사실을 알게 되었다. 그것도 가장 사악한 감정을. 메리는 종교가 의식에 있는 것이 아님을 알게 되었고, 마음을 정화하지 않고도 입술에서 기도가 줄줄 흘러나올 수 있다는 것도 알게 되었다.

성질을 다스리지 않고, 가장 넓은 의미에서 선행을 하지 않고 교리를 따를 수 있다고 생각하는 이들은 종교적 의무를 이기적인 원칙에 따라 실천할 뿐이다. 그렇다면 어떻게 그들을 선하다고 할 수 있나? 모든 선의 모범은 선행하는 것으로부터 시작되었다. 수녀들은 자기들끼리 모여 열등한 만족감만을 생각했다. 그리고 그들이 집착하는 몇 가지 사항을 촉진하기 위해 여러 가지 은밀한 일들이 벌어졌다.

가령, 신임을 받고 높은 지위를 얻는 것, 고분고분하거나 근면한 이들을 피하는 것이 그것이었다. 다시 말해 아내도, 어머니도 될 수 없자, 그들은 남보다 높은 사람이 되는 것을 목표로 삼았고 세상에서 가장 이기적인 존재가 되었다. 금지된 욕망으로 인해 식욕이, 또는 오로지 만족만을 구하는 저급한 욕망이 더욱 강해졌다. 이것이 세상을 등진 것일까? 아니면 그들이 세상의 허영을 정복하거나 세상의 성가신 일들을 피한 것일까?

처음에는 슬픔에 빠져 그런 곳을 피신처로 찾아 온 사람이 있다면,

잘못된 선택을 했음을 뒤늦게 알아차린다. 그런 사람은 마음이 따뜻한 사람이라 그런 결심을 했을 테니 곧 회개할 것이다. 하지만 그런 곳에서는 분별 있는 대화나 새로운 애정을 통해 마음 아픈 슬픔이 지워지는 일이 없을 것이다.

예전에는 실천을 통해 생겨나고 강해졌던 애정이 실망으로 사그라질 것이다. 그리고 이런저런 불만이 마음을 좀먹을 것이며, 고칠 방도가 없는 공상이라는 병폐를 가져올 것이다.

메리는 그곳의 모든 것이 싫었다. 하지만 남모르는 괴로움을 가진 많은 이들은 가엾게 여겼다. 그리고 메리에게 있어서 가엾게 여긴다는 것은 곧 괴로움을 덜어주어야 한다는 의미였다.

여러 가지 미덕을 실천함으로써 메리의 재능은 활력을 얻었고 마음은 고상해졌다. 메리가 이따금 사려 깊지 못한 행동을 했고, 화를 내기도 했지만, 비열하거나 교활한 적은 없었다.

14

포르투갈 사람들은 유럽에서 가장 미개한 민족임이 분명하다. 새뮤얼 존슨 박사라면 "그들은 가장 열등한 정신을 가졌다"고 말했을 것이다.[24] 그런데 그런 이들이 영혼과 진심을 다해 창조주를 섬길 수 있을까? 아니다. 로마 가톨릭의 괴상한 의식만이 그들이 이해할 수 있는 전부이다. 그들은 속죄할 수는 있지만, 복수심이나 정욕을 정복할 수는 없다. 종교나 사랑이 그들의 마음을 인간답게 만들어 준 적이 없었다. 그들은 육신에 속하는 부분을 원한다. 몸만이 예배한다. 안목을 알지 못한다. 고딕 양식의 장신구와 부자연스러운 장식이 그들의 교회와 복장에서 두드러진다. 정신적인 탁월함을 숭상하는 태도는 세련된 민족에서만 찾을 수 있다.

그런 사람들에 대해 사색하는 것이 메리를 만족하게 할 수 있었을까? 그렇지 않다. 메리는 그것이 싫어서 세련된 사람을 향해 마음을 돌렸다. 헨리는 한동안 아프고 우울했다. 메리는 그런 상황에 처한

[24] 18세기 영국의 시인, 수필가, 문학비평가, 전기집필자이며 영국 최초의 사전 집필자 (역자 주)

사람이라면 누구에게라도 관심을 가졌을 것이다. 하지만 그에게는 특히 더 그랬다. 메리는 앤을 즐겁게 해 주려고 늘 노력하고, 자신이 말없이 절망하며 예상할 수 없는 우울한 앞일을 생각하지 않도록 해주는 그에게 감사한 마음을 보답해야 한다고 생각했다.

메리는 모두 함께 모이는 방을 자주 방문할 구실을 찾았다. 아니, 메리는 헨리를 즐겁게 해주겠다고 마음먹었다. 그에게 책을 읽어주겠다고 했고, 그를 즐거운 대화로 끌어냈다. 이런 소소한 계획을 세운 메리는 자신도 모르는 사이 헨리를 상냥한 마음으로 바라보게 되었다. 이렇게 다른 곳에 신경을 쓰는 것은 메리에게도 도움이 되었고, 상태가 자주 바뀌어 헛된 희망을 품게 하는 앤만 줄곧 생각하지 않도록 해 주었다.

그러다 메리에게 좀 불편한 일이 일어났다. 이웃 사무실의 직원 한 사람이 메리의 예쁘장한 하녀에게 반한 것이다. 이들의 결혼은 경사였으므로, 이 시점에서 낯선 사람을 옆에 두는 것이 매우 불편한 일이었음에도, 메리는 반대하지 못했다. 하지만 하녀는 여주인을 좋아했으므로 결혼을 미루기로 했다. 게다가 그 하녀는 앤이 죽고 나면 그동안 수고했다는 뜻으로 목돈을 받을 수 있다고 기대하고 있었다.

메리는 그에게 얼마나 큰 관심이 있는지 보여 줄 구실을 제공했으므로, 헨리의 병이 두렵기보다는 오히려 반가웠다. 그리고 메리는 순수한 마음으로 그에게 소박한 애정 표시를 했다.

그가 보여주는 유일한 답례는 여느 사람들에게는 잘 보이지 않았다. 그는 이따금 메리를 응시하고 눈을 떼면서는 한숨을 내쉬다가 기침을 하는 척 감추곤 했다. 혹은, 그저 방으로 들어가다 뜻밖에 메리를 만나게 될 때면 빠르게 걸어 메리에게 다가가 사소한 일들을 질문하곤 했다. 그와 마찬가지로 헨리는 할 말이 없거나 아무 말도 하지 않을 때도 메리를 붙잡아 두려고 했다.

앤은 헨리나 메리의 행동을 알아차리지 못했다. 앤은 메리가 그를 가장 좋아하는 줄도 몰랐으며, 그가 건강하지도, 행복하지도 않다는 것 이외에 그 어떤 점에 대해서도 생각하지 않았다. 누군가 불행하면 메리가 느끼는 동정심이 사랑으로 쉽게 착각될 수 있다는 것을 앤은 종종 보았고, 그래서 헨리에 대한 감정도 그런 일시적인 것이라고 여겼다. 실제로도 그랬다. 그 이유는 남들이 설명할 것이다. 나는 본능을 반박할 수 없으니. 이성이 인간에게서 함양되는 것이니 약해지기도 하고, 이런 주장도 가능할 것이다. "판단력이 자라면서 재능은 증발한다."

15

어느 날 아침, 그들은 송수로로 출발했다. 출발할 때는 날씨가 매우 좋았지만, 그곳에 도착하기 전에 폭우가 쏟아졌다. 마차를 타고 가는 시간이 길어졌고, 구름이 흩어지더니 해가 유난히 밝게 비추었다.

여느 때라면 메리는 앤에게 마차에서 내리지 말라고 했을 것이다. 하지만 앤의 기분이 좋았고 메리의 반대에도 불구하고 땅이 젖어도 걷겠다고 고집을 부렸다. 하지만 앤의 기력은 기분과 같지 않았다. 앤은 곧 마차로 돌아가야 했고, 너무 지쳐 실신한 뒤 한참 동안 정신을 차리지 못했다.

헨리가 앤을 부축해주려고 했지만, 메리가 그러지 못하게 했다. 메리는 곧바로 헨리의 건강 상태를 기억했고, 젖은 땅에 앉는다면 그도 몸이 성치 못할 것이라고 생각했다. 메리는 그의 건강이 나빠질 것이라고 확신했지만, 다른 사람들은 메리가 그렇게 막는 이유를 짐작하지 못했다. 메리는 자신에게 그러듯 남의 신체적인 고통도 두려워했다. 그리고 메리는 마음이 혼란스러울 때면 그 마음을 겉으로 드러내지 않고 감출 수 있었다.

앤이 정신을 차리자 그들은 천천히 숙소로 돌아왔다. 앤을 침대에 눕힌 뒤, 다음 날 아침 메리는 확실히 더 상태가 나빠졌다고 생각했다. 의사를 부르자 앤이 당장 위급하다고 했다.

메리가 늘 걱정하던 일이 물밀듯 밀고 들어왔고 다른 모든 걱정은 사라졌다. 메리는 그때까지 침착했던 자신을 질책하며 더욱 괴로워했다. 죄를 지은 느낌이 메리에게서 떠나지 않았다.

병세는 몹시 빠르게 악화되었다. 희망이 없었다! 희망을 잃은 메리는 다시 침착해졌다. 하지만 이번의 침착함은 전혀 다른 종류였다. 메리는 다가오는 태풍에 압도당할 수밖에 없음을 알면서도 당당히 맞섰다.

메리는 헨리를 생각하지도 않았고, 그에게 생각이 향할 때면 앤 이외에 딴생각을 하는 자신을 꾸짖었다. 앤! 이 소중한 친구가 곧 메리의 품을 떠났다. 메리가 부축하고 있을 때, 앤이 갑자기 사망했다. 메리의 심장에서 첫 번째 끈이 떨어져 나갔고, 이 "느리면서도 갑작스러운 죽음"은 사고력을 뒤흔들어 놓았다. 메리는 망연자실했다. 자신의 고통을 찬찬히 생각하지도, 느끼지도 못했다.

이틀째 되던 밤, 시신을 집에서 내갔고 메리는 이전 친구들을 만나지 않으려고 했다. 메리는 하녀가 결혼식을 올리기를 바랐고, 신랑감에게 다음번 상인이 항구를 떠날 때를 알려 달라고 부탁했다. 이제 반드시 필요한 일이 아니라면, 그 지긋지긋한 곳에는 한시도 더 있지 않기로 마음먹었던 것이다.

그리고 메리는 여인들에게 찾아와 달라고 청했다. 메리는 모두가 슬퍼하는 광경을 피하고 싶었다. 슬픔은 메리 자신의 몫이었고, 메리에게는 더 커질 수도, 사그라질 수도 없는 것으로 보였다. 그 생각이 옳았다. 그들을 봐도 메리에게는 아무런 영향이 없었고, 깊은 슬픔의 물결이 바뀌지도 않았다. 시커먼 파도는 똑같이 일렁였다. 이리저리 둘러보아도 마찬가지였다. 사방이 칠흑 같은 어둠이었다.

16

여인들이 돌아가자 헨리로부터 이제 메리가 사람들을 만나니 자신도 만나달라는 연락이 왔다. 메리가 허락하자 헨리는 곧바로 불안정한 걸음걸이로 들어왔다. 메리는 그에게 다가갔고, 눈물이 글썽거리는 두 눈과 다정한 동정심이 가득한 얼굴을 보았다. 메리의 손을 꼭 잡은 그의 손에서는 우정이 느껴졌다. 메리는 울음을 터뜨렸고, 울음을 참을 수 없자 양손으로 얼굴을 가렸다. (이전에는 숨을 쉬기조차 어려웠지만) 눈물을 흘리자 가슴이 트였고, 메리는 앤이 세상을 떠난 이후로 가장 침착한 상태가 되어 그의 곁에 앉았다. 하지만 메리가 하는 말은 앞뒤가 잘 맞지 않았다.

메리는 자신을 "가련하고 위로받을 수 없는 사람"이라고 했다. "내 슬픔은 이기적인 것"이라고 한탄하기도 했다. "하늘도 알다시피 앤은 이제 지친 자들이 안식하는 고향으로 갔으니 돌아오기를 바라지 않아요. 앤의 순수한 영혼은 행복할 거예요. 하지만, 저는 어찌나 괴로운지요!"

헨리는 조심스러운 태도를 잊었다. "제가 당신을 친구라고 불러도 될까요?" 헨리는 머뭇거리는 목소리로 물었다. "소중한 아가씨,

저는 그대와 관련된 모든 일에 애정 어린 관심이 생깁니다." 나머지는 그의 눈이 모두 전했다. 둘은 몇 분 동안 아무 말도 하지 않았다. 그리고 헨리가 대화를 다시 시작했다. "저도 사랑하는 사람을 잃은 슬픔을 압니다! 관심을 가졌던 여인을 잃고 슬퍼하고 있습니다. 이제 당신의 우정에 기뻐하는 제 이야기를 들려 드리겠습니다. 순수한 선의에서 아픈 마음에 위로를 드리고자 드리는 이야기입니다."

"저는 행복과 작별을 나눴고, 이 세상에서는 죽은 것이나 다름이 없습니다." 그가 구슬픈 목소리로 말했다. "묵묵히 존재를 다할 날을 기다리고 있지만, 메리, 당신에게는 밝은 나날이 찾아올 수 있습니다."

"그럴 리가요." 메리는 그가 일부러 자신을 모욕한다는 듯, 짜증을 내며 대답했다. 메리의 감정은 그와 너무나 비슷한 나머지, 비참함에서 벗어나지 못했다.

헨리는 메리의 짜증에 미소를 짓더니 계속 말했다. "제가 아버지가 어떤 분인지 미처 알기도 전에 아버지가 돌아가셨고, 어머니는 형을 너무 사랑하셔서 제가 제 의무에 적응하는 데에는 아무런 수고도 들이지 않으셨습니다. 그래서 저는 가족을 떠나 이곳저곳 세상을 돌아다녔습니다. 온갖 종류의 사람을 보았지요. 그리고 독립하기 위해서 자연이 제게 준 재능을 활용했습니다. 그 덕분에 아는 것은 많아졌습니다. 그리고 비참한 사람들의 모습을 많이 보았기 때문에 감수성은 더욱 예민해졌습니다. 하지만 저는 타고 난 체질이 약했습니다. 덕분에 어렸을 때 두세 가지 병을 오래 앓아서 사색하는 습관이 생겼고, 감정을 통제하는 법을 터득했습니다. 적어도," 그는 한숨을 억누르며 덧붙였다. "격렬한 감정은 그렇지요. 교양과 사색은 부드러운 감정을 더욱 강하게 만들지만 말입니다."

"사랑에 빠졌다가 실의에 빠졌다고 말씀드렸지요. 제가 사랑했던 사람은 이제 이 세상에 없습니다. 그녀가 저지른 잘못도 그녀와 함께 잠들기를! 하지만 이 감정은 제 영혼을 송두리째 앗아갔고, 제가 좋아하는 일과 관심을 두는 일에 모두 뒤섞여버렸습니다. 평화롭게, 무심하게 지내지는 못했지만, 당신에게 지금 털어놓는 이 슬픔을 나눈 상대는 여태까지 바이올린뿐입니다. 제가 사랑한 사람은 제 존경심을 앗아갔지만, 제 공상은 제가 사랑할 수 있는 사람, 저급한 인간들은 생각하지도 못하는 느낌을 제 영혼에 전달할 수 있는 사람을 종종 만들어내곤 했습니다."

메리가 생각에 잠긴 표정을 짓고 있자 헨리는 말을 멈췄다. 하지만 메리가 여전히 듣고 있는 것을 확인하고 그는 짧은 이야기를 계속했다. "저는 이따금 어머니와 편지를 주고받았습니다. 형의 사치와 배은망덕이 어머니의 마음을 찢어놓았고, 어머니는 제게 무관심했던 것에 가책을 느끼셨지요. 저는 어머니를 위로했고, 어머니에게 위안이 되어드렸습니다."

"건강이 나빠져 원했던 대로 성직자가 되지 못했지만, 저는 벅찬 마음으로 글 쓰는 일을 시작했습니다. 어쩌면 사랑할 대상이 없자 제 가슴이 그 대용품을 더욱 열렬히 끌어안게 했을지도 모릅니다. 하지만 제가 늘 힘없이 다니는 청년은 아니었다는 걸 알아주십시오.

그렇습니다. 저도 쾌활한 사람들과 어울렸고, 기지로! 매혹적인 기지로 시름없이 즐기는 시간도 맛보았습니다. 저는 고상한 예술을, 그리고 사랑스러운 여인을 아주 좋아합니다. 당신은 저를 매혹했습니다. 이성이 작용해 변함없는 마음을 갖게 해주는 그런 상대를 찾기가 쉽지 않을 테지만 말입니다."

"이제야 말씀드리는 거지만, 어머니가 제게 올겨울을 따뜻한 곳에서 보내라고 하셨습니다. 대륙에는 가보았으니 리스본에 오기로 했죠." 헨리는 그러더니 메리를 빤히 쳐다보았다. 그리고 아주 넌지시 "메리의 우정을 기대해도 될지"를 물었다. 메리가 아버지처럼 그를 의지한다면 "매우 다정한 아버지가 소중한 아이의 운명에 관심을 가지듯이" 그도 메리에게 관심을 가질 거라고.

머릿속에 너무나 갑자기 여러 가지 생각이 몰려드는 바람에 메리는 가장 확실한 감정을 표현하려고 했지만, 잘 되지 않았다. 메리의 마음은 새로운 손님을 받고 싶어 했다. 그곳에 너무 큰 빈자리가 생겼으니까. 사랑할 사람을 갖는 것에 익숙한 메리는 애정을 쏟을 상대에게 마음을 주지 못하면 외로웠고, 위로받을 수 없었다.

헨리는 메리의 갈등을 알고서 더 큰 괴로움을 주지 않기 위해 방을 나왔다. 그는 메리의 생각을 새로운 방향으로 돌리고자 노력했고, 성공했다. 메리는 죽은 친구를 배신한다는 자책이 들기 시작할 때까지 헨리를 생각했다. 그래서 앤을 애도하기로 마음먹었지만, 헨리의 불행과 건강이 떠올랐다. 그리고 헨리가 메리의 운명에 가져 준 관심은 메리의 아픈 마음을 위로해 주었다. 메리는 자신들의 관계에 대해 이성적으로 사고하지 않았다. 하지만 헨리가 자신에게 끌린다는 느낌은 있었다. 이런저런 생각에 빠져든 메리는 자신이 그에게 가진 애정이 어떤 것인지, 어떤 의도를 가진 것인지 자문하지 않았다. 메리는 사랑과 우정이 매우 다른 것임을 알지도 못했다. 온 세상에 자신에게 애정을 자신 사람이 한 명 있으며, 자신이 우러러보는 사람, 자신이 우정을 느낀 사람이 그 사람이라고 생각하자 마음이 기뻤다.

헨리는 메리를 소중한 아이라고 불렀다. 그 말이 우연히 나온 것일지도 모르지만, 메리가 흘려듣지는 않았다. 아이! 그의 아이라니, 어쩌면 그런 생각이! 내게 아버지가, 그런 아버지가 있었다면! 메리는 불현듯 든 그 생각을 계속할 수 없었다. 머릿속은 불안했고, 채 알아차리지 못한 감정이 그녀의 영혼을 온통 채웠다. 메리는 백일몽 가운데 헨리의 이야기를 생각해 보고, 또 생각해 보았다. 앤에게 말할 수 있다는 생각이 들자, 쓰디쓴 기억에 제정신이 돌아왔다. 그리고 소리 내어 용서를 구했다.

이런 갈등으로 하루가 너무나 길었다. 그리고 잠자리에 들면 열에 들떠 뒤척이며 밤을 보냈다. 밤잠이 메리에게 휴식을 가져다주지는 못했지만, 생각하고 상상을 억제하는 노력은 쉴 수 있었다. 상상력은 제멋대로 날뛰었고, 깨어 있을 때의 생각과 비슷했다. 한 번은 메리가 아픈 어머니를 부축하고 있기도 했고, 또 한 번은 메리가 숨을 거두고, 헨리가 위로하는 모습도 나타났다.

달갑지 않은 햇빛이 메리의 지친 두 눈을 비추었다. 사실, 메리는 헨리를 만나야 한다고 생각했고, 이 희망에 영혼이 움직였다. 하지만 메리는 하녀 때문에 곧 실망하고 말았다. 하녀가 메리가 탈 수 있는 배가 있으며, 평민이기는 하지만 함께 탈 여자 승객도 있다고 전했기 때문이다. 하지만 그 여자가 평민인 것이 더 나을 수도 있었다. 메리는 친구를 원하지 않았으니까.

메리가 다음번 출항하는 배에 탈 수 있게 해달라고 지시해 두었으므로, 취소할 수 없었다. 그리고 선장이 순풍이 불자마자 출항하기로 했으니 메리는 홀로 돌아가는 여행을 준비해야 했다. 메리는 마음이 강해서 한 번 결심한 것을 바꾸지 못했다. 하지만 그 결심은 메리의 심장을 쥐어짜고, 옛 상처를 모두 열고, 새롭게 피 흘리게 했다. 어떻게 해야 할까? 어디로 가야 할까? 성급한 맹세를 지키고, 고의적인 거짓말을 할 수 있을까. 다른 남자의 모습이 머릿속에서 떠나지 않는데, 한 남자를 사랑한다고 약속할 수 있을까. 메리의 영혼이 거부했다. "그런 가짜 영웅 행세로 세상의 박수는 받을 수 있을지 모르지만, 나 스스로 손뼉 쳐야 하지 않을까? 그대, 내 아버지의 박수를 받아야 하지 않을까!"

이 짧은 외침은 진지했고, 그로 인해 잠시나마 복잡한 감정이 가라앉았다. 메리의 마음은 평정심을 잃었다. 메리의 신앙심이 지난 얼마 동안 좀 더 열렬하기는 했지만, 고르지는 못했다. 메리는 지상에서 행복을 찾을 수 없다는 사실을 잊고, 진지하게 생각하자마자 망가질, 천상의 낙원을 머릿속에서 꿈꿨다. 메리는 이성적으로 생각하면 너무나 슬퍼졌고, 삶을 견디기 위해 몽상으로 빠져들었다.

이것은 미친 짓이었다.

며칠 뒤면 메리는 다시 바다로 나가야 했다. 바다가 몹시 거칠었지만, 메리의 영혼 속의 폭풍으로 인해 다른 모든 것은 사소하게 느껴졌다. 비바람이 아니라, 메리 자신이 두려웠던 것이다!

17

헨리와 만나야 하므로, 그 만남을 버틸 힘을 얻기 위해 메리는 마차를 타고 나갔다. 날씨는 좋았다. 하지만 자연은 메리에게 그저 백지장과 마찬가지였다. 메리는 그것을 즐기지도, 즐길 수 없음을 슬퍼하지도 못했다. 메리는 매우 높은 언덕에 서 있는 오래된 수도원 폐허를 지나갔다. 마차에서 내려 폐허 사이를 걸었다. 바람이 심했지만, 메리는 그 바람을 피하지 않았고, 오히려 계속 불어달라고 간절히 청하며 바람과 싸우는 것을, 아니, 맞서 걸어가는 것을 반기는 것 같았다. 지친 메리는 마차로, 그리고 곧 숙소의 방으로 돌아갔다.

헨리는 메리의 달라진 모습에 놀랐다. 그 전날 메리의 안색은 몹시 창백했는데, 이제는 뺨이 붉게 상기되었고 눈은 짐짓 생기를 띠는 듯 여느 때와 달리 반짝였다. 헨리는 몸이 좋지 않았고, 병색이 완연한 모습으로 밤새 한숨도 자지 못했다고 했다. 이 말은 마음속에서 자고 있던 다정함을 일깨웠고, 메리는 자신들이 곧 헤어진다는 사실을 잊어버렸다. 그를 보고, 그의 말을 듣는다는 현재의 행복에 몰두한 나머지.

한두 차례, 메리는 자신이 며칠 내에 떠난다는 사실을 말하려고도 했다. 하지만 그럴 수 없었다. 결심이 서지 않았다. 내일 말해도 될 것 같았다. 바람이 바뀐다면 그렇게 빨리 출발할 수 없을 것이다. 메리는 그렇게 생각했고, 이상하게 점점 더 침착해졌다. 여인들이 저녁 시간을 함께 보내자고 했지만, 메리는 일찌감치 쉬러 방으로 들어갔고 서너 시간 침대 옆에 앉아 있다가 몸을 눕히고는 두려운 내일을 기다렸다.

18

여인들은 메리의 하녀가 그날 결혼할 것이며, 메리는 세관에 나가 있는 배를 타고 떠날 것이라는 소식을 들었다. 헨리도 들었지만 아무 말도 하지 않았다. 메리는 전력을 다해 자신을 다잡았고, 다른 여인들에게 자신의 갈등을 감췄다. 메리는 헨리가 소식을 들었을 때 차마 그의 시선을 마주 볼 수 없었다. 그리고 자신의 비참한 마음을 베일로 가리고자 끊임없이 말을 했지만, 무슨 말을 하는지 알지 못했다. 재치 있는 말이 메리에게서 툭툭 튀어나갔고, 웃기 시작하면 멈출 수가 없었다.

헨리는 메리의 말 몇 마디에 웃었고, 선한 마음과 동정심을 가지고 바라보던 중, 메리의 혼란스러운 생각을 알아차렸다. 여인들이 만찬을 위해 옷을 갈아입으러 올라가자 둘만 남았다. 그리고 한동안 아무 말도 하지 않았다. 시끄러운 대화 뒤, 정적은 숙연하게 느껴졌다. 헨리가 입을 열었다. "메리, 이제 떠나는군요. 혼자서요 당신은 제대로 판단할 수 없는 상태군요. 하지만 가지 말라고 말릴 수는 없습니다. 그건 제가 바라는 친구의 자격에 맞지 않는 행동이 될 테니까요. 저는 오로지 당신의 행복만을 생각합니다. 제 마음속의 강한 충동을 따를 수 있다면, 당신을 따라 영국으로 가겠어요. 하지만 그런 짓을 했다가는 앞으로 당신의 평안에 위험을 줄 수 있지요."

그러자 메리는 솔직하게 자신의 상황을 그에게 설명했고, 끔찍한 운명을 너무나 혐오하며 이야기하자 헨리는 메리를 대신해 몸을 떨었다. "그 사람을 볼 수 없어요! 그 사람은 제가 사랑할 수 있는 상대가 아니에요!" 헨리를 알기 훨씬 전부터 남편을 싫어하는 마음이 깊이 자리 잡고 있었으니 메리는 돌려 말하지 않았다. 그를 피하고자 프랑스 대신 리스본으로 온 것이 아닌가? 그리고 만약 앤이 어느 정도 건강했다면, 메리는 앤과 함께 그를 피해 어딘가 멀고 외딴곳으로 달아났을 것이다.

"당신을 따라 다음 배로 갈 생각입니다." 헨리가 말했다. "당신의 안부를 어디서 들어야 할까요?" "아! 제가 당신의 안부를 듣게 해주세요." 메리가 대답했다. "저는 건강해요. 아주 건강해요. 하지만 당신은 아주 편찮으시죠. 건강상태도 자주 변하고." 그리고 메리는 앤의 친척에게 갈 생각이라고 말했다. "저는 앤의 대리인이라 앤을 위해서 할 일이 있어요. 배를 타고 가는 동안에 생각해 두면 돼요. 이미 마음은 정했지만요."

"너무 서둘지 말아요, 내 아기." 헨리가 말을 막았다. "감정을 거역하라고 설득할 생각은 조금도 없어요. 하지만 당신의 앞으로의 삶이 지금 하는 행동에 달려 있다고 생각해요. 우리의 감정뿐만 아니라 애정도 변하고 있으니. 앞으로도 지금처럼 생각하거나 느끼라는 보장은 없어요. 지금 피하는 대상이 나중에는 다르게 보일 수도 있습니다." 헨리가 말을 멈췄다. "이렇게 조언하면서 오로지 그대에게 좋은 길만 마음에 두고 있어요, 메리."

메리는 그의 말에 반박했다. "저의 애정은 저도 모르게 생겨난 거예요. 하지만 그건 심사숙고를 통해서 자리 잡는 것이고, 그렇게 되면 제 영혼의 큰 부분을 차지하고, 영혼과 하나가 되어 제가 행동하게 하고, 저의 안목을 형성하지요. 어떤 자질은 동정심을 일으키고, 제 능력을 만들어 주기도 해요. 저는 사람을 사랑할 수 있고, 모든 사람이 쉽게 지닐 수는 없는 종류의 자비심을 갖고 있어요. 밀턴이 말했죠. 지상에서의 사랑이 우리가 오를 수 있는 천국을 가늠하게 해주는 잣대라고."[25]

메리가 간절한 어조로 말을 이었다. "몇 가지 문제에 대한 제 의견은 흔들림 없어요. 제가 평생 추구해 온 것은 늘 같아요. 제 감정은 혼자일 때 생겨났어요. 그것은 지울 수 없고, 죽음 이외에 그 어떤 것도 없앨 수 없어요. 아뇨, 죽음도 그것을 지울 수는 없어요. 그렇지 않으면 제 영혼은 고양되는 것이 아니라 새로 만들어져야 하니까요. 하지만 앤과 헤어져 지낸 기간 동안 전 앤을 다시 만난다는 희망 없이는 존재할 수 없었어요. 사라질 수 없는 것을 기반으로

---

[25] … 사랑은 사고를 정련하고
마음을 확장하며 이성에
그 자리를 잡아 신중하며 그대가 오를 수 있는
천상의 사랑을 측정하는 척도가 된다.
존 밀턴, 『실낙원』 제8권 589~592행 (역자 주)

생겨난 애정이 시간이 흐르며 닳아 없어질 거라고는 생각할 수 없어요. 당신은 영혼이 물질이라고 저를 설득하려는 셈이에요. 제 영혼의 감정이 그것을 바꾸고 고쳐서 생겨난 것이라고."

"열렬한 사람." 헨리가 속삭였다. "그대가 어떻게 내 영혼에 몰래 들어온 것인지." 메리가 계속해서 말했다. "제가 모든 완벽한 것들을 지으신 창조주를 사모하니 그분만이 제 영혼을 채울 수 있다는 걸 알게 되었어요. 그리고 이 땅에 비친, 그분의 권능을 드러내는 희미한 상을, 그 그림자를 경외할 수밖에 없어요. 제 상상력은 그것들을 더욱 선명하게 볼 수 있게 해주니까요. 제가 어느 정도 착각에 빠져 있다는 것을 알고 있어요. 하지만 이 강렬한 착각이 바로 저 자신이 '발길에 밟히는 진흙보다는 나은 자질을 지녔다'[26]는 증거가 아닐까요. 이와 같은 상상력이 앞날을 가리키고 있어요. 상상력의 작용을 쫓아버릴 수 없어요. 자연 속의 모든 원인은 결과를 낳죠. 그런데 제가 보편적인 원칙의 예외일까요? 스스로를 비참하게 만들 뿐인 소망을 가진 건가요? 그 소망은 영영 성취할 수 없는 것일까요? 전 행복할 수 없는 걸까요? 제 감정은 고독한 행복이라는 관념을 받아들일 수 없어요. 행복한 상태란 사랑할 수 있는 이들과 함께 하는 것이니까요. 이 땅의 질병이 애정과 뒤섞이지 않은 상태로. 그것이 우리의 가장 큰 행복을 이룰 거예요.

이런 관념을 갖고서 제가 세상의 처세술을 따를 수 있을까요?

---

[26] 에드워드 영, 『불평』 I:388행 (역자 주)

분별 있게 행동하라는 냉혹한 세상 말을 듣고, 저의 이 격렬한 감정에 저를 그만 괴롭히라고, 가만히 좀 있으라고, 천박한 안목과 멋모르는 사람들의 경의에서 만족을 찾으라고 할 수 있을까요? 제가 기쁨을 주고 싶은 이는, 제게 온 세상인 이는 하나뿐인데. 제게 반박하지 마세요. 저는 혼약에 매여 있는 몸이니까요. 하지만 제 영혼이 사랑을 약속한 적이 있다면, 혹은 제가 억지로 서약을 하게 되었을 때 고려할 여지가 있었다면, 무서운 심판의 날이 왔을 때 그 점에 대해 제가 해명해야 하겠지요. 저는 양심에 거리낌이 없고, 제 양심보다 더 위대하신 하느님은 세상이 비난하는 일을 승낙하실지 몰라요. 그분 안에서 제가 거함을 알고 있으니, 그분의 존재를 거역하거나 홀로 평화를 구하기를 바랄 수 있을까요? 제가 세상의 찬성을 얻기 위해 신념을 거스르는 일을 한다면, 세상은 저 자신에 대한 실망을 보상하기 위해 무엇을 줄 수 있을까요? 세상은 언제나 감정에 적대적이며 방어적인데.

재산과 명예가 저를 기다리고 있으니, 냉혹한 윤리주의자는 제가 거기 앉아 즐기기를 바라겠지요. 하지만 저는 감정을 지배할 수 없으니, 그렇게 될 때까지 이 싸구려 보석 같은 부와 명예가 다 무엇이란 말인가요? 당신은 제게 곧 사라질 것을, 이그니스 파투스[27]를 추구한다고 할 수도 있어요. 하지만 이렇게 좇고, 이렇게 싸우면서 영원을 준비하는 거예요. 희미한 거울로 보지 않을 때면 저는 다시는

---

[27] ignis fatuus, 도깨비불, 사람을 현혹하는 것 (역자 주)

행복이 무엇으로 이루어지는지 머리로 생각하지 않고, 감정으로 느낄 거예요."[28]

헨리는 메리의 말을 막으려 하지 않았다. 헨리는 메리의 결심이 확고하며 이런 감정이 그 순간 튀어나온 것이 아니라 강한 애정과 드높은 명예, 모든 미덕과 진실의 근원이 되는 신에 대한 외경심에서 우러난 것임을 알 수 있었다. 헨리는 메리의 주장에 완전히 설득되지는 않았지만, 그래도 매우 놀랐다. 사실 메리의 음성과 손짓은 몹시 설득력이 강했던 것이다.

그때 누군가 방에 들어왔다. 헨리가 메리의 긴 열변에 무엇이라고 대답할지 생각하고 있었던 때였다. 그에게는 다행한 일이었다. 누가 들어오지 않았더라면, 그는 평소라면 감출 말을 해버렸을 테니까. 하지만 꼭 말로 그의 감정을 드러내야 할까? 헨리는 메리의 행동에 영향을 주고 싶지 않았다. 쓸데없는 기우였다. 메리는 자신이 사랑받는다는 사실을 알았다. 그런데 그녀가 그런 남자가 자신을 사랑한다는 것을 잊을 수 있을까. 그리고 그 사랑 대신 다른 열등한 것들에 만족할 수 있을까. 처음 감정이 마음에 들어서면 그것이 구하는 것은 오로지 애정을 되돌려 받는 것뿐이다. 그리고 다른 모든 기억과 소망은 지워진다.

---

[28] 고린도전서 13장 12절 "우리가 지금은 거울로 보는 것 같이 희미하나 그때에는 얼굴과 얼굴을 대하여 볼 것이요……." (역자 주)

19

특별한 대화 없이 이틀이 흘렀다. 무심하기 위해, 또는 그런 척하기 위해 헨리는 여느 때보다 더 열심이었다. 당시 그의 건강 상태는 극심한 갈등을 견딜 수 없었다. 영혼은 그 갈등을 기꺼이 받아들였지만, 몸은 고통스러워했다. 그는 식욕을 잃었고 비참한 몰골이 되었다. 그의 기분은 가라앉아 침울했다. 세상이 모두 사라지는 것 같았다. 메리가 살지 않는 세상이 무슨 의미란 말인가. 메리가 그를 위해 살지 않는데.

헨리의 생각은 착각이었다. 그의 애정만이 메리를 지탱해 주었다. 이 소중한 지지대 없이 메리는 오랫동안 사랑했던, 잃어버린 친구의 무덤으로 가라앉았다. 그의 관심이 메리를 절망에서 구해준 것이다. 하늘의 뜻이란 참으로 헤아리기 어려운 것!

사흘째 되던 날, 메리는 준비하고 싶었다. 바람이 계속 분다면 그 다음 날 저녁에 출항할 예정이었기 때문이다. 메리는 마음의 준비를 하려고 했지만, 노력은 허사였다. 메리는 예상보다 침착한 모습이었고, 평정심을 유지하며 여정에 관해 이야기했다. 중요한 일이 있을 때면 메리는 보통 침착하게 자신을 추슬렀고, 굳은 결심으로 불안을 다스리곤 했다. 하지만 일이 끝난 뒤에도 승리감은 없었다. 그 뒤에는 우울한 상태로 빠져들었고, 당당하게 승리했을 때보다 열 배는 더 비참한 느낌이 들곤 했다.

출발하기로 되어 있던 날 아침, 메리는 헨리와 잠시 단둘이 있게 되었고, 어색하게 예의를 차리느라 두 사람은 별로 이야기를 나누지 못하고 그 시간을 보냈다. 헨리는 자신의 감정을 밝히거나 자신의 관심에 우정 이외의 이름을 붙이기 두려웠다. 하지만 메리의 안위에 대한 간절한 배려는 계속해서 드러났다. 메리 역시 그사이에 헨리의 건강에 관한 염려를 솔직하게 자꾸만, 자꾸만 드러낼 뿐이었다.

"곧 만나게 될 겁니다." 헨리는 힘없이 웃으며 말했다. 메리도 웃었다. 메리는 헨리의 낯빛에서 병색을 보았다. 반사된 빛이라 더욱 희미했지만, 메리는 어찌 해야 할지 몰라 방을 나왔다. 혼자가 된 메리는 그렇게 느닷없이 나온 것을 후회했다. "이렇게 던져버린 소중한 시간은 다시는 돌아오지 않을지도 몰라." 메리는 이렇게 생각했고, 그러자 비참해졌다.

메리는 출발하자는 전갈을 기다렸다. 아니, 어서 그 전갈을 받기를 바라기까지 했다. 그사이 시간을 여인들과 헨리와 함께 보낼 수는 없었다. 그렇게 되면 사소한 대화에 참여해야 했고, 그것은 도저히 견딜 수 없이 괴로운 일이었다.

호출이 왔고 모두 배까지 메리를 배웅했다. 잠시 앤이 떠올라, 메리는 창백한 헨리의 모습이 눈에 들어와도 그와 헤어지는 아픔을 잊을 수 있었다. 역설 같지만, 배가 출발하자 헨리의 존재감은 더 커졌다. 그때 메리가 흘리는 눈물은 온전히 그의 것이었다.

"가엾은 앤!" 메리가 생각했다. "이 길을 우리가 함께 왔고, 이곳에서 너는 나를 수호천사라고 불렀지. 그런데 이제 너를 여기 두고 떠나다니! 아! 아니, 그렇지 않아. 네 영혼은 이곳의 무덤에 갇혀 있지 않아! 말해주렴, 내가 사랑하는 이의 영혼이여, 말해줘. 아! 어디로 날아간 거니?" 배에 도착할 때까지는 앤이 메리의 머리에서 떠나지 않았다.

닻을 올렸다. 작별하려고 기다리는 것보다 더 성가신 일은 없었다. 바람이 없는 고요한 날이었으므로 그들은 메리와 함께 보트에 탔다. 헨리가 마지막으로 탔다. 헨리가 메리의 손을 꼭 쥐었을 때, 메리의 손에는 아무런 생기가 없었다. 메리는 배 난간에 몸을 기댔지만, 보트는 너무 멀어 보이지 않았고 거기 탄 사람들의 표정도 볼 수 없었다. 메리의 시야를 안개가 가렸다. 메리는 시선을 한 번만 더 교환하기를 원했고, 그 마지막 눈빛을 기억하고 싶었다. 온 우주 전체에 헨리뿐인데! 그와 헤어지는 슬픔이 다른 모든 슬픔을 쓸어버렸다. 눈으로는 보트의 후미를 좇았고, 더 그 흔적을 분간할 수 없어지자 망망한 바다를 둘러보며 사라진 시간이 남긴 자투리에서 빼앗긴 소중한 순간들을 생각했다.

그리고 메리는 주위에 펼쳐진 아름다운 자연과는 상관없이 선실로 내려가 귀빈실이라고 부르는 작은 방에 놓인 침대에 몸을 내맡겼다. 자신의 존재를 잊고 싶었다. 이 침대에서 메리는 이틀을 지냈고, 눈을 감을 수 없어 부서지는 파도 소리를 들었다. 작은 촛불이 어둠을 밝혔다. 그리고 사흘째 밤, 그 희미한 불빛에 메리는 다음의 조각 글을 썼다.

가련하고 외로운 나. 여기서 홀로 윙윙거리는 바람과 철썩이는 파도 소리를 듣고 있다. 저 거친 사람들과 어울려 기쁨을 찾을 정도는 아니니 의지할 사람은 하나도 없다. 하지만 지금 저들은 나와 같은 사람들처럼 보이지 않는다. 그 어떤 관계도 나를 그들과 가까워지게 하지 못한다. 오늘 하루가 얼마나 길고 삭막했는지. 하지만 오늘이 끝나기를 바라지도 않는다. 내일인들 무슨 일이 있으랴. 내일도 결국 똑같이 비참할 뿐일 텐데. 하지만, 분명한 것은, 나는 혼자가 아니라는 것!

눈물을 글썽이는 두 눈이 하늘을 바라보았다. 여러 가지 생각이 마음속에 몰려들어 메리는 마치 그 무게를 감당하기 힘든 듯 손으로 이마를 짚었다. 메리는 안간힘을 썼지만, 생각을 정리할 수 없었다. "은혜로우신 아버지, 이 힘든 영혼을 달래 주십시오. 하지만 제가 정말 진정하기를 원할까요. 진정하고 저의 헨리를 잊기를 원할까요?" '저의'에 펜이 힘겹게 줄을 그었다.

20

메리가 움직이는 소리를 들은 항해사가 찾아와 먹을 것을 권했다. 이전까지는 친절과 예의에서 나온 모든 제안을 기쁜 마음으로 받아들이던 메리가 이제는 혐오감을 느끼며 움츠러들었다. 메리는 그가 자신을 방해하지 않기를 바라며 짜증을 느꼈다. 하지만 마음의 질책을 느낀 메리는 내색하지 않고 항해사를 다시 불러 마실 것을 부탁했다. 가져다준 것을 마신 뒤, 갈등에 지친 메리는 죽은 듯이 몇 시간 동안 잠들었다. 하지만 잠은 휴식을 주지 못했고, 메리는 지치고 멍한 상태로 깨어났다. 바람은 여전히 반대로 계속되었다. 일주일, 끔찍한 일주일 동안 메리는 슬픔과 싸웠다. 그리고 그 싸움으로 서서히 열이 오르고, 그로 인해 가끔 거짓 기력이 나기도 했다.

바람이 매우 거칠어졌고 바다가 사나워지자 승객들은 모두 놀랐다. 메리는 침대에서 일어나 갑판으로 나가서 휘몰아치는 비바람을 살펴보았다. 그 광경은 메리의 영혼이 겪는 상태와 같았다. 메리는 몇 시간만 지나면 고향으로 돌아갈 수 있다고 생각했다. 죄수가 풀려날 수 있다고. 배는 파도를 타고 솟아올랐다가 바다의 아가리 속으로 내려갔다. 메리의 영혼도 그처럼 빠르게 지상으로 내려갔다.

아! 가장 소중한 존재, 메리의 마음이 거기 있었으니까. 돌풍이 돛을 두드렸고, 그러자 빠르게 돛을 내렸다. 그러다가 바람이 잦아들었고 마구잡이로 몰아치는 파도가 굉음과 함께 사방을 두드렸다. 그런 태풍 속, 작은 배 위에서 메리는 당황하지 않았다. 독립된 존재가 된 느낌이었다.

바로 그때 선원 한 사람이 구조 신호를 보았다. 그는 망원경의 도움을 받아 방향타가 태풍에 부서지는 바람에 정처 없이 떠다니는 작은 배를 또렷이 볼 수 있었다. 그러자 메리는 난파 직전의 배에 타고 있는 사람들에게 온통 정신을 빼앗겼다. 그들은 그쪽으로 향했다. 작은 배에 닿아 떨고 있는 사람들을 향해 소리를 질렀다. 상냥한 인사 소리에 기쁨에 들뜬 고함이 파도 소리와 뒤섞였고, 그들은 망가진 갑판으로 미친 듯이 달려 나와 곧바로 보트를 띄웠고 바다에 자신을 내맡겼다. 물통 두 개 사이에 몸을 끼우고 돛에 기대서서, 메리는 그 보트를 보았고, 파도에 보트가 보이지 않자 메리는 숨을 멈췄다. 아니, 그것이 다시 떠오를 때까지 숨을 참았다.

마침내 보트는 안전하게 배 옆에 도착했고 메리는 떨면서 배에 올라타는 가엾은 이들을 바라보았다. 노한 파도를 가라앉혀 주지는 않았지만, 뜻밖의 도움을 가져다준 은혜로운 신에게 감사 기도를 올리는 그들과 함께 메리도 기도를 올렸다.

구조된 사람 중에 가엾은 여자가 한 명 있었는데, 그녀는 배에 오를 때 정신을 잃었다. 메리는 그 여자의 옷을 갈아입혀 주었고, 여자가 정신을 차리자 위로해주고, 공포에 질려 잃어버린 기운을 차리도록 쉬게 해주었다. 메리는 다시 성난 바다를 보러 돌아갔다. 그리고 동요하는 상태를 바라보자 바람의 날개를 타고 바닷소리를 잠잠하게 하는 신의 존재가, 그리고 인간들의 광기를 잠재우는 신의 존재가 떠올랐다. 그분만이 자신의 불안한 영혼에 평화를 줄 수 있었다! 메리는 더욱 침착해졌다. 조금 전에 한 일이 메리의 선한 마음을 채워주었고, 자신 이외의 다른 것에 마음을 쏟게 해주었다.

선원 한 사람이 "세상의 종말이 오는 줄 알았다"고 말하고 있었다. 이 말에 메리는 새로운 생각을 하게 되었다. 헨델의 숭고한 음악이 떠올랐고, 메리는 웅장한 반주에 맞추어 그 노래를 불렀다. 전능하신 주께서 다스리셨고, 영원히, 영원히 다스리시네! 그렇다면 어째서 지나가는 슬픔을 두려워해야 하는가. 그분께서 부서진 마음을 치유해주시고, 큰 동요를 겪은 이들을 받아주시는데. 메리는 선실로 돌아갔다. 그리고 이제 유일한 친구가 되어주는 작은 공책에 글을 적었다. 자정이 넘은 시각이었다.

이 조용한 시각, 심판의 날이 머릿속에 가득하다. 모든 인간이 마음속에 묻어둔 비밀이 밝혀지고, 심판받는 날. 세상 사람들 사이의 구별이 모두 사라지고, 더 보이지 않게 되는 날. 그 두려운 날을 생각하면 마음속에 떠오르는 숭엄한 모습을 도저히 말로 표현할 수 없다. 그때가 되면 전능하신 주께서 다스리실 것이며, 그분이 눈물을 닦아주시고 떨리는 마음을 지지해 주실 것이다. 그분께서 잠시 얼굴을 가린 동안, 슬픔의 그림자와 어리석음의 먹구름이 우리를 신으로부터 갈라놓는다. 하지만 영원한 천국의 반가운 새벽이 밝아오면, 주께서 우리를 아시듯이 우리도 주를 알 것이다.[29] 그곳에서 우리는 보고 걷는 것이 아니라 믿음으로 걸을 것이다. 우리에게는 선택권이 있다. 잠시뿐인 삶의 쾌락을 즐길 것인지, 아니면 용기를 가지고 하늘의 상을 기다리고, 하늘로부터 내린 지혜로 삶의 전투를 견뎌내고자 할 것인지. 많은 이들이 경주하는 것을 알고 있지만, 분투하는 자만 승리의 관을 얻는다. 우리의 경주는 힘겨운 것이다! 자기 가슴 속, 미덕의 복장을 하고서 너무나 가깝게 느껴지는 변절자에게 배신당하는 이들이 얼마나 많은가. 그들이 어리석은 길을 택하고 알지 못한 채 악행에 빠져드는 것을 생각하며 우리는 한숨짓는다. 필시 행복과 같은 모든 것은 미친 짓이다! 한 시간 동안 근신한 자가 영생의 과실을 따고 사망을 이길 것인가? 내가 말하는 위대한 날이 오면, 그 길이 다시 열릴 것이다. 보기 좋은 망상, 즐거운 속임수여, 모두 잘 가거라! 하지만 너희들을 영원히 쫓을 수는 없다. 내 영혼은 여전히 앞으로 나아가고, 어둠이 드리우는 짙은 그늘 속에서 앞으로도 살 것이다. 그 어둠을 꿰뚫어 보고 쉴 곳을 찾아 지식에 대한 갈증을 풀고 뜨거운 애정의 대상을 구하고자 노력한다. 물질적인 모든 것은 변하기 마련이다. 행복과 이 원칙은 서로 바꿀 수 없다. 영원, 영혼, 그리고 행복, 이것이 다 무엇인가? 이것들이 만들어낸 강렬한, 그러나 이해하기 어려운 개념을 어떻게 하면 파악할 수 있을까?

---

[29] 고린도전서 13장 12절 (역자 주)

글쓰기를 마친 뒤, 메리는 자신의 영혼을 하늘의 아버지께 맡기고 평화롭게 잠들었다.

21

푹 쉬고 개운해진 몸으로 일찍 일어난 메리가 가엾은 여인을 찾아가 보니 여인은 상당히 회복한 상태였다. 사연을 물어보니 그 여인은 선원이었던 남편의 장례를 치른 지 얼마 안 되었다고 했다. 그리고 살아남은 아이 하나는 그 전날 물에 휩쓸려갔다고 했다. 자신도 너무 위험했던지라, 그녀는 아이를 제대로 생각하지도 못했다. 여인은 맹렬한 슬픔에 빠져들었다.

메리는 처음에는 동정심을 느끼며 그녀를 위로하려고 노력했다. 그리고 유일하게 확실한 위로의 근원을 알려주려고 했지만, 그것이 쉽지 않았다. 그 여인은 몹시 무지했지만, 메리는 절망하지 않았다. 가련한 여인이 자신의 마음을 통해 위로를 얻지 못했으므로 메리는 그녀의 수준에 맞게 대화를 맞추어 슬픔으로 짓눌린 시간을 보낼 수 있도록 했다.

감각을 매개로 삼아서만 어떤 인상을 받을 수 있는 사람들이 많다. 그런 사람들에게 메리는 직접 말을 걸었다. 메리는 그 여인에게 몇 가지 선물을 주고, 영국에 도착하면 도와주겠다고 약속했다. 이런 일을 하느라 메리는 그때까지 느끼던 무감각에서 벗어나 다시 영혼의 기능을 움직였다. 이해력이 상상력과 경쟁하게 했고, 그러는 동안 심장이 불규칙하게 뛰지 않게 되었다. 하지만 그렇게 침착한 상태는 얼마나 짧았던지! 영국 해안이 보이자 슬픔은 곱절의 기세로 되돌아왔다. 메리는 세상을 떠난 친구의 어머니를 찾아가 위로해야 했다. 그리고 거처는 어디로 장만해야 할까? 이런 상념에 이해력의 활동이 중단되었다. 추상적인 사고는 불안에 자리를 내어주었다. 그리고 유약한 마음이 용기를 잠식했다.

22

그리고 쓸쓸한 방랑자는 영국에 내렸다. 메리는 잠시 주위를 둘러보았지만, 그 섬의 어느 곳에도 애정이 가지 않았다. 메리는 자신이 가고 있는 대도시에 사는 그 누구도 알지 못했다. 건물들은 영혼 없는 거대한 몸뚱이처럼 느껴졌다. 마차를 타고 거리를 지나가는 동안 마음속에 혐오감과 공포심이 번갈아 가며 차올랐다. 메리는 술에 취한 여인을 몇 명 보았다. 그리고 선원들을 공격하는 이들의 태도를 보고 메리는 움츠러들며 외쳤다. 이들이 나와 같은 인간이라니!

배를 타고 강으로 거슬러 올라왔기 때문에, 강 근처에 서 있던 여러 대의 수레에 길이 막히자 급히 가야 할 이유가 없었던 메리는 저속함, 더러움, 그리고 악덕을 보았다. 영혼이 아파 왔다. 이렇게 여러 가지 비참함을 한꺼번에 보는 것은 처음이었다. 메리는 자신의 슬픔을 잊고 세상을 바라보며 눈물을 흘렸다. 폐허가 된 세상을 애도했다. 그리고 메리는 자신이 느끼는 위안이 미소를 머금은 자연을 바라보는 데서 오며, 순수한 즐거움을 느끼게 해주는 광경에서 반사되는 것이 분명하다고 깨달았다. 메리는 동물들이 노는 모습을 보는 것을 좋아했는데, 자신과 같은 인간이 동물만도 못한 수준으로 내려앉는 광경을 견딜 수 없었다.

런던 근처 마을 한 곳의 작은 집에 앤의 어머니가 살고 있었다. 아이 둘은 여전히 함께 살고 있었다. 하지만 그들은 앤을 닮지 않았다. 메리는 그녀의 집으로 마차를 타고 갔고 불행한 어머니에게 딸의 죽음을 전했다. 가엾은 여인은 그 소식과 여러 가지 근심에 짓눌려 눈물을 흘리더니 지나간 불행과 당시의 근심을 하나씩 늘어놓기 시작했다. 우울한 이야기는 자정까지 계속되었고 그로 인해 메리는 아침까지 잠들지 못했다. 아침이 되어서야 지친 본성은 모든 것을 잊을 수 있었고, 영혼은 갖가지 기억을 뒤지기를 멈췄다.

메리는 바다에서 건진 가련한 여인을 불러 그녀에게 거처를 마련해주고 당장 필요한 것을 구해주었다. 며칠은 기운 없이 지나갔다. 그러자 앤의 어머니가 메리에게 언제 돌아갈 것인지 묻기 시작했다. 그때까지 그녀는 메리를 몹시 존중했고, 그렇기에 메리가 정원 옆 구석방을 골라 마치 거기서 살 것처럼 이것저것 고치는 것을 보고도 놀라움을 감추고 있었던 것이다.

메리는 직접 설명하지 않았다. 앤이 살아 있었다면 헨리를 그처럼 어리석게 사랑하지 않았을 것이다. 하지만 앤이 살아 있었다면, 메리는 자신의 감정을 어떤 인간에게도 말할 수 없었을 것이다. 메리는 심사숙고한 뒤 그 가족에게 남편과 살 수 없는 이유가 있으며 한동안 그 이유를 밝힐 수 없다고 했다. 그들은 멍하니 쳐다보았다. 남편과 살지 않다니! 그럼 어떻게 살 생각이니? 그 질문에 메리는 대답할 수 없었다. 리스본에 가져간 돈 중에서 8파운드 정도가 남아 있었다. 그 돈이 떨어지면 어디서 돈을 구할 것인지? 일할 거라고, 노예가 되느니 무슨 일이라도 할 거라고 메리는 외쳤다.

23

메리는 불행한 마음을 안고 마을을 돌아다니며 가난한 사람들을 도왔다. 아픈 마음을 달래주는 일은 그것뿐이었다. 메리는 가난과 교육의 결핍에서 일어나는 비참한 상태를 더욱 잘 알게 되었다. 그곳은 대도시의 주변이었다. 자비롭고 사색하는 사람이라면, 그곳의, 그리고 그 주변의 극빈자들을 봤을 때 슬퍼할 것이다.

어느 날 저녁, 한 남자가 메리가 사는 집 근처의 골목길에서 울고 있었다. 메리는 그에게 가까이 갔다. 그는 어리둥절한 표정으로 아내가 죽어가고 있으며 아이들이 배가 고파 울고 있다고 했다. 메리는 그가 사는 곳으로 가자고 했다. 그렇게 멀지 않은 곳이었고, 한때는 고급이었던 오래된 건물의 위층이었다. 너덜너덜해진 고급 커튼이 아직 남아 있었고, 거기에 거미줄과 먼지가 가득했다. 빗물이 새는 천장 주위에는 아름다운 장식이 남아 있었다. 깨진 창문을 막아 놓아서 널찍한 복도는 어두웠다. 구멍을 통해 바람이 윙윙거리며 들어왔고, 예전에 화려했던 공간에 울려 퍼졌다.

그곳에 사는 사람들이 아주 많았다. 고함을 치는 사람, 욕설하는 사람, 점잖지 못한 노래를 하는 사람들이 있었다. 메리에게는 굉장한 광경이었다. 피가 차갑게 얼어붙었다. 하지만 메리는 마음을 굳게 다잡고 맨 위층까지 올라갔다. 맨 위층 아주 작은 방 한구석에 수척한 모습의 여인이 누워 있었다. 여인의 머리맡에 있는 창문은 깨진 곳을 더러운 누더기로 막아 놓아서 빛이 거의 들어오지 않았다. 옆에 모인 어린아이 다섯은 흙투성이였다. 홀쭉한 뺨과 기운 없는 눈에서는 어린아이다운 귀여움이 전혀 느껴지지 않았다. 아이들은 싸우기도 하고, 먹을 것을 달라고 울기도 했다. 아이들이 지르는 고함이 어머니의 신음소리와 그리고 통로로 몰아치는 바람 소리와 뒤섞였다. 메리는 굳어버렸다. 하지만 곧 용기를 내어 침대로 다가갔고, 주위가 지저분한데도 불구하고 가련한 여인 옆에 꿇어앉아 더럽기 짝이 없는 공기를 들이쉬었다. 그 불운한 여인은 불결하고 잘 먹지 못한 끝에 열병으로 죽어가고 있었기 때문이다.

그들의 상황은 별로 설명할 것도 없었다. 메리는 남자에게 가난한 이웃을 한 명 구해 오라고 시켰고, 그 여인에게 병자 간호와 아이들 돌보는 일을 맡겼다. 그리고 메리는 직접 근처 가게에 가서 필요한 물건을 샀다. 메리는 의학 지식 덕분에 여인에게 처방을 내릴 수 있었다. 메리는 두려움과 만족감을 함께 느끼며 그 집을 나왔다.

메리는 그들을 날마다 찾아가 온갖 도움을 주었다. 예상과 달리 여인은 회복하기 시작했다. 청결한 환경과 영양가 있는 음식은 놀라운 효과를 발휘했다. 메리는 그녀가 마치 무덤에서 일어나듯 살아나는 것을 지켜보았다. 메리는 자신도 열병에 걸린 것을 알아차릴 때까지 위험하다는 생각도 하지 않았다. 열병이 놀라운 속도로 진행되어 메리도 의사를 불러야 했다. 하지만 병이 너무 심해 며칠 동안 의사도 차도를 내지 못했다. 그리고 메리는 정신을 잃고 있었으므로 자신의 위험을 느끼지 못했다. 위기가 지나간 뒤, 병이 나아지면서 메리의 건강은 차차 좋아졌지만, 기력도 기분도 별로 좋아지지는 않았다. 사실 기력도 기분도 지극히 저조했다. 상냥한 간호사가 필요했다.

한동안 메리는 예전처럼 존중받지 못한다는 것을 알게 되었다. 더는 메리가 베풀 것이 없어지자 사람들은 그 은혜를 망각했다. 배은망덕에 메리는 상처를 입었다. 배에서 내린 여인도 마찬가지였다. 그때까지 메리는 그녀를 도와주었다. 메리가 가진 돈이 줄자 그 여인에게 스스로 생활비를 벌어야 한다고 넌지시 말했다. 여인은 화를 냈다.

두 달이 흘렀다. 헨리는 찾아오지도, 소식을 전하지도 않았다. 병이 깊었던 것이다. 아니, 어쩌면 메리를 잊었을 것이다. 온 세상이 삭막했고, 모든 사람은 고마움을 몰랐다.

메리는 무감각해졌고 거기서 벗어나고자 책에 또 글을 썼다.

필시 삶은 꿈, 무서운 꿈이다! 그리고 그 무례하고 앞뒤가 맞지 않는 모습들이 흩어지고 나면, 동이 트기는 할 것인가? 내가 다시 기쁨을 느낄 수 있을까? 모두 나처럼 고통스러울까. 아니면 나만 특별히 비참한 삶을 살게 되어 있을까? 그렇다. 나는 너무나 황홀한 감정을 겪었다. 짧은 환희를! 천상의 빛을. 하지만 그것은 현재의 비참함을 보여줄 뿐이다. 두근거리는 심장이여, 멈춰라. 아니면 터져라. 그리고 내 머리야. 어째서 그렇게 무시무시한 속도로 빙빙 도는 것이냐? 어째서 생각은 그렇게 빠르게 머릿속으로 들어오고, 사라질 때도 그처럼 깊은 자국을 남기는 것일까? 미쳐서 행복할 수 있기를, 강렬한 상상에 슬픈 느낌을 잊을 수 있기를 바랄 지경이다.

오, 길잡이가 되어주는 이성이여. 왜 네 도움이 가장 필요할 때, 세상 사람들처럼 나를 버리는 것인가! 네가 이 마음속의 동요를 잠재우고, 이처럼 나를 괴롭히는 죽음 같은 슬픔을 쫓아낼 수 있지 않은가. 이 슬픔은 절망과 손에 잡힐 듯 가깝다. 이제 나는 무감각해진다. 예전의 질풍 같은 감정을 바라게 된다! 한 줄기 빛과도 같은 희망이 이따금 내 길을 밝혀주었다. 내게는 하고 싶은 일이 있었다. 하지만 이제 그것은 버려진 나를 찾아오지 않는다. 나와 같은 사람들을 그토록 사랑했는데! 그들의 배은망덕에 상처받았다. 모두가 독사의 이빨로 나를 물었다.

슬픔에 어찌할 바를 모를 때, 박정한 이들을 만났다. 나를 가엾게 여길 사람을 찾았다. 하지만 아무도 없었다! 상처를 낫게 해주는 동정심을 아무도 보여주지 않았다. 외로운 나는 울고 있고, 뜨거운 눈물이 뺨을 적신다. 내게는 삶을 치유할 존재, 내가 그토록 자주 찾아온 소중한 존재, 친구가 없다. 내 사랑하는 앤의 그림자여! 네 가엾은 메리를 한 번이라도 찾아올 것인가? 정령이여, 천사들이 울 수 있다면, 억누를 수 없는 감정과 그리고 작은 위로를 잠식하는 감정과 싸우는 메리를 보고 너도 눈물을 흘릴 텐데!

메리는 더 쓸 수 없었다. 모든 사람에게서 멀리 떠나고 싶었다. 메리의 마음에 짙은 어둠이 퍼졌다. 하지만 메리는 달아나고 싶은 존재들을 잊을 수 없었다. 메리는 시궁창에서 발견한 가난한 여자를 불러서 그녀와 아이들에게 입힐 옷과 큰 정원에 있는 작은 오두막에 놓을 가구를 몇 개 살 돈을 주었다. 그곳 정원 주인은 그녀의 정원사로 자란 그녀의 남편을 고용하기로 했다. 메리는 움직일 수 있게 되면 그 가족을 찾아가 새집을 보겠다고 약속했다.

24

메리는 여전히 허약하고 우울했지만, 봄이 되어 모든 자연이 생기를 얻기 시작했다. 평소보다 해가 자주 밝게 빛났고 메리가 겨울 동안 소중히 여긴 작은 울새가 아름답게 노래했다. 앤의 가족은 화창한 아침에 유난히 상냥하게 굴면서 메리에게 산책하러 나가보라고 청했다. 친절한 것이라면 무엇이든 메리의 마음을 움직였다. 메리는 그러겠다고 했다.

다정한 감정에 우울함이 사라졌고, 메리는 편하다고 여긴 곳으로 발길을 향했다.

침침한 방에서 나오자 자연은 온통 밝아 보였다. 마지막으로 밖에 나갔을 때는 땅이 눈으로 덮여 있었고 싸늘한 바람이 온몸을 에는 듯했다. 이제 울타리는 초록색이었고, 꽃들이 피어 있었으며, 새들이 노래했다. 메리는 도움을 준 가족의 집에 도착했고, 별로 지치지 않았지만 거기서 쉬며 혈색이 좋아진 아이들이 풀밭에서 노는 모습을 보았다. 여인은 눈물을 글썽이며 도움을 준 메리에게 고마워했다. 메리는 동정심뿐만 아니라 같은 인간에 대해 느끼는 애정이 가져다주는 감정과 기억, 그리고 되살아난 자연에 모두 감동해 눈물을 흘렸다. 메리는 자신의 내면에 일어난 변화를 발견하고 설명하고자 했고, 연필로 감수성에 대한 글을 적었다.

감수성은 인간의 영혼이 가질 수 있는 가장 귀한 감정이다. 그것이 우리에게 충만하면 우리는 행복을 느낀다. 그리고 그것이 계속해서 유지될 수 있다면, 우리는 순종하는 감정이 이성의 지배를 받을 때, 마음의 충동질을 교정할 필요가 없는 천국에서 느끼던 지복을 조금이나마 느낄 수 있다.

우리로 하여금 시인과 화가의 숭고한 능력을 감상할 수 있게 해주는 것은 바로 이 민첩하고 예민한 감정이다. 우리가 위대한 자연을 바라볼 때, 또는 선행에 대해서 들을 때 영혼을 확장시키고, 강렬한 위대함과 부드러움을 함께 느끼게 해주는 것이 바로 이것이다. 봄이 되어 돌아오는 해를 맞이할 때, 그로 인해 자연이 새로워지는 것을 바라볼 때도 같은 효과를 경험한다. 꽃이 스스로 피어날 때, 그 달콤한 향기를 맡을 때, 음악 소리가 땅에서 들려올 때. 아름다운 것들에 부드러워진 영혼은 미덕을 갖는다. 불행한 이들을 위로한 뒤, 저녁에 느끼는 감정과 그 어떤 감각적인 만족감을 비교할 수 있을까.

감수성은 실제로 모든 행복의 기초다. 하지만 저급한 감각을 자극하는 것에만 움직이는 감각주의자들은 이 환희를 알지 못한다. 섬세한 자연은 그런 이들이 알아차리지 못한다. 상냥하고 흥미로운 애정도 마찬가지다. 하지만 그것은 느낄 수만 있다. 말로는 표현할 수 없다.

그리고 메리는 집으로 돌아와 가족과 식사를 함께 했다. 중년이 지난 나이에, 세련된 태도, 넘치는 위트를 지닌 남자가 함께해 식사는 더욱 즐거웠다. 그 남자는 메리를 대화에 끌어들이려고 노력했고 성공했다. 메리도 함께 이야기했고, 그녀가 꾸밈없이 재능을 드러내자 그는 놀랐다. 그는 메리의 사고력이 뛰어나고 상상력이 풍부한 만큼 깊이 있는 이성을 지녔음을 알게 되었다. 메리는 땅부터 하늘까지 살피며 진실의 빛을 볼 줄 알았다. 풍부한 표정은 그녀의 마음속에 무슨 생각이 일어나는지 알려주었고, 말은 항상 마음을 진실하게 전했다. 메리의 말이나 행동에 이중성이 드러나는 일은 없었다. 메리는 그가 박식한 사람임을 알게 되었다. 이해력을 발휘하는 동안 메리는 종종 슬픔을 잊을 수 있었다. 선행 이외에 그 슬픔을 잊게 할 수 있었던 것은 아무것도 없었음에도.

그 남자는 그 집의 안주인을 젊은 시절 알게 되었다. 그는 선한 성품 때문에 그녀를 찾아왔다. 하지만 메리를 보고 그는 다른 구실이 생겼다. 메리의 외모, 그리고 무엇보다도 메리의 재능, 세련된 정신이 그의 호기심을 일으켰다. 하지만 메리의 기품 있는 태도를 보고 그는 호기심을 억누를 수밖에 없었다. 그는 책뿐만 아니라 사람에 대해서도 알았다. 그의 대화는 재미있으면서도 상대를 발전하게 했다. 메리와 함께 있을 때, 그는 천국에 남성적인 영혼을 가진 사람만 있는지 궁금해졌다. 그리고 그가 여성을 "인생을 견딜 수 있게 해주는 예쁘장한 장난감"이라고 불렀던 것을 잊어버릴 지경이었다.

그는 아름다움의 노예, 감각의 포로였다. 그는 사랑을 느낀 적이 없었다. 그의 정신은 사랑이라는 구속을 받아들인 적이 없었고, 육체를 보기 좋다고 느낀 적도 없었다. 그는 인정이 많았고, 비열함을 경멸했다. 하지만 자신의 능력을 자만했고, 사회에 유용한 일원은 결코 아니었다. 그는 미덕의 아름다움에 대해 자주 이야기했지만, 실천에 옮기게 해줄 튼튼한 토대가 없는 그는 그저 빛나는, 아니, 반짝이는 인물일 뿐이었다. 재산 덕분에 즐거움을 좇을 수는 있었으나, 그는 만족하지 못했다.

메리는 그의 성품을 관찰하고 떠오르는 생각을 기록했다. 그 생각은 메리의 관찰에서 비롯한 것이며, 메리의 마음에서 영향을 받은 것이었다. 그리고 혐오감으로 이성이 제 역할을 하지 못해 메리의 마음은 고통스러우면서도 고요한 상태였다. 그때까지도 메리는 체념하는 법을 익히지 못했다. 헛된 희망이 마음을 어지럽혔다.

어떤 것들은 구름에 너무 겹겹이 가려져, 구름 하나를 걷어내면 다른 것에 가려진다. 이런 것 중 하나가 행복에 관한 우리의 생각이다. 사도 바울과 함께 '하나님이 예비하신 모든 것이 무엇으로 이루어졌는지 마음으로 생각지 못하였다고', 또는 어떻게 만족하지 못하게 하셨는지 알 수 없었다고 외칠 때까지.[30] 인간은 행동하도록 만들어진 것 같지만, 감정을 제대로 통제하기 어렵다. 감정은 너무

---

[30] 고린도전서 2장 9절 (역자 주)

약해 행동을 재촉할 수 없거나, 아니면 너무 거칠어 모든 경계를 뛰어넘게 한다.

모든 인간은 저마다의 독특한 시험을 받는다. 그리고 괴로움은 어떤 형태로든 모든 사람의 마음을 찾아간다. 감수성은 미덕을 만들어낸다. 하지만 이성이 통제하지 않는다면, 감수성은 미덕을 생각하는 와중에도 악덕에 다가갈 수 있게 한다.

기독교만이 제멋대로 구는 감정과 마음의 충동을 다스리는 적절한 원칙을 제공할 수 있다. 아무리 선한 기질도 기독교를 받아들이지 않으면 거칠어지고 만다. 하지만 삶의 모든 문제가 거기 달려있다고 알면서도 마음을 부지런히 다스리기란 얼마나 어려운가.

사색하는 사람의 마음을 다스리거나 나약함이나 이해력의 한계를 받아들이게 하는 일은 참 어렵다. 그리고 감정을 다스리고, 행복보다는 만족을 구하는 법을 배우기는 더욱 어려운 일이다. 복음의 도움이 없다면, 선한 기질과 미덕을 지닌 성품은 특이한 성품이 된다. 그것은 마치 혜성처럼 늘 극단으로 치닫는다. 신의 계시는 마치 인력의 법칙처럼 늘 사람을 이끌어주지만, 그 당기는 힘이 약한 경우가 너무 많다. 그리고 빛은 감정에 가려지고, 당황한 영혼이 공허 속으로 날아가 혼란에 빠져 방황하게 한다.

25

며칠 뒤, 메리가 복잡한 생각과 두려움에 시달리며 앉아있을 때, 편지 한 통이 도착했다. 편지를 가져온 심부름꾼은 답장을 달라고 했다. 심장이 두근거렸다. 헨리에게서 온 편지였다. 메리는 그 편지를 손에 잠시 쥐고 있다가 열었다. 긴 편지는 아니었다. 내용은 그저 혼수상태에 빠진 바람에 계획대로 첫 배를 타지 못했다는 것뿐이었다. 메리의 건강과 마음 상태에 대해 상냥하게 안무를 묻기도 했다. 하지만 그것은 격식을 차린 문체로 적혀 있었다. 그것을 본 메리를 짜증이 났고, 그가 도착했으며 아프다는 소식이 마음속에 불러일으킨 애정이 식었다. 메리는 그 편지를 다시 읽었지만, 무엇 때문에 아픈지 알 수 없었다. 다만 그 내용이 메리의 애정이 기대하는 바를 응해주지 못한다는 것뿐이었다. 메리는 답장으로 짤막하고 앞뒤가 안 맞는 내용을 적었고, 이튿날 찾아오라고 했다. 그가 편지 말미에 그 허락을 구했던 것이다.

그러고 나자 메리의 마음은 고통스러울 정도로 활발하게 움직였다. 읽을 수도, 산책할 수도 없었다. 메리는 자신에게서 달아나 내일이 올 때까지 남은 오랜 시간을 잊고 싶었다. 그가 언제 올지도 알 수 없었다. 분명 오전에 올 거라고 메리는 생각했다. 그러자 아침이 오기를 간절히 바라게 되었다. 그리고 바라는 마음이 들 때마다 한숨이, 기대감과 두려움, 허망한 후회에 한숨이 나왔다.

지루한 시간을 보내기 위해 헨리가 좋아하던 노래를 불렀다. 함께 읽었던 책도 뒤적였다. 그리고 짧은 편지는 적어도 백 번은 읽었다. 그때 메리를 본 사람이 있다면 그녀가 중국어 글자를 해독하는 중이라고 생각했을 것이다.

잠 못 드는 밤을 보내고 난 메리는 늑장을 부리는 아침을 반기며 떠오르는 해를 바라본 뒤 들리는 발소리에 귀를 기울이고 문이 열리는 소린가 하며 놀랐다. 마침내 그가 왔고 시간을 세며 지구가 움직이기는 하는 것인지 의심하던 메리는 그와 만남을 피할 수 있다면 기꺼이 피했을 것이다.

주춤주춤 망설이는 걸음걸이로 메리는 그를 맞이하러 나갔다. 하지만 그의 수척한 모습을 보자, 딱딱하게 쓰인 편지 때문에 사라졌던 상냥한 마음이 모두 돌아왔고, 슬픈 예감에 마음속의 갈등이 고요해졌다. 메리는 그의 손을 잡고서 애석한 눈길로 바라보고는 외쳤다. "정말 건강이 좋지 않군요!"

"건강하지는 않습니다. 하지만 괜찮아요." 헨리는 체념한 듯 미소를 지으며 말했다. "고향의 공기가 기적을 일으킬 수도 있고, 어머니가 상냥하게 돌봐주실 것이고, 또, 당신을 가끔 만날 테니까요."

메리는 평생 처음으로 질투심을 느꼈다. 그 말을 듣자마자, 그가 얻을 모든 위안이 메리 자신에게서 비롯한 것이기를 바랐던 것이다.

메리는 병의 증세를 물었다. 그리고 그가 몹시 아팠다는 대답을 들었다. 메리는 이전의 경험이 가져다주는 두려움을 황급히 쫓았다. 그리고 그가 곧 나을 거라고 확신한다고, 자꾸만 자꾸만 되뇌었다. 메리는 그도 동의하는지 얼굴을 보고는 비슷한 내용의 질문을 더 했다. 메리는 자신에 관해서 이야기하는 것은 피했고, 헨리는 이튿날 찾아오겠다는 약속을 남기고 돌아갔다.

메리의 마음은 한 가지 두려움으로 가득했다. 하지만 도무지 입에 올릴 수 없는 일을 두려워한다는 생각조차 하지 않으려고 했다. 헨리의 창백한 얼굴이 눈앞에 어른거렸다. 그의 목소리가 여전히 귓전에 맴돌았다. 메리는 그것을 놓치지 않으려 했다. 귀를 기울이고, 주위를 둘러보고, 울고, 기도했다.

헨리는 삭막한 그곳을 밝혀주었다. 이 삶의 기쁨이 부질없는 환상처럼 사라지고 잔해 하나 남기지 않을까? 이렇게 생각하니 메리는 침착할 수 없었고, 그 생각을 쫓아버리려는 듯 고래를 저었다. 가슴을 묵직한 것이 눌렀다. 모든 것이 제대로 돌아가지 않았다.

멍하니 생각에 빠져 있다가 정신을 차린 메리 남편의 편지가 도착하니 괴로움은 더욱 심해졌다. 메리가 떠난 뒤 리스본으로 온 편지였다. 헨리가 가져다준 것이지만, 당연한 이유로 직접 전하지 않았다. 그가 그 편지를 가져왔다면, 한동안 피하고 싶은 이야기가 나올 테니까. 그리고 헨리의 이런 결정은 선량한 마음씨와 애정에서 비롯한 것이었다.

메리는 봉인을 뜯어내는 데 필요한 결단력을 모을 수가 없었다.

하지만 두려운 예감은 빗나갔고, 그 내용은 위로가 되었다. 남편은 이제 성인이 되었으니 여행을 연장할 생각이며 한동안 대륙에서 지내며, 특히 자유롭게 이탈리아를 찾아볼 생각이라고 했다. 하지만 그곳에 가는 이유는 유치하게 느껴졌다. 시인이나 철학자들이 서양 문명의 전통을 찾았던 곳에서 안목을 키우거나 고전의 발자취를 따르기 위해서가 아니라, 가면무도회니 뭐니 하는 저속한 오락에 참가하기 위해서였다.

이런 어리석음에 메리의 마음이 놓였고, 열렬한 감정의 불길에 땔감을 더하기도 했다. 그리고 우리가 힘겨운 섭리를 받아들이게 해주는 것이 종교의 일임을 생각할 때, 이성과 양심으로 인해 느꼈던 고통 같은 것을 잠재워주기도 했다. 그리고 아무리 강하더라도 어떤 의향도 우리에게 주어진 자리를 버리게 하거나 미덕이 행동강령이 되어야 한다는 것을 잊게 해서는 안 된다는 생각도 들었다. 또한 가장 바람직한 상태는 우리의 이성을 움직이고, 애정을 올바르게 만들어 가며, 유용한 사람이 되는 것이라는 생각도 들었다.

한 가지 생각이 끊임없이 메리의 휴식을 방해했다. 가난은 두렵지 않았다. 필요한 것은 얼마 없었다. 하지만 재산을 포기하면 불쌍한 이들을 도울 힘이, 슬픈 이들을 기쁘게 할 힘이 없어졌다.

하늘은 메리에게 보기 드문 인간애를 부여했고, 천사와 같은, 평화의 전달자와도 같은 성품을 주었다. 그런데 그녀가 자기 자신의 의향만을 살펴야 할까?

이런 생각이 격렬한 감정을 가라앉히지는 못했지만, 메리의 비참한 기분을 더해주기는 했다. 한순간 메리는 운명이 가져다주는 어떤 일도 견디겠다고 결심하는 여장부가 되었다. 그랬다가도 곧 마음이 움츠러들었고 영혼이 온통 연약해졌다. 헨리가 보여주는 애정, 그의 능력과 재능이 기억났다. 그리고 그가 함께할 수 없었으므로 지상은 온통 눈물의 골짜기일 따름이었다.

26

헨리가 이튿날 찾아왔고, 그다음 주에도 한두 차례 찾아왔다. 하지만 메리는 여전히 약간의 격식을 차렸고, 모종의 의식에 얽매였다. 그리고 헨리는 메리가 피하는 것 같은 주제를 거론하지 않았다. 그러나 대화 중 메리는 앤의 가족이 다시 힘들게 지내고 있으므로 앤의 남동생에게 관청 일자리를 하나 구해주고 싶다는 이야기를 했다.

헨리는 관심을 갖고 몇 가지를 물어보더니 그 이야기를 그만두었다. 하지만 그다음 주, 헨리가 여느 때와 달리 급하게 들어오는 소리가 들렸다. 전에 외국에서 매우 급한 일을 도와준 사람과 연락을 했으며, 그가 메리의 친구에게 일자리를 구해주었으니 그 친구가 잘하면 당연히 살림이 나아질 것이라는 소식을 전하기 위해서였다. 메리는 고맙다는 말을 할 수가 없었다. 감사와 애정이 얼굴에 퍼졌다. 메리의 혈색이 더 빠르게 감정을 전했던 것이다. 메리는 자신과 같은 사람들을 통해 도움을 받는 것이 기뻤다. 하지만 헨리에게 도움을 받는 것이 가장 큰 기쁨이었다.

여름이 지나가는 동안 헨리의 상태는 더욱 악화되었다. 대도시의 답답한 공기에 그는 숨을 제대로 쉬지 못했다. 그의 어머니는 시골에 가서 함께 지내자고 했다. 헨리는 멀리 갈 생각을 할 수 없었지만, 메리가 사는 곳 근처, 템스강 근처 작은 마을을 골랐다. 그리고 헨리는 메리를 어머니에게 소개했다.

그들은 종종 보트를 타고 강을 따라 내려갔다. 헨리는 바이올린을 가져오곤 했고, 메리는 노래를 부르거나, 책을 읽어주기도 했다. 메리는 헨리의 어머니를 기쁘게 했다. 그리고 헨리를 황홀하게 했다. 메리의 마음에 우선 우정이 자리 잡은 것은 메리에게는 도움이 되었다. 우정은 인간이 지니는 모든 부드러운 감정에 열려 있었으니까. 그리고 처음에 지닌 애정이 떠나가면, 다른 종류의 애정이, 훨씬 더 다정한 감정과 함께 자라났다.

그 전날 저녁 강가에 나갔을 때 갑자기 먹구름이 드리우더니 거센 소나기가 내렸고, 그로 인해 고요하던 분위기가 깨졌다. 천둥이 우르릉거렸다. 강가에 닿으려고 빠르게 움직이는 노도 불쾌한 소리를 냈다. 메리는 헨리에게 더욱 바짝 붙었다. 그와 함께 강물을 무덤으로 삼고 싶었다. 그를 먼저 보내는 끔찍한 일을 피하고 싶었다. 메리는 말하지 않았지만, 헨리는 메리의 마음을 알았다. 그것을 느꼈다. 그리고 그는 메리의 허리를 안았고, 둘은 불쌍한 사람들에게도 허용되는 애정이라는 사치를 즐겼다. 강가에 닿자 메리는 헨리가 흠뻑 젖은 것을 알아차렸다. 메리는 다급하게 외쳤다. 어떻게 하지! 이러다 오늘을 못 넘기고 죽겠어요. 그런데 나는 함께 죽지도 못하고!

이 사건으로 그들의 즐거운 산책은 끝났다. 헨리는 몸이 상해 피를 토하게 되었다. 그 일로 걸린 감기 때문은 아닌 것 같았다. 메리는 눈을 감아보려고 했지만 소용없었다. 운명이 그녀를 놓아주지 않았다! 헨리는 날이 갈수록 쇠약해졌다.

27

불길한 두려움에 짓눌린 메리의 마음은 또 다른 사람의 배은망덕에 상처를 입었다. 불행한 가족 때문에 쉴 수가 없었던 메리는 슬픔에 잠겨 정처 없이 걸었다. 으슥한 길을 따라 걷는데, 그들이 즐겁게 다니던 길로 접어든 것을 메리는 알 수 있었다. 헨리가 혼자 정원에 앉아 있었다. 헨리는 재빠르게 정원 문을 열어주었고, 메리는 그 옆에 앉았다.

"오늘 저녁에 만나게 될 줄은 몰랐군요, 메리. 하지만 당신 생각을 하고 있었어요. 하늘이 그대에게 남다른 용기를 주셔서 그대는 세상에서 가장 애정 많은 마음을 가지게 되었지요. 이제 감출 때가 아닙니다. 내가 당신에게 소중하다는 걸 압니다. 나는 그대를 알게 된 이후로 줄곧 사랑해 왔습니다. 내 상상력이 그대의 모습을 그려내기를 기뻐합니다. 하지만 그 모습은 내 상상 속에서만 존재하죠! 곧 죽음의 그림자가 나를 에워쌀 겁니다. 불운한 사랑이 내 병을 더 악화시켰을 것이고, 진전을 재촉했을 겁니다. 내 연인, 그대에게 예정된 길을 가도록 하세요. 그대가 지닌 다른 미덕에 인내심을 더하도록 하세요. 그대를 위해 우리가 함께 죽기를, 또는 그대를 무감각한 세상의 공격으로부터 지켜주기 위해 내가 살기를 바랄 수도 있었어요! 이 품 안에서 그대를 보호해줄 수 있다면. 그대, 충성스러운 품 안에……." 헨리는 메리를 품에 꼭 안았고, 메리도 함께 끌어안았다. 헨리는 두근거리는 메리의 심장을 느낄 수 있었다. 서글픈 침묵이 계속되었다! 그리고 헨리가 다시 입을 열었다. "그대에게 마음의 준비를 시키고 싶었습니다. 오래 걸리지 않으리라는 것을 너무나 잘 아니까요! 제가 지닌 감정은 너무나 순수해 죽음도 그대가 내 영혼에 남긴 미덕의 자취를 지우거나 앗아갈 수 없습니다. 그대를 위로하고……."

"위로 얘기는 하지 말아요." 메리가 말을 막았다. "위로는 당신과 앤과 함께 천국에 있을 거예요. 이 땅의 저는 비참할 뿐이고요!" 메리는 그의 손을 잡았다.

"거기서 만나게 될 겁니다, 내 사랑. 내 메리. 우리 아버지의……." 헨리의 목소리가 갈라져 그 말을 끝맺을 수 없었다. 숨이 막힐 것 같았다. 두 사람은 함께 울었고, 눈물을 흘리자 마음이 조금 후련해졌다. 메리가 집 안으로 들어가지 않으려 했으므로 둘은 천천히 정원 문 쪽으로 걸어갔다. 문 앞에서도 작별 인사를 할 수 없었고, 메리는 서둘러 작은 길로 걸어갔다. 헨리에게 그녀의 감정을 알게 되었을 때 느낄 괴로움을 덜어주기 위해.

집이 보이지 않게 되자 메리는 땅에 앉아 늦도록 그사이에 있었던 일을 생각했다. 이런 생각을 머릿속에 가득 담은 채 메리는 내리는 비에도 개의치 않고 있었다. 고개를 하늘로 들어보고, 주위를 마구 둘러보아도 어딘지 알 수 없었다. 그저 그곳의 광경이 자신의 마음 상태와 같다는 느낌뿐이었다. 저무는 석양과 보름달, 그 위로 계속 지나가는 구름이 보였다. 나는 어디서 방황하고 있을까요, 자비로운 신이시여! 메리가 생각했다. 정처 없이 헤매는 마음을 가리키는 말이었다. 어떤 미궁에서 길을 잃은 것일까요! 이미 얼마나 많은 비참한 일을 보았는데, 앞으로 또 얼마나 겪어야 할까요.

메리의 생각은 빠르게 움직였다. 그의 말을 듣고, 그의 근심을 위로하면 행복할 수 있어. 그가 나를 보며 웃어주고, 나를 당신의 메리라고 부르지 않을까? 하지만 나는 그 사람의 메리가 아니지. 메리는 힘주어 말했다. 나는 참으로 가련하기도 하지! 그리고 메리는 심장이 부서져라 한숨을 내쉬었고, 뜨거운 뺨에 눈물이 뚝뚝 흘렀다. 이성이 친 장벽이 사라지고, 메리가 스스로 통제하지 않는 모든 감정이 혼란으로 치닫는 와중에도 생각하는 데 익숙한 메리는 상황을 관찰하기 시작했다. 어쩌다 내가 이렇게 되었을까? 노력은 모두 헛되다. 사랑 없이는 살 수 없지만, 사랑은 광기로 이끈다. 하지만 울지 않을 것이다. 그러자 메리의 두 눈은 절망에 빠져 눈물을 그치고 멍해졌다. 그러다 갑자기 어딘가 정신을 판 것처럼 주위를 둘러보았다.

메리는 희망을 찾았지만, 아무것도 발견하지 못했다. 사방이 넘실거리는 파도였다. 어디서도 휴식을 발견하지 못했다. 땅 위에서 이미 이리저리 방황했어. 이곳은 내가 지낼 곳이 아니야. 나도 고향으로 돌아가면 안 될까! 아니. 이것이 내 헨리의 청에 따르는 걸까.

이렇게 멋대로 구는 영혼이 그의 영혼과 연결될 수 있을까? 연약한 마음에서 눈물이 흘러나와 진심어린 얼굴에 흘러내렸고, 심장도 좀 더 규칙적으로 뛰었다. 메리는 비가 내리는 것을 알아차리고 고독한 집으로 향했다.

격정적인 감정에 지친 메리는 집으로 돌아오자 방으로 달려가 침대에 누웠다. 그리고 피로는 곧 메리의 눈을 감겼다. 하지만 활발한 상상력은 여전히 깨어 있었고, 천 가지 무서운 꿈이 잠을 방해했다.

메리는 열에 들떠 지친 채로 눈을 떴고, 반갑지 않은 햇살이 창문으로, 잊고 열어둔 커튼 사이로 들어왔다. 주위 나무에는 이슬이 맺혀 있어서 더욱 반짝였다. 작은 울새가 노래를 시작했고 멀리서 새들도 가세했다. 메리가 보니 자신의 표정은 여전히 멍했다. 메리의 감수성은 한 가지 대상이 앗아가 버렸다.

내가 떠오르는 해를 바라보며 감탄한 적이 있었던가. 창문에서 고개를 돌리고 눈을 감으며 메리는 생각했다. 어젯밤의 광경을 다시 곱씹어 보았다. 헨리의 갈라지는 목소리, 머뭇거리는 발걸음, 그리고 절망한 표정이 모두 메리의 가슴에 새겨져 있었다. "이 품 안에서 그대를 보호해줄 수 있다면. 그대에게 무감각한 세상으로부터 은신처를 제공할 수 있다면"이라는 말도 마찬가지였다. 그의 품에 닿았던 느낌도 잊을 수 없었다. 한순간 메리는 행복했다. 하지만 긴 한숨에 모든 기쁜 느낌은 증발해버렸다. 곧. 그렇다, 아주 곧. 내가 사랑하는 전부가 무덤으로 들어갈 것이다! 그리고 남은 나날은……. 메리는 더 생각할 수 없었다. 그 뒤에도 삶은 계속될까?

28

메리가 헨리의 집에 가려고 방을 나서려는데 그의 어머니가 찾아왔다.

"헨리가 오늘은 더 심하네요." 어머니가 말했다. "오늘만 아니라, 일주일이나 이 주일 정도 함께 지내달라고 부탁하려고 왔어요. 메리한테서 무엇을 감추겠어요? 어젯밤 그 애가 모든 것을 털어놓았고, 마음 아파하면서 나더러 메리의 친구가 되어달라고 부탁했어요. 내게 자식이 없어지면 말이에요. 그 애가 그런 말을 할 때 기분이 어땠는지 설명하지 않을래요. 내게 의지할 가족이 없어지고, 다시 외로운 과부가 된다면 헨리가 내게 딸로 삼으라고 했어요. 메리를 내 딸이라고 불러도 될까요?"

헨리의 사심 없는 사랑의 새로운 증표를 메리는 강하게 느꼈다. 그래서 메리는 복잡한 감정을 억누르고 불쌍한 어머니를 위로하려고 애쓰다 그만 정신을 잃을 뻔했다. 불행한 어머니가 이렇게 말하면서 울었다. "나는 이런 일을 당해도 싸요. 편애하느라 그 애가 어미의 관심을 가장 필요로 할 때 그 애를 내버려 뒀어요. 아마 그러느라 그 애 건강이 처음 나빠지기 시작했을 거예요. 공정하신 하느님이 내 죄를 벌하신 거죠. 그런데 이제 정말 아이를 잃는 어미가 되었어요. 하나밖에 없는 아이를!"

두 사람은 마음을 좀 가라앉히고서 환자에게 달려갔다. 그러나 잠시 마차를 타고 가는 사이 헨리의 어머니는 헨리가 얼마나 선한 사람인지 몇 가지 이야기를 해주었다. 메리의 눈물은 괴로워서 흐르는 것만은 아니었다. 그가 덕 있는 사람이라는 이야기를 듣고 있으니 지극히 기뻤다. 하지만 인간의 본성이 더 강했다. 좀 더 좋은 환경에서 그의 미덕이 곧 발휘될 때를 생각하니 메리의 몸이 떨렸다.

29

헨리의 병세가 악화되었다. 의사는 헨리와 비슷한 맥박을 가진 사람이 회복하는 것을 본 적 없다고, 이미 몇 주 전에 잘라 말했다. 헨리는 오래 살지 못한다는 것을 확신했다. 그가 얻을 수 있는 휴식이라면 아편의 도움을 받는 것뿐이었다. 메리는 그를 돌보는 서글픈 기쁨을 누렸고, 제거해줄 수는 없는 통증을 상냥함으로 달래주었다. 헨리가 보거나 들을 수 있을 때면 메리는 한숨을 삼키고 눈물을 억눌렀다. 메리는 체념을 자신했지만, 조금이라도 희망이 보이는지 열심히 살폈다. 헨리가 자는 동안 메리는 베개를 받쳐주었고, 그의 숨결을 느낄 수 있는 곳에 머리를 기댔다. 그를 자신보다 더 사랑했다. 하지만 그의 회복을 기도할 수는 없었다. 그저, 하늘의 뜻이 이루어지소서라고 말할 수 있을 따름이었다.

이런 상태로 지내는 동안, 메리는 용기를 얻으려고 노력했다. 하지만 한 번만 찬찬히 헨리의 상태를 보아도 모든 것이 무너졌다. 차라리 메리 자신은 체념했다고 거짓으로 헨리에게 믿게 하려고 노력했다.

메리는 사후까지 하나가 되자는 뜻으로 그와 함께 성례를 받고 싶었다. 그렇게 했고, 거기서 위로를 받았다. 메리는 비참함을 디디고 일어섰다.

헨리의 임종이 다가오고 있었다. 메리는 침대 옆에 앉아 있었다. 그의 눈이 허공을 응시했고, 더는 아무 감정에도 동요되지 않는 그는 죽기 두렵다는 것만 느꼈다. 영혼이 육신을 떠나지 않았지만, 그의 영혼이 온통 자신의 임종을 바라보며 슬퍼하는 메리에 대한 생각으로만 채워진 것은 아니었다. 침착하고 고요한 마음이 격렬한 감정을 모두 가라앉혔다.

어머니의 슬픔은 좀 더 분명했다. 헨리는 한동안 메리에게만 관심을 가졌고, 메리는 양심의 가책으로 더욱 슬퍼하는 어머니를 가엾게 여겼다. 메리는 헨리에게 속삭였다. "당신 어머니가 당신에게 무시당해 울고 계세요. 위로해 주세요! 어머니, 어머니의 아들이 축복하네요." 마음이 괴로운 어머니는 방을 나갔다. 그리고 메리는 그의 임종을 기다렸다.

메리는 그의 갈라진 입술을 떨리는 손으로 눌렀다. 그는 다시 눈을 떴다. 멍한 눈빛이 사라지고 애정이 되돌아왔다. 그는 한 번 쳐다보았다. 그 표정은 결코 잊을 수 없었다. 내 메리, 마음의 위로를 받을 수 있을까?

그럼요, 그럼요. 메리는 단호한 목소리로 외쳤다. 가서 행복해지세요. 저는 그렇게 불쌍한 사람이 아니에요! 그 말에 목이 메었다.

그는 한참 아무 말도 하지 않았다. 아편으로 인해 무감각해진 것이었다. 마침내 그는 괴로워하며 외쳤다. 어두워요. 그대를 볼 수 없어요. 나를 일으켜 주세요. 메리는 어디 있죠? 나를 기꺼이 도와주겠다고 하지 않았나요? 그녀의 품에서 죽게 해주세요.

메리는 팔을 벌려 헨리를 안았다. 둘은 떨지 않았다. 다시 그는 누워야 했고, 메리에게 안겨 쉬었다. 고통이 심해짐에 따라 그는 메리에게 매달렸다. 영혼이 감옥을 벗어나 메리에게 날아가는 듯했다. 숨이 끊어지곤 했다. 마지막 한숨이 또렷이 들렸다. 그러자 메리는 하늘을 바라보며 침착하게 외쳤다. 아버지, 그의 영혼을 받으소서.

사람들이 주위에 모였다. 메리는 움직이지도, 주위에서 일어나는 소리를 듣지도 않았다. 그의 손이 아직도 메리의 손을 꼭 쥐고 있는 것 같았다. 손이 아직도 따뜻했다. 열린 창문으로 들어오는 한 줄기 빛이 창백한 얼굴을 드러내 주었다.

메리는 방을 나가 바로 옆방으로 들어갔다. 그리고 바닥에 앉아 시신이 누워 있는 방의 문을 응시했다. 평생 겪은 모든 일이 놀라울 정도로 빠르게 머릿속을 스치고 지나갔다. 하지만 모든 것이 고요했다. 운명이 마지막 일격을 가한 것이다. 메리는 자정까지 앉아 있었다. 그러다 후드득 일어나 옆방으로 가서 시신을 지키는 사람들에게 돌아가라고 했다.

메리는 침대 옆에 무릎을 꿇었다. 열렬한 신앙심이 절망을 극복했다. 메리는 도움을 달라고 간절히 기도했고, 자신의 영혼을 신에게 맡기고, 봉사하겠다고 했으며, 자꾸만, 자꾸만, 미친 듯이, 열렬하게, 생명을 잃은 손을 만지려 하면서 기도했고—그러다 머리가 어지러워—쓰러졌다.

30

석 달 뒤, 메리의 유일한 친구, 이제는 세상을 하직한 헨리의 어머니는 메리의 변한 모습을 보고 염려하기 시작했다. 그래서 자신의 건강이 안 좋다는 것을 여행 구실로 삼았다. 헨리 어머니의 불평에 메리는 무기력에서 깨어났다. 새로운 일이 생겨 움직여야 한다고 생각했다. 애정으로 인해 신성해지는 의무가!

둘은 바스[31]로 갔고, 거기서 브리스틀로 옮겨 갔지만, 브리스틀에서는 곧바로 떠났다. 그곳에서 휴양하는 환자들의 모습을 둘 다 견딜 수 없었다. 그들은 브리스틀에서 사우샘프턴으로 향했다. 여행길은 쾌적했지만 메리는 눈을 감고 있었다. 눈을 뜨면 푸른 들판과 경작지가 빠르게 지나갔고, 파도만큼이나 아무런 흔적을 남기지 않았다.

사우샘프턴에 자리를 잡은 지 얼마 후, 메리가 영국으로 돌아간 직후 눈여겨보았던 남자를 만났다. 그는 다시 메리와 교제를 시작했다. 그는 메리의 사연을 듣고 그 운명에 진심으로 관심을 가졌다. 게다가 그는 메리의 남편을 알고 있었다. 메리의 남편이 성격은 좋

---

[31] 영국 남서부 지방, 로마 시대에 지은 온천이 있는 휴양 도시 (역자 주)

지만 나약한 사람임을 알고 있었다. 그는 남편이 고향에 돌아온 직후에 만났고, 메리가 이상한 행동을 하는 이유를 남편이 캐묻지 않도록 막아주었다. 그는 메리의 남편이 가치를 매길 수 없는 보물인 메리를 갖고 싶다면, 성급하게 굴지 않기를 바랐다. 남편은 그의 조언을 들었고, 그가 메리를 따라 사우샘프턴으로 가서 우선 메리의 친구와 이야기를 나누도록 해주었다.

친구는 메리의 타고난 강한 정신을 믿고서 상황을 알려주었다. 하지만 친구의 오산이었다. 메리는 그 사실을 알고 며칠 동안 당시 결심한 대로 행동하지 못했다. 하지만 메리는 마침내 혐오감을 억누르고 남편에게 연락을 끊은 뒤에 무슨 일이 있었는지 설명하는 편지를 썼다.

그는 직접 편지에 답하러 왔다. 메리는 그가 불시에 다가오자 정신을 잃고 말았다. 이전에 이성적인 판단을 했음에도 불구하고 남편이 나타나면 메리의 혐오감은 점점 더 강해졌다. 하지만 메리는 한 해 동안 여기저기 여행하며 보낼 수 있도록 허락해준다면 그와 살겠다고 약속할 수밖에 없었다. 그는 동행하지 않을 것이었다.

시간은 몹시 빠르게 지나갔고, 메리는 그에게 손을 맡겼다. 고통은 견딜 수 없을 정도였다. 메리는 침착해 보이려고 노력했다. 시간이 슬픔을 누그러뜨렸고, 괴로움을 약화시켰다. 하지만 남편이 손을 잡거나 사랑 따위의 말을 입에 담을 때면 메리는 곧 구역질이 나고, 심장이 멎을 것 같았으며, 저도 모르게 땅이 갈라져 자신을 삼켜버리기를 바라게 되었다.

31

메리는 유럽 대륙으로 가서 영국과 다른 환경에서 건강을 되찾고자 했다. 하지만 신경은 예전처럼 회복되지 않았다. 그러자 메리는 시골 고향으로 돌아가서 영지를 작은 농장으로 바꾸어 놓았다. 그리고 계속해서 이런 식으로 일하며 근심을 잊고, 쓸데없는 후회도 쫓아버리고자 했다. 메리는 병자들을 찾아가고 노인들을 돕고 아이들을 가르쳤다.

메리는 온통 이런 일에 마음을 쏟았다. 하지만 이전의 모든 괴로움이 돌아와 마음에서 떨칠 수 없을 때가 있었다. 헨리가 찬성했을 만한 일을 하거나, 헨리가 찬성했을 만한 말을 할 때면 그의 칭찬이 마음에 전해주었던 황홀감을 생각하며 괴로워졌다. 그 마음에는 선행과 신앙심도 채울 수 없는, 텅 빈 구멍이 자리 잡고 있었다. 종교는 메리에게 체념하라고 가르쳤다. 선행은 삶을 견딜 만하게 해주었다.

메리는 몸이 약해 오래 살 수 없었다. 홀로 슬픈 순간에는 희미한 기쁨이 마음속에 떠올랐다. 메리는 장가도 시집도 없는 세상으로 나아가고 있다고 생각했다.[32]

---

[32] 마태복음 22장 30절, 부활 때에는 장가도 아니 가고 시집도 아니 가고 하늘에 있는 천사들과 같으니라. (역자 주)

마리아
MARIA

Or, The Wrongs of Woman

Mary Wollstonecraft

서문

이 글은 정확하고 분별 있는 비평가들에게 큰 존경을 받았던, 유명한 어느 작가가 마지막으로 쓴 글이다. 어떤 경우든 그녀의 글을 보고 즐거워한 사람들이 몇 명 있는데, 그들은 이 글이 조각 글이므로 발표되지 않기를 바랐을 것이다. 하지만 이런 재능에서 비롯한 미완성작을 작가의 생각대로 끝맺을 수 있었다면, 세상의 관습에 새로운 활력을 주었을, 이런 글을 보는 데서 쓸쓸한 기쁨을 발견할 수 있으며, 그 정서는 안목과 상상력을 가진 사람들에게 매우 소중하다.

다음 작품의 목적과 구조는 작가가 오랫동안 명상하기 좋아했던 주제였으며, 작가는 그것이 큰 영향을 줄 수 있다고 판단했다. 이 글은 12개월 동안 집필되었다. 작가는 자기 생각을 제대로 표현하고 싶었고, 원고를 서너 차례 수정했다. 이 글은 상당히 많은 양의 내용을 발표하고 있지만, 작가는 이 글이 완성되었다고 생각하지 않았으며, 이 문제에 대해 직접 적은 편지에서 친구에게 이렇게 말한다. "사건 몇 가지는 분명히 바꿔야 하고, 좀 더 조화로운 색채를 부여해서 돋보이게 해야 한다는 걸 알고 있습니다. 머릿속에 이야기의 윤곽을 스케치하기 전에 비평을 들으면, 어느 정도 유용할 것 같아요."[1] 작가가 원고에 대해 알려준 친구들은 『마법사』의 번역자인 다이슨 씨와[2] 이 글을 쓰고 있는 편집자였다. 그리고 경험이 부족한 작가가 날카로운 비판과 넌지시 던지는 평가를 참고하겠다는 바람을 이보다 더 강력하게 드러낼 수는 없는 노릇이었다.[3]

이 원고를 출간하고자 수정하는 데 있어서 편집자는 군데군데 이전의 판본에서 완성도가 더 높은 부분을 가져와 연결할 필요가 있었고, 때로는 한두 행이 더 필요하다고 느껴질 때도 있었다. 그래서 편집자가 수정한 부분에서는 추가된 부분을 '[ ]' 안에 넣었다. 이는 편집자가 작품에 아무것도 더하지 않고 실제 작가의 말과 생각을 독자 여러분께 그대로 전달하고 싶은 정직한 바람에서 비롯한 것이다.

다음에 이어지는 내용은 정식 서문은 아니지만 서문의 내용이 들어있으므로 비록 작가가 의도한 대로 채워지지는 않았지만, 보관할 만한 가치가 있어 보인다.

W. 고드윈[4]

---

1 이 편지는 저자 서문에 더 인용되어 있다. (윌리엄 고드윈 주)

2 영국의 급진파 화가이자 번역가 조지 다이슨을 가리킨다. (역자 주)

3 전달받은 부분은 14장으로 이루어져 있었다. (윌리엄 고드윈 주)

4 이 소설은 『여권의 옹호 저자 작품집』(1798)에 처음 실렸으며, 메리 월스턴크래프트의 남편이며 정치 철학자이자 소설가였던 윌리엄 고드윈이 편집했다. (역자 주)

저자 서문

여성이 겪는 고난은 억압받는 인류의 고난과 마찬가지로 억압하는 이들이 필요하다고 여긴 것일 수도 있다. 하지만 필시, 시대가 진보하기 전에도, 내 글을 망상이 낳은 불완전한 작품, 혹은 상처받은 마음을 담아서 과장해서 쓴 글이 아님을 증명할 사람들이 몇 명은 있을 것이다.

이 소설을 쓰는 데 있어서 나는 관습보다는 감정을 묘사하고자 했다.

여러 경우에 있어서 편파적인 법률과 사회 관습에서 비롯한 여성만의 고난과 억압을 폭로하고자 하는 소설의 주된 목적을 희생한다면, 더욱 극적인 사건을 지어낼 수도 있었을 것이다.

이야기를 지어내는 데 이런 관점이 내 상상력을 방해했다. 그리고 한 사람의 개인보다는 여성으로서 역사를 바라보아야 했다.

그런 정서를 여기 구체화했다.

이런 종류의 여러 작품에서 주인공은 일련의 사건과 상황에 의해 인간적이며, 행복할 뿐만 아니라 현명하고 미덕을 갖춘 사람이 된다. 반대로 여주인공은 결점 없는 존재로 태어나, 지혜의 여신처럼

행동하면서 제우스의 머리에서 태어난 완벽한 아테네처럼 등장한다.[5]

[다음은 저자가 친구에게 이 원고를 전달하며 보낸 편지에서 발췌한 것이다.]

저로서는 훌륭한 감수성과 지적 능력을 가진 여인이 제가 설명한 것과 같은 남자에게 평생 엮이는 것보다 더 괴로운 상황은 상상할 수 없습니다. 예민한 감정에 더 크게 휘둘려 실망의 고통이 더 커지지 않도록, 모든 인간적인 애정을 포기하고, 안목을 기르기를 피해야 하니까요. 상상력이 황홀한 색채를 뒤섞어 놓는 사랑은 섬세하게 키워야 합니다. 제가 그려낸 남편을 견딜 수 있는 사람이라면 경멸해야 합니다. 아니, 평범한 여인이라고 불러야 합니다.

(마음과 행동을 통제하는 결혼의 폭정과 같은) 이런 것은 고매한 정신의 함양을 방해하는 것이므로 여성이 겪는 고난입니다. 어쩌면 아주 큰 불행이 여느 독자들의 마음에는 더 큰 인상을 남길 수도 있습니다. 하지만 그런 것들은 무대 효과에 가깝습니다. 반면 제 생각에 훌륭한 소설이 지니는 장점은 더 섬세한 느낌을 묘사하는 것입니다. 그것이 바로 제가 염두에 두고 있는 것입니다. 그리고 서로

---

5 그리스 로마 신화에서 지혜와 전쟁의 여신 아테네는 제우스의 머리에서 완전히 성장한 상태로, 갑옷을 입고 탄생한다. (역자 주)

계급이 다르고 교육 정도가 다르므로 처지는 다양하지만, 결국에는 똑같은 억압을 받는 여인들의 고난을 보여주고자 합니다.

1

공포로 가득한 곳, 그리고 영혼을 괴롭히고 떠도는 정신을 빨아들이기 위해 만든 마법으로 깨어난 유령과 괴물이 득실거리는 성에 관한 이야기는 자주 듣게 된다.[6] 하지만 마리아가 앉아 여기저기 흩어진 기억을 떠올리려 애쓰는 절망의 저택에서 꿈처럼 실체 없는 그런 공포는 과연 무엇이란 말인가!

정신을 앗아갈 정도의 놀라움, 경악이 마리아의 모든 사고력을 정지시켰다가, 차츰 예리한 슬픔, 휘몰아치는 분노가 느릿느릿 뛰던 맥박 속도를 올렸다. 한 가지 기억이 떠오르자 무서운 기세로 다음 기억이 따라 나왔다. 머릿속이 불길에 사로잡히자, 마리아는 그곳에 살고 있는 무시무시한 병자들에게 어울리는 동료가 되어버릴 것 같았다. 두렵지만 흥미롭기도 한, 낭만적 상상력이 만들어낸

---

6 1764년 호러스 월폴의 『오트란토 성』이 발표된 후, 공포와 죽음, 로맨스의 요소를 혼합한 고딕 소설이 18세기 후반부터 19세기에 걸쳐 인기를 끌었다. 앤 래드클리프의 『유돌포의 미스터리』, 메리 셸리의 『프랑켄슈타인』도 고딕 소설에 속한다. 이 소설의 설정은 고딕 소설과 유사하지만 초자연적인 공포는 결혼 제도의 억압과 한계로 연결된다.

바람 소리나 새소리처럼 무의미한 소리와는 전혀 다른, 신음과 비명을 질러대는 그 사람들 말이다. 그런 비참한 소리는 확실히 가슴을 찔렀다. 그렇다면 마리아처럼 동정심 많고 약한 마음을 가진 사람에게 그런 소리가 어떤 영향을 주었겠는가!

아기의 모습이 마리아의 눈앞에 계속 어른거렸고, 어머니만이, 불행한 어머니만이 떠올릴 수 있는, 아기가 자신을 알아보고 짓던 첫 미소가 기억났다. 자신이 어르듯 말하는 소리가 들리는 듯했고, 작은 손가락이 뜨거운 가슴을, 이 소중한 아이가 지금쯤 애타게 찾고 있을 모유로 가득 찬 가슴을 만지는 손길이 느껴지는 것 같았다. 아이는 남에게서 어머니의 젖을 얻을 수 있겠지만, 그 누가 어머니처럼 상냥하고 헌신적으로 아이를 돌볼 것인가? 이런 생각이 떠오르자 서글펐다.

이전의 슬픔이 드리운 그림자가 길게 늘어지듯 몰려들었고, 자신이 갇힌 감방의 벽에 펼쳐지며 그것을 지켜보니 더욱 슬퍼졌다. 마리아는 여전히 아이 때문에 슬펐고, 그 아이가 딸인 것이 통탄스러웠으며, 이제 곁에 없는 그 아이가 여자이기에 더 큰 고통을 겪으리라고 예상했다. 상상력이 오랫동안 마리아의 사고 기능을 확장해왔기에 아이가 존재하지 못하고 사라졌다는 생각만 해도 고통스러웠다. 그 아이가 어딘지 모르는 바다에서 떠다니고 있다고 생각하니 마음이 더욱 아팠다.

이틀 동안 이런저런 충동적인 감정에 시달리고 난 뒤, 마리아는 자신이 처한 상태를 좀 더 침착하게 점검하기 시작했다. 그녀에게 가해진 잔인한 행동을 알고 난 뒤로 내내 맑은 정신으로 생각할 수가 없었기 때문이다. 마리아는 인간 사회의 부패가 아무리 심해졌다 해도, 이와 비슷한 음모가 사람의 마음속에 일어난다는 것을 상상할 수 없었을 것이다. 마리아는 예상하지 못한 일격에 큰 충격을 받았다. 하지만 아무리 즐거움이 없다 해도 삶을 무기력하게 포기할 수 없다. 그렇지 않으면 비참한 처지를 열심히 견딘 것을 당당히 인내라고 부를 수 없을 테니까. 지금까지 마리아는 고통을 주는 화살촉을 찾아내고자 사색하고, 오로지 경멸로 분노에 터질 것 같은 심장을 억누를 뿐이었다. 이제는 마음을 다잡아 용기를 내고, 이 쓸쓸한 감옥 같은 곳에서 무슨 일을 해야 할지 자문하려고 노력했다. 탈출해 아이가 있는 곳으로 가서 폭군 남편의 이기적인 계획을 뒤엎어야 하지 않을까?

이런 생각을 하자 잠든 영혼이 깨어났고, 지금까지 처해 있던 지옥 같은 고독에서 마리아가 잊었던 침착함이 돌아왔다. 도저히 견딜 수 없을 것 같은 초조함이 가시기 시작했고, 증오심은 상냥한 마음과 좀 더 고요한 명상에 자리를 내어주었다. 그러나 마리아가 수갑을 찬 팔을 움직이려고 하니 고요한 명상 중에도 분노가 다시금 치밀었다. 이것은 잠시 경멸감에 일어난 흥분일 뿐, 곧 희미한 미소와 함께 사라졌다. 마리아는 개인적인 모욕을 대범하게 무시하지 못할 사람이 아니었기 때문이다.

마리아는 창살로 막은 작은 창문가로 다가가서 한동안 파란 하늘을 바라보았다. 그곳에는 황량한 정원과 50년 가까이 거의 수리하지 않아 사람이 살 수 있는 것처럼 보이기는 하지만 허물어지고 있는 건물 전체의 일부만 보였다. 담쟁이덩굴은 뜯어져 나갔고, 돌들은 흐트러진 정원에서 세월의 흔적을 그대로 드러낸 채 쌓여 있었다. 마리아는 이 광경을 얼마나 보고 있었는지도 잊고서 바라보고 있었다. 아니, 벽을 응시하며 자신의 상황을 곱씹어보고 있었다. 마리아는 이곳에 들어온 직후, 이 무시무시한 감옥 주인을 향해 부당하다고 비난했다. 마리아가 그의 공정한 판단을 호소할 때, 적대감 가득한 미소가 그녀의 항의와 불평을 막지 않았더라면, 마리아의 말투가 너무나 강해 그의 대우가 정당하다는 생각도 들었을 것이다. 힘을 쓰거나, 속임수를 쓰지 않는다면 무슨 일을 할 수 있을까? 하지만 명민한 사고력과 목숨을 걸고 자유를 찾겠다는 결의가 있는 사람에게는 분명 어떤 방편이 떠오를 수도 있을 것이다.

이렇게 생각하는 도중, 주름이 깊이 파이고 검은 눈을 한 여인이 확고하면서도 조심스러운 발걸음으로 들어왔다. 그녀는 마리아의 기를 죽일 생각인 양 가만히 노려보면서 이렇게 말했다. "구름을 보는 것보다는 앉아서 저녁을 먹는 게 좋을 거예요."

"식욕이 없네요." 부드럽게 말하자고 결심한 마리아가 대답했다. "그러니 뭐 하러 먹겠어요?"

"그렇더라도 뭐든 먹어야 해요. 굶어 죽으려는 여인들을 여럿 봤어요. 결국에는 정신을 차리고 포기했죠."

"내가 정말 미친 줄 아세요?" 마리아는 탐색하는 것 같은 그녀의 시선을 마주 보며 물었다.

"지금은 그렇지 않아요. 하지만 그렇다고 무슨 증명이 되나요? 가끔 이성적으로 보이니, 더 자세히 관찰해야 한다는 것뿐이죠. 이 집에 들어온 후로 아무것도 먹지 않았어요." 마리아는 소리 나게 한숨을 쉬었다. "미친 것이 아니면 어떻게 그렇게 음식을 거부할 수가 있겠어요?"

"슬프면 그럴 수 있죠. 슬픔이 뭔지 안다면, 그런 질문은 하지 않았을 텐데." 관리인은 고개를 저었고, 필사적인 용기로 끄집어낸 섬뜩한 미소로 억지 대답을 대신 한 뒤, 마리아는 잠시 말을 멈추었다가 이렇게 덧붙였다. "하지만, 좀 먹겠어요. 죽을 생각은 없으니까. 그래요. 지각을 잃지 않을 거예요. 그리고 당신이 알아차리지 못하는 새, 내 이성이 흔들린 적 없다고 믿게 해주겠어요. 비록 무서운 약 때문에 이성의 활동이 잠시 쉰 적은 있다 해도 말이죠."

관리인의 얼굴에 의심이 더욱 짙게 드리웠고, 마리아의 잘못을 선고하려고 했다.

"인내심을 가져야지!" 마리아는 경외심을 불러일으킬 정도로 엄숙하게 외쳤다. "주여! 인내심을 어떻게 실천하는 법을 이렇게 배우는 걸까요!" 억누른 음성에서 마리아가 애써 참고 있는 괴로운 감정이 드러났다. 마리아는 혐오감을 다스리며 조용히 식사하려고 노력해 고분고분한 태도를 증명하고자 했고, 침대와 방을 정리하며 유심히 관찰하는 의심 많은 여인을 계속 쳐다보았다.

"자주 와주세요." 마리아는 이 여인의 생김새와 표정을 보고 여느 사람들보다는 이해심이 많으리라는 느낌이 들자 급히 막연한 계획을 세운 뒤, 이렇게 간절하게 말했다. "그리고 내가 미치지 않았다는 생각이 들 때까지는 마음대로 믿어요." 여자는 어리석지 않았다. 아니, 그녀가 속한 계층의 사람들보다는 뛰어났다. 비참한 상태로 인해 삶에 혈액과 같은 기능을 하는 인간성이 굳어버리지도 않았다. 우리의 불행을 사색할수록 그 혈액의 흐름은 더욱 좋아지는 법이니까. 마리아의 논리에 설득되어서가 아니라, 행동거지를 보고서 관리인의 마음에는 살짝 의심이 들었고, 그에 따라 동정심도 일어났다. 하지만 그녀는 여러 가지 처리할 일이 많았고, 죄책감을 쫓아버리는 습관이 있어 당장은 마리아에 대해 더 자세히 생각하려 들지 않았다.

하지만 가족이 정한 의사 이외에는 그 누구도 마리아를 만날 수 없다는 이야기를 들었을 때, 관리인은 날카로운 두 눈을 더 크게 뜨고 "흠!"이라고 외친 뒤 이렇게 물었다. "왜죠?" 그 병이 유전되는 것이며 발작이 일어나는 간격이 아주 길고 불규칙적이므로 세심하게 관찰해야 한다는 짧은 대답만 돌아왔다. 이렇게 긴 잠복기로 인해 짜증이 나거나 변덕이 나서 광란을 일으킨 환자는 더욱 큰 말썽을 부리기 때문이라고 했다.

관리인이 그 말을 믿었다면, 아마 그것은 그녀가 동정심이나 호기심에서 자신과 무관한 일에 관심을 가진 적이 없었기 때문일 것이다. 그녀는 사람들 사이에서 너무나 많은 고통을 당해 남의 도움을 찾지 않기로 했고, 자신의 행동이 훌륭하다는 인정을 받느니 남의 마음을 맞춰주는 편이었다. 그녀는 존재의 문턱에서부터 무시무시한 시련을 겪었다. 어머니의 가련한 신세는 그녀의 무고한 목에 걸린 묵직한 돌덩이처럼 그녀를 지옥으로 끌어당겼다. 그녀는 당당히 나서 불쌍한 사람들을 돕겠다고 나설 수 없었다. 하지만 자신도 천한 하인처럼 손쉽게 속일 수 있다고 생각했다니 기분이 나빠진 탓에, 그녀는 더는 호기심을 억누르지 않았다. 그리고 자신의 의도를 진지하게 짚어본 일은 없었지만, 그녀는 감독하다가 틈만 나면 찾아와서 슬픔이 지닌 호소력을 모두 담아 전하고자 하는 마리아의 이야기를 듣곤 했다.

고상한 미덕은 별로 드러나지 않는다 해도 사람의 얼굴을 보면 기분이 밝아지는 법이니, 우울하고 무료한 상태를 밝히는 한 줄기 빛이라도 된다는 듯 마리아는 관리인이 돌아오기를 간절히 기다렸다. 깊은 슬픔은 두 가지 극단적인 기능, 우울해서 아무것도 하지 않는 어리석음을 일으키거나 혼란스러운 상상력의 부단한 활동을 무디게, 혹은 예리하게 하는 모양이었다. 마리아는 후자의 상태에 지치면 전자의 상태로 빠져들었다. 할 일이 없는 상태가 실제의 슬픔이 주는 압박이나 불안보다 더 괴로울 정도였다. 그리고 갇힌 상태는 마리아의 존재를 구석으로 몰아넣었고, 가장 괴로운 상태, 아무런 변화도 없는 지루한 앞날을 기다리는 상태로 만들었다. 삶의 등불이 어떤 솜씨로도 지울 수 없는 지하의 어둠 속에서 퍼져나가는 것 같았다. 그런데 무슨 목적으로 자신의 온 힘을 다해야 할까? 세상은 어차피 넓은 감옥이요, 여인들은 태어날 때부터 노예가 아니던가?

관리인은 인간을 혐오하는 마음을 가진 사람이라서 곧바로 부당하다는 느낌을 일깨울 수는 없었지만, 마리아는 그녀의 마음을 건드렸다. 제미마(그녀는 기독교인으로서 아무런 혜택도 얻지 못했지만, 기독교식 이름을 갖고 있었고, 그 이름만 알려주었다[7])는 진심을 드러내지 않고서 마리아의 사연을 참을성 있게 들을 수 있었다. 제미마는 권력의 손아귀를 느껴 보았고, 부당한 행동에 마음이 굳었으며, 억압을 체계화하는 식자들의 잘못된 행동에 놀라기도 그만둔지 오래였다. 하지만 넉 달밖에 안 된 아기를, 그것도 다정하게 젖을 먹이는 동안에 빼앗겼다는 이야기를 듣자 가슴에서는 오랫동안 멀리했던 여자다운 마음이 깨어났고, 제미마는 일자리를 잃을 위험을 무릅쓰지 않는 한, 자신이 할 수 있는 모든 일을 동원해 다친, 그리고 불행한 어머니의 고통을 덜어주기로 마음먹었다. 아주 단순한 이성의 작동에서 비롯되어 사고력을 관할하고 감정을 다스리는 지각처럼, 정의감도 그 이외의 모든 것을 교정하는 모양이다. 하지만 (이 비교는 더 멀리까지 진행될 수 있으므로) 뛰어난 감수성이 저속한 일거리와 무지한 삶의 즐거움에 약해지거나 망가지는 일이 얼마나 많은가?

사실, 마치 맹수의 사냥감이 되거나 윤리적으로 병든 사람처럼 여기저기 쫓겨 다녔던 제미마에게는 이 일자리를 지키는 것도 중요

---

7 여미마(Jemima)는 성경에서 욥의 매우 아름다운 딸로 등장한다. 히브리어로 이 이름은 '따뜻함'과 '비둘기'를 의미한다. (역자 주)

했다. 그녀가 이곳에서 받는 급료는 독립할 유일한 방편으로 대부분 모아 두었다. 게다가 그 급료는 사회에 발붙일 곳 없는 제미마가 좋은 가정에서 숙식을 해결하면서 벌 수 있는 액수보다 훨씬 많았다. 마리아가 할 일이 없다며, 또 평소에 하던 일들을 계속함으로써 슬픔을 잊을 수 없다고 늘 불평하는 소리를 듣던 제미마는 동정심, 그리고 마리아가 지닌 능력에 대한 자연스러운 존경심에서 책 몇 권과 필기도구를 가져다주었다. 마리아와의 대화는 재미있고 흥미로웠고, 그 결과, 제미마에게는 저도 모르게 자신이 우러러보는 사람에게 좋은 평가를 받고 싶은 바람이 생겨났다. 더 좋은 시절의 추억은 더욱 생기 있게 묘사되었다. 그리고 오랫동안 우울했던 감정에서 그런 기미가 줄었고, 희망의 불씨가 마리아의 마음속에 새로운 활기를 일으켰다.

그녀의 관심이 마리아에게 얼마나 고마웠는지! 존재의 무게에 짓눌리거나, 자신을 갉아먹는 불만에 사로잡혔던 마리아는 흔적 하나 남기지 않는 긴긴 나날을 속히 보내기 위해 얼마나 노력했는지! 마리아는 시간의 흐름을 알려주는 아무런 표지도 없이 삶이라는 망망대해를 떠가는 것 같았다. 그러니 거기서 할 일은 자연의 다양한 변화를, 자연의 섭리를 찾는 것이었다.

2

마리아가 독서로 상처받은 마음을 달래려고 열심히 노력할 때, 생각은 종종 읽고 있는 주제에서 벗어나 어머니의 마음에서 우러나온 눈물로 앞에 놓인 책장을 흐리곤 했다. 책 속에서 자신과 조금이라도 비슷한 이야기가 등장해 아기가 다시 기억날 때면 마리아는 쓰디쓴 마음으로 "육신이 물려받은 고통"이라고 중얼거렸다.[8] 그리고 마리아의 상상력은 어리석음과 악덕이 세상에 풀어놓은 온갖 비참함의 유령을 불러내고, 그려내는 데 끊임없이 사용되었다. 아이를 잃어버린 일을 생각하면 여전히 마음이 슬펐다. 다른 잔인한 기억에 대해서 마리아는 마음을 단단히 다잡아 상처 입지 않으려고 애썼다. 이제 행복은 어디에서도 찾을 수 없으니 희망을 버려야 한다고 스스로 설득하는 와중에도, 우울한 환상 속에서 한 줄기 빛 같은 희망이 이따금 어두운 미래의 지평선을 비추곤 했다. 하지만 미처 그 빛을 보기도 전에 슬픔에 짓눌려 약해진 마리아는 아이에 대해서 생각하면 당장 닥쳐오는 괴로움을 달랠 수 없었다.

---

[8] 햄릿 3막 1장 62~3행 (역자 주)

"이 예쁜 꽃송이가 때 이른 고통을 당하지 않도록 구할 수 있는 사람은 나뿐일 텐데." 마리아는 이렇게 탄식하곤 했다. "나는 그 아이를 소중히 키우며 여전히 사랑할 대상을 가져야 했는데."

다른 기대를 모두 잃어버리는 와중에도 아이에 대한 이 마음은 마리아의 가슴에 여전히 꼭 붙어 떨어지지 않았다.

마리아는 슬픔에서, 그리고 독에 취한 감수성을 약화시키는 비참한 꿈, 또는 기쁜 꿈에서 벗어날 방법이 독서밖에 없었으므로 얻은 책을 얼마 지나지 않아 전부 읽었다. 그러고 나면 할 일은 글쓰기밖에 남지 않았고, 마리아는 자신의 정신 상태를 설명하는 글을 적었다. 하지만 이전에 일어난 일들이 머릿속에 자꾸 떠오르자, 마리아는 경험과 더욱 성숙한 이성이 자연스레 부여하는 감정을 가지고 그 이야기를 상세히 적기로 했다. 그 글을 보고 딸은 가르침을 받아 어머니가 피할 수 없었던 비참한 처지와 폭군으로부터 자신을 보호할 수 있을지도 몰랐다.

이렇게 생각하니 글에 생명력이 생겨났고, 영혼이 담겼으며, 마리아는 이내 거의 잊어버렸던 감정을 새로 기억해내는 작업이 매우 흥미롭다고 느꼈다. 마리아는 되살아난 젊은 시절의 감정 속에서 살고, 도저히 바꿀 수 없는 슬픈 일들을 떠올리며 자신이 처한 상황을 잊었다.

이 일이 시간의 무게를 덜어주기는 했지만, 마리아는 가장 중요한 목적을 잊지 않았고, 제미마의 애정을 얻을 기회를 한 번도 놓치지 않았다. 비록 절망에 빠져 인간을 혐오하기는 하지만, 마리아는 제미마의 강한 정신을 높이 평가했다.

태어날 때 겪은 불행으로 인해 마음을 닫아버린 제미마는 자신을 억압한 사회를 경멸하고 복수하고자 했으며, 사랑받은 적이 없으므로 다른 사람들을 사랑하지 않았다. 제미마는 어머니의 애정을 받은 적도, 아버지나 오빠의 보호를 받은 적도 없었다. 그리고 제미마는 도움이 가장 필요할 때 자신에게 오명을 씌운 남자로부터 버림받았고, 파멸로 치달았다. 이렇게 타락한 제미마는 세상으로 나왔다. 그리고 애정을 키운 적 없는 미덕은 자기중심적인 독립성으로 발현되었다.

마리아는 제미마의 감탄과 무미건조한 대답에서 이와 같은 삶의 전반적인 태도를 읽어낼 수 있었다. 제미마는 실제로 관심과 의심이 이상하게 뒤섞인 반응을 보였다. 열심히 경청하다가는, 동정심에 사로잡혀 어렵사리 얻은 세상에 대한 지식을 포기하게 될까 봐 두려운 듯 갑자기 대화를 막곤 했기 때문이다.

마리아는 탈출 가능성을 넌지시 말하며 보상금 또는 답례를 언급했다. 하지만 제미마가 반발하는 태도를 보이자, 마리아는 조심스러워져 상대의 성격을 더 알기 전까지는 그 이야기를 다시 꺼내지 않기로 했다. 제미마의 표정과 어렴풋한 기색이 이렇게 말하는 것 같았다. "당신은 남다른 여인이에요. 하지만 나는 지금 당신의 발작이 쉬는 기간이라고 생각하겠어요." 아니, 마리아의 성품에서 느껴지는 기운 자체를 보고 제미마는 그 특유의 활력이 광기에서 비롯한 것일지도 모른다고 생각했다. "그렇다면 부군이 주장을 입증하고,

연금이 나오는 아내의 영지를 압수하거나 좀 더 제대로 보호해야 하지 않겠어요? 게다가 탈출을 원하는 사람이라면 자신에게 불리한 상황 몇 가지는 감추지 않겠어요? 이런 가당치도 않은 속임수로 납치당해 갇힌 사람에게서 진실을 기대할 수 있겠어요?"

동정심과 존경심에 마음이 흔들리는 순간이 오면, 제미마는 이런 식으로 반박했다. 그리고 그녀는 더 확실한 근거를 얻기 전까지는 가두어두는 환경을 조금 낫게 해주는 것 이상 아무것도 할 생각이 없었다.

마리아는 정원에서 산책할 수 없었다. 하지만 이따금 창가에 서서, 자신의 인생을 가두고 있는 음울한 벽에서 눈을 돌려 그 길을 따라 돌아다니는 가련한 사람들을 보고 폐허 중에 가장 무시무시한 것, 무너진 인간의 영혼에 대해 사색했다. 이성이 얼마나 연약하고 불안정한지, 그리고 해로운 감정이 얼마나 강렬한지, 살아 있는 증거인 이들과 비교했을 때, 뛰어난 장인 정신으로 지은 기둥이 쓰러지고, 아치가 썩어가는 광경이 다 무엇이란 말인가. 강둑에 흘러넘치는 강물처럼, 열정은 파괴적인 속도로 밀려들어 그 무엇도 뛰어넘지 못하는 집중력을 불러일으킨다. 마리아는 이렇게 생각했다. 이러한 파괴야말로 인간들이 슬퍼하며 생각해 보아야 한다. 웅장한 외관과는 달리 대리석이 무너져 내리거나 구리가 부식되어가는 것을 보고 느끼는 괴로움은 이에 비할 바가 아니다. 우리가 가장 크게 슬퍼하는 것은 신이 가장 뛰어난 솜씨로 만든 인간이 그 정신을 통해 만들어놓은 폐허가 아니다. 인간이 한 일을 보고 있노라면 서글프지만, 인간의 지력이 이룬 성취로부터 무엇이 남았는지 느끼게 해준다. 하지만 정신이 흔들리면, 마치 지진이 일으키는 재난처럼 사고와 상상의 모든 요소를 뒤엎어 머리가 어지러워지고 우리는 무엇을 근거로 서 있는 것인지 두려운 마음으로 묻게 된다.

죽지 않고 살아가는 가련한 이들의 특징은 우울과 어리석음이다. 강렬한 망상으로 인해 슬픔을 느끼지 못하게 된 광인들은 갇혀 있기 때문이다. 그들의 상상력이 저지르는 장난과 말썽은 갑자기 생겨나는 것이라, 그들에게 자유를 허락하면 막을 수 없다. 그들의 상상력은 너무나 강해서 새로 마주치는 모든 것에 강한 감정을 느끼기 때문이다. 마리아가 그들이 끊임없이 일으키는 힘겨운 발작을 보고 알게 된 사실이었다.

이따금 해 질 녘, 결코 아무 말도 하지 말라는 지시와 함께 제미마는 마리아의 팔짱을 끼고서 감옥 같은 건물 사이에 난 작은 오솔길에서 산책할 수 있게 해주었다. 얼마나 큰 기분전환이 되었는지! 마리아는 감옥 문턱을 넘고 싶었지만, 자신을 노려보는, 그러나 제대로 보지 못하는 분노 가득한 눈길과 마주칠 때면, 만신창이가 된 시체를 우연히 밟았을 때보다 더 큰 공포를 느끼며 움츠러들었다. 마리아의 활발한 상상력은 이렇게 살아 있지만 멀리 떨어져 함께 지내지 못하는 친구를 바라보는 마음, 이성과 사람들과의 사교의 즐거움을 상실한 가련한 이를 바라보는 사랑하는 이의 쓰라린 마음을 그려보았다. 그리고 비참함을 의식하는 능력도 모두 잃어버리고, 눈빛에서 이성의 기미가 깜빡이며 사라지는 것을 지켜보는 것, 혹은 기억의 희미한 빛을 기대하며 바라보는 것은 얼마나 힘겨울까. 감질나는 희망에, 사랑해 마지 않던 얼굴과 음성을 불쑥 기억했다가, 혹은 병적으로 갈구했다가, 곧 잊어버리거나 무심하게, 혹은 혐오감을 느끼며 바라보는 데서 더욱 심한 절망을 느끼는 것은!

가슴이 찢어지는 한숨 소리가 마리아의 영혼에 내려앉았다. 그리고 쉬러 들어가면 그녀가 마주쳤던 굳어버린 사람들, 그녀가 앞으로 볼 수 있는 유일한 사람들의 모습이 알 수 없는 고통을 전하는 사연과 함께 꿈속을 어지럽혔고 마리아는 더는 꿈꾸지 않기를 바라게 되었다.

하루하루가 매 순간과 다름없이 지루하게 지나갔고, 세월은 변함없이 흘러서, 마리아는 산 채로 묻힌 지 6주나 되었지만 탈출할 가망이 여전히 없는 데 놀라고 말았다. 할 일을 열심히 찾기는 했지만, 마리아는 이야기를 쓰는 일에서 즐거움을 느낀 자신에게 화가 났다. 그리고 탈출 이외에 무엇이든 한순간이라도 생각했던 것이 슬펐다.

제미마는 분명 마리아와 함께 하는 시간을 즐거워했다. 하지만 마리아와 만난 뒤 헤어질 때는 늘 상냥한 표정으로 나갔지만, 돌아올 때는 항상 똑같이 싸늘한 기색으로 돌아왔다. 그리고 제미마가 마음을 열려는 것처럼 보이는 순간, 늘 이성을 되찾고 마음의 문을 닫아버려 마리아의 이야기를 듣고 믿음이 생겼다는 말은 하지 않았다.

이런 상황에 기운이 빠진 마리아는 낙담했다가 제미마가 가져온 새로운 책 꾸러미를 보고 반가워서 기분이 나아졌다. 복도 반대쪽에 있는 어느 신사를 돌보는 관리인 한 명에게서 책을 구해달라고 제미마를 설득했던 것이다.

마리아는 벅찬 느낌으로 책들을 받았다. "어쩌면 나처럼 마음이 망가진 사람들을 계속 보다가 광기의 본질을 알고 싶어 한, 어느 가련한 사람이 가지고 있던 책일지도 모르겠네요. 그분도 어쩌면 저처럼 그걸 생각하기 싫어서 미치기를 바랐을지도 모르겠고요." 마리아의 심장이 동정심에 뛰기 시작했다. 마리아는 그 책장이 마치 비슷한 운명에 처한 불운한 사람의 손에 닿아 신성한 것이 되었다는 듯 조심스레 넘겼다.

선집에는 드라이든의 『우화집』[9], 밀턴의 『실낙원』, 그리고 몇 가지 당대 작품이 실려 있었다. 금광과도 같은 책이었다. 드라이든의 우화집의 책장 가장자리에 적힌 글귀가 마리아의 시선을 끌었다. 좋은 안목을 가진 사람이 힘차게 쓴 글이었다. 그리고 당대 팸플릿 하나에는 당시 사회 및 정부와 유럽과 아메리카의 정치를 비교한 다양한 시각을 담은 짧은 글이 남겨져 있었다. 다수의 노동자가 처한 노예와도 같은 상태를 암시하는 부분에서는 따뜻하고 관대한 느낌이 들었고, 마리아의 생각과 완벽하게 일치했다.

마리아는 그 글을 읽고, 또 읽었다. 상상력이, 배신자 같은 상상력이 흐릿한 윤곽선으로부터 마리아 자신과 잘 맞는 인물을 그려내기 시작했다. "그는 미친 걸까?" 마리아가 가장자리에 적힌 노트를 다시 살펴보니 그것은 활발한, 그러나 흔들림 없는 공상의 산물 같았다.

---

9 존 드라이든이 1700년에 발표한 고전 시와 중세 시의 번역선집 (역자 주)

이런 생각에 사로잡힌 마리아는 그것을 다시 읽을 때마다 뭔가 새로운 감정이나 또렷한 생각이 떠올랐고, 전에는 그런 것을 몰랐다는 사실이 놀라웠다.

창조력은 얼마나 애정 넘치는 마음을 갖고 있는가! 시인들이 사랑하듯이 열렬히 사랑하지 않고는 살아갈 수 없는 사람들이 있다. 그리고 재능이 감정을, 또는 감사 기도를 일으킬 때마다 짜릿한 전율을 느끼는 이들도 있다. 마리아는 멋대로 구는 자신의 심장을 다스릴 때마다 이렇게 생각하곤 했다. “매혹하는 것은 미덕이다.” “그들 눈에 내가 가장 사랑스럽고 훌륭하게 보이고 싶다는 바람을 주는 이들은 예절과 미덕을 어느 정도 가지고 있는 것이 분명하다.” 마리아는 이렇게 감탄하곤 했다.

마리아는 인간 정신이 지닌 힘에 관한 책을 읽기 시작했다. 하지만 마리아는 자신이 느꼈던 것의 본질에 대해 냉정하게 서술한 글에는 집중하기가 어려웠고, 이론서를 닫고 드라이든의 『주스카드와 시기스문다』를 읽기 시작했다.[10]

그 후 마리아는 다른 책을, 그리고 가장자리에 적힌 글귀를 얻으려는 마음에 책 몇 권을 돌려주었다. 이처럼 사람과의 대화를 할 수 없고, 고통받는 영혼의 감옥밖에 볼 것이 없는 처지에서 같은 상황에 놓인 사람을 만나게 되면, 필시 말이 아무런 정보도 전해주

---

[10] 드라이든의 우화집에 수록된 이야기로, 보카치오의 데카메론에서 따온 내용이다. (역자 주)

지 못하는 낯선 땅에서 같은 나라 사람을 만나기를 바라다가 친구를 찾는 것에 가까웠다.

"이 책 주인이었던 분을 만난 적이 있어요?" 제미마가 신발을 가져왔을 때, 마리아가 물었다. "네. 그분은 아침에 가족이 일어나기 전에, 관리인 두 사람을 데리고 다섯 시에서 여섯 시 사이에 산책하곤 해요. 하지만 그래도 손은 묶은 상태예요."

"뭐라고요! 그렇게 통제 불능인가요?" 마리아가 실망한 목소리로 물었다.

"아뇨, 내가 보긴 그렇지 않아요." 제미마가 대답했다. "하지만 고분고분하지 않고, 눈빛이 강렬해서 사람들이 주의하죠. 손을 풀어주면 간수 둘 다 이길 것 같은 사람이거든요. 하지만 겉모습은 조용해요."

"힘이 그렇게 세다면 젊겠군요." 마리아가 말했다.

"서른셋이나 넷쯤 되었을 걸요. 하지만 그런 상태이니 확실히 판단할 순 없죠."

"그분이 정말 미친 게 확실해요?" 마리아가 간절한 목소리로 물었다. 제미마는 대답 없이 방을 나갔다.

"아니, 아니, 분명 아닐 거야!" 마리아가 자답하며 외쳤다. "이런 글을 쓸 수 있는 사람이라면 지력에 아무런 문제가 없어."

마리아는 달을 바라보았고, 구름 아래로 미끄러지는 것 같은 그 움직임을 보면서 생각에 잠겨 앉아 있었다. 그리고 잠자리를 준비하다가 마리아는 이렇게 생각했다. "그분이 정말로 부당하게 갇혀 있다 한들, 내가 그분께, 또는 그분이 내게 무슨 소용이 될 수 있을까? 나보다 더 심한 감시를 받는 그분이 내가 달아나는 것을 도와줄 수 있을까? 그래도 그분을 만나고 싶다." 마리아는 잠이 들었고, 아이의 꿈을 꾸었지만, 정확히 다섯 시 반에 일어나 가운만 걸치고는 창가로 달려갔다. 9월 말이라 아침 공기가 싸늘했다. 하지만 하인들이 돌아다니는 소리에 그 정체불명의 남자가 그날 아침 정원을 산책하러 나오지 않으리라는 확신이 들 때까지 따뜻한 침대로 돌아가지 않았다. 마리아는 실망한 것이 부끄러웠다. 그리고 자신에게 변명하듯 달리 신경을 쓸 곳이 없자 관심을 끌 만한 사소한 것들을 생각하기 시작했다. 적극적인 의무나 취미활동이 없을 때, 여인들이 몽상에 빠지는 것을 피하기란 얼마나 어려운 일인가.

아침 식사 때 제미마는 마리아에게 프랑스어를 아는지 물었다. 그렇지 않다면, 그 미지의 남자가 가진 책 중에는 더 읽을 것이 떨어졌기 때문이다. 마리아는 안다고 했다. 하지만 그 책의 주인에 대해서는 더는 질문을 삼갔다. 제미마는 바로 옆방에 들어온 귀여운 환자가 어떤 사람인지 설명해주어 새로운 생각거리를 제공했다. 그녀는 가슴이 녹아들 것 같은 음조로 로브의 구슬픈 발라드를 노래하고 있었다. 제미마는 그녀의 목소리를 듣더니 문을 반쯤 열어두었고, 마리아는 그토록 절묘하게 아름답고 열정적인 곡조를 한 음이라도 놓칠 새라 숨도 제대로 쉬지 못하고 문 옆에 서서 귀 기울였다. 마리아가 동정심을 느끼며 또 한 명의 피해자를 마음속에 그리고 있었다. 하지만 그때, 사랑스러운 울새는 소나기를 피할 때처럼 날아가 버리고, 앞뒤가 맞지 않는 고함과 질문이 이어지면서 그사이사이에 웃음소리가 터져 나왔다. 그 소리가 너무나 오싹한 나머지 마리아는 문을 닫고서 하늘을 올려다보며 외쳤다. "오, 주여!"

(이 가련한 여인은 필시 이유 없이 갇힌 것이 아니었으므로) 잠시 후 마리아는 무슨 일이 있는지 물었고, 제미마는 이렇게 대답해주었다. "원하지 않는 부자 노인과 결혼을 했는데, 그 남자가 몹시 질투심이 강했답니다(여자가 예뻤으니 이상한 일도 아니었죠). 그런데 그 남편이 무슨 짓을 한 것인지, 아니면 여자의 정신에 무슨 이상이 있었던 것인지, 첫 아이를 낳고 산후조리를 하던 중에 제정신을 잃고 말았답니다."

정신병으로 갇혀 있는 사람조차도 생각에 잠기게 할 만한 일이었다.

"여성은 약한 꽃이다! 어째서 이렇게 폭풍우를 끌어들이는 세상을 장식해야 하는 것일까?"[11] 가련한 여인의 노래가 여전히 귓전에 울리며 영혼에 각인되는 것을 느끼면서 마리아는 생각했다.

저녁때가 되니 제미마가 루소의 『신 엘로이즈』를 가져다주었다.[12] 마리아는 관리인이 돌아와 불을 끌 때까지 눈뿐만 아니라 온

---

[11] 원문 "Woman, fragile flower!"에 대해 클로디아 존슨과 같은 비평가는 울스턴크래프트가 햄릿을 인유하고 있다고 설명한다. 햄릿이 "Frailty, thy name is woman"(약한 자여, 그대 이름은 여자라)이라는 유명한 대사에서 여성의 연약함을 정욕으로 보았다면, 이때 마리아가 말하는 여성의 연약함은 잔인한 세상을 견딜 법적, 개인적 자원이 없음을 의미한다. (역자 주)

[12] 장 자크 루소가 1761년 출간한 서간체 소설로, 여주인공 쥘리와 그녀의 가정

정신을 집중해 그 책을 탐독했다. 제미마는 친절하게도 자신이 쉬러 갈 때까지 마리아에게도 불을 켜주었다. 마리아는 한참 전에도 이 책을 읽은 적이 있었다. 하지만 지금 이 책은 새로운 세계를, 살 만한 가치가 있는 유일한 세계를 열어주는 것 같았다. 잠을 청할 필요는 없었다. 하지만 쉴 새 없이 맴도는 생각 때문에 지칠 겨를이 없던 마리아는 일어나 창문을 열었고 가느다랗게 흘러가는 구름이 길고 고요한 그림자들을 보여주었다. 차갑고 상쾌한 공기가 얼굴에 와 닿자 가슴이 전율했고, 뭐라고 형언할 수 없는 감정이 깨어났다. 그리고 흔들리는 나뭇가지, 또는 놀란 새들이 지저귀는 소리만으로도 쉬고 있는 자연의 고요함을 깨어놓았다. 살아 존재한다는 자각과 기쁨을 주는 숭고한 감수성에 흠뻑 젖어 마리아는 잠시 행복했다. 잎이 떨어진 숲에서부터 새벽바람이 불어와 계절이 변했다는 생각이 들 때까지. 하지만 삶은 상처 입은 가슴을 위로할 변화를 아무것도 제공하지 않았다. 마리아는 풀이 죽어 의자로 돌아가 아이 생각을 하다가 해가 완전히 떠오르자 다시 창가로 갔다. 그 미지의 남자를 찾지 않았기에, 그 사람이 분명한 남자가 두 명의 관리인과 함께 건물로 연결되는 오솔길로 접어드는 뒷모습을 보았을 때 어찌나 짜증이 났던지! 그와 닮은 누군가를 본 적이 있다는 혼란스러운 기억이 곧 떠올랐고, 마리아는 자꾸만 생각을 더듬느라 괴로워했다. 5분만 일찍 나왔더라면 그의 얼굴을 보았을 것이고, 이런 궁금증은

교사 생 프뢰 사이의 이상적인 사랑을 주제로 한다. (역자 주)

갖지 않아도 되었으니 이보다 더 불운한 일이 있을 수가! 그의 침착하고 대담한 걸음걸이와 전체적인 분위기는 마치 구름에서 솟아난 것처럼 마리아를 기분 좋게 했고, 그녀가 알아보고 싶은 인물의 모양을 머릿속에 그릴 수 있도록 윤곽선을 주기도 했다.

믿을 수 없을 만큼 실망감을 느낀 마리아는 그를 생각하는 데서 벗어날 유일한 방법, 루소의 책을 집어 들었다. 마리아 자신의 운명을 전할 방법만 찾는다면, 그가 친구가 되어 줄 수도 있을 것 같았다. 하지만 생 프루, 아니 그보다도 훨씬 더는적인 연인을 체화한 인물은, 낯선 남자의 외투와 모자만 살짝 보았을 뿐인지라 이 불완전한 모습을 모델로 삼게 되었다. 마리아의 상상력을 사로잡고 있는 그 미지의 인물에게 그 남자의 모습을 부여한다면, 생 프루의 모든 감수성과 감정을 합쳐서, 마리아 자신의 감수성과 감정을 만족하게 하는 존재로 만들어줄 것이다. 열렬한 편지 가장자리에서, 눈에 익은 글씨체로 "감수성의 진정한 프로메테우스, 루소만이 심장으로 곧장 전달되는 진실, 감정을 묘사하는 데 필요한 뜨거운 재능을 갖고 있었다"라는 글귀를 읽었을 때, 마리아는 그가 그럴 만한 권리를 가지고 있다고 믿게 되었다.

마리아는 다시 현실로 돌아와 루소를 끝까지 읽었고 몇몇 부분을 골라 베껴 적기 시작했다. 날마다 보고 싶어 안달하는 얼굴을 잠깐이라도 보기 전까지는 책에서도, 창문에서도 눈을 뗄 수가 없었다. 그러다 정말로 그를 보자 그를 어디서 보았는지 뚜렷이 떠오르지 않았다. 그는 아주 잠시 스쳐 지나간 사람이었을 것이다. 하지만 그의 관심을 끌고 동정심을 자극하려면, 이전의 인연을 밝혀내는 것이 도움이 될 것이다.

매번 그를 볼 때마다 마리아가 마음속에 그리고 있던 그림에 색채가 더해졌다. 한 번은 창을 반쯤 열어두었을 때 그의 음성이 들려왔다. 확신이 차올랐다. 필시, 언젠가 힘든 순간에 그 억양을 들은 적이 있었다. 남자답고 고결한 마음을 드러내는 음성이었다. 아니, 달콤하기도 했다. 귀 기울여 듣는 그녀의 귀에는 그렇게 느껴졌다.

마리아는 기묘한 우연이 불러일으킨 감정에 놀라 떨면서, 어째서 알지도 못하는 사람을 늘 생각하고 있는지 의아해 화들짝 놀랐다. [마리아는 이전에 만났던 일이 차차 기억났기 때문이다.] 하지만 다른 그 무엇도 생각할 수 없었다. 딸을 생각할 때도 그 아이의 아버지가 존경하고 사랑할 수 있는 사람이기를 바랄 때뿐이었다.

3

첫 번째 책 꾸러미를 보았을 때, 마리아는 그중 한 권에 연필로 동정심과 연민을 담은 몇 가지 감상을 적어놓았다. 그랬던 것을 잊고 있던 마리아가 새로 가져온 책 한 권을 들추다 보니 종이 한 장이 떨어졌고, 제미마가 급히 낚아챘다.

"보여줘요." 마리아가 다급하게 말했다. "설마 광인의 글귀를 내게 보여주지 못하는 건 아니겠죠?" 제미마는 "생각 좀 해보고요."라고 대답하더니 종이를 들고 나갔다.

이렇게 갇혀 지내다 보면 감정은 여느 때보다 더 강해진다. 그러므로 마리아가 분과 짜증을 가라앉히지 못하고 있을 때, 제미마가 돌아와 종이를 건넸다.

내 운명에 관여하는 분이 누군지 모르겠지만, 진심 어린 위로를 보내겠소. 보호해 드리겠다고 말하고 싶지만, 지금은 남자의 특권을 빼앗긴 처지니.

내 처지로 인해 두려운 의심이 생기는군요. 자유를 기다리는 것이 헛일이 아닐 수도 있다는 생각은 할 수 없소. 하지만 내 기억이 그대에게 도움이 될 수 있다면, 그대를 기억할 거요. 어째서 이렇게 갇혀 있는 것인지 묻겠소. 그리고 답을 기다리겠소.

헨리 단포드 올림.

마리아는 제미마에게 간절히 부탁해 이 쪽지에 답장을 써도 된다는 허락을 받았다. 답장이 한 통, 또 한 통 오갔지만, 현재 처한 상태를 설명하는 내용을 쓰는 것은 안 된다고 했다. 하지만 마리아는 충분히 분명하게 첫 번째 질문에 대한 답을 암시했고, 두 사람은 자신도 모르게 가장 중요한 문제에 대해 감정을 교환하기 시작했다. 이 편지를 쓰는 것이 하루의 일이었고, 그 편지를 받는 것이 해 뜰 때 하는 일이었다. 단포드는 어찌어찌 마리아의 창문을 알아냈고, 그다음 마리아가 창가에 서 있을 때, 관리인들 등 뒤에서 존경과 인정을 담아 고개 숙여 인사했다.

이런 식으로 대화를 주고받으며 이삼 주가 흘렀고, 그사이 마리아에게서 가족에 관해 필요한 정보를 알게 된 제미마는 분명 몇 가지 정보를 얻은 모양이었다. 그녀는 마리아를 풀어줄 생각은 없었지만, 예전보다 더 편하게 대해주었다. 마리아는 그 이유를 지나치게 캐묻지 않고서 호의를 이용했다. 사람과 대화하고 싶은 마음, 여전히 낯선 사람이기는 하지만, 이전에 도움을 받았던 그를 만나고 싶은 마음이 너무나 간절했으므로 마리아는 관리인에게 단순히 궁금한 것을 알려주는 일 이상의 부탁을 끊임없이 했다.

단포드에게 편지를 쓰고 있노라면 마리아는 자신에게 닥친 슬픈 처지를 잊을 수 있었고, 계속해서 상상력을 자극하며 이전에 주위에서 들려오던 끔찍한 소리를 듣지 않을 수 있었다. 삶에서 소중한 모든 것뿐 아니라 자기 자신을 잃어버린 가엾은 사람들 사이에서 자신의 고통만 생각하는 것은 이기적이라고 생각하며, 마리아는 그토록 많은 사람들, 영혼을 잃어버린 이들이 모이는 이 음울한 건물로, 인간의 부패를 일으키는 거대한 근원으로 오기까지 겪은 미로와도 같은 고통을 가늠해보려고 애썼다. 한밤중에 악마 같은 분노, 또는 살을 깎는 것과 같은 절망에서 질러대는 끔찍한 비명에 마리아는 종종 잠에서 깼다. 그 소리는 이루 말로 표현할 수 없는 고통과 이성의 부재를 느끼게 해주었으며 그 어떤 꿈보다도 무시무시한 공포를 마음속에 불러일으켰다. 게다가 통제하지 않은 감정이 보이는 여러 가지 행동은 너무나도 생생했고, 그들의 헛소리는 너무나 우스꽝스러웠으며, 두려운 침묵 후에 종종 터져 나오는 짧은 노래는 가슴을 찌르는 듯 처량했기에 그것들은 영혼을 괴롭히면서도 주의를 끌고 상상력을 자극했다. 그런 감정의 폭발을 마리아는 지켜볼 수밖에 없었다. 그리고 구멍 속에서 깜빡이는 불처럼, 혹은 성난 하늘의 위협적인 구름을 가르는 번갯불처럼 흐릿한 이성의 존재를 느낄 수밖에 없었다.

제미마는 불행한 이들이 어떻게 생겼으며 어떤 행동을 하는지 설명해주어 지루한 저녁 시간을 보내도록 애쓰곤 했는데, 그들의 모습이나 목소리를 알게 되면 마리아의 가슴에서 동정심 어린 슬픔이 차올랐다. 그리고 제미마가 해주는 이야기에는 특별한 것을 상상할 여지가 늘 있었으므로 더욱 재미있었다. 관찰한 내용을 정리하는 습관이 있는 마리아는 들은 내용으로 재능이 있는 사람들이 이성을 잃기 쉽다고 가정하는 것은 오류에 불과하다는 결론을 내리게 되었다. 반대로 마리아가 살펴본 사례를 바탕으로, 감정이 강렬하고 조화롭지 못한 데서 실성이 비롯한다고 생각했다. 판단력이 약하고 제대로 발휘되지 못했기 때문이다. 그리고 해가 지면 그림자가 길어지듯이 이성이 약해지고 그런 상태가 더 힘을 얻는 것 같았다.

마리아는 자신과 같이 고통당하는 이를 간절히 보고 싶었다. 하지만 단포드가 그녀보다 훨씬 더 열렬한 마음이었다. 감정의 충동에 매번 굴복하는 데 익숙하고, 여성들과 같이 가장 자연스러운 충동을 억제하고 겉으로나마 올바른 행동을 하는 법을 배우지 못한 사람에게 모든 욕구는 반대를 무릅쓰고 홍수처럼 흘러나갔던 것이다.

단포드는 마리아에게 빌려준 책이 들어 있던 여행 가방을 돌려받았고, 그 내용물 중 일부로 관리인을 매수했다. 건물의 다른 부분은 살필 생각 없이 자기 방으로 돌아가겠다는 굳은 약속을 받아낸 후, 그 관리인은 단포드에게 방문 허가를 주었고, 마리아는 그가 자신을 구해줄 것이라는 어렴풋한 희망에 설레며 이전에도 자신을 억압에서 구해준 남자를 기다리고 있었다. 그는 열정적인 사람도 사로잡을 만큼 생기 있는 표정으로 들어왔다. 그리고 마리아와 마리아의 방을 재빨리 살펴보며 연민과 분노를 드러냈다. 그의 눈에서 동정심이 드러났고, 그는 마리아의 손을 잡더니 공손히 고개를 숙이더니 이렇게 외쳤나. "참 희한한 일이군요! 당신을 다시, 그것도 이런 곳에서 만나다니!" 둘을 다시 만나게 한 우연이 신기하기는 했지만, 그들의 벅찬 감정이 흘러넘치지는 않았다.[13]

[그리고 이렇게 처음 만난 뒤부터 두 사람은 자주 서로 만날 수 있었지만, 한동안은] 온 세상이 들을 수도 있었기 때문에 대화 중에도 말을 삼갔다. 다만, 문학에 대해서 대화할 때는 편안한 표정으로 감정을 주고받음으로써 이미 서로의 마음을 알고 있는 것 같았다.

[차츰 단포드는 구체적인 자신의 사연을 이야기하기 시작했다.] 그는 몇 마디로 자신이 무심하고 사치하는 젊은 시절을 보냈다고 했다. 하지만 그가 자신의 결점을 설명하자 그 결점은 고귀한 신분을 가진 사람의 후하고 화려한 성품처럼 느껴졌다. 그의 젊은 시절에는 비열함 같은 오점이 없었고, 남들에게 속기는 했지만, 꽃봉오리처럼 피어나는 그의 젊은 시절에 이기심 같은 해충은 없었다. 하지만 그는 장차 일어날 문제로부터 자신을 지키는 데 필요한 경험을 너무 늦게 얻고 말았다.

"저는 당신을 이기심으로 지치게 할 겁니다." 그가 말했다. "강렬한 감정이 당신에게 저를 이끌지 않았다면." 이렇게 말하는 동안 그의 눈이 빛났고 남자다운 몸이 부르르 떨리는 것 같았다. "이 소중한 순간을 저 자신에 대해 말하면서 낭비하지 않았을 겁니다."

"제 아버지와 어머니는 상류 사회에 속한 분이셨습니다. 그분들은

---

13 저자가 마지막으로 수정한 판본에서는 문장이 여기서 끝나며, 이어지는 부분부터 제4장의 말미까지는 미완성의 다른 판본에서 가져온 것이다. (윌리엄 고드윈 주)

부모님의 뜻에 따라 결혼했지요. 아버지는 승마를 좋아하셨고, 어머니는 카드 게임을 즐기셨습니다. 저와 세상을 떠난 두세 아이들은 견딜 수 없을 때까지 집에서만 지냈습니다. 아버지와 어머니는 눈에 띄게 서로를 싫어하셨고, 계속해서 다투셨습니다. 하인들은 부잣집에서 흔히 볼 수 있는 가난한 사람들이었습니다. 형들과 부모님이 모두 돌아가시자 저는 후견인에게 맡겨졌습니다. 그래서 이튼으로 갔죠.[14] 부모님의 애정을 알지 못했지만, 학교에 가니 제멋대로 굴지도, 존중받지도 못하는 것이 아쉬웠습니다. 어린 시절 저지른 비행은 연약한 여인이 이해하지 못할 테니 일일이 열거하지 않겠습니다. 저는 입에 담기 부끄러운 사람에게서 사랑하는 법을 배웠습니다. 그리고 그 후 사귄 다른 여자들은 당신이 전혀 모르는 계급에 속하는 사람들이었습니다. 그들과 극장에서 알게 되었습니다. 그리고 그들의 눈에 생기가 춤출 때면, 그들의 입술에서 흘러나오는 저속한 말이 그다지 싫지 않았습니다. 성년이 되고나서 몇 년 동안 몇백 파운드를 제외한 상당한 유산[전부]을 탕진하자 저는 아메리카로 떠나는 신생 부대에 입대하는 수밖에 없었습니다. 방탕한 삶을 포기하면서 느낀 아쉬움은 아메리카를 보고, 여행할 호기심에 상쇄되었죠. [젊은 시절 겪은 어떤 일도] 제 마음에 고국을 묶어놓지는 않았습니다. 군 생활을 세세히 설명하지는 않겠습니다. 제 피는 여전히 뜨거웠습니다. 다만, 전투가 끝날 무렵 저는 부상을 입고 포로로 잡

---

14 잉글랜드 남서부에 위치한 사립학교 (역자 주)

혔습니다.

부상이 더디게 나아 침대나 의자에서만 지내면서 복잡한 마음을 잊기 위해 오직 책에 의존했습니다. 저는 책을 열심히 읽고 탄탄한 학식을 가진 집주인과 대화했습니다. 정치적 견해는 완전히 바뀌었습니다. 그리고 미국인들의 친절함에 감동해 자유롭게 거처를 정하기로 마음먹었습니다. 그래서 저는 여느 때처럼 성급하게 장교 자리를 팔고, 받은 돈을 활용해 보고자 남부 지역을 돌아다녔습니다. 게다가 대도시의 청교도적인 관습이 별로 마음에 들지 않았습니다. 그곳의 불평등한 상황이 가장 짜증 났습니다. 돈이 가져다주는 유일한 즐거움은 그것을 대놓고 자랑하는 것이었습니다. 유럽의 부자들을 가난한 자들보다 월등한 존재로 만들어주는 세련된 태도를 갖게 하는 미술이나 문학 감상이 그곳의 상류층에 아직 소개되지 않았기 때문입니다. 게다가 독립 혁명 때문에 여러 가지 악행이 유입되었고, 식자들이 조상들이 지녔던 편견으로부터 점차 벗어나기도 전에 종교의 엄격한 교리 대부분이 뿌리까지 흔들렸습니다. 독립을 찾아 그들이 바다를 건넜듯이 강을 건너게 하고, 미지의 땅을 찾아 끝없이 펼쳐진 밀림을 지치도록 헤매다 잠들게 했던 결의가 이제는 상업적인 계산으로 변했습니다. 한 국가적인 인물이 냉정한 이기심과 진취적인 기상을 가진 인간 역사에 경이로운 업적을 세울 때까지는 그랬습니다. 그리고 여성이란, 참 사랑스러운 존재이지요! 그들은 사방에서 매력을 발산합니다. 그러면서도 어느 정도 얌전을 빼기도 하고, 미국 여인들에게는 고상한 취향과 편안한 태도가 없어서 장미

꽃처럼, 백합처럼 예쁘면서도 우리 유럽 여인보다 훨씬 열등해 보입니다. 하지만 도시에 가면 그들도 잉글랜드의 큰 교역 도시에 있는 여인들처럼 잘난 체하지만 무지하지요. 그들은 장신구가 몸을 장식해주어서가 아니라 단지 좋다는 이유로 아끼지요. 그리고 남자에게서 사랑을 불러일으키기보다는 여자들에게 이런 외모에 대한 질투심을 일으키는 데 더 만족합니다. (이런 이야기는 실례이지만) 영국에서 얌전한 여인들을 그렇게 멍청하게 만드는 온갖 행동이 그곳에서는 더욱 경멸스러웠습니다. 신사다운 행동에 익숙하지 못한 저는 곧바로 사랑을 나누는 것으로 그들 곁에서 잠들지 않을 수 있었지요.

하지만 이런 이야기는 당신을 지루하게 할 뿐이죠. 저는 시골에 사들인 땅으로 갔고, 나무를 베고, 집을 짓고, 이런저런 농작물을 심는 동안 시간은 즐겁게 흘러갔습니다. 하지만 겨울이 오고 할 일이 없어지자 좀 더 품위 있는 사람들을 만나 세상사 이야기를 듣고, 식솔 대부분을 차지하는 동물들과 농사짓는 일보다 나은 일을 하고 싶어졌습니다. 결국 저는 여행을 결심했지요. 움직이는 것이 다양한 이들을 만나는 것을 대신했습니다. 그리고 드넓은 시골 땅을 지나다니며 큰 경험은 얻지 못했지만 가만히 있지 못하는 영혼을 달랬습니다. 어딜 가나 산업은 사치의 결과물이 아닌, 예고로 작용하더군요. 하지만 이 나라는 모든 것이 커서 어느 정도 키우고 가꿔야 볼 수 있는 아름다운 경관은 찾기 어려웠습니다. 크기를 가늠할 수 없는 평원, 바다로 채운 것 같은 호수를 바라보아도 시선이 멈추는 곳은 없었고, 자그마한 나무들이 모여 바람도 안 통하고 지나다닐 수도 없이 끝없는 숲은 취향을 만족하게 하지 못했습니다. 고요한 자연에는 황무지에서 미소 짓고 있는 오두막도, 손 흔들어주는 여행객도 없었습니다. 아니, 혹시 길에서 발자국을 보게 된다면 그건 피신하라는 무서운 경고였습니다. 가죽을 벗기는 칼로 공격당하듯이 머리가 아팠습니다. 유럽인들의 정착지 주위에서 도사리고 있는 원주민들은 이웃을 약탈할 대상으로 여겼고, 그 짓을 더 안전하게 하려고 총까지 훔쳐 갔습니다.

숲에서 정착지로 돌아온 뒤, 시내로 가서 더 잘 먹고 마시는 법을 배웠습니다. 하지만 (장사를 싫어했으니) 장사를 시작하지 않고는 거기서 살 수 없다는 것을 알게 되었습니다. 그리고 자유의 땅과 돈더미를 깔고 앉은 저속한 귀족들에게 싫증이 나서 다시 유럽을 찾아가기로 결정했습니다. 같이 교육을 받은 영국의 먼 친척에게 편지를 써 제가 어떤 배를 타고 갈 것인지 알렸습니다. 런던에 도착하자 제 감각은 취해버리고 말했습니다. 이 거리, 저 거리, 이 극장, 저 극장을, (자꾸 이렇게 솔직하게 말씀드리는 것이 죄송하군요) 제겐 마치 천사처럼 보였던 도시 여자들을 전전했습니다.

이렇게 아무 생각 없이 한 주를 보낸 뒤, 도착한 이후로 내내 지낸 호텔로 아주 늦은 시각에 돌아가다가, 인적 없는 거리에서 공격을 받고 정신을 잃은 채, 마차에 태워진 다음 여기로 끌려왔습니다. 정신을 차리고 보니 제정신을 잃은 사람으로 취급받고 있었지요. 관리인들은 제 항의와 질문을 들은 체하지 않았지만, 오래 갇혀 지내지는 않을 거라고 하더군요. 그렇다 해도, 아무리 생각해도 왜 갇힌 것인지, 혹은 이 집이 영국 어디에 있는 것인지 모르겠군요. 가끔 바닷소리가 들리는 것 같은 생각이 들어서, 당신을 보기 전까지는 다시 대서양을 건너고 있기를 바랐습니다."[15]

이 이야기에 대해 마리아가 대답할 시간은 얼마 되지 않았고, 단포드가 돌아가자 마리아에게는 그가 해준 이야기를 곰곰이 생각해 보고, 음성을 기억하며, 그것이 가슴속에서 메아리치는 것을 느끼는, "결코 끝나지 않는, 항상 새로 시작하는" 과제가 남겨졌다.

---

15 단포드가 이전에도 마리아를 구해준 사람으로 소개된 것은 작가가 나중에 생각하고 삽입한 것으로 보인다. 그로 인해 그 설정이 단포드의 이 내레이션에서 누락된 것이다. (윌리엄 고드윈 주)

4

풍자적인 작가들은 사랑에 빠지기 쉬운 것을 할 일이 없는 탓이라고 규정해 왔지만, 동정심, 그리고 역경을 겪느라 지치고 우울한 상태는 모두 사랑에 도움이 되어 왔다. 그러니 동정심과 슬픔, 외로움이 모두 힘을 합쳐 마음을 약하게 하고, 낭만적인 소망, 그리고 당연히 낭만적인 기대를 키워주고 있으니 마리아가 사랑에 빠질 운명을 벗어날 가능성이 얼마나 되겠는가?

마리아는 스물여섯 살이었다. 하지만 타고 난 체질이 튼튼했던 그녀에게 시간은 나이의 흔적을 남기지 않았다. 끊임없이 생각하고, 애정을 실천한 마리아에게서 순진하고 가벼운 아름다움은 어느 정도 사라졌지만, 강렬한 감정을 감추고 자제하려고 노력하는 사람이 얻게 되는 순종적인 모습도 알게 모르게 생겼다. 슬픔과 근심이 젊음의 밝은 빛깔을 가리지는 않되 부드럽게 해주었고, 그녀의 얼굴에 드러나는 사려 깊은 표정에서 여자다운 부드러움이 사라지지는 않았다. 아니, 거기 드러나는 감수성을 보면 마리아는 여성 대부분이 그렇듯이 오로지 감정을 느끼기 위해 태어난 것 같을 때도 많았다. 그리고 균형이 잘 잡히고, 심지어 풍만한 그녀의 몸이 움직이기 시작하면, 육체보다는 정신이 강하다는 생각이 들게 했다. 그녀의 행동거지에는 가끔 아이와도 같은 단순한 면이 있어서 여느 사람들이 그녀의 재능을 과소평가하고 그 상상력에 웃음 짓는 경우도 많았다. 하지만 마리아의 섬세한 감수성을 이해하지 못하는 사람들은 동정심에 이끌렸고, 그래서 마리아는 전혀 다른 사람들에게도 모두 사랑받았다. 그러나 마리아는 일반적인 규칙을 지키기에는 상상력이 지나치게 풍부했다.

스물다섯에 저지르면 강한 정신력을 갖고 있다는 증거가 되는 실수이지만, 그보다 10년이나 15년이 지난 뒤 저지르면 분별 있는 판단력이 약하거나 없음을 보여주는 실수가 있다. 평범한 삶의 즐거움에 만족하고 사랑과 우정 같은 이상적인 허상을 아쉬워하지 않는 젊은이들은 결코 성숙한 이해력을 가질 수 없을 것이다. 하지만 여성의 경우 종종 그렇듯, 인간의 행복이 무엇으로 이루어지는지 경험으로 배워야 할 때 이런 환상을 지나치게 소중히 키우면, 그것은 행복에 아무런 도움이 되지 않는다. 게다가 여성의 고통과 기쁨은 외부 환경에, 애정의 대상에 너무나 의존하기 때문에 그들은 자기 마음의 충동에서 움직이는 경우도, 자신만의 취미를 좇는 경우도 드물다.

인간의 악행과 끊임없이 싸워야 했던 마리아의 상상력은 이 세상에 있을지도 모르는 미덕을 그려봄으로써 휴식을 취했다. 피그말리온[16]은 대리석으로 처녀를 만들고, 그 속에 분별력을 가진 영혼이 깃들기를 바랐다. 반대로 마리아는 영웅의 마음에 필요한 모든 자질을 조합해 놓았고, 운명은 그녀에게 그 자질을 담을 수 있는 조각상을 내준 셈이었다.

이 감정이 발전하는 과정을 일일이 추적하거나 단포드와 마리아가 흥미로운 대화를 얼마나 자주 나누었는지 기록할 생각은 없었다. 두 사람이 온 세상을 다 주고라도 조금만 더 함께 있고 싶었을 때, 제미마는 조마조마한 마음으로 지켜보다가 괜한 경고로 둘을 떼어놓았다.

마리아의 감방에는 마법의 등이 매달려 있는 듯, 칙칙하고 아무것도 없는 벽에 요정들이 사는 곳의 광경이 펼쳐졌다. 희망이라는 천사의 날개에 앉아 수렁 같은 절망에서 빠져나온 마리아는 행복을 느꼈다. 사랑받았으니, 모든 감정이 황홀했다.

단포드에게 마리아는 확실한 애정을 보이지 않았다. 그가 보여주는 애정보다 더 큰 애정을 보인다면, 그것은 필시 사랑의 증거였으므로 마리아는 종종 자신답지 않게 냉담하고 무심한 척했다. 그리고 슬픔에 얼어붙었던 가슴에서 활기찬 감정이 막 녹아날 때도 마리아는 자신의 감수성을 표현하는 데 조심했고, 그 때문에 단포드는 그것이 사랑으로 인한 것인지 확신할 수 없었다.

어느 날 저녁, 제미마가 멀리서 다가오는 것 같은 발소리를 확인하러 나가자 단포드는 마리아의 손을 잡았다. 마리아는 손을 빼지

---

16 오비디우스의 『변신이야기』에 등장하는 조각가로, 대리석으로 아름다운 처녀를 만든 뒤 그 조각상과 사랑에 빠졌다. (역자 주)

않았다. 두 사람은 자신들이 처한 상황에 대해 열심히 대화했다. 그리고 그사이 단포드는 한두 차례 마리아를 끌어안았다. 그는 마리아의 달콤한 숨결을 느끼며 그것이 나오는 입술에 닿고 싶은 마음이 간절했지만, 두렵기도 했다. 순수의 정령이 그 입술을 지키고 있는 듯했고, 뺨에서는 사랑의 정령들이 뛰놀았고, 두 눈에서는 그 정령들이 쉬고 있었다.

제미마가 들어오자 단포드는 망설였던 것을 후회했다. 그래서 그녀가 다시 돌아가라고 하자 단포드는 가까이 서 있던 마리아의 입술에 사랑을 선언하려고 다가갔다. 마리아는 단호하게 물러섰고 단포드는 부끄러워 고개를 숙였다. 하지만 소심하게 다시 든 두 눈이 마리아의 눈과 마주쳤다. 마리아는 그 순간 결심했고, 눈빛을 교환했다. 그는 더욱 열렬한 마음으로 마리아가 반쯤은 동의하고, 오로지 정숙함 때문에 반쯤은 망설이는 키스를 취했다. 그리고 달아오른 얼굴을 그의 어깨에 기대는 마리아의 우아한 태도에는 신성한 느낌이 있어서 그는 강렬한 인상을 받았다. 더욱 형언할 수 없는 감정에 욕망은 사라졌고, 마리아를 모욕과 슬픔에서 지키고자 하는 것, 그녀를 행복하게 해주는 것만이 그의 소망일 뿐만 아니라 인생에 있어서 가장 고결한 임무처럼 느껴졌다. 그처럼 천사 같은 믿음은 명예로운 충성심을 요구했다. 하지만 맥박이 뛸 때마다 그녀를 생각하는 그가 변심해 악당이 될 수 있단 말인가? 마리아가 잠시나마 그의 품에 안기며 느꼈던 감정, 실망에서 비롯한 가벼운 우울이 뒤섞인 강렬한 동정심에서 우러나온 눈물은 입으로 몇 시간 말해도 전할 수 없는 진실과 충실함을 말하는데! 두 사람은 아무 말도 하지 않았지만, 너무나도 유창하게 대화했다. 그리고 잠시 사색에 빠져 있던 마리아가 그의 옆으로 의자를 끌어와 침착하고 달콤한 목소리와 이 세상에 속한 것이 아닌 듯 상냥한 표정으로 이렇게 말했다. "당신에게 제 마음을 모두 열어야겠어요. 다 말씀드리겠어요. 제가 누구인지, 왜 여기 왔는지, 그리고 어째서 당신에게 제가 유부녀라고 말하면서 얼굴을 붉히지 않는지……." 하지만 그 얼굴에 떠오른 홍조가 나머지는 모두 말해주었다.

제미마가 다시 다가왔고 그녀의 존재로 약삭빠른 아이, 큐피드가 까꿍 놀이를 하듯이 나타났다 사라지는, 생기 넘치는 대화는 불가능했다.

그들의 만남은 천국처럼 즐거웠고, 주위에서는 낙원이 피어났다. 그것이 아니라면 그들은 강력한 마법으로 아르미다[17]의 정원으로 옮겨간 것 같았다. 위대한 마법사 사랑은 "그들을 엘리지움에 가두었고," 모든 감각은 환희와 두 사람이 나누는 황홀감과 조화를 이루었다. 사실, 그들이 특별할 것도 없는 내용으로 주고받는 음성이 너무나 활기찬 나머지, 제미마는 거친 뺨에 환희의 눈물이 흐르는 것을 느끼고 깜짝 놀랄 정도였다. 제미마는 약간은 부끄러운 마음으로 눈물을 훔쳤다. 그리고 마리아가 왜 우는지 상냥하게 묻자, 넘치는

---

[17] 이탈리아의 시인 토르콰토 타소의 서사시 『해방된 예루살렘』에서 주인공 리날도를 죽이려 했지만, 사랑에 빠져 마법의 정원을 만들고 가두어둔 여자 인물 (역자 주)

기쁨을 자연 전체에 알리고자 하는 행복한 사람처럼 제미마는 다른 사람 때문에 기뻐서 눈물을 흘린 것은 처음이라고 털어놓았다. 제미마는 숨을 쉬는 것이 더 편해진 것 같았다. 얼굴에서는 의심의 기색이 사라졌다. 자신도 이번만큼은, 평생 처음 동등한 인간으로 취급받는 느낌이었다.

상상력! 그 힘을 누가 그려낼 수 있으랴. 또는 상상력이 키워내는 어렴풋한 희망의 색조를 누가 반영해낼 수 있으랴. 마리아가 바라보는 지평선은 오랫동안 우울하고 절망적이었지만, 이제는 거기서 해가 뜨고 무지개가 나타났으며, 모든 광경이 아름다웠다. 여전히 어두운 감방에는 두려움이 자리 잡고 있었고, 통로에는 의혹이 도사리고서 벽을 따라 쑤군대는 소리가 들렸다. 이따금 섬망에 사로잡힌 사람들의 고함이 들려오면 그들은 하던 이야기를 멈추고, 살아있는 망자들의 무덤에서 왜 그렇게 행복한지 의아했다. 그들은 자신들의 무감각을 자책하기도 했다. 그래도 이 세상에는 그들보다 더 행복한 이가 없었다. 그리고 제미마는 다시 통로를 돌아본 뒤 주위에서 느껴지는 믿음에 너무나 마음이 누그러져 자발적으로 자신의 사연을 이야기하기 시작했다.

5

제미마의 이야기는 다음과 같았다.

제 아버지는 함께 하인으로 일하던 제 어머니를 유혹했어요. 어머니가 예뻤거든요. 어머니가 자연의 순리에 따라 두려운 결과가 닥쳤음을 깨닫는 순간, 자신은 파멸했다고 믿게 되었죠. 외할머니는 어머니에게 정직과 평판을 지켜야 한다는 것만을 원칙으로 심어주셨어요. 그리고 그 원칙이 어찌나 강하게 각인되었는지, 어머니는 나중에 겪을 가난보다는 수치를 더 두려워하셨어요. 어머니가 자꾸만 끈덕지게 결혼을 요구하자 아버지는 결혼해서 어머니의 비난을 막았어요. 아버지는 결혼을 약속하며 어머니를 유혹했으니까요. 하지만 그래서 아버지는 어머니와 완전히 멀어졌고, 어머니라는 사람 자체가 아버지에게는 싫은 존재가 되었어요. 그래서 제가 태어나기도 전부터 아버지는 저를 미워하고 경멸하기 시작했어요.

아버지의 무관심과 부당한 취급에 영혼 깊숙이 슬퍼진 어머니는 굶어 죽기로 결심을 했어요. 그러다가 건강을 해쳤죠. 계획을 성공시키거나 완전히 포기할 의지가 강하지는 않았지만요. 어머니가 원한 죽음은 오지 않았어요. 하지만 슬픔 때문에, 그리고 어머니가 하녀 일을 하면서 임신을 감추기 위해 쓴 방법 때문에 어머니의 몸이 너무 상해서 착한 여주인이 출산 때 숨어서 있도록 해준 다락방에서 돌아가시고 말았어요. 아버지는 약간 비난을 받은 뒤 일을 계속할 수 있었죠. 그렇게 해준 사람은 여섯 아이의 어머니였는데, 마음대로 쉬는 기간에는 아이들 발소리 하나 들리지 않도록 하는 사람이라, 가련한 처지에 동정도 받지 못한 어머니를 불쌍히 여기지 않았던 거예요.

어머니가 돌아가신 날, 제가 태어난 지 아흐레 되던 날, 저는 아버지가 구할 수 있는 제일 싼 유모에게 맡겨졌어요. 그 여자는 자기가 낳은 아이도 함께 젖을 먹였고, 창고 같은 집에다 애들을 최대한 많이 맡아서 키웠답니다.

가난도 그렇고, 키우던 아이가 죽어 나가는 걸 자꾸 본 탓도 있어서인지 그 여자는 마음이 굳어버려서 어머니 노릇을 해도 여자다운 상냥한 마음이 생기지 않았답니다. 아이를 키울 때면 으레 그러듯이 저를 상냥한 손길로 쓰다듬어주지도 않았어요. 병아리들도 어미 닭 날개 밑에 은신하는 법이지만, 제겐 안길 품도, 의지할 따스함도 없었지요. 누더기에 싸여 지칠 때까지 춥고 배고파 울다가 잠들었고, 누가 놀아주거나, 상냥하게 재워주는 일도 없었어요. 하지만 아무리 내버려 두어도 저는 살아남았고, 존재를 저주하는 법을 배웠고, [이렇게 말하면서 표정이 포악해졌다] 저를 비참하게 만드는 손길이 저를 똑똑하게 만든 것 같았어요. 더러운 우리에 갇혀서 계속 들어오는 아이들의 요람을 흔들면서 저는 조그만 할머니나 쪼그라든 노파 같은 꼴을 하고 있었어요. 말없이 생각하고 근심하느라 생긴 주름살이 어린 뺨을 쭈그러들게 했고, 항상 여기저기 살피는 눈은 이 세상 사람 같지 않게 번득거렸죠. 이 기간에 아버지는 다른 하녀랑 결혼했는데, 그 여자는 아버지를 어머니만큼 사랑하지 않았고, 아버지의 감정을 다스리는 법을 더 잘 알았어요. 그 여자도 마찬가지로 아이를 가졌고, 아버지와 가게를 차리기로 했어요. 사생아인 제가 그렇게 불러도 될지 모르겠지만, 양어머니는 그러기 위해서 부자 친척한테서 돈을 얻었어요.

해산 기간이 지난 뒤, 양어머니는 아버지에게 절 데려오라고 했어요. 양육비를 아끼고 아이 키우는 데 제 도움을 받으려는 생각이었죠. 사실 저는 어렸지만, 눈치 있어 보였고, 쓸모 있을 것 같았던 거죠. 그래서 저는 집으로 들어갔어요. 하지만 그곳은 제집은 아니었어요. 제집이라는 게 어떤 것인지 몰랐으니까요. 양어머니는 자기 딸을 몹시 애지중지했어요. 그리고 그 애 변덕을 들어주고, 온갖 원하는 것을 다 받아주면서 버릇을 망치는 일을 돕는 게 제가 할 일이기도 했어요. 말도 배우기 전에 자기가 대단한 존재라는 걸 알게 된 그 아이는 저를 괴롭히는 법을 배웠고, 제가 혹시라도 반항하려고 들면 매를 받거나 점심도, 저녁도 못 먹고 잠자리에 들어야 했어요. 이 아이를 노예처럼 굽실굽실 돌보는 게 제 일과 중 하나였어요. 하지만 그건 일부였어요. 저는 사시사철 밖으로 나가 여기저기 제힘으로 들 수도 없는 짐을 지고 돌아다녔고, 난롯가에는 앉아보지도 못했고, 따뜻하게 격려하는 말 한마디 듣지 못했죠. 그러니 전혀 다른 존재 취급을 받고는 그 집의 귀한 아이를 부러워하다가 결국 미워하기 시작했어요. 하지만 확실하게 기억하는데 제 시기 어린 불만을 처음 일으킨 건 양어머니의 손길과 상냥한 표정이었어요. 도저히 잊을 수 없는데, 한 번은 양어머니가 제멋대로인 딸을 불러 입 맞추려고 했을 때, 제가 달려가서 이렇게 말하기도 했어요. "제가 입 맞출게요, 부인!" 그때 "너는 필요 없다, 지긋지긋한 것!"이라는 대답을 듣고, 제 심장이 얼마나 내려앉았는지, 제 영혼이 얼마나 나락으로 떨어졌는지 몰라요. 또 한 번은 새 드레스 때문에 기분이 좋아졌을 때, 양어머니는 뜻밖에 제게 아가라고 불러줬어요. 저는 양어머니를 결코 기쁘게 해드릴 수 없을 줄 알았거든요. 저는 몹시 신이 나서 저 자신을 높이 평가했지요.

딸이 자라니 케이크와 과일을 먹이고 저는 말 그대로 식탁에서 버리는 쓰레기, 그 아이가 남긴 것만 먹었어요. 아이들은 모두 단 걸 좋아하잖아요. 그래서 저는 몰래 훔칠 수만 있으면 단 걸 훔쳐 먹곤 했지요. 들켰다 하면 양어머니는 그 자리에서도 절 혼냈지만 (가게에서 일하던) 아버지가 저녁때 돌아오면 제가 잘못한 일을 다 늘어놓으면서 그건 제가 어머니에게 물려받은 사악한 기질을 이 세상에 갖고 태어났기 때문이라고 했어요. 아버지는 제 몸에 증오를 담은 자국을 남겼고, 동생과 놀며 즐거워했어요. 아버지가 동생만 귀여워할 때면 그 애를 죽일 수도 있었어요. 이런 무자비한 꾸중을 피하고자 저는 거짓말에 의지했고, 자꾸 거짓말을 하니까 거짓말 때문에 폭군 같은 양어머니가 제가 악한 기질을 타고났다고 하는 근거가 되었던 거예요. 제가 늘 무시당하는 걸 보고, 저보다 잘 먹고 잘 입은 동생은 저를 경멸하게 되었고, 그러니 애정이라고는 생겨날 수 없었어요. 그리고 제 아버지는 제가 잘못한 일을 끊임없이 들으니 저를 자기가 지은 죄 때문에 생겨난 저주라고 여기기 시작했어요. 그래서 아버지는 와핑에서 싸구려 옷가게를 하는 양어머니 친구한테 저를 일손으로 보냈어요. 제가 어떤 아이인지 설명도 했어요. 하지만 그 아주머니는 손가락을 딱딱 부딪치면서 제 영혼이나 심장을 반드시 부숴버리겠다고 다짐했어요.

양어머니는 "저 애를 사람 만들면 자기만큼이나 영리한 사람일 것"이라고 대답했어요. "나로서는 아무리 애를 써도 소용없었지만. 내 잘못은 성격이 좋은 것뿐"이라고.

그때부터 겪은 일을 기억하니 두려움에 몸이 떨리네요. 가게 주인의 채찍질뿐 아니라, 하녀와 수습생들, 아이들도 마찬가지였어요. 끝없는 노동을 덜어주는 상냥한 사람은 아무도 없었어요. 저는 그 가족에게 소개될 때부터 가증스러운 존재였어요. 양어머니는 저를 자기 집에 살게 해주었는데도 제가 아무것도 하지 않았다고 했거든요. 저는 괴롭힘을 당해 마땅한 몹쓸 아이라고 했어요. 정말로 그들은 잘났으니 저를 개나 고양이처럼 이리저리 발로 걷어차도 된다고 여겼어요. 제가 관심을 보이면 알랑거린다고 했고, 반항하면 고집이 센 노새라고 하니 저는 노새처럼 그들의 비난을 지고 다녔어요. 주인아주머니는 무슨 일이었는지 저를 부엌에서 집어 던져 머리를 벽에 찧게 하고 얼굴에 침을 뱉으면서 이제 와서 입에 담기도 싫은 온갖 욕을 퍼부었어요. 그러면 하인도 똑같이 저를 내동댕이치고, 거기에 모욕을 더했는데, 후레자식이라는 말과 조롱은 흔히 따라붙었죠. 하지만 인간이 얼마나 비참할 수 있는지 겪어본 적 없는 당신이 제가 과장한다고 생각하지만 않는다면, 제 상황이 어땠는지 더 설명하려 들지는 않겠어요.

전 어쩔 수 없을 때만 도둑질했어요. 빵을 훔쳤죠. 하지만 제가 훔칠 수 없는 것들도 있는데, 도둑만 맞으면 다들 제가 한 짓이라고 했어요. 저는 그런 온갖 일을 견뎌야 하는 더러운 고양이, 게걸스러운 개, 멍청한 동물이었죠. 제가 변명이라도 하려고 들면, 아무것도 묻지 않고 '입 다물어라. 넌 참말을 하지 않잖니'라면서 입을 막았어요. 제가 숨만 쉬어도 모두가 경멸했어요. 이마에 탐식, 거짓말, 도둑질이라고 쓰고 근처 가게를 돌아다닌 적도 있었거든요. 처음에는 그것이 정말 심한 벌이었어요. 하지만 자존심과 어리석은 절망 덕분에 결국 경멸에 신경 쓰지 않게 되었어요. 자러 들어갈 수 있을 때만 혼자 눈물을 흘릴 뿐이었죠.

이렇게 열여섯 살이 될 때까지 잔인함의 표적으로 살았답니다. 그 다음에는 비참함의 표적이 되었을 뿐이지요. 그 기간이 얼마나 되는지 알지도 못했고요. 한 가지만 설명하겠어요. 지금 돌이켜보니 제 비참한 신세는 세상에 태어날 때부터 삶을 지탱해주는 중요한 것, 어머니의 애정이 없이 버려졌기 때문이라는 생각을 떨칠 수가 없어요. 절 사랑해줄 사람은 아무도 없었어요. 제가 존중받게 해주고, 존중을 받을 수 있는 사람으로 만들어줄 사람이 없었어요. 저는 모래사장에 떨어진 달걀이었어요. 태어날 때부터 거지였던 저는 이 집, 저 집으로 돌아다녔고, 아무하고도 관계를 맺지 못했고, 아무도 저를 돌봐주지 않았어요. 태어날 때부터 경멸을 받았고, 사회에서 자리를 잡을 기반을 얻지 못했어요. 그래요. 같은 사람으로 여겨질 기회조차 얻지 못했어요. 하지만 제가 함께 살던 사람들이 아무리 하는 일이 천해 속임수를 쓰기도 하고, 이루 말할 수 없는 가난에 찌들어 있었어도 전부 다 동정심이 없지는 않았어요. 하지만 그들은 저를 불쌍히 여기지 않았어요. 사실, 저는 태어날 때부터 노예였고, 사는 내내 모략 때문에 노예에서 벗어나지 못하면서도 동정심으로 제 신세를 위로해주거나 모범을 보여 그 신세를 벗어날 방법을 보여줄 친구가 없었어요. 하지만 다시 이야기로 돌아가면…….

열여섯에 저는 갑자기 몸이 훌쩍 자랐고, 얼굴을 씻고 깨끗한 옷을 입는 일요일이면 예쁘장한 것처럼 보이기도 했어요. 주인어른이 복도에서 저를 한두 차례 붙잡았지만, 저는 본능적으로 그분의 구역질 나는 손길을 피했답니다. 하지만 어느 날, 가족이 감리교 집회에 갔을 때, 주인어른이 저랑 집에 단둘이 남더니, 때리고……. 그래요, 때리고 위협해서 저를 흉포한 욕망에 굴복시켰죠. 그리고 주인아주머니의 분노를 피하려고 저는 그 후에도 시키는 대로 하겠다고 약속하고는 점점 더 혐오스러워지는데도 주인어른이 시키는 대로 제 다락방으로 갔답니다.

그때 제 가슴에 생겨난 괴로움은 또 다른 세계를 열어주었어요.

저는 저 자신 이외의 것을 생각하기 시작하고, 인간의 비참함을 슬퍼하다가……. 아이를 가진 것을 알게 되었어요. 아! 얼마나 두려웠는지! 늘 사생아라고 불렀기 때문에 사생아는 제게 몹시 동정할 대상처럼 느껴졌다는 점을 제외하면, 어째서 절망감과 함께 부드러운 애정도 느껴졌는지 모르겠네요.

이 끔찍한 상황을 주인어른에게 알렸고, 그도 저만큼이나 놀랐어요. 주인어른은 부인을 두려워했고, 교회 사람들의 비난도 무서웠으니까요. 몇 주 동안 심사숙고한 뒤, 저는 내내 배가 불러오는 것을 들킬까 봐 두려웠고, 주인어른은 제게 병에 든 약을 주면서 그 약이 무엇에 쓰는 것인지 설명도 없이 먹으라고 했어요. 저는 그 약을 먹으면 제가 죽는 줄 알고 울음을 터뜨렸지만, 그런 자신이 무슨 가치가 있다고 살려 했을까요? 주인어른은 제가 바보라고 욕하더니 저를 혼자 두고 가버렸어요. 저는 이 무서운 약을 먹지 못했어요. 그저 낡은 옷에 싸서 제 짐 상자 한구석에 감추어두었죠.

그때까지는 아무도 저를 의심하지 않았어요. 저를 다른 존재로 보는 데 익숙했으니까요. 하지만 제 헌신적인 머리 위로 결국 폭풍우가 쏟아지기 시작했어요. 그 일은 결코 잊지 못할 거예요! 평소처럼 저만 집안일을 돌보려고 남아 있던 어느 일요일 저녁, 주인어른이 술에 취해 돌아왔고 저는 그의 야만적인 욕망의 먹잇감이 되었어요. 그는 술에 너무 취해 평소처럼 주의하지 않았고, 주인아주머니가 들어와 아주머니보다도 제게 더욱 가증스러운 상태인 우리를 발견했어요. 주인어른은 술만 마시면 용감해지는 사람이라 그때만큼은 부인을 두려워하지 않았고, 이성을 잃은 상태였어요. 왜냐하면 아주머니는 모든 분노를 다른 쪽으로 돌렸으니까요. 아주머니는 제 모자를 벗기고, 할퀴고, 걷어차고, 잡아 흔들었고, 기운이 빠지자 팔을 내리면서 이렇게 말했어요. "네가 내 남편을 빼앗아갔구나. 하지만, 순전히 자선을 베풀어 집에 받아준 가련한 것에게 무슨 좋은 일을 바라겠느냐?" 얼마나 심한 욕이 쏟아져 나왔는지 몰라요. 그러더니 아주머니는 숨을 헐떡이며 이렇게 말을 맺었어요. "너는 타고난 창녀야. 네게는 창녀의 피가 흘러. 네 주위에 있는 사람한테는 좋은 일이 일어날 수가 없어."

물론 제 몸 상태도 알려졌고, 아주머니는 제가 자신의 정직한 가족과 한 지붕 아래 하룻밤도 지낼 수 없다고 했어요. 그러더니 저를 문밖으로 내쫓고 제 소지품도 내던졌어요. 제가 아무것도 훔쳐가지 않게 복도에서 그 내용물을 샅샅이 뒤졌고요.

그러니 빈털터리로 길에 쫓겨났지요! 대체 어디로 가서 하룻밤을 보내야 했을까요? 아버지의 집에는 수치를 당하지 않았을 때도 아무 권한이 없었으니, 그때는 양어머니의 잔인한 비난과 아버지의 저주가 죽기보다 더 싫었지요. 삶이 제겐 저주였지만, 아버지가 내가 태어난 날을 저주하는 소리를 듣고 싶지는 않았어요. 기둥에 머리를 기대고 서서 발소리가 들릴 때마다 주인아주머니가 쫓아와 내 심장을 도려낼까 봐 깜짝깜짝 놀라면서, 겁에 질려 어쩔 줄 모른 채 죽을 생각을 하고 있었어요. 가게 일꾼 하나가 지나가다가 제 이야기를 듣고는 곧 주인에게 가서 제 상황을 설명했어요. 그 일꾼이 제대로 맞춘 거였어요. 제가 거기 서서 묻는 사람마다 제 이야기를 한다면 얼마나 망신을 당할지 알게 되었으니까요. 제가 나가자 아주머니는 남편에게 화를 냈고, 부인의 분노에 술이 깬 그는 이런 생각을 하게 되어서 그 일꾼에게 반 기니를 들려 보내면서 저를 걸인이나 다른 사회의 쓰레기 같은 이들이 밤을 보내는 집에 데려가 달라고 했어요.

그날 밤은 멍하니, 자포자기하면서 보냈어요. 인간이 싫었고, 저 자신이 혐오스러웠어요.

아침이 밝자 저는 밖으로 나와 주인어른이 평소 밖으로 나오는 길을 막아섰어요. 그에게로 다가갔더니 그는 내게 이렇게 말했어요. "이 저주받을 것. 너는 가족의 평화를 깨뜨렸고, 내 아내에게 다시는 너를 안 보겠다고 약속했다." 그는 가버렸지만, 곧 돌아오더니 교구 관리인인 친구에게 말해서 제가 낳을 아이를 받아줄 유모를 구하겠다고 했어요. 그러더니 제가 교도소에 가고 싶지 않으면 자기 이름을 절대 대지 말라고 했죠.

저는 지저분한 집으로 돌아왔고, 분노가 절망으로 바뀌자 낙태를 시키는 약을 찾아서 마셨어요. 그 약이 제가 이루 말할 수 없는 감정을 느끼는 아기의 감각을 멈추면서 동시에 저도 죽여주기를 바랐죠. 머리가 빙빙 돌고 가슴이 아팠고, 곧 죽을 거라는 두려움에 정신적인 고통은 사라졌어요. 약효는 강했고 저는 며칠 동안 침대에 누워 있었어요. 하지만 젊고 강한 체질이라 다시 일어나 저 자신에게 잔인한 질문을 던졌어요. "어디로 가야 하지?" 주머니에는 2실링뿐이었고, 나머지는 같은 방에서 잤던 가난한 여자가 제 방값으로 내고 필요한 물건을 사는 데 썼어요.

그 사람과 저는 근처 거리로 나가서 구걸했고, 제 몰골이 일 없는 사람들에게서 돈을 몇 푼 끌어내 잠자리를 구할 수 있었어요. 그러다가 병이 낫고, 누더기를 가장 좋아 보이도록 입는 법을 배운 저는 만나는 짐승 같은 자들의 욕망에 굴복하게 되었고, 더욱 짐승 같은 주인어른에게 느꼈던 것과 같은 혐오감을 느꼈어요. 그때부터 유혹의 수단에 대한 소설을 읽었지만, 유혹당해 악행을 저지르는 기쁨도 없었어요.

두 분이 제가 보아야 했던 가련하고 타락한 광경을 상상하시게 하지는 않겠어요. 제가 어떻게 점점 더 비참해졌는지 이야기하지도 않겠어요. 운명은 저를 사회의 하수구와도 같은 곳으로 끌고 갔어요. 저는 여전히 노예이고, 사생아이고, 공동의 소유였어요. 아무것도 감출 생각이 없으니 말씀드리겠어요. 악행이 익숙해지니 저를 괴롭힌 술주정뱅이들의 주머니도 털었어요. 그리고 제 행동을 보면 그들이 저를 믿지 못해 붙여준 별명이 꼭 어울렸지요.

제게 독립이란 어느 거리를 방황해야 할지, 또는 돈이 있을 때면 어느 집에서 하루를 보낼지 선택하는 것뿐이었어요. 이런 말을 써도 될지 모르겠네요. 독립하는 것 자체도 중요하긴 했지만, 밤마다 하는 일이 싫었기에 제가 평판이 나쁜 집에 들어가기까지는 시간이 좀 걸렸어요. 우연히 거리에서 이야기를 나눴던 어떤 여자가 제게 추천한 곳이었어요. 자주 다니는 구역의 경비들이 저를 죽어라 쫓아다녔거든요. 제가 잘 모르고 기분을 상하게 한 한 명이 모두에게 연락했던 거예요. 그 작자들이 얼마나 폭군처럼 구는지 잘 모르실 거예요. 자기들도 법을 어기면서 스스로 법의 도구라고 여기는 그들은 양심도, 심장도 강철처럼 굳었죠. 우리, 사회에서 배척당한 우리한테 잔인한 만족을 얻는 거로 (몸을 허락한다는 말은 다른 여자들이나 쓰라죠) 충분하지 않았던지, 그자들은 화대의 십 분의 일을 걷어가고 그런 일을 하고도 굶주리는 가련한 사람들을 위협하며 괴롭혔답니다. 이런 고난에서 빠져나가기 위해 저는 한 번 더 노예가 되었어요.

비교적 규칙적으로 살게 되니 건강이 돌아왔어요. 그리고……. 놀라지 마세요. 악덕이 유혹적인 모습을 하고, 취향이 사람의 마음을 갈고 닦지는 못하더라도 겉모습을 치장해주는 상황에 있다 보니 제 품행도 나아졌지요. 게다가 제가 익숙했던 역겨운 저속함과 반대로 모두 예의를 차려 말을 하니, 세련됨을 키우는 것 같았어요. 인간과의 교류에서 완전히 차단된 건 아니었지요. 하지만 노예 생활이 괴로웠고, 안주인은 종종 성질을 부려서 늘 그렇듯이 갑자기 일자리를 빼앗길까 두려웠어요. 그래서 저는 남자들이 무서웠지만, 어느 나이 지긋한 신사의 제안을 받아들였어요. 햄스티드 근처의 작은 마을, 좋은 곳에 자리 잡은 집을 건사하는 일이었어요.

그분은 재능이 뛰어나고 분별력도 눈부신 분이었어요. 하지만 주색을 좋아하다 늙은 분이라 욕망이 약해진 만큼 까다로워졌고, 타고난 상냥한 마음은 지나친 상상력 때문에 줄어든 분이셨죠. 생각 없이 방탕하게 살며 사교를 즐긴 덕분에 건강이 너무 나빠져 그분과의 대화가 제게 제공한 즐거움을 (그리고 저의 평가는 그분의 기질이 관대하고 인간적이라는 증거로 뒷받침하지요) 그분의 부인은 누리지 못하셨어요. 예민한 감수성을 그토록 예리하게 알아보시고, 재능이 활기를 부여한 상상력을 갖고 계시면서, 그분은 어떻게 그런 혐오스러운 육욕에 빠져든 걸까요!

괴롭지만, 다시 하던 이야기로 돌아가서 제게 여러 차례 물으셨던 질문, 어떻게 제 처지에 비해 뛰어난 감수성을 발휘하고 언어를 쓰느냐는 질문에 대한 대답으로 이렇게 말씀드려야 되겠네요. 저는 그때 지루하고 외로운 생활을 버티려고, 호기심 많고 진취적인 정신을 만족하게 하려고 독서를 시작했답니다. 어린 시절에 종종 무서운 이야기의 속편을 들으려고 발라드 시인을 따라다니곤 했어요. 심부름을 나갔다가 늦게 돌아온다고 심하게 야단을 맞았는데도 그랬죠. 철자와 문장 만들기를 겨우 알았고, 제가 앉을 수 있었던 식탁에서 벌어지는, 추잡한 내용이 섞인 여러 가지 대화도 들었어요. 문인 친구 한 분이 주인어른 집에 자주 와서 식사도 하고 밤을 보냈거든요. 여성에 대한 존중이 없었기 때문에, 제가 옆에 있어도 그분들의 대화는 조심스럽기보다는 오히려 더 활발해졌답니다. 그래도 저는 여느 경우라면 여자들은 들을 수 없는 그분들의 토론을 듣는 특권을 얻었어요.

쉽게 상상할 수 있으시죠. 그분들이 토론하는 주제를 이해하거나 그분들의 논리에서 윤리의식이라는 것을 습득하는 데는 시간이 걸렸어요. 하지만 독서가 점점 좋아지고 주인어른은 몇 주씩 방에서 글만 쓰실 때가 있었으니, 저는 공부할 기회가 많았답니다. 처음에는 (제미마는 자기 생각이 옳았다고 어조를 바꾸어 외쳤다) 평판을 잃었으니 돈만이 존중을 얻을, 다른 사람들의 포용을 얻을 수단이라고 여기고, 제게 맡기시는 돈 일부를 감추고 거짓말로 들키지 않도록 하는 것에 조금도 가책이 없었어요. 하지만 새로운 원칙을 세우고는 점잖은 사회로 돌아가겠다는 바람이 생기기 시작했고, 어리석게도 그것이 가능할 줄 알았죠. 자신의 능력을 모르지 않지만, 몹시 소박한 태도를 가진 저의 스승님의 관심도 그런 환상을 더욱 키워주었어요. 이따금 제가 멋대로 하는 말에서 공부한 낌새를 알아차린 주인어른은 종종 자신이 다루던 주제를 이야기하게 하셨고, 쓴 글을 발표하기 전에 읽어주시며 저처럼 무지한 사람의 비평에서 도움을 받고자 하셨어요. 그분이 쓴 글의 목적은 마음속에 있는 소박한 샘물을 건드리는 것이었어요. 그분은 생각을 하나하나 뒤지며 이해력이 늦은 것이 바로 지혜라고 증명하는 사람들, 상상력을 쫓아버리며 신탁을 들려주겠다는 사람들, 자칭 철학자들을 경멸했으니까요.

주인어른의 방탕했던 생활을 생각할 때마다 마음이 괴로워지지만 않았더라면, 이때를 햇살 비추는 순간, 제 인생에 행복한 시기라고 보았을 거예요. 정말이지 (그분이 명랑한 기분을 유지하기 위해 마시면 흥이 나는 술에 의지했으니) 그분의 갑작스러운 죽음이 저를 다시 황량한 인간 사회에 내던졌을 때, 그때를 몹시 괴로워하며 기억하게 되었답니다. 그분에게 생각할 시간이 있었더라면 가진 작은 재산을 제게 남기셨을 거라고 믿어요. 하지만 시내에서 뇌졸중을 일으키시는 바람에, 제가 그분이 돌아가셨다는 소식을 채 듣기도 전에 융통성 없는 윤리의식을 가진 그분의 상속자가 부인을 데려와 집과 가재도구를 가지셨어요. 나중에 듣기로는 저 같은 인간이 그 일을 제때 알게 되면 무엇이든 훔쳐가는 것을 막기 위해서 그랬다더군요.

그렇게 갑작스러운 소식에 제가 느낀 슬픔은 처음에는 전혀 이기적인 것이 아니었어요. 하지만 저는 경멸당했고, 옷가지를 싸라는 명령을 받았어요. 그리고 후한 주인께서 제게 주신 몇 가지 장신구와 책을 보더니 그들은 "신께서 아버지의 죄 많은 영혼에 자비를!"이라며 비난하듯 고개를 저었어요. 저는 어렵게 남은 급료를 받았지만, 가난과 오명을 겪다 보니 어쩔 수 없이, 제가 받아 마땅한 추천장을 부탁했더니, 이 ○○ 여인이라고 차마 부를 수도 없는 그 여자가 정부를 추천하는 것은 자기 양심을 거스르는 일이라고 대답하더군요. 눈물이, 뜨거운 눈물이 쏟아졌어요. 저처럼 불쌍한 사람도 부당한 경멸에 더욱 초라해지는 경우가 있으니까요.

저는 런던으로 돌아갔어요. 하지만 남과 사는 즐거움을 겪은 뒤라 초라한 하숙집에서 혼자 사는 것은 정말이지 쓸쓸했어요. 사람들과의 교류를 빼앗긴 저는 그 즐거움을 알게 되었고, 살아있는 사람들 사이를 돌아다니는 유령과 같았어요. 게다가 갖고 있던 적은 돈이 곧 떨어져 더욱 기구한 운명이 될 것을 알고 있었거든요. 바느질감을 얻으려고 했지만, 일찍 바느질을 배우지 못했고 힘든 일에 손이 굳어서 포목점에서 일을 얻을 만한 기술은 없었어요. 저보다 일을 잘하는 많은 여자들이 그 일을 구했으니까요. 추천서가 없으니 일자리를 구할 수 없었죠. 노예 생활이 끔찍하긴 했어도, 가능하기만 하다면 또 시도해야 했으니까요. 일을 싫어한 것이 아니라, 제가 겪어야 하는 불평등한 조건이 싫었어요. 문인과 5년 동안 사는 동안 당대 최고의 재능을 가진 사람들과 이따금 대화하면서 저는 문학을 좋아하게 되었어요. 그런데 이제 가장 저속한 곳으로 떨어졌으니, 얼마나 비참했는지 느끼지 않고 상상하기 어려운 정도였어요. 애정이 얼마나 아름다운 것인지는 맛보지 못했지만, 인간성이 지닌 아름다움에는 익숙해진 것이지요.

제가 돌아가신 주인어른 집에서 마치 친구처럼 종종 식사를 함께 했던 신사 중 한 분이 거리에서 저를 보셨고, 안부를 물어보셨어요. 저는 그 기회를 잡아 제 처지를 설명했죠. 하지만 그분은 고매한 분들만 모이는 만찬에 급히 가시던 중이었어요. 그래서 제 말을 미처 듣기 전에 그분은 손에 1기니를 쥐여주시면서 이렇게 말씀하셨어요. “이렇게 지각 있는 여인이 고통을 겪다니 슬픈 일이군. 진심으로 잘 지내기를 바라네.”

저는 다른 분께 제 상황을 설명하며 조언을 구하는 편지를 썼어요. 그분은 명백한 진정성을 옹호하시는 분이었어요. 그리고 제가 함께 있을 때면 계급과 가진 사람들의 횡포로 인해 사회에서 발생하는 악행에 대해 종종 이야기하셨어요.

답장으로 그분이 지닌 강한 기질을 내내 드러내는, 인간 정신이 지닌 힘에 관한 긴 글을 받았어요. 그분은 이렇게 덧붙이셨어요. "당신이 보낸 그런 편지를 쓸 수 있는 여인이라면, 자신의 내면을 들여다보고 재능을 발휘만 한다면 자원이 모자랄 리는 없습니다. 비참한 상태는 게으름의 결과이고, 사회로 돌아올 수 없는 상태에 대해서는 그런 상황에는 굴복하는 것이 인간의 운명입니다."

이야기를 도중에 끊고서 제미마가 말했다. "일하고자 하는 모든 사람이 일거리를 찾아야 한다는 말을 제가 대화 속에서 얼마나 많이 들었고, 책에서 얼마나 많이 읽었을까요? 그 문제가 남자들과 연결되면 몰지각한 게으름을 의미하지요. 하지만 여자들의 경우에는 그런 주장은 분명 오류가 있어요. 여자들이 가장 힘든 육체노동을 하는 경우가 아니라면 말이에요. 게다가 중노동 일자리를 얻는 것도 불운하거나 어리석어 평판을 잃은 많은 사람에게는 불가능한 일이지요."

"어떻게 자유를, 그리고 윤리 향상을 옹호한다고 하면서 작가들이 가난이 악이 아니라고 주장할 수 있는지, 도무지 상상할 수 없어요."

마리아가 껴들었다. "저도 마찬가지예요. 하지만 그 사람들은 가난의 독특한 행복에 관해 설명하기도 하잖아요. 그 행복이라고 해봐야 사람이 양식도 제대로 벌 수 없다면, 그저 동물처럼 아무것도 안 하는 것 이외에 무엇이 있다는 것인지 모르겠어요. 그렇다면 정신은 작은 방에 갇힐 수밖에 없겠죠. 그리고 그 방을 지키는 데 정신이 팔려서 밖으로 나다니며 향상을 추구할 시간도 없고요. 날마다 힘겨운 노동을 하지 않으면 죽는 사람들에게, 지식을 주는 책은 꽉 닫혀 있어요. 그리고 사색이나 정보에 자극받는 호기심은 썩고 있는 무지의 호수에서는 움직이는 일이 드물어요."

제미마가 대답했다. "제가 지켜본 바로는 가난한 이들은 우연히 생겨난 편견에 고집스럽게 집착해 더 나아질 수가 없어요. 그들은 어느 정도 사고하거나 반성할 시간이 없어요. 모든 방면에서 충족감을 주는 유일한 근거가 되는 행동의 원칙을 세울 만큼 정신을 단련시키지도 못하고요."[18]

단포드도 말했다. "그래서 그들은 필연적으로 독립을 알지 못합니다. 자신을 괴롭히는 자들을 혐오할 독립심조차 없지요. 가난한 이들이 행복하다면, 또는 행복해질 수 있다면, 그대로도 괜찮겠지요. 그런데 저는 이 의견을 지지하는 작가들이 무슨 원칙을 가지고 체제의 변화를 주장하는지 모르겠군요. 이 문제에 대해 다른 의견을 가진 작가들은 사실을 제공하고, 훨씬 더 일관성도 있습니다. 하지만 삶 속에서 억압받는 것이 다수의 운명이라고 주장하면서, 그 작가들은 이 체제의 잘못된 기준과 척도를 바로 잡아 신의 섭리를 정당화하는 유일한 길로서 새로운 체제를 만들고자 합니다. 재산이 그것과 비례해 행복을 만들어줄 수는 없지만, 가난은 향상될 길을 모두 차단함으로써 행복을 제외한다는 것보다 제가 더 확고하게 믿는 의견은 없습니다."

---

[18] 저자가 마지막으로 수정한 것으로 보이는 판본은 여기서 끝난다. (윌리엄 고드윈 주)

"그리고 애정에 대해서는," 마리아가 한숨을 내쉬며 덧붙였다. "정신의 향상이 없다면 그것이 얼마나 끔찍하고, 심지어 남을 괴롭히는 것이 될 수 있을까요! 마음이 하는 일은 결코 정신이 하는 일과 보조를 맞출 수 없다고 믿어요. 자, 이야기하다 보니 오늘날 사회에서 가장 고통스러운 점이 생각나기는 하지만, 하던 이야기를 계속해 주세요"

제미마의 이야기가 계속되었다.

온갖 고통스러운 감정을 낱낱이 설명해 당신들을 괴롭힐 생각은 없으니, 저는 결국 몇몇 집에서 빨래를 해주는 일에 추천을 받을 수 있었다고만 말씀드릴게요. 그 가족들은 별로 깐깐하게 굴지 않고서 저를 집에 들여 새벽 한 시부터 밤 여덟 시까지 하루에 20펜스를 받고 빨래를 할 수 있게 해주었어요. 빨래터에서 느꼈던 행복은 말하지 않겠어요. 하지만 이건 여성만 겪게 되는 힘든 상황이라는 점은 말씀드리겠어요. 저의 절반만큼만 부지런하고, 능력이 있는 남자라면 적당한 살림을 꾸릴 수 있었고 인간을 하나로 만들어주는 몇 가지 일을 해냈을 겁니다. 반면 이성적인, 아니, 솔직히 자부심을 가지고 말씀드리는데, 훌륭한 삶의 즐거움을 알게 된 저는 사회의 쓰레기로 버림받았지요. 기계처럼 일하고도 고작 빵만을, 그것도 근근이 벌다니, 저는 우울했고 필사적이었어요.

이제 저를 회한으로 가득 채우는 사건을 이야기해야 하는데, 저에 대한 여러분의 평가를 완전히 떨어뜨릴까 봐 두렵네요. 어느 상인이 저와 친해져 저를 자주 찾아왔고, 그러다 제가 그에게 큰 힘을 행사하게 되어서 그는 저를 자기 집으로 데려가겠다고 했어요. 부인, 저는 그때 굶고 있었던 점을 고려해주세요. 제가 늑대가 되었다고 놀라지 마세요! 저를 곧바로 집에 데려가지 않은 유일한 이유는, 집에 여자가 그의 아이를 배고 있었던 거랍니다. 그런데 이 여자를 쫓아내라고, 제가 조언했지요. 그래요, 그랬어요! 어떻게 그걸 잊겠어요! 그래서 어느 날 밤, 그는 제 조언을 따르기로 했어요. 가엾은 것! 그 여자는 무릎을 꿇고 결혼하기로 약속하지 않았느냐고, 자기 부모는 정직하다고 했어요. 하지만 무슨 소용이겠어요? 그 여자는 쫓겨나고 말았답니다.

그 여자는 런던 외곽의 아버지 집으로 가서 덧창 옆에서 가족이 대화하는 소리를 엿들었을 뿐 문을 두드리지 못했어요. 경비원 하나가 그 여자가 갔다가 서너 차례 돌아오는 걸 봤대요. 가엾게도! [제미마가 말한 회한이 이야기를 계속하는 사이 영혼을 쿡쿡 찌르는 것 같았다.]

그 여자는 아버지 집을 떠나 말들이 물을 먹는 물통으로 가서 거기 앉아 필사적인 결심으로 계속 앉아 있었답니다. 다시는 결심이 필요 없을 때까지!

그날 아침 빨래를 하러 나갔어요. 그런 중노동에서 벗어날 수 있는 순간을 기대하면서요. 제가 지나가는데 일터로 가는 몇 명이 뻣뻣하게 굳은 차가운 시체를 꺼냈어요. 그 무시무시한 순간은 돌이키고 싶지 않네요! 그 여자의 창백한 얼굴을 알아보았어요. 구경꾼들이 하는 이야기를 들었지만, 제 심장은 터지지 않았어요. 제 처지를 생각하고, 어떻게 그런 괴물이 될 수 있었는지 의아했죠! 열심히 일했어요. 그리고 집으로 돌아와 열병에 걸렸어요. 몸과 마음이 모두 병들었어요. 그 몹쓸 인간과 함께 살지 않기로 했어요. 하지만 그는 저를 붙잡지 않았어요. 그는 그 동네를 떠났어요. 저는 다시 빨래터로 돌아갔고요.

그런 상태도 비참하긴 했지만, 거기서 더 나빠질 수도 있었답니다. 어느 날 무거운 빨래를 들다가 통이 제 정강이에 떨어져 심하게 아팠어요. 상처가 아주 심해질 때까지, 다친 곳에 별로 관심을 두지 않았어요. 평소처럼 일하지 않으면 굶어야 했으니까요. 하지만 결국 잠시도 서 있을 수 없게 되자 병원에 가야 한다는 생각이 들었어요. (환자들이 불편하게 지내야 하는 곳이니) 병원은 친구 없는 사람들을 받아주는 곳이잖아요. 하지만 도움을 청한 저는 부유하고 신분 높은 사람들의 추천이 없어서 몇 주나 들어가지 못하고 있었어요. 입원할 때 병원비를 내야 했어요. 게다가 더욱 불합리한 것은 제 장례비까지 보증금으로 내야 했던 거예요. 그 비용은 자선 기관에 보내는 서신에 들어가지 않았기 때문이에요. 정해진 금액은 1기니였어요. 그 돈이라면 제게는 백만 기니나 마찬가지였어요. 그리고 그들이 제 구제 신청서를 어디로 보낼지 저도 몰랐으니, 교구에 신청하기가 두려웠어요.[19] 제가 하숙하는 집의 가난한 여주인이 저를

---

19 자선 구호는 법적으로 거주하는 지역 교구에서 이루어졌고, 다른 지역에서

불쌍히 여기고 병원에 데려갔어요. 그리고 제가 일하다가 다친 집의 주인이 5실링을 보내주어서 입원할 때 그중에서 3실링 6펜스를 냈어요. 무엇을 해준다고 그런 돈을 냈는지도 몰랐죠.

다리는 곧 나아졌지만, 다 낫기 전에 병원에서 저를 퇴원시켰어요. (의사) 신사들이 들어왔을 때, 제 침구가 깔끔하게 보일 만큼 세탁비를 내지 못하기 때문이라고 말 많은 간호사가 말했어요. 병원이 얼마나 끔찍한 곳인지 제대로 설명할 수도 없어요. 이익을 보려는 사람들이 모든 일을 맡았어요. 관리인들은 급하게 일하느라 아무런 동정심도 없어 보였어요. 그들에게는 죽음이 너무나 익숙해 그걸 막으려고 애쓰지도 않아요. 부자들을 위해 가난한 이들에게 실험하러 온 의사들과 그 학생들을 위해 모든 것이 행해지는 것 같았어요. 의사 한 명이 제게 반 크라운을 주면서 제 상태가 최악일 때 와인을 시켜준 일을 잊을 수가 없네요. 제가 겪은 일을 숙녀다운 수간호사에게 알릴 생각을 했어요. 하지만 그 간호사의 험악한 표정을 보니 그럴 수가 없었어요. 그 수간호사는 환자들을 살피고 일주일에 두세 번 일반적인 질문을 했어요. 하지만 간호사들은 격식을 지켜야 하는 시간을 알고 있었고, 모든 것은 그때 맞추어 돌아갔어요.

퇴원을 하고 나니 그 어느 때보다도 어떻게 살아갈지 막막했어요. 똑같이 불행한 이야기를 다시 반복해 지루하게 해드리고 싶지 않네요. 빨래통 앞에 설 수 없었던 저는 부자와 가난한 이들을 원수지간

구제 신청을 제출하면 해당 지역 교구로 신청서가 넘어갔다. (역자 주)

이라고 생각하기 시작했고, 신조에 따라서 도둑이 되었어요. 이제 논리적인 판단을 멈출 수 없었지만, 인간이 싫었어요. 저 자신이 혐오스러웠지만, 제 행동은 정당화했어요. 저는 잡혀서 재판을 받고 교도소에 6개월 동안 갇혔어요. 수치스러운 낙인이 찍힌 채, 한 푼도 없이 거리로 돌아올 때까지 견뎌야 했던 모욕을 기억만 해도 두려움에 영혼이 움츠러들어요. 저는 이 거리, 저 거리를 헤매다가 배고픔과 피로에 지쳐 어느 집 문 앞에 쓰러져서는 빵 한 조각을 구걸했지만 소용없었어요. 제가 입이 다 타들어간 채 자선을 베풀어 달라고 애걸하니 거기 살던 사람은 무례하게 저를 구빈원에 가라고 하면서, 자신은 '빈민들을 위해 충분히 돈을 냈다'고 했어요. 걸인들을 쫓아내는 선한 사람들이 가난한 사람들이 그런 보호소에서 받는 취급을 잘 안다면, 그들이 갈 교구가 있다고 하면서 당연한 동정심을 그렇게 쉽게 죽이거나, 어째서 빈민들이 그 우울한 곳으로 들어가길 꺼리는지 의아해하지 않을 거예요. 보통 구빈원이란 점잖은 많은 노인이 극심한 노동에 쇠약해지면 개처럼 끌려 슬픔의 무덤으로 들어가는 감옥이 아니고 무엇이겠어요!

바로 그때, 알 수 없는 소리가 들려오자 놀란 제미마는 황급히 일어나 귀를 기울였고, 마리아는 단포드에게 이렇게 말했다. "어느 걸인의 장례식을 우연히 보고 이루 말할 수 없이 놀란 적이 있어요. 상상력을 조금만 발휘하면 시체를 급히 감추며 돈을 놓고 싸우는 암살범 일당처럼 보일 만한 서너 명의 험상궂은 사람들이 관을 메고 들어왔어요. 우리가 땅에 어떻게 묻히는지는 별로 중요하지 않다는 것을 저도 알고 있어요. 하지만 이 불쌍한 사람들이 얼마나 가련하게 혼자서 죽어갔는지 동물조차 느낄 법한데도 잔인하게 무감각한 것이 제 마음을 움직였어요."

"그렇습니다." 단포드가 동의했다. "그러니 부자들이 재산의 일부 이상을 내놓을 때까지, 고통받는 사람들의 필요에 시간과 관심을 가질 때까지, 자선을 자랑하게 해서는 안 됩니다. 정말로 인간애에 따라 행동한다면 지갑이 아니라 마음을 열고, 마음을 다해 봉사해야죠. 그렇지 않으면 자선 기관은 늘 가장 저급한 악당들의 먹잇감이 될 겁니다."

제미마는 이야기를 어서 마치려는 듯 서둘렀다. "감독관이 여러 교구의 빈민들을 사육했고, 가난한 이들의 내장에서 짜낸 돈으로 미친 사람들을 가두는 사설 기관으로 이 집을 샀어요. 그 사람은 비슷한 집의 관리인이었는데, 예전 직업으로 훨씬 더 쉽게 돈을 벌 수 있다고 생각했죠. 아주 약삭빠른—이렇게 말해도 될지 모르겠지만—악당이에요. 그 사람이 제게 단호한 면이 있는 것을 보고 저를 데려가겠다고 하면서 제게 맡길 환자들을 어떻게 다룰지 가르쳐주었어요. 눈을 감고 심장을 굳히는 일이 수반된다 해도, 연봉 40파운드에 구빈원을 나올 수 있다니 무시할 수 없었어요."

"함께 가자고 했어요. 그리고 4년 동안 여러 사람을 지켰어요." 제미마는 음성을 낮췄다. "여러 가지 엄청난 일도 목격했고요. 혼자 있으면 제 머리는 힘을 되찾는 것 같았고, 견딜 수 있을 만한 유일한 시기였던 때 갖게 된 감정이 힘차게 돌아왔어요. 그렇다 하더라도 무엇이 저를 고통받는 인류를 위한 투사로 만들겠어요? 누가 저를 위해 무엇이든 희생했다고요? 누가 저를 동등한 인간으로 인정해주었다고요?"

마리아는 제미마의 손을 잡았고, 잔인한 언행보다는 상냥한 말에 더욱 압도되는 제미마는 자신의 감정을 감추려고 급히 방을 나갔다.

단포드도 곧 자신을 부르는 소리를 들었고, 마리아는 그와 헤어지면서 다음 기회가 오면 자신에 관한 그의 궁금증을 풀어주겠다고 약속했다.

6

마리아의 마음속에는 애정이 넘쳤지만, 방금 들은 이야기는 그녀의 사고력을 넓혀주었다. 꽃봉오리처럼 피어나던 희망은 너무 일찍 고개를 든 듯 닫혀버렸고, 그녀 인생에 가장 행복한 날이 너무나도 우울한 상념에 젖어 들었다. 제미마의 기이한 운명과 자신의 운명을 생각하며, 마리아는 억압받는 여성의 처지를 생각하고 자신이 딸을 낳았음을 슬퍼했다. 눈에서 잠이 달아나자 마리아는 아무도 지켜주지 않는 아기의 불쌍한 처지를 떠올리다가 자신의 아기도 제미마가 말해준 바로 그런 상황에 처했을지 모른다는 생각이 들자 그녀에 대한 동정심은 고통으로 바뀌었다.

마리아는 생각하고, 또 생각했다. 제미마의 인간애는 그녀가 태어나자마자 견뎌야 했던 된서리로 인해 감각을 잃었던 것뿐이지, 죽지는 않았던 것이다. 그렇다면 그녀의 감정에, 이 부드러운 지점에 호소한다면 필시 아무 성과가 없지는 않을 것이다. 그리고 마리아는 아이에 대해 알게 된다면 얼마나 기쁠지 기대하기 시작했다. 이 계획만이 유일한 생각거리가 되었다. 그리고 마리아는 대체로 성공을 보장해주는 확고한 목적의식을 가지고 해가 뜨기를 초조한 마음으로 지켜보았다.

평소와 같은 시각, 제미마는 아침 식사와 단포드가 상냥한 글을 적어 보낸 쪽지를 가져왔다. 마리아는 재빨리 그 내용을 읽었고 애정의 새로운 확인이 주는 황홀감은 가만히 가슴에 쌓아 두었다. 마리아 자신이 이렇게 계획을 실행에 옮기려는 순간, 주의를 분산시키지 않고 불러일으키기를 바라는 그런 애정이었다. 제미마가 식기를 가져가려고 기다리는 동안 마리아는 잠을 못자 밤새 머릿속을 떠나지 않았던 생각을 넌지시 비쳤다. 마리아는 제미마가 부당하게 당한 고통과 버림받아 소용돌이 속에 내몰렸으나 달아날 수 없게 된 많은 여인들의 운명에 대해 힘주어 이야기했다. 관리인의 표정에서 그 대화의 효과가 나타나자 마리아는 뿌리칠 수 없이, 거부할 수 없이 따스하게 붙잡고 외쳤다. "당신에게 따뜻한 마음이 있고, 직접 그런 무서운 경험을 했는데, 내 아기에게서 어머니의 사랑을, 어머니의 보호를 빼앗도록 두고 볼 수 있나요? 신의 이름으로 청하니, 저를 도와 그 아이가 망가지지 않도록 해주세요! 제가 그 아이에게 한 가지만 가르치게 해주세요. 그 아이의 몸과 마음이 여자들을 기다리는 고난에 맞서도록 준비할 수 있게 해주시면 그 아이에게 당신을 두 번째 어머니로 여기고 당신이 늙었을 때 도울 수 있게 가르치겠어요. 그래요, 제미마. 절 보세요. 저를 자세히 보고, 제 영혼을 읽어보세요. 당신은 더 나은 운명을 가질 자격이 있어요." 마리아는 확신을 주는 단호한 태도로 손을 내밀었다. "그리고 제가 당신을 위해 그 운명을 지켜주겠어요. 제 감사와 제 존경심의 증거로."

제미마에게는 이렇게 거침없는 설득을 거부할 힘이 없었다. 그래서 갇혀 있는 집이 단포드의 생각처럼 바닷가가 아닌, 런던에서 겨우 몇 마일 떨어진 템스 강가에 있다는 사실을 밝힌 뒤, 제미마는 자리를 비울 구실을 만들어 상황을 직접 알아보고 버려진 딸이 잘 있는지 알아보겠다고 약속했다. 제미마의 태도를 보면 그보다 더 많은 일을 할 생각인 듯했지만, 계획을 말하고 싶지 않은 눈치였다. 주된 목적을 달성한 것이 기뻤던 마리아는 제미마가 알아서 하도록 두는 것이 최선이라고 여겼다. 마리아는 사실만 이야기해도 자신과 아이를 위해 도움을 주도록 제미마를 설득할 힘이 있다고 확신했던 것이다.

저녁때, 제미마는 조바심을 내며 기다리는 어머니, 마리아에게 다음 날 기상 시간 전에 시내로 가서 수소문에 필요한 모든 정보를 구하겠다고 알렸다. 마리아가 외친 "안녕히 주무세요!"에는 특히 엄숙함과 애정이 담겨 있었다. 그녀의 눈은 반가움과 기대로 반짝였다. 갇힌 뒤 처음으로 마리아는 아이의 이름을 기쁘고 사랑스러운 기분으로 불렀다. 그리고 젖을 먹인 어머니답게 수다를 떨며 아이가 어머니를 처음 알아보고 어떻게 웃었는지 설명했다. 그러고 나서 마리아는 좀 진정한 뒤, 더욱 상냥하게 "안녕히!"라고 외쳤고, "신께서 축복하시기를!" 빌었다. 어머니의 축복기도인 모양이라고, 제미마는 애써 무시해버렸다.

이어지는 하루 동안 쓸쓸하게 혼자 지내는 시간은 초조한 마음으로 같은 생각만 하느라 더욱 길게 느껴져 견딜 수 없이 지루했다.

마리아는 바람이 부는 방향에 따라 또렷이 들려오곤 하는 시계 소리에 귀 기울였다. 마리아는 벽에 드리우는 그림자를 보았다. 그리고 석양이 어둠으로 짙어지면서 마리아는 초조하게 아홉을 세며 숨을 죽였다. 마지막 소리는 심장을 절망으로 짓눌렀다. 제미마가 없으면, 그녀를 대신하는 잔인한 여자가 불을 곧 끌 것이기 때문이었다. 마리아는 그렇게 어쩔 줄 모르면서도 새 관리인의 말을 거역하지 않으려면 잠자리를 준비해야 했다. 그녀에게는 너무 많은 이야기를 하지 말라는 주의를 들었다. 하지만 그런 주의는 필요도 없었다. 그녀의 표정만 보아도 마리아는 뒤로 움츠러들었을 것이다. 그 노파의 태도가 어찌나 흉포하고 언행이 눈에 띄는지, 마리아는 밤이 되어 방문을 닫기 전에 돌아오겠다고 굳게 약속한 제미마가 어째서 돌아오지 않는지 물어보지 못했다. 그리고 밤이 되어 자신을 가두고 방문을 잠그는 소리가 들리자 마리아는 그 상황에 맞지 않는 고통을 느꼈다.

문을 닫는 것, 발소리에 내내 집중하는 바람에, 마리아는 처음 들어왔을 때 복도를 따라 끌려오면서 주위에 온통 악령이 에워싸고 있는 것이 아닐까 의심했을 때처럼 경계하면서 깜짝 놀라며 떨었다.

끊임없이 맴도는 생각과 소스라치게 놀라는 일에 지친 마리아는 제미마가 아침에 들어와 보니 유령 같은 모습이었다. 마찬가지로 창백한 제미마의 얼굴을 보고 깜짝 놀란 마리아는 차마 무엇을 알아냈는지 묻지 못했다. 제미마는 그릇을 내려놓았고 식탁을 차리느라 매우 바쁜 것처럼 보였다. 마리아는 떨리는 손으로 잔을 들고서 억지로 용기를 회복한 뒤 울음이 나와서 경련하는 입으로 이렇게 말했다. "부디 저를 진정시키려는 수고는 하지 말아요! 아이가 죽었군요!" 제미마는 숙연한 표정으로 대답했다. "네." 동정심과 성난 감정이 모두 드러나는 표정이었다. "나가주세요." 마리아는 다시 감정을 다스리려고 애쓰며, 고통을 감추려고 손수건으로 얼굴을 가렸다. "됐어요. 이제 아이가 이 세상에 없다는 걸 알았으니. 자세한 내용은 나중에 제가……." 진정한 뒤에 듣겠다는 말이 차마 나오지 않았다. 제미마는 위로하려는 쓸데없는 시도를 포기하고 방을 나갔다.

깊디깊은 우울에 빠진 마리아는 단포드의 방문을 허락하지 않았다. 게다가 강렬한 두 마음이 일찍이 어찌나 강하게 하나가 되었던지, 마리아는 아이를 빼앗긴 것을 잠시 슬퍼하지 않은 탓에 아이의 죽음으로 벌을 받은 것이 마땅하다는 미신적인 생각에 한동안 빠져들기도 했다. 위로와 남자다운 애정을 담은 단포드의 편지 두세 통은 이 자책을 더할 뿐이었다. 하지만 그가 마음에서 우러나오는 최우선의, 가장 소중한 바람이라고 하면서 열렬한 문체로 "내 애정이 당신이 견딘 잔인하고 부당한 사건에 조금이나마 보상이 되기를" 바란다고 하자, 하늘에 대한 감사가 우러났다. 그리고 편지 말미에서 마리아의 가족을 대신해 그녀를 가장 소중한 아이라고 부르면서 "앞으로는 당신을 행복하게 하는 것이 내 일생의 과업이 될 것"이라고 하자 마리아의 눈에는 달콤한 눈물이 차올랐다.

단포드는 이튿날 아침, 자신의 존재가 슬픔을 방해하지 않을 것이니 만나게 해달라고 쪽지를 통해 애걸했고, 마리아가 겪은 사건들을 생각하면서 지루한 시간을 보내게 해달라고 마음을 다해 청했기에 마리아는 그에게 자기 딸을 위해 쓴 회고록을 보내주었다. 그리고 제미마에게도 그가 그 글을 돌려주면 바로 읽게 해주겠다고 약속했다.

7

딸아, 네게 알려줄 기회가 있을지 알지 못한 채 이 회고록을 네게 쓰고 있자니, 마음속에서 많은 말이 흘러나오겠구나. 어머니만, 비참한 처지를 배운 어머니만이 할 수 있는 이야기란다.

세상을 아는 아버지의 애정도 좋을 수 있겠지. 하지만 그것이 어머니의, 사회 구조가 모든 여성에게 가한 것과 같은 비참한 처지에서 고생한 어머니의 애정과 같을 수 있겠니? 네 행복을 위해 모든 억압을 뚫을 사람은, 네 가슴으로부터 슬픔을 막아주기 위해 자발적으로 자신에 대한 비난을 이겨낼 사람은 바로 그런 엄마란다. 내 딸, 내 소중한 딸아. 딸아, 내 이야기에서 네 마음을 단련시키기보다는 영향을 주고자 하는 가르침을, 조언을 얻을 수도 있을 거란다. 네가 내 조언을 보거나 내 생각을 이해하기 전에 죽음이 나를 네게서 앗아갈 수도 있단다. 그래서 나는 아주 일찍 중요한 행동 원칙을 만들고, 네가 망설이다가 향상도, 즐거움도 없이 젊은 시절을 보낸 것을 후회하지 않도록 인도할 거란다. 경험을 얻으렴. 아! 반드시 얻어야 한다. 경험은 얻을 가치가 있으니까. 그리고 너 자신의 행복을 추구할 용기를 가져야 한다. 거기에는 곧바른 길로 네 쓸모를 찾는 일도 포함된단다. 지혜라는 것이 종종, 외로운 마음으로 앉아서 우울해하는 여신의 올빼미일 뿐이지 않니.[20] 내 주위에서 그 올빼미가 비명을 지르지만, 나는 네 자라나는 가슴에 봄날의 명랑한 울새들을 불러 모을 것이다. 내가 의심을 멈춘 뒤, 어떻게 행동해야 했을지 생각하며 세월을 허비하지 않았다면, 이제 쓸모 있고 행복한 사람이 되었을 거야. 나를 위해, 나를 본보기로 삼아서 늘 솔직한 네 모습을 드러내라. 그러면 진정한 축복과 사랑, 존경을 누리지 못하고 사는 법은 없을 거란다.

영국의 가장 낭만적인 곳에서 태어나 자연의 갖가지 아름다움을 열렬히 좋아했던 것이 내가 기억하는 첫 번째 감정이란다. 아니, 내 상상력을 이용하여 형성한 즐거움을 처음으로 의식한 것이 그때였지.

내 아버지는 군인 대령이셨단다. 하지만 잘난 것이라고는 인맥이나 지연뿐인 사람들이 승진하는 것 때문에 군 복무가 싫어지신 아버지는 시골로 가셨어. 그리고 달리 할 일이 없어서 결혼하셨지. 아버지는 잃어버린 지위를 가정에서 되찾으려고, 지휘하던 배에서처럼 모두가 복종하게 만들기로 결정하셨단다. 아버지의 명령은 아무도 반박할 수 없었어. 그리고 명령만 나오면 바로 막사에 집합하거나 폭풍이 닥치면 생사를 걸고 높이 오르는 것처럼, 집안 전체가 바쁘게 움직여야 했지. 아버지는 특히 어머니에게, 그저 사랑해서

---

20 그리스 신화에서 부엉이는 지혜의 여신 아테네의 상징이다. (역자 주)

자비롭게 결혼한 어머니가 즉시 순종하기를 원하셨어. 어머니가 아버지의 절대 권위를 조금이라도 의심할 때면, 아버지는 어머니에게 그 의무를 상기시키려고 애썼어. 큰오빠는 자라면서 아버지에게 더 존중을 받았단다. 그래서 곧 집안의 두 번째 폭군이 되었고. 아버지의 대리인, 남자로 태어났으니 자연이 특권을 준 존재, 그리고 어머니가 귀하게 여긴 오빠는 늘 상속자답게 굴었어. 어머니의 편애가 얼마나 심했는지, 오빠에 대한 애정에 비해 다른 아이들은 사랑하지 않으셨다 해도 좋을 지경이란다. 하지만 아이 중 누구도 오빠처럼 어머니를 사랑하지 않은 아이는 없었어. 지나치게 오냐오냐해주니 오빠는 너무나 이기적으로 되었고 자기만 생각했어. 그리고 벌레나 동물을 괴롭힌 것처럼, 오빠는 남동생들에게는 폭군이, 여동생들에게는 더 심한 폭군이 되었지.

내 어린 시절을 힘들게 한 사소한 근심거리들을 네게 일일이 알려주기는 어렵겠구나. 너무나 사소한 일들에 끊임없이 통제가 있었고, 명령에는 무조건 복종해야 했는데, 어린아이였던 나도 곧 그것이 불합리하다고 생각했단다. 앞뒤가 맞지 않고, 모순되는 것이니까. 이렇게 우리는 가장 순수한 어린 시절의 기억에 쓴맛을 섞어 경험할 수밖에 없었단다.

내 어린 시절, 지적 능력을 키우게 해준 상황은 다양했단다. 하지만 잊어버리고 있던 어린 시절의 즐거움을 되살려내는 기쁨은 너보다는 내게 더 크니 너를 데리고 푸른 초원을 헤매거나 길마다 어린 시절 희망이 흩어놓는 꽃들을 찾으러 다니자고 하진 않겠다. 하지만 이 글을 쓰는 동안 그 봄날의 싱그러운 향기를 다시 맡는 것 같구나. 다시는 돌아오지 않을 그 시절이!

내게는 두 여동생과 나보다 어린 남동생이 하나 있었고, 오빠 로버트는 두 살 더 많았다. 오빠는 진정 부모님의 우상이었고, 나머지 가족에게는 고통이었지. 편애의 힘은 정말이지 어찌나 큰지, 오빠에게는 활력과 기지라고 칭찬하면서 내게는 주제 넘는다고 잔인하게 핍박했단다.

어머니는 게으른 성격이셔서 우리 교육에 별로 관심이 없었단다. 하지만 우리가 즐겁게 다니던 이웃의 근처 황야에서 건강한 바람이 불어오면, 제대로 된 식사를 못해 생겨난 기질도 날려버려 주었어. 아버지가 일이 없어서, 또는 여러 가지 활기찬 오락이 없어서 기분이 나쁘시면 한마디도 제대로 못하고 난롯가에 몇 시간씩 앉아있다 보니 바깥 공기와 자유를 누리는 것은 천국과도 같았지. 하지만 내게는 한 가지 유리한 것이 있었는데, 바로 내 스승이신 숙부였단다. 그분은 성직자가 될 생각이셨고, 당연히 인문 교육을 받으셨어. 하지만 매우 아름답고 큰 재산을 가진 젊은 아가씨를 사랑하게 됐고, 세상에서 계획하던 성직에 어울리지 않는 평판을 얻은 그분은 어느 귀족으로부터 개인 비서로 인도에 함께 가자는 제안을 받으셨단다. 꼭 성공하리라는 기대가 있었지.

그분은 연인과 편지를 규칙적으로 주고받았단다. 그리고 낭만적인 심성을 가진 사람에게 특히 지루하게 느껴지는 업무 때문에, 그리고 억지로 떨어져 있는 처지 때문에 애정은 더 커졌어. 이처럼 가장 큰 자리를 차지하는 감정 때문에 다른 모든 감정은 망각되었고, 애정은 홍수처럼 불어만 났단다. 그 아가씨의 부모님은 숙부를 싫어하셨지만, 다시 그를 지지하게 되었고, 온갖 세련된 미사여구가 사랑의 승리를 장식했지. 숙부께서 따뜻한 햇살 같은 사랑을 누리고 있던 동안, 우정도 신선한 이슬을 흘리기로 했단다. 숙부께서 연인 다음으로 사랑한 친구가 부모님들의 눈을 피해 두 분의 편지를 전해주었거든. 딸아, 비슷한 상황에서 거짓을 행하는 친구는 옛이야기란다. 하지만 이 예나 냉혹한 도덕론자들이 차갑게 주의하는 말에 속아서 인생의 봄철에 저절로 피어나는 꽃봉오리, 희망을 죽이려 하지 말아라! 네 마음이 진심일 때는 항상 같은 감정을 가지고 빛나는 사람을 만나기를 바라렴. 행복에서 달아나는 것이 고통을 피하는 것은 아니니까!

숙부는 노력이라기보다는 운으로 상당한 재산을 모으셨단다. 그래서 너무나 유혹적인 상상에 빠져, 사랑의 날개를 타고 영국으로 돌아와 그 재산을 연인, 그리고 친구와 나누려고 했는데, 그들이 하나가 된 것을 알게 되었지.

여기서 일일이 말하지는 않겠지만, 그 친구의 죄를 이루 측량할 수 없이 악화시키는 정황이 있었고, 마지막 순간까지 계속된 속임수는 너무나 저속해 숙부의 건강과 기력에 몹시 나쁜 영향을 주었단다. 그분의 고향, 얼마 전까지만 해도 향기로운 꽃이 만발했던 온 세상이 속임수에 의해 마치 땅이 쩍쩍 갈라진 사막처럼, 쉭쉭거리는 뱀들이 사는 곳처럼 변한 것 같았단다. 그분 마음속에 실망이 자랐어.

그리고 고통에 몰두하던 그분은 심한 열병에 걸려 정신을 잃고 말았고, 몸의 기운을 좀 회복하면서 끊임없이 우울하기만 했단다.

결혼하지 않겠다고 선언한 숙부께 친척들이 계속해서 따라다니며 역겨운 칭찬을 쏟아부었는데, 그분은 그 칭찬을 경멸하거나 씁쓸하게 비꼬면서 들었단다. 내가 말을 하기 시작했을 때, 내 모습의 어딘가 그분의 마음에 든 구석이 있었단다. 숙부는 영국에 돌아오신 후로 애정에 전혀 반응하지 않으셨어. 하지만 그분께 순수한 애정을 보이던 나는 곧 그분이 가장 좋아하는 조카가 되었단다. 그리고 지력을 넓히고 키우려고 노력하는 나는 그분의 감정을 받아들일수록 그분께 더욱 소중한 존재가 되었단다. 젊고 열렬한 사람들의 관심을 끌기 위해 강렬하고 인상적인 표정과 손짓을 하시는 숙부의 말투는 힘이 넘쳤단다. 그러니 내가 그분의 의견을 재빨리 받아들이고 그분을 뛰어난 존재로 추앙한 것도 놀랍지 않지. 그분은 내 뜻이 강직하다는 것을 확신하시고는 아주 따스한 마음으로 내 자존감을 키워주셨고, 세상의 비판이나 박수와 무관하게 올바른 행동을 해야 한다는 자각을 선사해 주셨단다.

내게 사랑이나 우정과 같은 이름을 받기에 합당한 것이 이 세상에 없다는 것을 증명하려고 숙부는 자신의 감정을, 영원히 실망에 사로잡힌 감정을 너무나 생생하게 묘사했고, 그 감정은 내 마음속에 강하게 각인되고, 또 내 망상을 움직였어. 이렇게 말하면 세상 사람들이 막연히 몽상적이라고 하는 내 특이한 성격이 설명되겠지.

숙부의 애정이 커지면서 나를 더 자주 찾아오셨단다. 하지만 어디에서도 편히 쉴 수 없었던 그분은 집안의 폭정을 누그러뜨릴 만큼 시골에 오래 계시지는 않았어. 그래도 그분은 내가 좋아하던 책을 가져다주셨고, 책과 숙부와의 대화는 내게 이상적인 삶을 그리게 해주었어. 아버지의 폭군 같은 행동은 고통스러웠지만, 그냥 넘어가자꾸나. 하지만 그것 때문에 어머니 건강이 나빠진 것은 말해두어야겠다. 그리고 가정 안에서 겪는 일로 계속 자극을 받은 어머니는 참을 수 없을 만큼 화를 잘 내는 기질을 갖게 되셨단다.

큰오빠는 아주 약삭빠르고, 그 근방에서 가장 제멋대로인 남자였던 이웃 변호사랑 친했다. 오빠가 보통 토요일마다 집으로 와서 자기가 한 일을 자랑해 어머니를 놀라게 했고, 그러면서 차츰 가족 전체를 휘두르는 권한을 가지게 되었단다. 아버지도 예외는 아니었어. 오빠는 나를 괴롭히고 기를 꺾는 걸 특히 즐거워하는 것 같았다. 내가 아버지나 어머니에게 그런 대우를 불평하려고 하면, 아버지와 어머니는 큰오빠의 행동을 비판하지 말라고 하면서 무시하셨지.

이 무렵 어느 상인 일가족이 우리 이웃에 자리를 잡았단다. 얼마 전에 사들인 마을 저택에서 새 가족을 맞이할 준비가 봄 내내 이루어졌고, 런던에서 보낸 값진 가구를 본 어머니는 시기심을 느꼈고 아버지는 자존심이 상했단다. 내 감정은 매우 달라서, 아주 기뻤지. 새로운 사람들을 만나고, 지루하고 한결같은 생활이 바뀌기를 간절히 바랐거든. 상상 속에서나 만나는 친구도 사귀고. 그러니 그들이 교회에 나왔던 일요일에 내가 느낀 감정을 이루 말할 수 없구나. 그들이 들어올 입구의 기둥 쪽에 시선을 못 박고서 여인들보다 앞서 하인이 들어오는 것을 보았지. 흰 드레스에 흔들리는 깃털을 장식한 여인들이 어두운 통로를 물 흐르듯 흘러들어오면서 빛을 발하는 것 같았단다. 그 빛에 그들의 모습을 볼 수 있었지.

우리는 격식을 갖추어 그들을 방문했단다. 곧바로 큰딸을 내 친구로 골랐다. 둘째 아들 조지는 내게 특히 관심을 가졌고, 그의 성취와 예절이 마을 젊은이들보다 낫다는 걸 알고서 나는 그가 다른 사람들보다 낫다고 상상하기 시작했단다. 내 집이 더 편하거나 내가 이전에 아는 사람들이 더 많았다면, 새로운 애정에 마음을 열기를 그렇게 간절히 바라지는 않았을 거야.

상인 베너블즈 씨는 사업을 열심히 해서 큰 재산을 얻었단다. 하지만 건강이 급속히 나빠져서 아들 조지가 충분히 경험을 쌓고, 아버지가 늘 해온 일을 조심스럽게 계획해서 해낼 수 있게 되기 전에 은퇴하게 되었단다. 사실 아들 조지는 아버지의 편협한 계획과 조심스러운 생각을 경멸해 왔기 때문에, 그 권위를 벗어던지려고 애썼어. 그는 회사에 들어가게 해달라고 설득할 수 없었어. 그러자 아내의 말을 듣고 가정의 평화를 지키기 위해서 베너블즈 씨는 수비대의 장교 자리를 사주었지.

이 이야기는 훗날에야 알게 된 것이란다. 하지만 아가, 네가 네 엄마를 경멸하지 않으려면 네 아버지의 성격을 알아둘 필요가 있단다. 부모의 의무를 실천하려고 했던 쪽은 네 엄마뿐이었어. 런던에서 조지는 방탕한 습관을 갖게 되었고, 그걸 자기 부친과 거래 상대들한테서는 조심해서 감추었지. 그가 쓴 가면이 너무나 완벽하게 진짜 모습을 감추었기 때문에, 아버지가 그의 행실에, 그리고 그의 원칙에 쏟아붓던 찬사는 형제들의 말과는 딴판이었지. 하지만 그 아버지의 칭찬에 그가 나를 눈여겨보는 것이 특히 기분 좋았단다. 인제 보니 알겠지만, 아무런 계획도 없이 그는 나를 무도회에서 선택하고, 헤어질 때면 내 손을 아쉬운 듯 꼭 잡고, 진심 없는 감정을 표현했는데, 나는 거기 내 몽상적인 생각이 암시해주는 의미가 있을 줄 알았단다. 그가 시골에서 머무르는 기간은 짧았어. 그의 행동거지가 다 마음에 들지는 않았다. 하지만 그가 떠나면 내 머릿속의 상상은 더 활발해졌어. 내 몽상이 어디든 이끌고 가니까. 한마디로, 나는 사랑에 빠진 줄 알았단다. 내가 만든 영웅에게 부여한 자질, 이타심과 용기, 관대함, 품위, 인간애를 갖춘 사람과 사랑에 빠진 줄 알았지. 그 직후에 일어난 상황이 이 모든 미덕이 확실하다고 여기게 해주었지. [이 사건은 다른 이유로 전할 가치가 있을 것 같으니 분명하게 설명하는 게 좋겠구나.]

나는 유모 메리 할머니를 매우 사랑했고, 메리가 눈이 어두웠기 때문에 종종 도와주기도 했단다. 메리가 내게 젖을 먹일 때 선원과 결혼한 여동생이 있었어. 어머니는 큰오빠만 젖을 먹였는데, 그 탓에 그렇게 오빠만 유난히 편애했을지도 모르지. 메리의 동생 페기는 서인도제도의 상선에 항해사가 되어 일할 때까지 메리와 함께 살았단다. 그는 아주 성공적인 항해가 끝난 뒤 해협의 첫 항구에서 페기에게 편지를 보냈고 런던으로 와서 만나달라고 했지. 그는 앞으로는 육지에 닿자마자 만나러 갈 수 있도록 런던에서 살기를 바라기도 했어. 그리고 채소를 팔아서 돈도 벌기를 바랐지. 항해를 마치자마자 50마일이나 되는 거리를 또 움직이는 것은 바다에서 천 리그를 항해하는 것보다 더 힘들다는 거였어.

페기는 짐을 모두 챙겨 런던으로 왔단다. 하지만 정직한 대니얼을 만나지 못했지. 가난한 자들이 나라를 위해 겪어야 하는 흔한 불행이 닥친 거란다. 대니얼은 강에 빠져 뭍으로 올라오지 못했으니까.

페기는 말 그대로 "아는 얼굴 하나 없는" 런던에서 비참하게 지냈단다. 게다가 남편과 한 달, 또는 6주 동안 행복하게 지내기를 기대하던 중이었잖니. 대니얼은 페기를 데리고 새들러스 웰즈에도[21] 가고, 웨스트민스터 사원과 시골에 살면서 들어보지도 못한 여러 관광지에 데려가겠다고 했단다. 페기도 절약했단다. 그렇지 않고서야 그의 계획을 어떻게 혼자서 실행할 수 있었겠니? 대니얼에게는 인맥이 있었지. 하지만 페기는 그들이 사는 곳의 이름도 몰랐다더구나. 그의 편지에는 안부니 축복뿐이었고, 중요한 정보는 만나서 줄 생각이었으니까.

페기도 자신만의 정보를 가슴에 품고 있었어. 몰리와 재키는 너무나 사랑스러운 아이들로 자랐고, 그 애들 아버지가 아이들의 재주를 보지 못한 것이 화가 날 지경이었단다. 페기는 매일 밤 그날 아이들이 한 귀여운 말을 남편에게 전하지 못해 그 즐거움을 절반도

---

[21] 17세기 말에 세워진 런던의 복합 극장 (역자 주)

누리지 못했단다. 하지만 어떤 이야기는 잘 기억해 두었고, 재키가 예쁜 목소리로 아빠라고 부르면 대니얼의 마음을 기쁘게 해줄 거라고 기대했지. 하지만 런던에 가도 그들을 맞아주는 대니얼은 없었고, 재키가 아빠라고 불렀을 때 페기는 울었단다. "슬픔이 무엇인지 모르는 그의 순수한 영혼을 신께서 축복하소서"라고 기도하면서. 하지만 순수한 페기에게는 더 큰 슬픔이 기다리고 있었단다. 대니얼은 첫 교전에서 사망했으니, 아빠라고 부르는 소리는 가슴에 사무치게 아팠어.

페기는 남편이 돌아오기를 바라며 그 봉급으로 아끼면서 살았단다. 하지만 그 희망이 사라졌으니 페기는 부서지는 가슴을 안고서 우리 마을에서 3마일 정도 떨어진 작은 장터가 있는 도시로 돌아왔단다. 독립해서 살던 페기는 남의 집에 일하러 가서 모욕을 당하고 싶지는 않았단다. 아이들을 유모에게 맡기는 것은 불가능했고. 돈을 벌어봐야 얼마나 된다고? 게다가 아이들을 멀리 있는 남편의 교구로 보내는 것은 남편을 두 번 잃는 셈이었지.

나는 이 이야기를 메리에게서 듣고 숙부께 페기에게 작은 오두막을 제공하고는 가엾은 대니얼의 조언에 따라 약간의 과일과 장난감, 케이크를 팔도록 했단다. 가게를 돌보는 일에 시간이 다 드는 것은 아니었고, 아이들을 깨끗하게 씻기고 보살필 수 있었으니까. 페기는 아이들을 깔끔하게 돌봤지. 그래서 페기는 빨랫감도 받았고, 대니얼을 그리워하면서 우는 와중에도 아이들을 먹여 살리기 시작했단다. 재키의 얼굴만 봐도 그 애 아버지가 생각나던 때였지. 아이들을 위해 일하는 것은 즐거웠단다. 그렇단다. 아침부터 밤까지, 그 아이들 아버지에게서 키스를 받을 수 있다면. 신께서 그의 영혼을 쉬게 하소서! 그렇단다. 신의 섭리로 그가 다리나 팔을 하나 잃고 돌아왔다면, 페기에게는 마찬가지였을 거야. 그의 육신이 온전해서 사랑한 것은 아니니까. 그렇지. 페기에게는 제 손이 있었으니까.

시골 사람들은 정직했고 페기는 늦은 시각에도 빨랫감을 널어두었단다. 그런데 지나가던 모병대가 그 빨랫감을 가져가 버렸어. 페기의 빨랫감과 아이들의 작은 옷까지 전부 없어진 거야.

그건 무서운 타격이었단다. 셔츠 스물네 장, 옷가지, 그리고 손수건까지. 페기는 반년 치 집세로 모아둔 돈을 내주고도 모든 빚을 갚을 때까지 일주일에 2실링씩 내겠다고 약속했단다. 그래야 일자리를 잃지 않았지. 이렇게 일주일에 2실링을 내고 아이들에게 필요한 것을 사느라 페기는 너무 쪼들려서 열두 달이 다 되었을 때 집세로 동전 한 닢 갖지 못했어.

그래서 페기는 메리랑 함께 살았고, 자기 사연을 이야기했더니 메리가 곧장 다시 전했지. 내가 들으라고 한 얘기였어. 그 소도시에서 세를 받고 빌려주는 집 여러 채가 베너블즈 씨가 사들인 땅에 포함되어 있었고, 내 큰오빠가 함께 사는 변호사는 그분의 중개인으로 뽑혀 집세를 걷고 올리는 일을 담당했단다.

그가 페기의 집세를 요구했고, 페기가 사정했지만 가난한 살림살이를 압수해서 팔았단다. 그래서 "마치 그때까지 겪은 슬픔이 부족하다는 듯" 페기는 누울 침대 하나 없어졌고, 아이들에게는 더욱 안 된 일이었지. 페기는 내가 착하다는 것, 자비심이 있다는 것을 알았지만, 반드시 필요한 것 이상은 청하기를 꺼렸어. 사람들이 어떻게든 버텨볼 수 있을 때 부탁하는 걸 경멸했던 것이지. 하지만 이제 페기가 집에서 쫓겨나게 되었으니 손님을 전부 잃을 판국이었고, 그러면 구걸을 하거나 굶어 죽어야 하게 되었단다. 게다가 아이들은 어떻게 되겠니? "신께서 하신 일이지만, 대니얼이 죽지 않았더라면 이 모든 일이 일어나지 않을 수도 있었는데."

내 침대에 매트리스가 두 개 있었단다. 그렇게 훌륭한 사람이 땅바닥에서 자야 하는데, 내게 두 개나 무슨 소용이 있겠니? 어머니가 화를 내실 테지만, 나는 숙부가 올 때까지 감출 수 있었어. 그다음에는 숙부께 사연을 말씀드릴 테고, 숙부께서 나를 용서하신다면 하늘도 용서하실 거라고 믿었다.

하녀에게 나랑 함께 위층으로 올라가자고 졸랐어. (하인들은 늘 가난이 힘겨운 걸 알았으니, 부자들도 가난이 어떤 것인지 안다면 얼마나 힘든 것인지 잘 알았겠지.) 그 하녀가 매트리스를 묶는 걸 도와주었어. 그와 함께, 겨우내 담요가 하나면 충분할 거라는 생각에 함께 자는 동생에게 비밀을 지켜달라고 부탁했지. 짐을 싸고 있는데 그 애가 들어와서 새 깃털 장식을 몇 개 주고 입을 막았어. 우리는 매트리스를 가지고 내려가 뒷문으로 들키지 않고 나갔고, 나도 운반을 도왔어. 내가 갖고 있던 돈 전부와 동생에게서 빌릴 수 있는 돈도 가져갔단다.

오두막에 도착하니 페기는 내가 몰래 가져간 것을 받을 수 없다고 했단다. 하지만 확고한 마음으로 열심히 설득하고, 눈물을 흘리며 페기의 손을 잡고서 숙부께서 내가 혼나지 않게 해주실 거라고 안심시켰다. 그리고 페기가 아이들을 교구 구빈원에 맡기지 않으려고 그렇게 오래 키우다가 헤어진다면 얼마나 슬프겠냐고 하자, 페기는 마지못해 그것들을 받았지.

도우려는 계획은 여기서 끝나지 않았단다. 그 변호사와 이야기하기로 했어. 그는 종종 내게 칭찬을 했으니까. 그를 만나도 기가 눌리지 않았단다. 하지만 페기가 오해를 받았으며, 이렇게 구구절절 슬픈 이야기를 누구도 무시할 수 없다고 생각하면서 나는 이튿날 아침 메리와 시내로 가서 그에게 집세를 기다려 달라고 하고, 숙부께서 돌아오실 때까지 내 비밀을 지키기로 했단다.

휴식은 달콤했고, 동이 트자마자 일어난 뒤 나는 메리의 오두막으로 갔다. 가벼운 마음으로 바라본 자연은 얼마나 아름답던지! 덤불에서 지저귀는 모든 새, 울타리를 밝히는 모든 꽃이 나를 황홀하게 해주었단다. 그래, 황홀했어. 그 순간은 행복으로 가득했단다. 그리고 미래에 대해서는 그 변호사와의 담판이 성공하리라는 것 이외에는 아무 생각도 없었지.

장밋빛 얼굴로 싱글거리는 이 세속적인 남자는 나를 정중하게, 아니, 상냥하게 맞았단다. 그리고 메리의 눈물에는 관심도 없었지만, 내 이야기는 만족스럽게 들었지. 그래서 내 설득력이 내 고운 피부, 열일곱 살 처녀의 홍조에 있다는 것, 그리고 여인에게 잘 대해주는 것이 세련된 사람의 특징인 세상에서 어린 처녀의 아름다움이 늙은이의 고통보다 훨씬 더 흥미롭다는 것을 알아차리지 못했단다. 그는 내 손을 꼭 잡더니 내가 원하는 만큼 페기가 그 집에서 살 수 있게 해주겠다고 약속했다. 나는 그 손을 더욱 꼭 잡았지. 너무나 고맙고 행복했으니까. 내 순수한 감정에 그는 대범해져서 내게 입을 맞추었단다. 그리고 나도 몸을 빼지 않았어. 자선심에서 나온 입맞춤인 줄 알았으니까.

나는 종달새처럼 기분이 좋아져 베너블즈 씨의 집에 식사를 하러 갔단다. 그 전에 아버지에게서 5실링을 얻어 내가 돌보는 불쌍한 아이들의 옷가지를 새로 사주기로 했고, 어머니를 설득해 여자아이 하나를 우리 집에 데려다 일하고 읽는 법을 가르치기로 했지.

식사를 마친 뒤, 아이들이 음악실로 갔을 때 나는 신이 나서 이야기를 했단다. 내가 도우려고 무슨 일을 했는지는 알리지 않고, 페기가 얼마나 어려운 처지인지 이야기했지. 베너블즈 양은 내게 반 크라운을 주더구나. 그 댁 상속자는 5실링을 주었고. 하지만 조지는 꼼짝도 하지 않았어. 나는 실망감에 몹시 괴로웠단다. 의자에 가만히 앉아 있을 수 없었어. 그리고 거기서 들키지 않고 나올 수 있었더라면 나 자신에게서 달아나듯 집으로 달려갔을 것이다. 몇 차례 일어나려고 시도해봤지만 잘 안 되자 나는 머리를 대리석 굴뚝에 기대고서 난롯가를 채운 상록수를 바라보며 인간의 기대가 얼마나 헛된 것인지 교훈을 얻었단다. 다른 사람들에게 관심을 두지 않았기 때문에, 샬럿의 자리 쪽에서 누군가 내 어깨를 살짝 두드리는 손길에 놀랐지. 고개를 돌려보니 조지가 내 손에 1기니를 주더니 손가락을 입에 대며 아무 말도 하지 말라는 시늉을 했단다.

내게 떠오르던 생각뿐 아니라 감정에 얼마나 큰 변동이 일어났는지! 나는 감정에 북받쳐 떨었어. 그제야 사랑에 빠졌지. 게다가 아무도 모르게 한 행동이라는 점이 그의 선의를 더욱 훌륭하게 만들었단다! 5분마다 한 번씩, 1기니를 만지려고 주머니를 더듬어보았어. 그 마법 같은 감촉에 내 영웅은 인간이 지닐 수 있는 아름다움 이상의 가치가 부여되었어. 내 상상력은 완벽함의 형상을 세울 토대를 드디어 발견한 것이야. 게다가 젊은이답게 남을 쉽게 신뢰하는 경향이 더해지니, 그의 마음이 미덕에 헌신하며, 미덕에서 비롯한 충동에만 순종할 거라고 생각하게 되었지. 하지만 미덕의 원칙이 그것을 싹트게 하는 가벼운 감정과 얼마나 다른지 내게 가르쳐 준 쓰디쓴 경험은 아직 시작되지 않았단다.

8

내 삶의 평화를 깨뜨린 속임수가 어떻게 전개되었는지 이해하는 게 중요하다 보니, 그리고 내가 도우려다 파멸시키고 만 여자아이를 네게 소개하려다 보니, 이 상황을 너무 오래 이야기한 것 같구나. 하지만 어쩌면 나는 전적으로 실수의 희생자만은 아니었을지도 모른다. 그리고 차차 세상에 물든 네 아버지가 그렇게 빨리 아버지가 되지는 않았을지도 모르겠어. 그 사람을 네 아버지라고 부르고 싶지도 않지만, 내 딸 너를 존중하려면 그렇게 불러야겠지.

그럼, 내 인생에 있어서 더욱 중요한 장면으로 넘어가자. 베너블즈 씨와 내 어머니는 같은 해 여름에 돌아가셨다. 그리고 어머니를 돌보느라 온통 집중했던 나는 다른 일은 거의 생각하지 않았지. 어머니가 아끼시는 큰오빠 로버트의 무관심은 어머니의 약해진 마음에 나쁜 영향을 주었다. 아들들은 집안에서 문이 없는 기둥으로 간주되긴 하지만, 딸들이야말로 유일하게 위로가 되는 존재이니까. 딸들은 병든 부모를 간호하느라 자기 건강과 기력을 낭비하기 일쑤이지. 그래 봐야 부모는 딸들에게 비교적 적은 유산을 남기지만 말이다. 효심을 다해 아버지의 눈을 감긴 뒤, 딸들은 무의미한 가족의 성을 후손에 전달하는 큰아들에게 자리를 내어주기 위해 아버지의 집에서 쫓겨나잖니. 오빠는 자신의 쾌락을 탐닉하면서도 부모님의 만년에 어린 시절 진 빚을 갚을 생각도 하지 않았단다. 어머니의 행동은 나로 하여금 이런 생각을 하게 만들었지. 내가 비록 큰 피로를 겪었지만, 내 끊임없는 배려가 일으키는 애정에 대해서 어머니는 분명히 알고 계시는 것 같았어. 그래서 어머니 방에는 15분도 머물게 할 수 없었던 오빠와 돌아가시기 직전에 단둘이 있었을 때, 어머니는 몇 년 동안 모은 돈 꾸러미를 오빠에게 주셨어.

어머니가 병석에 계신 동안 나는 병이 낫지 않고 도지는 것을 보고 그것이 단지 상상일 뿐이라고 여기기 시작한 아버지의 성미를 감당해야 했단다. 이 기간에 손재주가 좋은 하인 하나가 아버지의 관심을 얻었고, 그래서 비록 정직하게 얻은 것은 아니지만, 저녁 예배 때 그 여자가 자랑하는 장식품에 이웃들의 말이 많았지. 하지만 나는 어머니를 돌보는 데 정신이 팔려서 그 여자의 옷이나 행동거지를 알아차리지도, 수군대는 추문을 듣지도 못했단다.

기억은 생생하지만, 어머니가 돌아가실 때나 어머니의 차가운 손을 마지막으로 붙잡았을 때 느꼈던 감정은 다시 적지 않으련다. 어머니는 내게 축복하시면서 이렇게 덧붙이셨어. "조금만 인내하면, 모든 것이 끝날 것이니!" 아! 딸아. 그 말이 내 귓전에 얼마나 자주 구슬프게 울려댔는지! 나는 이렇게 외쳤단다. "조금만 인내하면, 나도 역시 안식하게 될 것이니!"

아버지는 어머니가 돌아가신 데 큰 충격을 받으셨고, 자신이 부당하게 대한 일들을 떠올리며 아이처럼 우셨다.

어머니는 여동생들을 돌보는 일을 침통한 어조로 내게 맡기셨고, 어머니가 되어 달라고 부탁하셨단다. 동생들은 실제로 외로워지자 내게 더 소중한 존재가 되었지. 어머니가 편찮으신 동안 나는 아버지의 재정 상황이 엉망이 되었으며 숙부께 빌리신 돈으로 겨우 체면을 유지하고 계셨을 뿐임을 알게 되었다.

아버지의 슬픔과 그로 인해 아이들에게 취한 다정한 태도는 곧 사라졌고, 집은 더욱 우울하고 소란스러워졌어. 내가 근심을 피해 찾아가는 피난처는 다시 베너블즈 씨 댁이 되었지. 젊은 지주는 아버지를 대신해 가장이 되었고, 당분간은 누이와 함께 지내도록 해주었단다. 조지는 자기 몫의 재산에 만족하지 못했지만, 평소처럼 가족을 찾아왔단다. 그는 장사를 열심히 했는데, 근심 때문에 얼굴이 잔뜩 어두웠단다. 그가 나에 대한 관심으로 긴장을 풀려고 하던 때, 숙부의 존재로 그의 행동이 새로운 국면에 접어들었지. 나는 의심도, 사심도 없어서 그런 변화의 원인이 무엇인지 알아차리지 못했단다.

집은 날이 갈수록 내게 점점 더 맞지 않는 곳이 되었단다. 내 자유는 어쩔 수 없이 줄어들었고, 내가 게으름을 부린다는 이유로 책도 빼앗겼어. 아버지의 정부가 아이를 가졌고, 아버지는 그 여자를 아꼈기 때문에 천박하게 우리를 괴롭히는 것을 내버려 두거나 모른 척했단다. 나는 특히 그 여자가 남동생에게 환심을 사려고, 이렇게 말해도 좋을까? 남동생을 유혹하려는 것을 보고 분했지. 세상에서 여자들이 높은 지위를 얻을 유일한 길이 남자들의 방탕을 조장하는 것밖에 없으니 사회는 여자들을 괴물로 만들고, 그들의 비열한 악덕을 지력이 열등하다는 증거로 내세운단다.

내 처지가 얼마나 고달팠는지 이루 말로 설명할 수 없구나. 어머니와 지낼 때도 사는 것은 그다지 편하지 않았지만, 아버지의 정부가 얻은 부당한 권한을 질투하며 견뎌야 했던 삶에 비하면 그때는 천국이었지. 비록 성미가 급하기는 했지만, 아버지는 예전에는 이따금 상냥하게 대해 주셔서 내게 위로가 되었단다. 하지만 이제 아버지는 나를 볼 때마다 나무라거나 못마땅한 표정을 지으셨어. 관리인이라고 불렀던 그 여자는 가족의 저속한 폭군이었다. 그리고 고상한 귀부인인 척하느라, 그 여자가 잘난 척하면서 저급한 영어를 쓰거나 예의 바른 척 꾸밀 때 내 얼굴이 경멸을 감추지 못하는 것이 나 자신도 못마땅했다.

숙부께 나는 속마음을 털어놓았단다. 그래서 늘 마음씨 좋은 숙부께서는 나를 당시의 끔찍한 상황에서 빼낼 방법을 궁리하기 시작하셨지. 숙부 자신도 실망하셨음에도 불구하고, 아니면, 마치 갑자기 바닷속으로 들어간 끓는 용암처럼 혈기왕성한 마음이 완전히 식지는 않았지만 조금은 굳어버린, 숙부는 (시기심 많은 별들이 허락한다면) 서로 좋아하는 이들끼리 결혼을 시키는 것이 이 재앙 같은 세상에서 행복해질 유일한 기회라고 여기셨단다. 조지 베너블즈는 사업을 잘한다고 유명했고, 아버지의 예로 인해 그 점은 중요하게 간주되었지. 사업을 잘하는 사람은 가정생활에서도 애정을 잘 통제할 수 있을 것이라고 숙부는 생각하셨단다. 조지는 숙부가 함께 계실 때는 짤막하게 법률에 관한 질문을 하거나 숙부의 뛰어난 판단력을 존중하는 적절한 말을 하는 것 이외에는 별로 입을 열지 않았거든. 그러니 숙부는 그와 함께 계실 때면 늘 그가 사람들이 생각하는 것보다 큰 잠재력을 가졌다고 말씀하셨지.

숙부만 그런 의견을 가진 것이 아니었단다. 하지만 내 말 믿으렴. 증오심 때문에 편견을 가진 것은 아니란다. 다른 젊은이들의 활발한 영혼이 젊음의 폭발을 내던지고 있을 때, 이렇게 적절하게 던진 말, 이 소리 없는 경의의 표현은 생각이 깊거나 겸손해서 나온 것이 아니라, 그저 머릿속에 아무것도 없고, 상상력이 빈곤한 결과였단다. 패기만만한 망아지가 그와 같은 속도로 날뛸 거야. 그렇다, 소중한 딸아. 이런 신중한 젊은이들은 자신들이 가진 능력을 익히는 데 필요한 뜨거운 불길이 없고, 그저 어리석지 않다는 이유로 현명하다는 말을 듣는 거란다. 사실 우리가 사귄 첫해 동안에 조지는 내 마음에 조금도 들지 않았어. 하지만 그는 종종 나와 의견이 같았고, 내 감정과 같은 감정을 가졌지. 그리고 달리 애정을 가질 상대가 없었으니 나는 숙부의 제안을 기쁘게 들었단다. 하지만 연인을 얻기보다는 자유를 얻을 생각이었지. 겉으로는 내 행복을 간절히 바라는 척, 조지가 내게 당시의 괴로운 상황에서 벗어나라고 재촉했을 때, 내 가슴은 감사로 벅차올랐단다. 숙부께서 그에게 5천 파운드를 약속하신 건 몰랐으니까.

진정 후하셨던 숙부께서 그 뜻을 내게 알려주셨다면, 나는 여동생들에게 각각 1천 파운드씩 주시라고 했을 거야. 그랬다면 조지가 이의를 제기했겠지. 그랬다면 그자의 이기적인 영혼을 보았을 텐데. 오, 신이시여! 그리고 내가 무자비하고 제멋대로인 인간쓰레기와 하나가 된 것을 뒤늦게 깨닫게 되는 고통도 없었을 텐데. 그렇다면 쓸모 있는 사람이 되려는 내 모든 계획도 무너지지 않았을 것이고. 내 다정한 마음이 행복한 사랑이 가져다주는 영원한 기쁨으로 몽상을 데우지도 않았을 거야. 어머니가 담당할 달콤한 의무도 그렇게 잔인하게 중단되지 않았을 테고.

하지만 그토록 어렵게 얻은 용기를 쓸데없는 후회로 망치지는 말아야지. 내가 겪은 풍랑과도 같은 사건들을 어서 설명하자꾸나. 그것이 다 지난 일이라고 말하려니 기쁘구나. 내 영혼은 이제 더는 그와 하나가 아니니. 그는 내가 상황을 모르고 지키고자 했던 원칙을, 마치 고르디우스의 매듭처럼 끊었다.[22] 그는 내 생명을 갉아먹던 끈을, 아니, 족쇄를 끊었어. 그러니 나는 기뻐해야 한다. 상상력조차도 해도 지금 있는 이곳보다 더 무서운 곳으로 그릴 수 있는 유일한 장소, 지옥 같은 그곳에 갇혀 있었지만 그래도 내 정신이 자유로움을 알았으니까.

이런저런 감정이 떠오르면 이야기를 계속할 수 없을 거야. 한숨이 자꾸만 나오는구나. 하지만 가슴이 여전히 답답하다. 나는 무엇을

---

[22] 알렉산더 대왕이 칼로 잘랐다는 전설 속의 매듭으로, 대담한 방법을 써야만 해결할 수 있는 문제를 가리킨다. (역자 주)

위해 말없이 견디는 것일까? 어째서 남자로 태어나지 않았을까? 아니, 대체 왜 태어난 것일까?

9

상념에서 벗어나기 위해, 또 글을 쓴다. 나는 결혼을 했고, 우리는 바로 런던으로 올라갔단다. 여동생 하나를 데려갈 생각이었단다. 우리 집은 너무 불편해져서, 집이라는 기분 좋은 명칭에 어울리지 않아졌으니, 그 아이들을 데리고 살 집을 마련하고 싶은 것이 결혼한 중요한 동기였지. 그 아이가 나와 함께 가는 것에 반대의견이 나왔는데, 타당한 말이라서 내키지 않았지만 따를 수밖에 없었다. 하지만 가엾은 페기의 딸, 몰리는 데려갈 수 있었어. 그래서 마치 오월의 장미처럼 한창 때의 그 아이는 울며 페기와 작별 인사를 했단다. 동생을 데려갈 수 없다는 말을 듣고 가슴이 아프지도 않았어. 숙부께서 해주신 일에 대해 듣고는, 순진하게도 남편에게 동생들에게 각각 1천 파운드씩 달라고 요청했을 때까지는 말이야. 내게는 그게 공정한 일 같았거든. 그랬더니 그는 내게 입을 맞추면서 "내가 정신이 나갔나?"라고 묻더구나. 장미꽃 봉오리에서 말벌을 발견한 것처럼 나는 화들짝 놀랐단다. 이의를 제기했지. 그는 비웃었어. 그러자 불화라는 악마가 우리의 천국에 들어와 모든 새로운 기쁨을 그 악한 숨결에 중독되게 만들었단다.

나는 가끔 남편의 이해력에 결함이 있는 것을 보았다. 하지만 선한 기질이 삶 속에서 가장 중요하다는 사람들의 의견에 미혹되어, 그의 지력이 좁을수록 마음이 넓을 것이라고 상상했다. 치명적인 착각이었지! 관대함이 미덕의 근원을 유지해주지 못한다면, 그렇게 자랑하던 유순한 성품이 세상과의 교류 때문에 어찌나 빨리 뻔뻔함으로 변하는지!

내 특징 하나가 매우 쉽게 속는 것이란다. 하지만 한 번 눈을 뜨고 나니 전에는 놓쳤던 모든 것을 너무나 분명히 볼 수 있게 되었다. 내가 보기에 남편은 꼼짝달싹할 수 없이 좌초된 상태였다. 하지만 사랑과 우정의 간극을 채워주는 젊은이의 감정이 존재한단다. 게다가 그의 전체적인 성품을 공정하게 보는 데, 혹은 그것을 확신하는 데, 어느 정도 시간이 걸렸다. 상황이 내 능력을 성숙하게 해주고, 취향을 함양했지만, 상거래와 지나친 휴식으로 인해 그의 취향이 향상될 가능성이 모두 차단되자, 그에게서는 모든 미덕의 불씨가 꺼져버렸고, 그는 그것이 아무 데도 존재하지 않는다고 여기기 시작했다.

아가, 착각하지 마라. 어떤 인간도 너그러운 감정을 느낄 수 없다는 말을 하려는 것이 아니란다. 그런 감정은 미덕을 형성하는 모든 원칙의 기초이니까. 하지만 그것이 너무 약해지는 경우가 많아서 모든 사람의 몸속에 도사리고 있는 뜨거운 자질과 마찬가지로, 그 역시 내내 동면 상태로 잠들어 있는 경우가 많단다. 너그러운 감정을 일깨워 활동하게 할 상황이 생겨나지 않으니까 말이다.

하지만 거래에서 손실을 본 결과로 남편의 도박 욕구가 갑자기 커졌고, 숙부님이 내게 물려주신 5천 파운드가 매우 시기적절하게 지급되었음을 나는 우연히 알게 되었다. 너는 이상하다고 여길 수 있겠지만, 이 사실을 알게 되자 나는 오히려 기뻤다. 남편이 곤란해하는 것이 내게는 좋았다. 그의 행동을 동생들에게 해명할 구실이 생긴 것도 반가웠고, 마음이 더 진정되었으니까.

숙부께서는 나를 문학 모임에 소개해주셨단다. 그리고 극장은 내게 언제나 즐거움을 주는 곳이었다. 시돈스 부인이 위엄 있고 섬세하게 칼리프타를 연기할 때, 나는 기쁜 마음으로 그 모습을 좇았다. 그리고 나도 모르게 부인과 똑같은 어조로, 길게 한숨지으며 이렇게 따라 말했다.

“우리 같은 마음은 짝을 만날 뿐, 어울리는 상대를 만나지 못하네.”

처음에는 이런 것이 즉흥적인 감정이었으나, 재치 있고 세련된 예의를 갖춘 남자들을 알게 되니 가끔은 너무 일찍 결혼한 것을 후회하지 않을 수 없었단다. 잠시 남에게 의지해야 하는 처지에서 벗어나 잘 알지도 못하는 하늘에서 어린 날개를 펼치려다가 나는 그만 덫에 걸려 평생 새장에 갇힌 처지였다. 그래도 런던의 신기한 것들과 나를 어느 정도 배려하는 남편의 관심 어린 애정 덕분에 몇 달이 빠르게 지나갔다. 하지만 아직 매우 어린 동생들의 상황을 잊지 않았던 나는 숙부께 그들에게 각각 1천 파운드를 보내 달라고 청했다. 그리고 그 아이들을 시내에서 가까운 학교에 보내 내가 자주 찾아가 보고, 집에서도 함께 지낼 수 있게 해달라고 청했다.

이제 나는 남편의 취향을 향상하고자 노력했지만, 우리의 공통 관심사는 거의 없었다. 사실 남편은 숙부의 재산을 이용할 수 있다는 사실을 내게 암시할 때가 아니라면, 내가 사귀는 사람들을 좋아하지 않는 것처럼 보였다. 손님이 있을 때면 나는 재산을 대놓고 과시하는 것이 역겨워졌고, 운이 좋아 돈을 번 이야기를 떠벌리는 것이 듣기 싫어 종종 자리를 피했지.

모든 관심과 애정을 담아서 말하는 것이지만, 나는 남편의 친구나 비밀을 나누는 상대가 될 수 없었단다. 남편의 일에 관해서 알게 되는 모든 것은 우연히 듣게 된 것이고. 그리고 다른 성격의 사람들이지만 서로 소중한 존재가 되도록, 난롯가에서 사교적인 대화를 나누어 보려고 애썼지만 소용없었다. 극장이나 즐거운 파티에서 돌아오면, 나는 종종 내가 본 것, 높이 평가한 것에 대해 말을 꺼내보았다. 하지만 남편은 늘 뚱하니 아무 말도 하지 않아서 나도 곧 입을 다물었어. 그래서 나는 그 사람과 함께 있을 때면, 막 기력이 살아나기 시작한 영혼을 차츰 잃기 시작한 것 같았단다. 사실, 그 사람의 차갑고 말 없는 태도가 나에게 워낙 큰 영향을 주어서 그와 단둘이 며칠 지내고 나면, 어느 손님이 내 마음속에 잠들어 있는 활기가 있으며, 내가 쓰러져 있던 먼지 위에 감정이 있음을 확신시켜줄 때까지 내가 세상에서 가장 어리석은 존재가 된 것 같았다. 남편의 얼굴조차 변했단다. 피부는 누르스름해졌고, 젊음의 모든 매력이 빠르게 사라졌지.

이 문제의 한 가지 측면을 보여주마. 이와 같은 실험과 변화는

5년 동안 일어났단다. 그동안 나는 너무나 내키지 않지만, 숙부에게서 얼마간의 돈을 받아내어, 남편의 말을 빌자면, 그의 파멸을 막았단다. 처음에는 남편의 신용을 지켜주기 위해 청구된 돈을 갚아주기 위해서였단다. 그다음에는 남편의 보석금을 내기 위해서였지. 그다음에는 법률 집행관이 집에 들어오는 것을 막기 위해서였단다. 결국, 남편이 내게 시키는 일이 잔인하기는 했지만, 내게 의지하지 않는다면 스스로 빠져나오기 위해서 나름대로 노력했을 것이라는 결론을 내리기 시작했다. 그래서 나는 더는 핑계를 이용하지 않기로 굳게 결심했단다.

이 결심을 밝힌 순간부터 그의 무관심은 무례함, 혹은 그보다 더 심한 것으로 바뀌었다.

그는 이제집에서 식사하는 일이 드물어졌고, 계속해서 늦은 시각, 술에 취해 잠자리로 돌아왔다. 나는 다른 방에서 지냈다. 그의 방에서 벗어나는 것이 솔직히 말해서 기뻤단다. 애정 없이 친밀하게 지내는 것은 특별히 섬세한 감수성을 지닌 이들은 고사하고, 어떤 취향을 가진 여성이라 해도 가장 고통스럽고, 가장 모멸적인 일처럼 느껴졌으니까 말이다. 하지만 남편이 여성에게 주는 애정은 너무나도 무례한 종류의 것이었고, 상상력의 부족으로 이런 그의 도락이 순전히 외설적이며 가장 잔인한 것이라고 할 수는 없었다. 다음과 같은 혐오스러운 질문에서 완전히 벗어나기 전까지는 건강도 악화되었다. 나는 여자들이 모두 남편의 소유가 되어야 한다고 정한 인류 편견의 희생자 처지에서 벗어나, 그의 더러운 품으로 돌아갈 수 있을까? 술 취한 남편과의 대화에서 그가 가장 천한 계급의 창녀들을 좋아하며, 그들이 그가 본성이라고 부르는 저속하고 점잖지 못한 즐거움을 제공해 무기력을 떨쳐내어 줄 수 있었음을 알게 되었다. 그의 관심을 끌기 위해서는 겉만 번지르르한 장신구와 태도가 필요했다. 그는 정숙한 여인들은 두 번 쳐다보는 일이 드물었고, 그들과 함께 있을 때는 아무 말도 하지 않았다. 그리고 악덕에 물든 경우가 아니라면, 젊음과 아름다움의 매력도 그의 감각에는 아무런 영향을 주지 못했다. 그는 방탕한 여인들과 친하게 지냈고, 그의 사고방식 때문에 여성의 자질을 경멸했다. 그는 술기운에 말이 많아지면, 이성은 혐오스러운 환락에 방해가 되므로, 여인에게는 생각이 없다고 생각하는 남자들이 흔히 던지는 조롱을 따라 하곤 했다. 같은 남자들보다 열등한 남자들이 항상 여자들보다 우월하다고 열심히 주장한다. 하지만 이런 생각을 하노라면, 나는 어떤 결론에 다다를까?

남편의 애정을 잃은 여인들이 자신을 등한시한 것, 그리고 상대의 마음을 얻을 때만큼 그 마음을 계속 유지하는 데 수고를 들이지 않은 것에 대해서는 비난을 받아 마땅하다. 하지만 누가 남자들에게 그런 충고를 해줄 생각을 하겠니? 그런데도 여인들은 멋쟁이에게 마음을 준다는 오명에 끊임없이 시달리고, 그 교육의 본질로 인해 혐오감에 더욱 민감하다. 어째서 여인은 남자보다 더 참을성 있게 처신을 제대로 못하는 남자를 견뎌야 하며, 넓은 마음으로 자신을 잘 다스려야 하는지, 나는 모르겠다. 여성이 존중받고자 하는 것이 교만으로 간주되는 것이 아니라면 말이다. 여러 가지 상황에서 사랑한다는 약속을 한 뒤에는 그것이 우리의 의무라는 말을 듣기 때문에 정중한 부탁을 받기가 쉽지 않다. (병자를 돌볼 때는 역겨움을 느낀 적이 결코 없었지만) 건강하고 활기차게 일어나, 달콤한 아침의 향기를 맡은 뒤, 아침 식탁에서 남편을 보았을 때 내가 어떤 느낌을 받았는지 잊을 수가 없구나. 그가 일어나기 전, 나는 정해놓은 대로 가사를 처리하거나 산책을 해서 건강한 혈색을 지녔고, 이는 남편의 지저분한 외모와 대조를 이루었다. 간밤의 폭음으로 비위가 약해진 것을 그는 감추지 않았고, 나는 그 모습을 보기만 해도 식욕이 떨어졌다. 더러운 가운과 지저분한 속옷, 가터벨트도 매지 않아 흘러내린 양말과 흐트러진 머리로 하품을 하고 기지개를 켜며 안락의자에서 뒹구는 그의 모습이 눈에 선하다. 찻상에 갖다 두지 않으면 곧장 신문을 찾았고, 내가 차를 따르는 동안 그는 그 신문에서 눈 한 번 들지 않고 브랜디를 넣어달라고 하거나 아무것도 먹을 수 없다고 했다. 그는 기껏 기분이 좋을 때, 내가 무엇을 물어보아도 혀 꼬부라진 소리로 '뭐라고 하는 건가'라는 대답뿐이었다. 하지만 내가 마지막 순간까지 미루다가 생활비를 달라고 하면 그는 보통 욕설과 함께, '내가 돈으로 보이나, 부인?'이라고 늘 대답했다. 정육점에도, 빵집에도 지불을 미뤄야 했다. 더군다나, 나는 종종 그가 돈이 없어 찾아온 상인들을 무뚝뚝하게 물리치는 광경을 봐야 했다. 가끔 나는 그들에게 숙부께서 내가 쓰도록 주신 선물을 대신 지불했다.

이 무렵에 내 아버지의 정부가 아버지의 양심을 괴롭혀 결혼하게 만드는 일도 있었단다. 아버지는 이미 감리교 신자가 되셨다. 그리고 목사가 된 오빠는 내 어머니의 자식들에 대한 재산 처분 문서에서 문제를 발견했다. 그래서 오빠는 괴로움에 무슨 일이라도 굴복하게 된 아버지에게 오빠 자신의 재산, 아니, 우리 재산의 10분의 1을 드렸다.

여동생들은 학교를 나왔지만, 집에서 견딜 수 없었다. 아버지의 부인이 자신의 행동을 감시한다고 여긴 딸들을 없애기 위해서 온갖 방법을 써서 못살게 굴었기 때문이다. 그 애들은 재주가 많았지만, (너는 그렇게 불행한 처지가 되는 일이 없기를!) 너는 내가 그 애들을 가정 교사로 보내면서 얼마나 속이 상했는지 모를 거다. 교육을 잘 받고, 비범한 재능을 가진 여인이 생계를 위해 가질 수 있는 유일한 직업이 그것이니까. 그런데 그조차도 천한 일이나 다름없는 것으로 간주되지. 그러니 이토록 많은 불쌍한 여인들이, 인간의 감정을 가지고도 악행으로 피신하는 것이 그렇게 놀라운 일이니? 커다란 저택에서 혼자, 동등하게 대화할 친구 한 사람 없이, 애정을 기대할 상대 하나 없이, 혼자서 그들은 우울했고, 즐거워 떠드는 소리에도 슬퍼졌단다. 그리고 몸이 약한 막내는 병에 걸리고 말았지. 거의 숙부께 빌린 돈으로 생활하던 나로서는 그 애가 살다가 죽음을 맞이할 방을 하나 내주는 결정을 내리는 것도 몹시 어려웠단다. 나는 그 애의 병상을 몇 달간 지켰고, 상냥하던 그 애 눈을 영영 감겨주었단다. 예쁘고 호감 가는 태도를 가진 아이였지. 하지만 아주 늙은 남자 이외에는 결혼할 상대를 만날 기회가 없었어. 여자가 직업을 가질 수만 있다면, 그 애는 어떤 직업을 가졌어도 잘 해냈을 만큼 능력이 있었지만, 상류층 여인에게 어울리지 않는 모자 장수나 망토 장수라는 호칭으로 불릴 용기가 없어 위축되고 말았지. 이런 감정은 헛된 자존심이라고, 내 속내를 털어놓을 상대는 너뿐이구나, 아가. 너는 어떤 상황에서도 위엄을 잃지 않는 활력을 지닌 성품을 가지기를 기대하고 있단다(그렇다, 당분간은 그 희망을 즐길 거란다!). 그리고 너는 그런 맑고 단호한 영혼을 갖고 네 상황을 직접 선택하고, 네 행동의 주인이 네가 될 수 있는 길이 그것뿐이라면 가장 비천한 신분이 되는 것도 감수할 수 있을 것이다.

동생이 죽은 직후, 난봉꾼의 마음은 자연스러운 애정을 지닐 수 없음을 증명하는 사건이 벌어졌단다. 이기적인 욕망을 충족시키기 위해 상냥한 척했던 그는 그렇게 분출이 끝나자마자 아무 죄도 없는 결실에는 조금도 관심이 없더구나. 인색하게 생긴 노파가 두세 달에 한 번씩 돈을 받으러 남편을 찾아오곤 했단다. 어느 날, 그의 작은 회계실 입구를 걸어 나가던 노파가 이렇게 말하는 것이 들렸다. "아이가 아주 약하군요. 오래 못 살아 방해도 되지 못할 테니 약을 아낄 필요가 없을 겁니다."

"그럴수록 좋지." 남편이 말했단다. "그러니 부디 당신 일에나 신경 쓰시오."

나는 그의 아무 감정도 없는 비인간적인 어조에 충격을 받아 물러났고, 그 여자가 다시 찾아오면 호기심 때문이 아니라, 버림받은 가련한 아이에게 도움이 되려는 희망에서 말을 붙여보려고 결심했다.

한두 달 후 그 노파를 다시 보았단다. 그리고 노파는 자기 몸도 제대로 못 가누어 뒤뚱거리는 아이 손을 잡고 왔단다. 그들은 베너블즈 씨가 올 시간에 돌아가려던 참이었다. 그가 그때 출타 중이었거든. 나는 노파에게 응접실로 오라고 했다. 노파는 망설였지만, 시키는 대로 했지. 노파와 아이를 봤다는 말을 남편(이라고 부르는 것만으로도 숨이 막혔다)에게 말하지 않겠다고 다짐했다. 노파는 놀라 나를 노려보았다. 나는 그 더러운 아이에게 눈을 돌렸다. 아이는 제 몸도 제대로 가누지 못했고, 피부는 누렜으며, 통증에 짜증이 나서 찡그린 눈에는 뭐라 표현할 수 없는 교활한 빛이 번득였다.

"불쌍한 것!" 나는 이렇게 탄식했다. "아, 불쌍한 것이라고 불러도 됩니다." 노파가 대답했다. "그분이 이 애를 볼 마음이 있는지 데려왔지, 조언을 구하러 온 것이 아니니까요. 저 애를 키운 이들이 잘한 건지, 못한 건지 모르겠어요. 저 애가 제게 왔을 때도 저렇게 다리가 굽었는데, 그 후로도 낫지 않는군요. 하지만 그들도 나만큼 돈을 받았다면, 놀랄 일도 아니랍니다."

좀 더 물어보니 그 불쌍한 아이는 시골에서 온 하녀의 딸이었는데, 그 하녀가 베너블즈 씨의 눈에 띄어 유혹당한 거란다. 아이를 낳은 뒤, 하녀는 버려졌고, 그 해를 못 넘기고 병원에서 죽었단다. 아이는 교구의 유모에게 보내어 키우다가, 별로 나을 것 없는 그 노파에게 보내졌다. 하지만 그런 거래에서 무엇을 더 바라겠니? 노파는 아이를 재우고 빨래해주는 데 1주일에 3실링밖에 받지 못했단다.

노파는 내게 아이 입힐 낡은 옷을 좀 달라고 부탁하면서, 주인에게는 신발 살 돈도 달라고 말하기가 두렵다고 했다.

나는 마음이 아파졌단다. 그리고 베너블즈 씨가 들어와 내가 혐오감을 드러내게 될까 봐 두려워서 황급히 노파가 사는 곳을 물어보고 1주에 2실링을 더 줄 것이며 하루나 이틀 내로 찾아가 보겠다고 했다. 그리고 내 선의에 대한 증거로 트라이플을 쥐어주었다.

이 아이의 상태를 보고 마음이 움직였다면, 페기에 대해 알게 된 후 내 감정이 어땠겠니?[23]

---

[23] 이 부분의 원고가 불완전하다. 한 가지 일화를 삽입하려고 한 것 같지만, 기록되지는 않았다. (윌리엄 고드윈 주)

10

아버지의 상황이 너무 우울한 나머지 나는 숙부께 나와 함께 아버지를 만나러 가자고 부탁했단다. 그리고 가족의 전 재산이 오빠의 탐욕의 먹잇감이 되는 것을 막기 위해 아버지에게 도움을 청하기로 했다. 아버지는 당시에 겪던 어려움에서 벗어나기 위해 장래에 대해서는 전혀 관심이 없었으니까. 나는 양어머니에게 줄 선물을 몇 가지 가져갔다. 양어머니에게 예의 바르게 대하거나, 과거를 잊는 데는 큰 노력이 필요하지 않았다.

결혼한 이후로 고향을 찾아간 건 그때가 처음이었다. 하지만 정신없는 세상에서 기쁨과 희망의 기억을 내 가슴 속에 아름답게 속삭이는 그곳으로 돌아갈 때 내 감정은 너무나 달랐고, 경험의 무게에 상상력은 둔해지고 말았지. 황무지에 핀 들꽃 향기가 내 혈관에 전율을 느끼게 했고, 즐거움의 모든 감각을 깨워주었단다. 절망의 얼음장 같은 손아귀가 내 가슴에서 사라졌다. 그리고 남편을 잊어버리니 낭만적인 마음속에서 자라난 환상이 자연스럽고 활달하게 터져 나왔고, 달콤한 현실로 다시 받아들여졌다. 나는 그 시골에서 슬픔을 느낀 적이 있는지, 근심이 무엇인지 알았는지, 모두 잊어버렸다.

덧없는 무지개가 낙담이라는 구름 낀 하늘에 떠오른 동안에는 말이다. 내가 좋아하던 나무들, 허름한 오두막의 현관과 반가운 울타리의 광경을 보니 어린 시절 활기차게 장난치던 것이 떠올랐다. 땅에서 먹이를 쪼던 병아리들에게 입이라도 맞출 수 있었을 거다. 그리고 암소들을 쓰다듬어주고, 그곳에서 놀던 개들과 뛰어놀고 싶었다. 반가운 마음으로 물레방아를 바라보며 내가 지나가던 순간 그것이 돌고 있어서 다행이라고 생각했다. 그리고 마을로 이어지는 소중한 풀밭 길로 접어들자 떼까마귀가 사는 숲에서 들려오는, 귀에 익은 새소리에 활달한 영혼이 느끼던 갖가지 감각에 옅은 감상이 젖어들었다. 그러자 그 풍요로운 광경의 빛이 더욱 밝아졌지. 하지만 다가가면서 떼까마귀 숲 오래된 느릅나무 꼭대기를 내려다보던 첨탑이 보이자, 곧 교회 묘지가 떠올랐고, 어머니의 묘지를 적시던 애정 어린 눈물이 기억났단다. 슬픔은 종교적인 감정으로 바뀌었다. 나는 토요일 오전에 가끔 그랬듯이 이런저런 상상을 하며 교회로 걸어 들어갔다. 어린 시절 신께 열렬히 기도했던 기억이 났다. 그리고 다시 한번 강렬한 사랑을 느끼며 내 슬픔 너머 자연의 아버지를 바라보았다. 지금 설명하고 있는 온갖 감정이 너무 격렬해 잠시 글을 멈춘다. 그리고 (슬픔을 표현하는 동안, 엄청난 고독 속에서 내 영혼이 의지하던 숭고한 평온을, 전 우주를 채우는 것 같았던 그것을 떠올리고서) 마치 그처럼 만족스러운 순간 한숨을 지어 망가뜨리기가 두려운 사람처럼 온갖 정체 없는 감정을 가라앉히고 아주 가만히 숨을 내쉬었단다.

아버지의 문제를 해결하고, 아버지를 설득해 오빠를 내 숙적으로 만든 뒤, 나는 런던으로 돌아왔다. 그러자 남편의 행동이 바뀌었다. 집을 비운 사이, 그는 애정과 참회를 담은 편지를 서너 통 보내왔다. 그리고 내가 도착하자 남편은 행동으로 진심을 증명하기를 바라는 눈치였다. 그때는 그 사람이 왜 그러는지 알지 못했다. 그러다가 어쩌면 내가 숙부께 미치는 영향이 점점 커진 것을 보고 그러는 것일지 모른다는 의심이 퍼뜩 들자, 나는 그 정도의 이기심이 존재할 수 있다고 생각한 나 자신을 경멸할 뻔했단다.

변화한 이유를 이해할 수 없었지만, 그는 상냥하고 배려하는 사람으로 변했다. 그리고 내 약점을 공략하여, 자신의 어리석음을 고백하고, 전혀 다른 운명으로 살 자격이 있는 나까지 수치스러운 일에 끌어들인 것을 후회했단다. 그는 내게 조언으로 도와달라고 하고, 내 지력을 칭찬하며, 상냥한 마음씨에 호소했다.

이런 행동은 내게 동정심을 불러일으킬 뿐이었다. 나는 그의 친구가 되고 싶었다. 하지만 사랑은 장밋빛 날개를 펼치고, 멀리, 멀리 날아간 뒤였다. 그리고 (섬세한 향기가 늘 공기 속에 섞여 있는 뛰어난 향수처럼) 사랑의 신이 날개를 흔들었던 곳을 표시하기 위해, 향기를 남겨놓지는 않았다. 그래서 남편이 다시 나를 쓰다듬자 혐오스러웠다. 그의 불쾌한 애정에 비하면, 잔인한 행동은 견디기 쉬운 지경이었다. 하지만 동정심, 그리고 공감 능력의 결여로 그의 감정을 모욕할까 두려운 마음 탓에 나는 가식적으로 행동했고, 내 섬세한 성품을 억눌렀다. 어찌나 힘든 일이었는지!

그릇된 체제를 받들면서 남자들의 가슴에서 자기도 모르게 생겨나는 사랑이 여자들의 마음에서는 생겨나지 않는다고 하는 사람들은 욕망을 불러일으키는 데 매력이 필요하다는 사실을 인정하지 않을지도 모른다. 그런 이들에게 그것이 의무이므로 여성은 남성을 사랑해야 하며, 사랑할 수 있다고 주장하는 도덕론자들에게 할 말밖에는 달리 할 말이 없다. 딸아, 네게는 네 장차 행동에 대해 떨리는 마음을 안고서, 이 시기의 내 인생을 침착하게 되돌아보며 지금 드는 생각을 몇 가지 덧붙여 이야기해 주려고 한다. 소설가들이나 도덕론자들이 여성의 차가운 성품과 욕망의 부재를 미덕이라고 찬양할 때, 그리고 여성은 오로지 동정심에서 상대의 욕망에 굴복하는 법이라고 말할 때, 장래의 안위를 위해서 끝까지 차갑게 행동해야 한다고 장려할 때, 나는 혐오감을 느낀단다. 그들은 일반적인 의미에서 좋은 여자들일 수 있고, 아무 잘못도 하지 않을 수도 있다. 하지만 내게 그들은 지각을 뛰어나게 만들어주는, '섬세한 신경'을 지니지 못한 것처럼 느껴진다. 그들은 상냥함을 가졌을지는 모르겠지만, 활발한 감수성과 긍정적인 미덕을 만들어주는 상상력의 불꽃은 없다. 한 남자와 결혼하지만, 다른 상대를 향한 마음과 상상력을 지닌 여자를 어떻게 설명해야 할까? 이처럼 불경스럽게 자신의 순수한 감정을 훼손한다면, 그녀는 동정이나 경멸의 상대가 아닐까? 아니, 그녀가 기질적으로 지각이 없는 것이 아닌 한, 그런 것은 무관심하고, 세심하지 못한 것이기도 하다. 그렇다면 결혼은 그저 물물교환에 불과하다. 그리고 나는 거래의 비밀과는 아무런 관련이 없다.

그렇다. 너는 진정 강직한 마음과 순수한 애정을 갖기를 바라지만, 무심한 행동은 미덕과는 반대된다는 것을 강조해야겠다. 진실만이 미덕의 기초란다. 그리고 연인이나 남편이 우리를 기쁘게 해주려 하지 않는다면, 우리는 마음을 타락시키지 않고, 그를 기쁘게 해주려고 노력할 수 없다. 남자들은 우리를 더욱 효과적으로 노예로 만들기 위해서, 이런 편파적인 윤리를 머릿속에 심을 수 있고, 미덕을 특정한 의무로 만들어 그 의미를 잃어버릴 수 있다. 하지만 우리는 아무 이유 없이 자연스러운 것을 부끄러워하지 말자꾸나!

이런 말을 하고 나서, 임신했음을 털어놓자니 부끄럽구나. 내 평생 원칙에서 가장 크게 희생했던 일이 바로 남편이 내게 가까이 다가오도록 한 것이었다. 비록, 땅이 아가리를 벌려 나를 삼켜버리기를 바랄 정도로, 그토록 잔인하게 나 자신을 거부한 일로 인해 네가 태어날 수 있었지만 말이다. 그리고 나는 어머니가 되는 이루 말할 수 없는 기쁨을 누릴 수 있었고, 신혼일 때는 남편에게 섬세한 면이 있었단다. 하지만 이제 그의 더러운 숨결, 여드름 난 얼굴, 충혈된 눈이 내 취향에는 그의 혐오스러운 태도와 애정 없는 친근함보다 더 불쾌하지 않았단다.

남자는 부양하기만 하면 된다고 하지. 그렇지. 습관적인 음주로 사이가 멀어진 여인의 생계만 겨우 유지해주면 된다는 것이지. 하지만 그가 그녀를 사랑할 수 있으리라 누가 기대하거나 생각하겠니? 그리고 "젊음, 그 다정한 시기가 날아가 버리면" 인생에서 가치 있는 것으로 간주되는 거의 모든 것을 박탈당한 뒤, 그가 타인을 사랑해서는 안 된다고 주장하는 것 역시 부당할 것이다. 이성이 연약하고 의지가 박약한 여인은 짐승 같은 짝을 교화시키려고 애쓰며, 스스로를 돌이라고 생각하면서 평생 시들어 가는데 말이다. 그는 방탕한 생활에, 그 자신을 그렇게 밉살스럽게 만드는 폭음에, 그녀의 재산을 탕진하고, 그녀의 생활비를 줄임으로써, 지루하고 즐거움 없는 삶을 사교 생활 속에서 구슬려 보지도 못하게 할 수도 있단다. 공동 재산에 여자는 아무런 힘이 없어서, 남편의 손을 모두 거쳐야 하니까 그렇다. 그리고 현재 여자들이 처한 조건에서, 여자가 어머니가 된다면, 그 의무로부터 방면되는 것과 아이에 대한 애정을 키우는 것을 금지당한다면 큰 불행이지. 하지만 마음이 약해지는 바람에 이런 생각이 들어서 이야기가 다른 데로 흘러가고 말았구나.

이제 베너블즈 씨가 당황해도 내게는 사랑스럽게 느껴지지 않았다. 그래도 그와 친구가 되고 싶은 마음에 나는 그의 씀씀이를 줄여 보려고 애를 썼단다. 하지만 그는 늘 내 조언을 따르지 않는 데 대한 그럴듯한 구실을 내놓았단다. 인간애, 동정심, 그리고 함께 살다 보니 생기는 관심 때문에 나는 그를 위로하려고 애쓰고, 그와 공감해 보려고 했다. 하지만 내가 그런 존재와 영영 함께 살아야 한다고 생각하면, 내 심장은 가슴속에서 죽어버렸단다. 좀 더 나아지려는 욕구도 꺾였고, 활기를 좀먹는 우울이 내 영혼을 사로잡았다. 결혼은 나를 평생 가두어버렸다. 나는 삶이 허락하는 여러 가지 즐거움을 누리는 능력이 있음을 발견했다. 하지만 사회의 편파적인 법에 발목이 잡힌 내게 이 아름다운 세상은 그저 텅 빈 백지일 뿐이었단다.

남편에게 절약하라고 충고할 때면, 그에게 직접 말했다. 나는 빚을 최대한 줄여야 했는데, 그 빚을 결코 갚을 수 없다고 생각할 여지가 충분했기 때문이다. 나는 이런 아내의 보잘것없는 특권을 경멸했다. 그것은 사악하거나 배려가 없는 사람, 남편을 휩쓸어가는 강물을 늘리지 않기로 단호히 결심한 사람에게만 소용이 있는 것이니까. 그때는 내가 존경하고 복종해야 하는 그가 어느 정도까지 속임수를 쓰고 있는지 몰랐지.

남편에게 무시당하거나 남편의 태도와 전혀 다른 태도를 지닌 여자는 항상 다른 남자들이 그녀를 위로하고 칭찬해주는 법이란다. 게다가 매력이 전혀 없지 않은데도 버림받은 여자의 가련한 처지는 특히 관심을 불러일으키고, 동정을 자극하는데, 이 동정이 쉽게 애정으로 변한단다. 감정을 가진 남자는 유혹하는 것이 아니라, 자신의 영혼이 지닌 온갖 고귀한 감정에 유혹을 받는 셈이지. 그는 감수성을 지닌 여인이 해야 하는 온갖 희생을 생각하고, 그녀가 처할 모든 상황을 상상하게 되어 욕망에 불이 붙은 것이다. 털을 깎은 어린 양을 품에 안고, 시들어버린 희망의 꽃망울이 되살아나도록 청하고자 간절한 마음에 호의는 욕망으로 변한단다. 그때, 만약 그도 사랑받는다는 사실을 알게 된다면, 그는 명예심으로 인해 의무감을 느낀단다. 그래서 아내를 빼앗긴 일로 인해 손해배상을 받을 가능성이 있다는 것을 깨닫기 전까지는 아내의 가치를 전혀 모르는 것처럼 보이는 남자에게 큰 배상금을 물어주어야 한다는 것을 알면서도 헤어지지 못하는 법이지.

남자들이 만든 부당한 법이 그렇단다. 재산의 소유에서 비롯하는 편안함이라는 문제 속에서 여성의 종속적인 입지만을 강조하다 보니, 남자가 아내의 애정을 잃을 때보다 여자가 남편의 애정을 잃을 때 훨씬 큰 피해를 당하게 되니까. 하지만 버려진 가정에 홀로 남아, 남편을 유혹해간 여인에게 배상금을 청구하는 여인이 어디 있니? 여자는 외도하는 남편을 쫓아낼 수도, 그에게 아무리 큰 과실이 있어도 그의 아이들을 격리할 수도, 떼어낼 수도 없다. 남자는 여전히 자신의 운명을 스스로 결정하면서 세상의 미소를 즐기지만, 여자는 위로를 구하거나, 복수하려고 들면 오명이 찍히게 되고.

이런 이야기는 경험에서 나온 것은 아니란다. 애정 어린 여인들, 세상이 추방한 여인들에게 내가 느끼는 동정심에서 우러난 이야기이지. 나로 말할 것 같으면, 내게 향하는 추파를 전혀 받아주지 않았더니, 너무 일찍 튼 싹처럼 연인들이 우수수 나가떨어지더구나. 나는 그들을 밀고 당기지도 않았다. 나 자신을 잘 살펴보니, 조금도 사랑하지 않는 남자와는 밀고 당기기조차 할 수 없다는 것을 알게 되었으니까. 그리고 조금이라도 사랑하게 된다면, 순수한 자유라고 부르는 선에서 멈출 수도 없다고 여겼다. 그때 내 내성적인 태도는 섬세함 때문이었다. 행동의 자유는 많은 여인의 마음을 해방해 왔다. 하지만 내 지력이 향상되어 자연, 그리고 이성과 일치하지 않는 편견의 오류를 가려낼 수 있을 때까지 내 행동은 철저히 원칙의 지배를 받았단다.

남편의 행동에 변화가 생긴 직후, 숙부께서는 건강 악화로 인해 기후가 좋은 곳을 찾아 리스본으로 요양을 떠나셨다. 숙부께서는 친구인 저명한 변호사에게 유언장을 맡겨놓으셨다. 숙부께서는 그 전에 내 상황과 마음 상태에 대해 물어보셨고, 남편이 하는 일의 안정성에 대해서는 전혀 믿을 수가 없다고 하셨다. 이전에는 숙부께서 남편의 성품에 속았지만, 이제는 그의 행동이 결국에는 파멸과 불명예로 이어질 수밖에 없다고 생각하셨지.

떠나시기 전날 밤, 나와 단둘이 있을 때, 숙부님은 나를 '딸'이라고 부르시며 마음을 털어놓으셨다. 내 아버지보다 더 아버지 같은 분이셨는데! 어째서 나는 딸처럼 그분의 임종을 지키며 잠자리를 돌봐드리지 못했을까? 숙부의 태도로 보았을 때, 나를 다시 보지 못하리라 확신하시는 것 같았다. 하지만 내게 남편을 떠날 수 있다면, 꼭 만나러 오라고 진심으로 청하셨지. 숙부께서는 나와 함께 가자고 하실 요량이었는데, 내가 임신했다고 말씀드리니 슬퍼하셨단다. 숙부께서는 내 가치를 모르는 남자와 나를 묶어놓을 새로운 끈이 생겼다는 사실에 슬픔을 감추지 않으셨다. 그렇게 애정 어린 말씀을 해주셨어.

숙부님의 말씀을 그대로 적어두어야겠구나. 내 마음속에 지울 수 없는 인상을 남긴 말씀이니까.

"결혼한 상태는 전반적으로 말해 여성에게 아주 유용할 수도 있다. 하지만 나는 여성이 한 번 결혼하면 남편이 그녀를 소중히 여기거나, 사랑하거나, 존중하지 않을 때 그 관계를 결코 깰 수 없다고

(특히 여인이 감정을 희생하고 보상받을 수 있는 아이가 없는 경우라면) 생각하지 않는다. 존중은 종종 애정의 공간을 제공해줄 것이다. 그리고 여인을 행복하게 만들어주지는 못할지라도, 비참한 처지가 되는 것은 막아줄 것이다. 우리가 얼마나 희생하는가는 항상 눈에 보이는 유용성을 위해 결정해야 한다. 한 여자가 애정도, 존중도 할 수 없는 남자와 혹은 자신이 가정부 이외에는 아무런 유용한 존재가 되어 주지 못하는 남자와 사는 것은 너무나 절망적인 상태이며, 그것을 견딘다고 해도 신이나 인간의 눈에 의무를 다한 것으로 보이지 않을 것이다. 만약 정말로 그 여자가 아무것도 하지 않고 지내려고 그 상황에 굴복한다면, 자신의 운명에 대해 한탄할 권리가 없다. 또는, 일반적인 규칙을 무시할 자격이 있다는 양, 독립적인 인물로서 행동할 권리도 없다.

하지만 불행한 것은 많은 여인이 세상의 평판을 유지하기 위해 그저 겉으로만 굴복하고, 존경하는 척한다는 점이다. 남편과 헤어진 여인의 상황은 아내를 버린 남자와는 매우 다르기 때문이다. 남자는 주인의 위엄을 가지고 나막신을 벗어 던진 것이다. 그리고 아내에게 먹을 것과 생활비를 주기만 하면 평판을 지키는 데 충분하다고 간주된다. 그리고 만약 그 아내에게 배려가 없다면, 그 남자는 관대하고 인내심이 많다고 칭송받을 것이다. 재산의 열쇠를 쥔 주인은 모두 그렇게 존중한다! 반대로 당연한 보호자(비록 남편이 명목만 보호자일 뿐, 실제로 보호해 준 적이 없다고 해도)를 버린 여인은 이성적인 존재만이 가질 수 있는 독립적인 정신을 주장하고 노예 되기를 거부했다고 해서 무시당하고 따돌림받는다."

그날 저녁 숙부께서는 상냥한 마음으로 그 문제를 여러 차례 언급하셨고, 점점 더 따뜻한 마음으로 그와 같은 말씀을 반복하셨단다. 결국 작별 인사를 고할 때가 되었고, 우리는 영영 헤어졌단다.

11

재산이 많고 예법을 잘 지키는 신사 한 분이 그전부터 우리 집에 자주 찾아와, 베너블즈 씨보다도 나를 더 존중하며 대해 주었단다. 배가 아직 부르지 않았고, 한동안 생활비를 아끼기 위해 주로 집에서만 지냈으므로 그가 찾아와 주면 기분전환이 되었다. 나는 신중하기 위해서라고 해도 불필요하게 사실을 감추는 것을 싫어했기 때문에, 남편은 숙부께서 작별 선물로 주고 가신 액수를 쉽게 알아내었단다. 영장 사본 하나를 가져와 그는 내게서 그 돈을 빼앗아 갔다. 나는 그 영장이 돈을 빼앗기 위해 위조한 문서라고 믿었다. 나는 남편 문제에 대해 더는 숙부께 말하지 않겠다는 결심을 지켰다. 하지만 내게 필요한 것을 구하고 남동생에게 좋은 일자리를 구해줄 계획을 실행할 수 있을 정도의 액수를 받았으니, 베너블즈 씨의 얄팍한 속임수와 위선적인 태도에 속았다.

그렇게 그는 나와 내 가족을 약탈했고, 내 계획을 모조리 좌절시켰다. 하지만 이 사람은 내가 존경하고 존중해야 할 의무가 있는 남자였다. 존경과 존중이 우리의 의지에 따라 결정된단 말이냐! 그럼에도 불구하고 아내는 남편에게 말이나 당나귀처럼 소유물이니,

자신의 소유라고 부를 것이 없다. 아내가 재산을 소유하는 순간, 남편은 법이 확보해주는 것을 손에 넣기 위해 어떤 수단이라도 쓸 수 있으므로, 베너블즈 씨가 했듯이 내 책상에 든 수표를 찾아 자물쇠를 부술 수도 있다. 그리고 남편은 아내를 책임지므로, 이 모든 행동이 공평할 수 있다.

착한 어머니는 노름에 빠져 재산을 탕진하는 남편이나 제 자식에게 관심 없는 짐승 같은 술주정뱅이의 손에서 우연히 자신의 몫이 된 재산을 합법적으로 앗아갈 수 없다. (부당함이 너무나 명백하므로) 그녀가 자기 노력으로 번 돈도 마찬가지다. 그렇다. 남편은 아내의 재산을 뻔뻔하게 빼앗아 그것을 공공연히 창녀에게 탕진할 수도 있다. 여성에게도 나라가 있다면, 그 나라 법은 신체적인 위협을 받는다고 주장하지 않는 한, 억압자로부터 그녀를 지켜주지도, 잘못을 고쳐주지도 않는다. 하지만 그렇게 비열한 것이 아니라고 할지라도, 인간답지 않은 방식으로 영혼을 거의 미치게 하는 방법이 얼마나 많단 말이냐? 그런 법을 만들었을 때, 공정한 입법자들은 우선, 남편에게 어리석은 아내를, 혹은 영영 성인이 되지 못하는 아내를 종속시키면서 정의를 세우는 척하기 위해서 남편이 아내보다 항상 더 현명하고, 더 도덕적이어야 한다고, 절대자의 존재를 인정하는 의회의 방식으로 천명했어야 한다. 하지만 전에도 이런 말을 했을 것이다. 이 문제에 관해서 이야기를 하노라면, 끊임없이 분노가 차오르는구나.

앞에서도 말한 문학과 수준 높은 주제에 대해 잘 아는 그 신사와 함께 보내는 시간이 내게는 감사했다. 그가 다가오면 내 표정이 밝아졌고, 내가 느끼는 기쁨을 거짓 없이 표현했다. 그의 대화가 가져다주는 즐거움 덕분에, 우리 집을 자신의 비위에 맞게 만들려는 남편의 요구에 순응하기도 쉬워졌지.

그의 관심은 더욱 강해졌다. 하지만 나는 소위 미덕 때문에 남자가 조금만 관심을 보이면 놀라 달아나버리는 여자가 아니었으므로, 진지한 대화보다는 농담을 통해 그와의 대화를 다른 쪽으로 돌리려고 노력했다. 그는 새로운 공격 방식을 취했고, 나는 잠시 그의 거짓 우정에 속았단다.

나는 가벼운 농담처럼 내가 그의 마음을 정복했다고 자랑했고, 그가 마치 연인처럼 남편을 칭찬하는 말을 나도 되풀이해서 말했단다. 하지만 그는 내게 자신의 친구를 모욕하지 말라고 간청했다. 그렇지 않으면 내가 그의 모든 계획을 망치고, 그를 파멸하게 할 것이라고 했다. 내가 남편에게 좀 더 애정을 지녔더라면, 이처럼 잠시 예의 바르게 구는 것에 경멸을 드러냈을 것이다. 하지만 그때 나는 동정심만 느낀 것 같다. 동정과 애정 사이의 차이가 정확히 무엇인지 지적하려면 궤변가도 말문이 막히겠지만 말이다.

이 친구는 그때, 내게 남편의 상황을 사실대로 밝히기 시작했다. 그 친구는 용서할 수 없는 행동을 말리려고 든 것이었으니, 이름을 밝히지 않아도 되겠지? S○○ 씨는 이렇게 말했다. "그는 몹시 쪼들려 집세를 낼 수 없게 되었고, 물건을 외상으로 사들여 급전을 구하기 위해 팔고 있습니다. 상거래에서 그의 입지는 사라지고 없습니다. 그는," S○○ 씨는 목소리를 낮추어 이렇게 덧붙였다. "사기꾼으로 간주되고 있습니다."

그 순간 나는 처음으로 어머니로서의 아픔을 느꼈단다. 나와 같은 여성이 당해야 하는 악행을 다 알면서도, 나 스스로의 위안을 위해 여전히 딸을 낳고 싶어 하다니. 게다가 그 애 아버지의 불명예가 낳은 죄악이 여자가 겪어야 하는 괴로움에 더해진다는 생각은 견딜 수가 없었단다.

이런 거짓 우정(아니, 그의 해석에 따르면 S○○ 씨는 진정한 친구였다고 믿는다)에 완전히 속은 나머지, 나는 남편의 평판을 회복할 가장 좋은 방법이 무엇인지 의논하기 시작했다. 그것은 더는 일어설 수 없는 여인이 지키려는 명예란다. 나는 그가 소용돌이에 휘말려 들었고, 거기서 빠져나올 기력이 없다는 것을 알지 못했단다. 그는 정말로 어떤 규칙적인 일에도 능력을 사용할 힘이 없어 보였다. 그의 행동 원칙이 너무나 해이해지고, 정신은 너무나 피폐해져서 모든 규칙이 그에게는 구속처럼 여겨졌단다. 그리고 마치 야만인처럼, 그는 제멋대로 생각해서 생겨나는 희망이나 공포의 강한 자극이 필요했고, 그럴 때마다 자신의 영혼을 깨우려고 타인의 이해관계는 무시했단다. 한때 그는 애국심을 주장했지만, 정직한 분노가 어떤 것인지 알지 못했다. 그리고 한 사람, 한 사람이나 인류 전체에게 애정이 없어 자신의 만족 이외에는 아무것도 생각하지 않으면서도 자유를 옹호하는 척했단다. 그는 그런 아버지였고, 그런 시민이었다. 그가 국가의 법과 인간성의 원칙을 어기고 솜씨 좋게 얻는 돈을 여자에게 탕진했단다. 비록, 다른 여자가 더 매력적으로 보이면, 그 여자 역시 태연자약하게 가난한 삶으로 밀어 넣었지만 말이다.

그의 친구는 여러 가지 구실을 만들어 나를 찾아왔단다. 그리고 내게 돈이 없는 것을 보고 금전상의 도움을 받아들이도록 설득하려고 했다. 그러나 나는 이 제안을 단호하게 거절했다. 매우 조심스럽게 한 제안이라 불쾌하지는 않았다.

어느 날 그는, 아마도 우연히 저녁 식사를 하러 왔다. 남편은 사업에 정신이 팔려서 식사가 끝나자마자 자리를 비웠다. 우리는 평소처럼 대화를 나누었고, 비밀스럽게 주고받던 조언은 다시 연애 감정의 피력으로 이어졌다. 나는 몹시 부끄러웠다. 나는 그를 진심으로 높이 평가했고, 그도 나를 똑같이 우정으로 대하기를 바랐다. 그래서 나는 부드럽게 훈계하기 시작했다. 그는 이 부드러운 태도를 수줍어하는 척, 격려하는 것으로 착각했다. 그래서 그는 화제를 딴 데로 돌리지 않으려고 했다. 그의 착각을 알아차린 나는 어떻게 내게 그런 말을 하면서 내 남편의 친구라고 말할 수 있는지 진지하게 따져 물었다. 의미심장한 조롱에 내 호기심이 자극되었고, 그는 이것이 내 양심의 가책일 뿐이라고 여기고는 주머니에서 편지 한 통을 조심스레 꺼내며 이렇게 말했다. "당신 남편의 명예는 완전하지 않소. 당신과 같은 안목을 가진 사람이 어떻게 그렇게 생각할 수 있소? 자, 그 친구는 오늘도 내게 내 뜻을 밝힐 기회를 주려고 자리를 피해 준 거요. 내가 너무 수줍어한다고, 너무 게으르다고 생각했으니까 말이오."

나는 이루 말로 표현할 수 없는 감정으로 그 편지를 빼앗았다. 그 내용을 읽어보니, 남편은 그 친구를 저녁 식사에 초대하면서, 마치 기사처럼 나를 떠받들어주는 것을 조롱하고 있더구나. 남편은 그에게 모든 여자에게는 값이 매겨져 있다고 하더니, 너무나 점잖지 못하게도 남편의 의무를 기꺼이 내어주겠다는 뜻을 넌지시 적어놓았더구나. 그는 이를 진보적인 감정이라고 불렀다. 그는 내 낭만적인 관념에 충격을 주지 말고, 남을 잘 믿는 관대함과 나약한 동정심을 공격하라고 조언까지 했다. 그리고 1개월이나 6주에 500파운드를 청구하면서 편지를 끝맺었다. 나는 이 편지를 두 차례 다시 읽었다. 그 편지에 적힌 분명한 의도에 갈피를 잡지 못하던 내 영혼이 잠잠해졌다. 나는 조심스레 일어나 S○○ 씨에게 잠시 기다리라고 하고는 곧바로 회계실로 가서 베너블즈 씨에게 식당으로 함께 가자고 했다.

그는 펜을 내려놓더니 내 표정의 변화를 감지하지 못하고 나와 함께 돌아갔다. 나는 문을 닫고, 그에게 편지를 주고는 정말로 그가 쓴 것인지, 아니면 위조한 것인지만 물었다.

그는 몹시 당황하더구나. 그의 친구의 눈이 그와 마주쳤고, 그는 농담이라는 말을 중얼거렸다. 하지만 내가 그의 말을 막았다. "됐어요. 영원히 헤어져요."

나는 엄숙하게 말했다. "당신의 폭군 같은 처사와 외도를 견뎌왔어요. 내가 견뎌온 일을 일일이 말하기도 싫어요. 당신이 제멋대로라고 생각했지만, 그렇게 사악한지는 몰랐어요. 나는 하늘에 맹세코

이 관계를 성스럽게 지켜왔어요. 거짓을 경멸하니, 솔직히 말하죠! 내 취향에 더 잘 맞는 남자들이, 내가 사랑의 감정을 느끼지 못하는 것은 아니라는 것을 느끼게 해주었어요. 당신이 무시한 나는 유혹하는 감정을 꿋꿋이 죽이고, 당신이 버린 믿음을 존중했어요. 그런데 이제 내 몸을 팔아 나를 모욕하다니! 그래요. 섬세함도, 원칙도 없는 당신이 불경스럽게도 자식을 가진 어미의 명예를 팔아치웠어요."

그리고 나는 S○○ 씨에게 이렇게 덧붙였다. "선생님, 증인이 되세요." 그리고 나는 두 손과 눈을 하늘로 향했다. "내가 저 사람의 성을 받았을 때와 마찬가지로 엄숙하게 이제 그것을 버린다고 선언합니다." 나는 반지를 빼서 테이블 위에 올려두었다. "그리고 당장 그의 집을 떠나 다시는 돌아오지 않을 겁니다. 나와 아이의 생계를 책임질 겁니다. 나와 마찬가지로 그도 자유롭게 둘 겁니다. 그는 내가 남긴 빚을 갚을 의무가 없을 겁니다."

그들은 놀라 아무 말도 못하더니, 베너블즈 씨가 억지 미소를 지으며 친구를 살짝 밀어 식당을 나갔다. 하지만 그의 본성이 잠시 돌아왔고, 그러자 분노로 활활 타오르는 얼굴로 나를 돌아보았다. 하지만 그 전의 사악한 미소와는 달리, 그 찡그린 표정에서는 아무런 공포도 느껴지지 않더구나. 그는 내게 두렵지 않거든 집을 나가라고 하더니, 내 협박은 조금도 무섭지 않다고 했다. 나는 가진 것도 없고, 나는 그를 향해 평화를 맹세할 수 없으며, 그는 나를 때린 적이 없다고도 말했다.

그는 내가 부주의하게도 그의 손에 남겨둔 편지를 난롯불에 던져버리고 식당을 나서더니 내가 나가지 못하도록 문을 잠갔다.

혼자 남은 나는 평정을 되찾는 데 시간이 조금 걸렸다. 어찌나 많은 일이 빠르게 진행되었는지, 실제로 벌어진 사건을 생각하고 있는 것인지 의심이 들 정도였지. 그것이 가능할까? 정말로, 내가 자유가 되는 것이? 그렇다. 내가 해야 할 행동을 확고히 파악하자. 나는 스스로 자유임을 선언했다. 나 자신의 존중 이외에 어떤 대가를 치르더라도 샀을 자유, 그 자유가 얼마나 간절했는지 모른다. 나는 일어나서 용기를 냈다. 창문을 여니 공기가 그렇게 달콤한 적 없었던 것 같았다. 바라보고 있노라니 하늘은 더욱 아름다워졌고, 구름은 내 바람대로, 내 영혼이 확장될 공간을 마련해주느라 흩어지는 것 같았다. 나는 완전히 영혼이 되었고, (겉보기에는 제멋대로 구는 것처럼 보일지 모르지만) 내 뺨에 입 맞추는 향기로운 바람 속에 녹아들 수 있을 것처럼, 혹은 반짝이며 차츰 가라앉는 햇빛을 따라 지평선 아래로 날아갈 수 있을 것처럼 느껴졌다. 천상의 만족감이 느껴났지만, 영혼의 혼란은 없었다. 그리고 숭고하게 무서운, 혹은 위로가 될 정도로 아름다운 환상[24] 속에서, 내 상상력은 엄청나게 다양하고 끝없는 이미지를 그러모았는데, 이는 웅장함과 아름다움에 대해 자연이 제공하고 상상력이 조합한 것이다. 이 그림 같은 광경을 비추는 빛이 지는 해와 함께 사라졌다. 하지만 나는 여전히

---

[24] 19세기 낭만주의 시대 대표적인 철학적 논제 가운데 하나였던 숭고함(the sublime)과 아름다움(the beautiful)은 월스턴크래프트의 이 작품에서도 자주 반영된다. (역자 주)

그 광경이 내 가슴속에 번지게 하는 고요한 기쁨을 느꼈다.

결혼 생활에서 순종해야 한다고 생각하는 이들이 있을 것이고, 그들은 아내의 의무와 인간의 의무는 다른 것이라고 구별하면서 내 행동을 비난할 수도 있다. 나는 그런 사람들이 읽도록 이 글을 쓰는 것이 아니다. 내 감정은 그들이 분석할 대상이 아니다. 그리고 딸아, 너도 네 엄마가 지금처럼 마음의 해방을 겪기 전, 어떤 기분이었는지 가슴 찢어지는 경험으로 깨닫는 일이 없기를 기원한다!

숙부께 편지 한 통을 다 쓴 뒤, 아버지께 편지를 쓰기 시작했다. 조언을 구하기 위해서가 아니라, 내 결심을 알리기 위해서였다. 그때 베너블즈 씨가 들어와서 나를 방해했단다. 그의 태도가 싹 바뀌었더구나. 숙부의 재산 때문에 내가 집을 나가는 것에 반대한 것이지, 그렇지 않았더라면 그는 내 존재가 그에게 가하는 보잘것없는 의무조차 떨쳐내었을 것이라고 나는 확신한다. 나를 약간은 존중해 주어야 한다는 의무 말이다. 내게 애정을 갖기는커녕, 그는 나를 정말로 미워했단다. 내가 자신을 경멸한다고 확신했기 때문이지.

그는 내가 진정하고 깊이 생각해 볼 시간이 있었으니, 내게 분별력이 있고, 올바른 것이 무엇인지 잘 알고 있으니 지나간 일은 넘기리라 믿는다고 했다.

나는 깊이 생각해보니 내 목표가 더욱 굳어졌고, 이 땅의 어떤 권력도 내 결심을 꺾지 못한다고 대답했다.

나를 기꺼이 괴롭히고, 내게 자신의 힘을 과시하고 싶은데도 억지로 다정한 목소리와 표정을 지어보이던 그의 얼굴에서는 지옥 같은 표정이 떠올랐다. 그는 나를 내 방에 가두니 하인들과 접촉하지 말라고 했다. 내가 집을 갑자기 나가지 않겠다는 약속을 해야만 자유를 주겠다고 했다. 그때 나는 그의 말을 막고서, 아무것도 약속할 수 없다고 선언했다. 무슨 일을 해도 나는 그와 함께 살 수 없다고, 나는 결심했고, 속임수를 쓰지 않겠다고 했다.

그는 내가 이 가당찮은 태도를 곧 후회하게 될 거라고 하더니 내 침실과 연결된 작은 서재로 차를 가져가라고 명령한 뒤, 나를 다시 가두고 나가버렸다. 나는 순순히 그의 뒤를 따라 계단을 올라갔다. 쓸데없이 기력을 빼앗기고 싶지 않았으니까.

확고한 목적의식만큼 마음을 침착하게 가라앉히는 것은 없단다. 나는 마치 가슴에서 수천 개의 추를 덜어낸 것 같았다. 분위기도 밝아진 것 같았다. 그렇게 남자들이 여자들에게 폭군 짓을 하도록 허용하는 사회 제도를 증오했다면, 거기에도 이제 관심이 없어졌다. 갈등이 끝나고, 이성과 의향이 서로 화해하고 나니 그 순간의 불편은 아무렇지도 않았다. 나는 이제 내 반감을 극복하려고 애쓰고, 희망을, 활발한 상상력이 떠올리는 '혹시나'라는 생각을 죽이려고 애쓰는 잔인한 일을 평생 끊임없이 겪을 필요가 없었다. 죽음은 유일한 구조의 가능성이었다. 하지만 삶 속에 여전히 매혹적인 것들이 그렇게 많은데, 그리고 삶이 행복을 약속하는데, 나는 알지도 못하는 폭군의 싸늘한 품에서 위축되어 있었다. 다른 대안이 없어 묶여 있었던 그 남자에게 말이다. 그리고 '밝은 낮의 따뜻한 곳'을, 내 천성이 누리지 못한 온갖 애정을 버리느니, 정체 모를 것을 기다리며 조금 더 머무는 데 만족했다.

그때 내가 처한 상황 덕분에 새로운 생각을 하게 되었다. 나는 (냉철한 이성의 시야를 가리고 있었던 막이 사라지니) 나 자신을 영원히 죄악과 어리석음에 묶어놓을 수 있었는지 의아했다. "내가 태어날 때 악한 정령이 마법을 걸었을까. 혹은 악령이 혼돈 속에서 몰래 나와 내 지력을 교란하고 편견으로 내 의지를 옭아맨 것일까?"

나는 이런 생각을 계속해 보았다. 그러고 있자니 나와 같은 여성만이 겪는 비참한 일들을 설명하게 되었다. 이런 생각이 들었다. "권력을 남용하여 극악무도한 범죄자들을 시신에 묶어놓는 폭군들도 영원히 낙인찍히지 않는가? 하지만 결코 하나가 될 수 없는 두 사람의 마음을 철석의 족쇄로 묶어놓는 법이 훨씬 더 비인간적이다! 애정을 죽이거나, 오명을 마주하는 것 이외에는 그 어떤 대안도 없는 비참한 상태와 견줄 것이 대체 어디 있단 말인가?"

12

자정이 되어가자 베너블즈 씨가 내 방으로 들어오더구나. 그리고 침착하게 잠자리에 들 준비를 하면서 내게 서둘라고 종용했다. “그것이 부부가 견해차를 끝내는 가장 좋은 곳이기 때문”이라고 했다. 그는 용기를 내려고 술을 잔뜩 마시고 있었다.

처음에는 대답하지 않았다. 하지만 그가 내 침묵을 동의로 여기는 것을 보고, 나는 그에게 다른 침대에서 자든가, 아니면 내가 밤새 서재에 앉아 있게 해달라고 했다. 그는 반쯤 농담을 하면서 나를 방으로 밀어 넣으려고 했다. 하지만 나는 저항했다. 그리고 그는 내가 폭력을 썼다는 말을 못하게 할 작정이었으므로, 서너 차례 더 시도해보더니 고집이 세다고 욕하면서 잠자리에 들었다.

나는 좀 더 사색하며 앉아있었다. 그리고 소파에서 잘 생각으로 망토를 둘렀다. 내 해방이 너무나 다행으로 여겨지고, 이렇게 혼자 누운 기쁨이 너무나 신성하게 느껴져, 푹 자고 그날의 괴로움을 담담히 마주할 마음으로 깨어났다. 베너블즈 씨는 몇 시간이 지날 때까지 일어나지 않았다. 그러더니 그는 옷을 반쯤 입은 채, 하품하고 기지개를 켜면서, 지난밤에 무슨 일이 있었는지 잘 기억도 못하는 듯 퀭한 눈으로 내게 다가왔다. 그는 잠시 나를 쳐다보더니 나를 바보라고 부르면서 이런 우스꽝스러운 짓거리를 얼마나 계속할 생각이냐고 물었다. 그는 너무나 지겹다는 것이었다. 하지만 그것이 바로 뭘 아는 척하는 여자와 결혼해서 당하는 괴로움이라고 했다.

나는 결혼 상대로 부적합한 여자를 치워버리게 되었으니 속이 후련하겠다고 했고, 내 행동에 어떤 변화가 있다면 그것은 비열한 위선일 것이라고만 말했다. 깊이 숙고할수록, 내가 처음 내린 결정에 신성한 이성의 봉인이 찍힐 뿐이라고 했다.

그는 분노를 억눌러야 하는 처지가 도무지 견딜 수 없다는 얼굴이었다. 하지만 (나약한 자들은 충분한 동기만 있으면 제아무리 다스리기 어려운 감정도 쉽게 억제하는 모양이니) 그는 이렇게 외쳤다. "아주 보기 좋군, 아주 보기 좋은 연극 꼬락서니야! 부탁이니, 아름다운 록사나여. 무대에서 내려와 현실을 살고 있다는 걸 기억하지."

그는 잘난 체하며 이렇게 말하고는 옷을 입으러 아래층으로 내려갔다.

한 시간쯤 지난 뒤 그는 다시 올라와서 같은 어조로 내 아침 식사를 차리는 수위관으로 왔다고 했다.

"흑장수위관[25] 말인가요?" 내가 물었다.

---

[25] "gentleman usher"라는 베너블즈 씨의 말에 마리아가 일종의 말장난으로 받아친 것. 흑장수위관(Gentleman Usher of the Black Rod)은 영국 의회 귀족원의 의전 직위로서, 상원이 개최하는 초반마다 상원 의장 행진을 이끌었다. (역자 주)

이 질문과 내 어조에 그는 조금 당황했다. 솔직히 말하면 나는 이제 아무런 반감을 느끼지 않았다. 비열한 노예 제도에서 벗어나기로 한 굳은 결심이 6년 동안 내 영혼을 괴롭혀온 여러 가지 감정을 모두 흡수해버렸다. 내 원칙이 지시하는 의무가 또렷이 보였다. 그리고 내 의지를 꺾을 약한 마음은 하나도 들지 않았다. 남편이 일으킨 혐오감은 강력했다. 그로 인해 그를 피하고, 그를 내 기억에서 삭제하고 싶은 마음이 들 뿐이었다. 노예 생활을 다시 하느니, 어떤 비참함도, 어떤 고문도 피하지 않을 셈이었다.

아침 식사 동안 그는 낭만적인 감정의 어리석음에 대해 나를 설득하려고 시도했다. 그는 자신보다 뛰어나다고 생각하는 행동이나 사상에는 무차별하게 이런 이름을 붙였다. 그는 온 세상이 자신의 이익에 의해 지배를 받으며, 다른 동기에 따라 움직이는 척하는 자들은 더 심한 악당이거나 책 때문에 미친 얼간이들로, 세상에 대해서는 아무것도 모르는 자들이 쓴 온갖 엉터리 이야기를 받아들이는 것이라고 했다. 그는 자신이 위선자가 아니라서 다행이라고 했으며, 가끔 자신이 파격적인 대우를 한다면, 그것은 늘 모두에게 합당한 값을 지불하려는 의도라고 했다.

그러더니 그는 날마다 배 한 척이 도착하기를 기다리고 있는데, 그 배만 들어오면 당장 살기가 편해질 것이며, 실패할 수 없는 몇 가지 계획을 세우고 있다고 넌지시 암시했다. 그는 처음에는 불운한 사건 때문에 좀 고생했지만, 몇 년 후면 부자가 될 것이라고 했다.

나는 그가 더는 사업에 개입하지 않기를 바란다고, 부드럽게 대답했다.

그는 내가 단순히 증오심이 폭발해서가 아니라, 판단력 있는 결정에 따르는 것임을 전혀 몰랐다. 그는 악덕을 보고 분노를 느끼는 것이 무엇인지 몰랐고, 자신의 너그러운 성미와 상처를 쉽게 용서하는 성품을 종종 자랑했다. 그렇다. 그는 속는 것을 자신이 미처 대비하지 못한 일로 간주했기 때문이다. 그래서 그는 같은 상황에서 어떻게 행동하고 싶은지 몰랐다고 솔직히 말했을 것이다. 그리고 그의 마음은 우정을 느껴본 적이 없었으므로, 실망에 상처를 입은 적도 없었다. 실제로 그는 만나는 사람마다 "세상에서 가장 똑똑한 친구"라고 주장했고, 그는 정말 그렇게 생각했다. 상대방의 대화나 태도가 그의 나태한 영혼에 아무런 영향을 주지 않을 때까지 말이다. 계급이나 재산을 존중하는 마음은 더 오래갔지만, 그는 그런 것들이 주는 영향력으로 자신의 시각을 향상할 생각은 전혀 없었다.

대화를 시작한 뒤, 그가 내 상황을 넌지시 말하자 (식은 줄 알았던) 피가 끓어올라 얼굴이 온통 붉어졌다. 그는 내게 잘 생각하고 뛰어난 지력을 증명하려면 분별 있는 여자처럼 행동하라고 했다. 그는 내게 지각이 있으며, 그것을 어떻게 사용하는지 알지만, 내게도 욕망이 없지 않다는 것을 알고 있다고, 한마디, 한마디 강조해서 말했다. 그리고 남편은 그 욕망을 편리하게 은폐해주는 사람이라고 했다. 그는 진보적인 사고를 가졌으니, 우리도 천박한 편견을 초월한 다른 부부들처럼 각자 원하는 대로 살도록 암묵적으로 동의하는 것이 어떠냐는 것이었다. 그는 그 이상 아무 뜻도 없다고 했다.

그리고 내가 S○ ○ 씨와 함께하며 즐거워하는 것을 보고, 내가 그를 불쾌해하지 않은 모양이라고 결론을 지었다고 했다.

남편의 급사가 그날 도착한 편지 꾸러미를 가져왔고, 나는 종종 그랬듯이, 그가 사업 이야기를 하는 동안 피아노로 가서 내 타고난 본성을 회복하기 위해, 그리고 방금 들어야만 했던 복잡한 감정을 내 영혼에서 몰아내기 위해 가장 좋아하는 곡을 치기 시작했다.

그것은 대도시의 골목길이나 뒷거리에 사는 더러운 이들을 볼 때, 그들을 나와 같은 인간이라고 생각해야 한다는 것에 마치 원숭이가 나와 친척이라는 주장을 마주할 때처럼 부끄러움을 느낄 때와 비슷한 감정을 일으켰다. 혹은, 해로운 안개에 에워싸여 있을 때, 대포를 쏘아 주위의 답답한 공기를 없애고 숨을 쉬고, 움직일 공간이 생기기를 바랄 때와 같았다.

내 영혼은 고양되었고, 나는 즉흥적인 전주곡을 연주했다. 그 곡은 아마도 거칠고 열정적이었을 것이고, 나는 생각에 잠긴 채 내게 떠오르는 생각을 그대로 반영하는 소리를 냈다.

나는 잠시 연주를 멈추고 베너블즈 씨의 눈을 쳐다보았다. 그는 마치 자신이 마지막으로 한 말이 효과가 있어서, 내가 나 자신의 이익을 깨닫기 시작했다고 생각한 모양인 듯, 짐짓 만족스러운 표정으로 나를 보고 있었다. 그러더니 그는 편지를 모아들고 기숙 학교를 갓 졸업한 여자애나 할 법한 낭만적인 소리는 더는 듣지 않기를 바란다고 말했다. 그리고 그는 늘 그러듯이 회계실로 갔다. 나는 계속해서 연주했고, 활기찬 레슨 곡으로 넘어가 보통 때와는 달리 힘차게 연주했다. 발소리가 다가오는 것이 들렸고, 베너블즈 씨가 듣고 있다고 생각했다. 그것을 감지하자 손가락은 더욱 활기차게 움직였다. 그는 주방으로 내려갔고, 아마도 그가 시킨 듯 요리사가 내게 와서 저녁 식사로 무엇을 시킬지 물었다. 베너블즈 씨는 다시 아무렇지도 않은 듯 응접실로 들어왔다. 나는 그 약삭빠른 남자가 제 꾀에 넘어가고 있음을 간파했다. 그래서 평소처럼 저녁 식사를 지시한 뒤 그곳을 나왔다.

드레스를 좀 고치고 있는데, 베너블즈 씨가 몰래 들여다보더니 방해해서 미안하다고 하고는 사라졌다. 나는 (책을 읽을 수가 없어서) 몇 가지 일을 하고 있었는데, 두세 가지 전갈이 왔지만 베너블즈 씨가 내가 무엇을 하고 있는지 확인하려고 보낸 것이었을 것이다.

대문이 열릴 때마다 귀를 기울였다. 마침내 나는 베너블즈 씨가 외출하는 발소리가 들렸다고 생각했다. 나는 일감을 치워두었다. 가슴이 두근거렸다. 그래도 성급하게 물어보는 것은 두려워서 30분이나 기다린 뒤 급사 아이에게 주인이 회계실에 있는지 물어보았다.

아니라는 대답을 들은 뒤, 나는 그 애에게 마차를 불러달라고 하고, 필요한 물건 몇 가지와 전날 저녁에 모아둔 서신과 서류 꾸러미를 서둘러 챙긴 뒤 마부에게 나를 그 도시의 멀리 떨어진 곳으로 데려다 달라고 했다.

거리에서 빠져나가기 전에 마차가 망가지는 것이 아닐까 걱정이 될 지경이었지만, 모서리를 돌고 나자 더 자유롭게 숨 쉬는 느낌이 들었다. 나는 땅을 짓누르는 답답한 대기 위로 날아오르는 것 같았다. 아니, 피로에 지친 영혼이 다른 상태의 존재로 들어갈 때 받는 느낌을 나도 느꼈다.

나는 추격을 따돌리기 위해 한두 군데 마차 정류장에서 멈춘 뒤 도시를 빙 돌아 아무도 모르는 하숙집을 찾았고, 거기서 숙부의 보호를 받을 때까지 숨어 지내고 싶었다. 나는 곧바로 내 처녀 시절 이름을 다시 쓰고 베너블즈 씨가 들어오는 것을 날마다 두려워하지 않고 쉴 수 있는 집을 발견하는 순간, 공식적인 변호 없이 내 결심을 당당히 맹세하기로 마음먹었다.

몇 군데 집을 알아보았지만, 지인의 신원 보증 없이는 좋은 집에 들어갈 수 없었는데, 지인에게 연락했다가는 내 폭군에게 알릴 가능성이 있었다. 남자들은 이런 성가신 일을 당하지 않는데 말이다. 나는 작은 바느질 도구 가게를 차리는 데 도움을 준 여자를 생각해내었고, 그 여자에게 세놓을 2층이 있는 것으로 알고 있었다.

나는 그 여자를 찾아갔고, 나와 베너블즈 씨 사이의 싸움은 절대 화해할 수 없는 것임을 설득하지는 못했지만, 그녀는 그래도 나를 당분간 숨겨주겠다고 했다. 하지만 그녀는 그와 동시에 여자가 한 번 결혼하면 모든 것을 견뎌야 한다고, 고개를 저으면서 말했다. 조바심에 생겨난, 창백한 얼굴의 초췌한 주름살이 그 말을 더욱 강조해주었다. 그리고 나는 그 후에 그녀가 견뎌야 했던 취급을 알게 되었다. 그로 인해 그녀는 인내하게 된 것이다. 그녀는 아침부터 밤까지 고생했다. 하지만 그녀의 남편은 계산대의 돈을 훔쳐가곤 했고, 살림살이에 쓰려고 모아놓은 돈을 빼앗아갔다. 그리고 술에 취해 집에 돌아와 아내가 기분 나쁘게 하면 때리곤 했다. 그녀가 아이를 안고 있는데도 그랬다.

이런 소동에 나는 밤에 잠에서 깼다. 그리고 아침이 되면, 여느 때처럼 그녀가 조니에게 말하는 것을 들었다. 그는 그녀의 주인이었다. 서인도제도의 그 어떤 노예도 그보다 더 독재적인 주인을 갖지는 않았을 것이다. 하지만 그녀는 진정한 러시아 아내였다.[26]

지난 며칠 동안 내 정신은 육체에서 이탈한 것 같았다. 하지만 고민이 끝나고 나니, 영혼의 동요가 나와 같은 상황의 여인에게 미치는 영향력을 아주 강렬하게 느꼈다.

유산이 염려되어 집에서 보름 가까이 갇혀 지내야 했다. 숙부의 친구께 편지를 써서 돈을 부탁했고, 밖에 나갈 수 있을 만큼 건강해지면 그를 찾아가 내 상황을 설명하겠다고 약속했다. 그사이에는 남편(아직은 법적으로 남편이었으니)이 정복할 수 없는 내 마음을 괴롭히지 않도록, 내가 지내는 곳을 아무에게도 말하지 말아 달라고 진심으로 청했다. 나는 건강이 회복되는 대로 리스본으로 출발해 숙부께 보호해달라고 청할 것이라고 했다.

하지만 내가 되찾던 평온한 상태는 곧 방해를 받았다. 어느 날, 그 집 안주인이 울어서 퉁퉁 부은 눈으로 찾아와서는 아무 말도 하지 못하고 있었다. 그러더니 그녀는 평생 그렇게 비참한 적은 없었다고 하면서 자신이 은혜를 모르는 괴물처럼 보일 것이라고 했다.

---

26 러시아의 아내들은 남편의 잔인한 구타에도 잘 복종하는 것으로 유명했다.

그녀는 내게 무릎을 꿇고 용서해달라고 청했다. 남편에게도 이런 잔인한 일을 하지 않게 해달라고 사정했다는 것이었다. 그녀는 흐느끼느라 말도 잇지 못했고, 답답한 마음에 무슨 말이냐고 내가 던진 질문에 대답하지도 못했다.

그녀는 좀 진정하더니 주머니에서 신문을 꺼내더니 마음이 찢어지게 아프지만, 별수 없이 남편의 뜻에 따라야 한다고 말했다. 나는 그 신문을 낚아채어 보았다. 광고 하나가 곧 눈에 들어왔다. "마리아 베너블즈는 특별한 사유 없이 남편으로부터 달아났음. 그녀를 숨겨주는 사람은 누구든지 법의 엄중한 심판을 받을 것임."

베너블즈 씨의 야비한 영혼을 잘 아는 나는 이런 조치가 놀랍지도, 별로 경멸스럽지도 않았다. 가슴속의 증오심이 애정보다 오래가는 법은 없었다. 나는 상냥한 목소리로 가련한 여인에게 눈물을 닦으라고 하고 남편에게 올라와 직접 이야기하자고 청했다.

내 태도가 그를 놀라게 했다. 그는 여인을 존중하지 않지만, 귀부인은 존중했다. 그래서 미안하다고 중얼거리기 시작했다.

베너블즈 씨가 부유한 신사이고, 그는 내 뜻을 따르고 싶지만 이미 법 때문에 충분히 고생했으므로 그 생각만 해도 떨린다고 했다. 게다가 우리는 필시 재결합을 해야 하며, 그렇게 된다면 나도 그가 우리 사이를 떼어놓은 것에 감사할 것이라고 했다. 남편과 아내는 하나이며, 모든 일은 결국 다 잘 되리라는 것이다. 그는 느릿느릿 헛기침하더니, 조롱하는 표정으로 주인이 좀 즐기는지 모르겠지만, 세상이 사라지지 않는 한, 남자는 남자라고 덧붙였다.

이렇게 이성적이며 잘난 체하는 남자와 논쟁을 벌이는 것은 아무 소용이 없다고 생각했다. 그래서 나는 하루만 더 그의 집에서 지내며 숙소를 찾게 해달라고 부탁했다. 그리고 내가 거기서 지낸 것을 베너블즈 씨에게 알리지 말아 달라고 했다.

그는 습관적으로 존중하는 사람의 청을 거절할 용기가 없는 자라서 그러겠다고 했다. 하지만 나는 그가 층계참에서 나와의 대화가 어떻게 되었는지 초조한 마음으로 기다리던 아내를 보자마자 참았던 욕설을 쏟아붓는 것을 들었다.

쓸데없이 짜증을 느끼느라 시간을 낭비하지 않고, 나는 다시 몇 주 동안 숨어 지낼 곳을 찾기 시작했다.

엄청난 값을 치르기로 하고, 신원 보증 없이 집을 한 곳 빌렸다. 사실, 내 모습만 한 번 보아도 내가 숨으려는 이유는 분명히 보였을 것이다. 그래서 나는 그런 오명을 뒤집어쓸 수밖에 없었다.

잡힐 위험을 피하고자, 그렇다, 딸아. 나는 마치 중죄를 지은 죄인처럼 쫓기고 있었으니 이런 표현이 적절하다. 나는 그날 저녁 새 거처로 옮기기로 했다.

이전 집 주인에게는 어디로 가는지 알리지 않았다. 그녀가 내게 진심으로 감사하며, 감사한 마음을 보이기 위해서 어떤 위험도 감수하리라는 것을 알고 있었다. 하지만 조니가 몇 마디만 상냥하게 말하면 그녀의 마음을 움직일 것이고, 그 폭군이 그녀를 동등하게 취급해준 것에 대한 대가로 은혜를 베푼 내게 희생될 것이기 때문이었다. 그는 기분이 좋을 때는 상냥하게 굴 줄 알았다. 그리고 평소의 잔인한 태도와 대조적으로, 이처럼 가혹함이 녹아내리면 훨씬 더 마음에 드는 사람이 되었고, 그런 태도는 상당히 비싼 대가를 치르고 사야 하는 것이었다.

광고를 보고나니 나는 숙부께 몸을 의탁하고 싶어졌다. 그래서 (걸어가면 나를 아는 사람을 우연히 만날까 봐 두려워) 전세마차를 불러서 타고 숙부의 친구 집으로 갔다.

그는 나를 매우 정중하게 맞이했고 (숙부께서 이미 그에게 나를 잘 소개해주었다) 집에서 달아나, 죄책감에 수반되는 소심한 두려움을 품고서 남몰래 숨어 살기로 한 동기를 설명하자 귀 기울여 들어주었다. 그는 그런 여인이 아름다움이나 우아함을 알아보지 못하는 남자에게 버림받아야 하는 내 상황을 정중히 한탄했다. 그는 내게 어떤 조언을 해야 할지, 숙부께 서둘러 가지 않고도 남편의 수색을 어떻게 피하라고 해야 할지 잘 모르겠다는 표정이었다. 숙부를 찾아가 보아도, 살아계시지 않을지 모른다는 사실을 그는 어렵게 알려주었다. 그는 매우 참담한 표정으로 이 사실을 말해주었다. 그리고 다음 편지가 올 때까지라도 기다리라고 했다. 그리고 그는 내게 필요한 돈을 주고, 나를 찾아오겠다고 약속했다.

그는 약속을 지켰지만, 내 이도 저도 아닌 고통스러운 상태를 끝내줄 편지는 여전히 오지 않았다. 나는 홀로 지루한 나날을 보내기 위해 책과 음악을 구했다.

"오라, 언제나 미소 짓는 자유여,

그리고 그대와 함께 쾌활한 무리를 끌고 오라."

나는 노래했다. 기쁨의 곡조에 슬퍼져, 사람들과의 사이에서 누릴 수 있는 모든 즐거움을 앗아간 내 운명을 쓰디쓰게 한탄했다. 나는 상대적인 자유를 얻었다. 하지만 즐거운 사람들의 무리는 저 멀리 뒤처져 있었던 것이다!

13

내 유일한 손님, 숙부의 친구를 감시했든가, 혹은 다른 방법을 취했든가, 무슨 수를 썼는지 몰라도 베너블즈 씨는 내가 사는 곳을 알아내어 나를 찾아왔다. 하녀는 집에 그런 사람이 없다고 그에게 말했다. 소란이 일어나기에 나는 놀라서 귀를 기울였고, 그의 목소리를 알아차리고 곧바로 문을 잠갔다. 갑자기 조용해졌다. 거의 15분을 기다린 뒤, 그가 응접실 문을 열고 집 안주인과 함께 계단을 올라오는 소리가 들렸다. 안주인은 비굴한 말투로 나에 대해서 모른다고 했다.

내 문이 잠긴 것을 보고 안주인은 문을 열고 남편과 함께 집으로 갈 준비를 하라고 내게 말했다. 가련한 신사를 내가 이미 충분히 괴롭혔다고도 했다. 나는 아무 대답도 하지 않았다. 그러자 베너블즈 씨는 짐짓 부드러운 말투로 내게 자신의 고통과 내 평판을 생각해보고 유치한 감정을 삭이라고 청했다. 그는 똑같은 말투로 내게 말하는 척했지만, 사실은 안주인이 듣도록 하는 말이었다. 그 안주인은 말이 끊어질 때마다 동정하며, "그렇고말고, 그럼요, 선생님"이라고 말했다.

우스꽝스러운 연극도 지겹고, 싫지만 만나지 않을 수는 없다는 생각에 나는 문을 열었고, 그가 들어왔다. 그가 성큼성큼 다가와 내 손을 잡자 나는 나도 모르게 화들짝 놀라며 그의 손길로부터 몸을 움츠렸다. 파충류를 보고 무섭기보다는 혐오스러워서 그렇게 행동하듯이 말이다. 그의 안내인은 문제를 해결할 기회를 주겠다면서 물러났다. 하지만 나는 그녀가 들어오지 않으면 내가 나갈 거라고 했다. 그러자 그녀는 호기심에 내 말을 따랐다.

베너블즈 씨는 이야기를 시작했다. 그리고 그의 믿음에 자부심을 느낀 여주인은 그의 말이 옳다고 맞장구를 쳤다. 하지만 나는 저속한 장광설을 늘어놓는 그녀의 말을 가로막고, 베너블즈 씨에게 나를 왜 자꾸 괴롭히는지 물었다. 세상의 어떤 권력도 나를 그의 집에 돌려보낼 수 없다고 단언했다.

여기서 일일이 적고 싶지 않은 긴 대화가 끝나고 그는 방에서 나갔다. 아래 응접실에서 요란한 대화 소리가 한참 들려왔고 나는 그가 변호사인 친구를 데려온 것을 알게 되었다.

층계참에서 시끄러운 소리가 들리더니, 최근 그 집에 세를 들어 살기 시작한 신사 한 사람이 나타났다. 그는 내가 왜 그런 공격을 받는지 물었다.[27] 입심 좋은 변호사는 곧 사연을 말했다. 그 낯선

---

[27] 단포드가 등장해 마리아를 도와주는 것은 이미 앞에서(제3장) 저자가 후에 생각해낸 것이라고 밝혀두었다. 아마도 이 때문에 윗부분의 원고가 불완전한 것이 아닌가 싶다. 하지만 단포드가 이곳에서 타인으로 설정된 것인지 아닌지 확인해야 한다. 17장을 보면 그가 좀 더 확실하게 간섭하고자 했던 것 같기도 하다. (윌리엄 고드윈 주)

남자는 나를 보더니, 매우 부드럽고 예의 바르게, 그리고 남자다운 관심을 담아서 내 얼굴을 보니 전혀 다른 사연이 있는 모양이라고 했다. 그는 나를 모욕하거나, 그 누구도 그 집에서 쫓아낼 수 없다고 덧붙였다.

"남편도 안 된단 말씀입니까?" 변호사가 물었다.

"네, 선생님. 남편도 안 됩니다." 베너블즈 씨가 그에게 다가갔다. 하지만 그의 태도와 목소리에는 확고한 결심이 서 있었다. 그는 집을 나갔다. 그와 동시에, 감히 나를 보호하려 드는 자는 누구든지 가장 엄중한 벌을 받을 것이라는 말도 잊지 않았다.

그들이 집을 나서자마자 안주인이 다시 나를 찾아와서 아주 달라진 목소리로 용서를 구했다. 베너블즈 씨가 나를 감추어주면 세를 놓지 못하게 만들겠다고 협박했던 것이다. 나는 곧 돈을 지불하겠다고 약속했고, 충분히 먼 곳에 다른 집을 알아봐준다면, 갑자기 떠나는 것에 대한 보상으로 선물을 하겠다고 했다. 그러자 그녀는 베너블즈 씨가 한 그럴싸한 이야기를 들려주었고, 나는 간단히 사실을 이야기함으로써 그녀의 분노와 동정심을 샀다.

그녀는 몹시 정직하고 따스하게 위로를 해주어서 나는 마음이 놓였다. 진심으로 상냥한 사람이 천박한 억양이나 몸짓을 사용한다고 까다롭게 굴 만큼 예민하지 않기 때문이다. 나는 타인에게서 내가 좋아하는 인간적인 감정을 발견하면 언제나 기쁘단다. 그리고 감정이 격해질 때 일어나는 말도 안 되는 상황을 돌이켜보면, 그 순간에는 미소를 짓는 것만으로도 신성모독이라고 생각되었을 테지만, 웃음이 터져 나오기도 했다. 내 소중한 딸아, 이 글을 쓰는 동안 항상 함께해준 네게 이런 감정에 대해 적어둔다. 행동보다는 태도를 관찰하는 데 익숙한 여인들은 조롱을 지나치게 의식하기 때문이란다. 너무나 그래서 그들이 자랑하는 감수성이 종종 그릇된 섬세함에 억압되기도 한단다. 진정한 감수성, 미덕을 돕고 천재의 영혼이 되어주는 감수성은 남과 있을 때 타인의 감정에 너무 몰두하는 나머지 자신의 감정에 관심을 기울이지 못한단다. 내가 내 마음속의 진정한 아버지, 숙부를 얼마나 존경했는지! 그분의 고통, 마음과 몸의 지각이, 그렇게 심하지 않은 불행을 겪는 이들을 위로하려고 하시는 것을 보았을 때 말이다. 숙부께서는 타인에게 너그럽듯이 자신에게도 너그러운 것을 부끄러워하셨을 것이다. "진정한 용기는 우리 자신의 감정을 다스리고, 우리 자신에게는 용인하지 않는 친구들의 약점을 이해하는 데 있단다." 그분은 이렇게 말씀하시곤 했다. 내 어리석은 후회가 어디로 향하는 것인지!

안주인은 여자들이 복종해야 한다고 말했다. 남편 이외에 여자들을 다스려줄 사람이 누가 있느냐고 묻기도 했다. 모든 여자, 특히 귀부인은 빵을 얻기 위해 험한 일을 겪을 수 없다더구나.

그녀는 말이 많아져서 자신이 어떤 삶을 살았는지 내게 말해주었다. 나쁜 남편과 사는 것이 어떤 것인지 그녀도 알고 있다고 했다. 나는 그 이야기를 귀담아들어주지 않으면 그녀가 몹시 부끄러울 것 같아서, 비록 그녀가 가능한 한 빨리 나가서 새집을 구해 숨도록 해주기를 바랐지만, 말을 막지 않았단다.

그녀는 하녀 일을 하면서 돈을 조금 모았고, (살다 보면 한 번쯤은 사랑에 빠지게 마련이니) 그 집안에서 하인 일을 하는 사람과 결혼하라는 설득을 받았다. 그녀의 계획은 집을 사서 세를 놓는 것이었고, 남편이 부끄러움을 모르는 창녀를 사귀게 되었을 때까지는 모든 일이 순조로웠다고 했다. 그 창녀는 남의 돈을 뜯어 살기로 한 여자라, 그 후로는 모든 것이 엉망으로 망가졌다. 남편은 그 여자에게 좋은 옷을, 그녀는 입어볼 생각도 안 해본 옷을 사주느라 빚을 졌고, 그는 그녀가 그렇게 힘들게 번 돈으로 산 물건을 넘겨준다는 문서에 서명까지 했다. 그래서 그녀가 아무것도 모르고 있을 때, 그들이 와서 침대까지 빼앗아갔다. 그녀는 나와 같은 신분의 사람들은 그런 불행을 전혀 모르겠지만, 슬픈 일은 슬픈 일이고, 언제든지 닥치는 법이라고 했다.

그래서 그녀는 다시 하녀 일을 구했는데, 자기 집이 생긴 이후라 너무나 힘들었다고 했다. 심지어 그녀의 남편이 따라와서 술에 취해 행패를 부려 한 곳에서 오래 일할 수 없었다. 그는 그녀의 옷을 훔쳐다 전당포에 맡기기도 했다. 그리고 그녀가 전당포에 가서 그의 돈으로 산 옷이 아니라고 맹세하면 전당포 주인은 그녀가 가진 모든 것은 남편이 권리를 갖는다고 했다.

결국 그녀의 남편은 군인이 되었고, 그녀는 집을 구해 가구 값을 차차 지불하기로 했다. 그녀는 다시 자리를 잡느라 거의 굶어 죽을 뻔했다.

6년 동안 소식이 없던 남편이 (신이시여! 그가 죽은 줄 알았습니

다) 돌아와서 그녀를 찾아내고 어찌나 뉘우치는 얼굴이던지 그녀는 그를 용서하고 머리부터 발끝까지 새로 꾸며주었다. 하지만 그는 1주일도 안 되어서 빚쟁이들에게 잡혀갔다. 그리고 그는 다시 그녀의 물건을 팔았고, 그녀는 다시 빈털터리가 되었다. 그녀는 하녀 일을 그만두고 그때처럼 일하고, 늦게 잠들고, 일찍 일어날 수 없었기 때문이다. 그때도 몹시 힘들게 일했다고 생각했다. 그는 더는 빼앗아갈 것이 없자 곧 그녀에게 질렸고, 다시 떠났다.

그녀는 그가 외국의 병원에서 죽었다는 소식을 확실히 듣고서야 다시 예전에 하던 일을 시작했다. 하지만 그녀는 제대로 꾸려나갈 수가 없었다. 그래서 법이 결정할 때는 여인들이 가장 불리하다는 것을 알기 때문에 위험을 무릅쓸 수 없었다고 내게 설명했다.

나는 몇 가지 불평을 더 한 뒤, 안주인에게 나가서 집을 알아봐달라고 부탁했다. 그리고 좀 더 확실히 하기 위해 나는 이름을 바꾸기로 했다.

이와 같은 일을 생각이나 할 수 있겠니! 나는 마치 병든 짐승처럼 세 곳의 집에서 쫓겨났다. 숙부의 건강 상태가 위험하다는 소식을 들은 베너블즈 씨가 나를 괴롭히며 갑자기 움직이게 하다가는 임신 말기에 위험할 수 있다는 생각이 들어서 그만두었다. 그러지 않았다면 나는 그 어느 곳에서도 편히 쉴 수 없었을 것이다. 그렇게 되면 숙부의 재산을 손에 넣으려는 그의 계획이 수포로 돌아갈 테니까 말이다.

어느 날, 그가 여인숙으로 나를 쫓아왔을 때, 나는 달아나려다가 기절했단다. 그리고 쓰러진 내가 피를 흘리는 것을 보고 그는 놀라서 추적을 중단했다. 내가 그토록 확고한 결심을 보여주었는데, 그가 조금이라도 희망을 품었던 것이 참 이상하다. 하지만 그의 기질을 바꾸려는 노력이 아무 쓸모가 없다는 것을 알고 부드럽게 행동하는 것을 보고, 그는 내 성격을 착각하고는 우리가 다시 합치게 되면 내가 전처럼 쉽게 돈을 내어줄 것이라고 상상했던 것이다. 그는 내 관용과 동정심을 나약한 마음으로 착각했다. 그리고 그는 내가 저항을 싫어한다는 것을 알고서 내 관대한 태도와 연민을 단순한 이기심으로 보았고, 부당하게 구는 것이나 타인의 감정에 불필요하게 상처를 주는 것을 두려워하는 것이 내게는 스스로 견디는 것보다 더 괴롭다는 것을 그는 결코 알지 못했다. 내가 남에게 가하기 싫어하는 고통을 나는 견딜 수 있다고 생각한 것, 타인의 고통을 보는 것보다는 내가 고통당하는 것이 더 쉽다고 생각한 것이 어쩌면 오만함일지도 모른다.

이렇게 괴롭힘을 당하는 동안 숙부로부터 편지를 받았는데, 계속해서 날씨가 바뀌어 건강이 좀 나아졌으며, 좀 더 완연한 봄이 되면 돌아오실 생각이라고 하셨다(그때는 2월 중순이었다). 그러면 영국의 안개와 근심을 두고 이탈리아로 여행할 계획을 세우자고 하셨다. 숙부는 내 행동을 찬성하고 내 아이를 입양하겠다고 약속했으며, 베너블즈 씨가 이성적인 판단에 따르게 할 수 있다고 믿으시는 모양이었다. 숙부는 친구에게도 편지를 써서 대신 베너블즈 씨를 찾아가달라고 청했다. 숙부의 조언 덕분에 나는 조용히 누워서 지낼 수 있었다.

그 2~3주 전 동안 나는 평화롭게 쉴 수 있었다. 하지만 추격과 불안에 너무나 익숙한 나머지 나는 눈만 감았다 하면 베너블즈 씨의 모습이 보였다. 그는 내가 돌아보는 곳마다 끔찍하거나 혐오스러운 형상으로 나타나 나를 괴롭혔다. 어떤 때는 살쾡이로, 또는 요란한 황소로, 또는 무시무시한 암살범으로 나타나 나는 달아나려고 안간힘을 썼다. 또 그는 악마의 형상으로 나를 절벽 끝까지 몰아붙이거나, 시커먼 파도나 무시무시한 바닷속으로 밀어 넣었다. 그러면 나는 부들부들 떨며 잠에서 깨어나 모두 꿈이라고 생각하며, 곧 가게 될 아름다운 이탈리아의 계곡을 머릿속에 그려보려고 애썼다. 또는 웅장한 유적을 찾아가 무너진 기둥에 몸을 기대고, 고대의 미덕을 생각하면서 내 영혼을 짓누르는 근심에서 벗어나고자 했다. 하지만 상상력을 써서 마음을 진정시키는 것도 오래 가지 못했다. 네가 태어난 지 사흘째 되던 날, 오빠가 갑자기 찾아왔기 때문이다. 오빠는 불쑥 찾아와서 숙부께서 돌아가셨다고 알렸다. 숙부는 내 아이에게 많은 재산을 남기시고, 나를 보호자로 정하셨다. 간단히 말해, 숙부의 재산을 베너블즈 씨의 손아귀에 넣지 않고 내가 주인이 되도록 해주신 것이다. 오빠는 숙부의 장조카인 자신에게서 유산을 앗아간 것에 대해 내게 노발대발 화를 냈다. 하지만 숙부의 재산, 그분의 노력의 결실은 모두 자금이나 부동산이었고, 오빠의 주장은 조금도 공정하지 않았다.

숙부를 진심으로 사랑했던 나는 이 소식에 열병에 걸려버렸고, 나는 정신력으로 버티며 이 병을 이기려고 했다. 이 적막한 상태에서도, 나는 내 가련한 아이, 네게 젖을 먹일 생각이었기 때문이란다. 나를 삶과 묶어주는 것은 너뿐이었고, 천사 같은 네게 나는 엄마이자 아빠가 되고 싶었다. 그렇게 부모의 의무를 다하자니 그와 비례해서 애정이 커지는 것 같았단다. 하지만 너를 키우면서 절망에서 건져내어 느낀 기쁨은 숙부께서 돌아가셔서 혼자가 된 내 상태를 돌이켜보면 곧 가라앉아버렸단다. 네 아버지를 사랑하는 기쁨에 대해 생각할 때, 남편의 상냥함에 어머니의 기쁨이 얼마나 더해졌을까, 어머니의 수고가 얼마나 덜어졌을까, 생각할 때도 베너블즈 씨에 대해서는 떠올리지 않았다. "그래야지!" 나는 이렇게 외쳤다. 그리고 숨이 막힐 듯 나약한 마음이 들어도 버티려고 애썼다. 하지만 내 영혼은 약해서 나도 모르게 눈물이 흐르곤 했단다. "나는 어째서 인생의 가장 달콤한 즐거움을 누리지 못하는 것일까?" 네가 듣지 못해도 나는 네게 이렇게 말하곤 했단다. 산고를 겪은 뒤, 그토록 보고 싶었던 어린 아기를 훌륭한 아버지에게 보여줄 수 있다면 얼마나 기뻤을까, 그 아버지와 아기를 품에 꼭 안으며 얼마나 큰 애정을 느꼈을까 상상해보았다! 아이가 세상에 태어나도록 한 그 남자와 조금이라도 닮은 것이 보이면, 비록 동정심으로 가득했음에도 아이에게 입 맞출 때 기쁨이 덜했단다. 혹은 아이의 몸짓에 그가 떠오르면, 제아무리 좋던 시절의 그가 떠올라도, 나는 가슴이 터질 것 같았고, 아무것도 모르는 어린 것을 마치 정화하듯이 가슴에 꼭 끌어안았단다. 그렇다. 그렇다. 그런 사람이 아이 아버지가 되게 하여 아이의 순수함을 더럽혔다고 생각하면, 부끄러워 얼굴이 붉어졌단다.

산후조리가 끝난 뒤 나는 베너블즈 씨를 피하고자, 그리고 새로운 즐거움과 애정에 마음을 열기 위해 시골에 집을 구하거나 대륙으로 여행을 갈 생각을 시작했다. 봄은 여름으로 변했고, 내 어린 친구인 너는 웃기 시작했다. 그 미소는 새롭게 희망의 꽃봉오리를 틔웠고, 세상이 사막이 아님을 내게 알려주었단다. 네 몸짓은 내 머릿속에 늘 있었단다. 나는 네가 걷고 말하기 시작하면 얼마나 기쁠지 생각했단다. 네 마음이 자라는 것을 보고, 내 여린 꽃봉오리를 온갖 거친 바람으로부터 지켜주면서 내 영혼을 회복했고, 네가 맞게 될 서리, '죽음의 서리'는 생각하지 않았다. 하지만 나는 인내심을 잃고, 세상의 부당함, 어리석음, 무지함을 증오한다! 자유롭게 뱅뱅 도는 생각에 갇혀, 늘 같은 슬픔만을 품고 있는 나는 정직한 분노나 적극적인 동정심만을 일으키는 불안에 떨고 있다. 그것을 당연한 결과로 보고자 한다. 하지만 여인으로 태어나 내 감정을 억누르려고 노력하며 고통받아야 하는 운명 속에서, 나는 나와 같은 여인들이 운명적으로 감내해야 하는 온갖 괴로움을 더욱 강렬하게 느낀단다. 여인들이 겪어야 하는 온갖 악행 때문에 그들을 괴롭히는 자들보다 더 아래로 격하되어 남자들의 폭압을 정당화할 정도이니 말이다. 그래서 피상적인 추론가들은 그런 나약함이 바로 폭압의 원인이라고 하지만, 그것은 사실 근시안적인 억압의 결과일 뿐이란다.

14

내 마음이 차분해지면서 이탈리아의 풍광이 이전처럼 다채로운 빛을 띠며 머릿속에 떠올랐다. 우리가 나쁜 것만 보지 않는 한, 환경이 바뀌면 자연히 기분이 전환되고 명랑해지는 법이니, 당분간 영국을 떠나 있기로 했다.

긴 여행을 준비하는 데 필요한 기간 동안 나는 아버지의 부채를 갚고 오빠와 남동생이 결혼하는 데 필요한 것을 보냈다. 하지만 내 관심이 가족에게만 향한 것은 아니었다. 인간이라면 흔히 하는 노력을 일일이 적을 필요는 없다고 여기지만 말이다. 숙부께서 재산을 상속하실 때, 내가 남은 여동생의 재산을 더해줄 필요는 없도록 해두셨다. 하지만 나는 숙부께 그 애에게 2,000파운드를 물려주시라고 부탁했고, 그 애는 한동안 마음을 준 연인과 결혼하기로 마음먹었다. 이 약혼만 아니었다면 나는 그 애를 데리고 여행을 갔을 것이다. 그리고 내가 전혀 모르고 있었던, 내 앞길에 교묘하게 파놓은 덫에 걸리지도 않았을 것이다.

아이 젖을 뗄 때까지는 영국을 떠나지 않을 생각이었다. 하지만 이런 자유로운 상태는 너무 평화로워 계속될 수 없었고, 나는 곧 출발을 서둘러야 했다. 베너블즈 씨의 친구, 나를 은신처로 서너 차례 잡으러 왔던 그 변호사가 화해를 제안하러 온 것이었다. 내가 거절하자 그는 내 수중에 있던 재산 대부분을 남편(그가 남편이라고 불렀으니 말이다)에게 넘겨주어야 한다고 넌지시 말하면서 내가 순응하지 않는다면, 최후의 방편으로 아이를 데려갈 것이라고 협박했던 것이다. 마지막 말에 겁이 나기는 했지만, 나는 내게 전혀 다른 목적으로 주어진 재산을 그가 탕진하도록 두지 않겠다고 선언하고, 대신 그가 나를 다시는 괴롭히지 않겠다는 서약서에 서명하면 500 파운드를 주겠다고 했다. 어머니로서의 불안 때문에 나는 처음 결심에서 흔들리는 모습을 보였고, 아마도 그에게, 혹은 그의 악마 같은 대리인에게 너무나 성공적인 사악한 음모를 꾸미게 했을지도 모르겠다.

서약서에 서명했다. 그래도 나는 어서 영국을 떠나고 싶었다. 우리가 같은 공기를 마시고 있으면, 언제 무슨 일이 일어날지 몰랐다. 나는 그가 내게 그를 도와줄 돈이 남아있다는 사실을 잊을 때까지, 바다와 파도를 사이에 두고 갈라서고 싶었다. 그때 있었던 일에 심란해진 나는 곧바로 출발 준비를 했다. 지연된 이유는 오로지, 프랑스어를 유창하게 하며 훌륭한 추천을 받은 하녀를 기다리기 위함이었다. 지낼 곳을 정하자 하인도 고용하라는 조언을 들었다.

오, 도버로 떠날 때는 얼마나 마음이 가벼웠는지! 내가 두고 떠나는 것은 내 나라가 아니라 내 근심이었다. 내 가슴은 바퀴에, 아니, 그 바퀴가 돌아가는 중심에 연결된 것 같았다. 나는 너를 가슴에 꼭 끌어안고서, 우리가 배에 오르면 너는 안전해질 것이라고, 매우 안전해질 것이라고, 어서 도착하기를 바랐다. 나는 부질없는 두려움이 끊임없이 염려한 탓이라고 생각하며 미소를 지었다. 베너블즈 씨의 잔꾀를 두려워한다고도, 그가 나를 저지하려고 계속해서 책략을 꾸미고, 거기서 느낄 끔찍한 기쁨을 의식한다고도, 나 스스로는 인정하지 않았다. 나는 이미 덫에 걸려 있었단다. 배에는 닿지도 못했지. 너를 더는 보지도 못했고. 숨을 쉴 수가 없구나. 자세한 내용은 도무지 적을 수가 없다. 내가 고용한 쓸 만한 하녀가 내가 그곳을 떠나던 날 아침, 음식에 잠드는 약을 넣은 모양이다. 내가 아는 것이라고는 그 부끄러운 줄 모르는 여자가 마차에서 내렸고, (내 품에서) 내 아기를 데려갔다는 것뿐이다. 어찌 여자의 형상을 한 존재가 내가 너를 쓰다듬는 것을 보고는 내 품에서 너를 훔쳐갈 수 있을까! 나는 어미의 슬픔을 억누르기 위해 이제 그만두어야 되겠다. 그렇지 않으면 참담한 영혼으로 하늘의 진노가 그 호랑이 같은 여자에게, 내 유일한 위안을 앗아간 여자에게 내리기를 기원하게 될 테니 말이다.

얼마나 잤는지 모르겠다. 필시 여러 시간 잠이 든 모양이다. 뭐가 뭔지 알 수 없는 상태로, 날이 저물어서 일어났으니까. 아마 큰 문이 쾅 닫히는 소리에 정신을 차린 모양이었다. 거기가 어딘지 물어보려고 했지만, 목소리가 나오지 않았고, 마치 꿈처럼 몸을 일으킬 수가 없었단다. 놀라서 아기를 찾았다. 이상하게도 아기를 잊고 있는 동안, 내 무릎에서 떨어진 줄 알았지. 내가 빠져든 약효가 어찌나 강하던지, 너를 마지막으로 언제, 어디서 봤는지 기억할 수가 없었다. 하지만 머릿속을 맑게 하려면 가슴에 공간이 필요하다는 듯, 나는 한숨을 쉬었다.

육중한 문이 열리고, 자물쇠와 빗장이 닫히는 둔탁한 소리와 경첩이 끼익하는 소리에 두려움이 몰려 왔고, 영혼이 갈기갈기 찢어지는 것 같았단다. 컴컴한 건물이 내 앞에 절반은 무너진 상태로 있었다. 거리의 고목 몇 그루는 베어내어 쓰러진 채 썩고 있었다. 무너져 내린 계단에 다가가자 괴물 같은 개가 사슬이 닿는 곳까지 달려 나오더니 사납게 짖어댔다.

문이 천천히 열리더니 사악하게 생긴 사람이 등불을 들고 내다보았다. "쉿!" 그가 위협적인 소리로 중얼거리자 놀란 개는 집으로 돌아갔다. 마차 문이 활짝 열리더니 낯선 사람이 등불을 내려놓고는 무시무시한 팔로 나를 꽉 잡았다. 감각은 있었지만 최면제의 약효 탓에 나는 힘을 쓰지 못하고, 그의 어깨에 몸을 기댔다. 사지가 뜻대로 움직이지 않았다. 나는 부축 받으며 계단을 올라가 사방이 막힌 복도로 들어갔다. 양초 하나가 타고 있었고, 어둠은 밝히지 못했지만, 그자의 흉포한 얼굴은 내게 보여주었다.

그는 널찍한 계단을 올라갔다. 벽에 걸린 큼직한 그림이 내게 달려드는 것 같았고, 사방에서 나를 노려보는 눈초리가 있었다. 긴 회랑으로 들어가자 끔찍한 비명에 공포를 느낀 나는 안내자의 품에서 벗어났다. 하지만 몸을 지탱하지 못해 바닥에 쓰러지고 말았다.

이상하게 생긴 여인이 쑥 들어간 자리에서 튀어나오더니 나를 흥미보다는 호기심에 어린 얼굴로 쳐다보았다. 엄격한 목소리로 들어가라고 하자, 그 여자는 그림자처럼 도로 사라졌다. 굵은 주름이 지거나, 비틀어진 얼굴들이 반쯤 열린 문으로 내다보았고, 앞뒤가 맞지 않는 소리도 들렸다. 그곳이 어디인지 잘 알 수 없어서 사방을 둘러보았지만 내가 죽었는지 살았는지도 확실하지 않았다.

침대에 던져진 나는 곧바로 다시 정신을 잃었단다. 그리고 이튿날, 사고력을 차츰 되찾은 나는 어디에 갇혔는지 깨닫기 시작했다. 나는 저택의 주인을 보자고 졸라 만났고, 내가 산 채로 묻혔음을 깨달았다.

딸아, 네 엄마가 이 순간까지 겪은 일이 그것이란다. 네 엄마가 적의 아가리에서 벗어날 수 있다면, 이 감옥의 비밀을 더할 것이며…….

여기서 몇 줄이 지워졌으며, 이 회고록은 제미마와 단포드의 이름과 함께 이렇게 끝이 났다.

부록

알아둘 것[28]

지금까지 독자 여러분께서 보신 내용은 본래 3부로 구성될 계획이었다. 앞의 내용은 그 3부 중 1부에 해당하는 것으로 간주된다. 저자가 집필하고 어느 정도 완성한 앞 내용을 살펴본 이들은 감동을 하고 그다음 이야기에 대한 호기심이 발동하여, 단절된 문단과 미완성의 문장이라도 기꺼이 받아들일 요량이었고, 나머지 내용이 발견되었다. 꼼꼼하고 냉철한 비평가라면 이 글의 일관성 없는 형태를 보고 불쾌감을 느낄지 모른다. 하지만 호기심 많은 사람이라면, 더 나은 것이 없을 때는 아무리 불완전하고 훼손된 정보라도 기꺼이 받아들이는 법이다. 그리고 저자처럼 예리하게 감정을 이해하고, 상상력의 즐거움과 고통을 아는 독자라면, 곧 저자가 마무리할 계획이었던 다음의 내용을 살펴보는 것만으로도 만족감을 얻으리라 믿는 바이다. 그러나 그 계획과는 달리, 이제는 이것이 유용성과 공익을 위한 인간성의 승리에 대한 기록으로 영영 남게 될 것이다.

---

[28] 고드윈이 쓴 것으로 추정된다. (초판 출판자 주)

15

단포드는 마리아의 회고록을 보고 애정이 가득 담긴 서신과 함께 돌려주었다. 그 서신에 그는 이혼을 좀 더 쉽게 할 수 있을 때까지 결혼법의 부조리성에 대해 주장을 펼쳤고, 그것이 가장 견디기 어려운 구속이라고 썼다. 이런 종류의 결합은 그보다 월등한 원칙에 지배받는 사람들을 구속할 수 없었다. 그리고 그런 사람들은 당연한 결과를 견딜 정신력만 충분히 있다면, 자신이 만든 적 없는 법의 지시를 초월해서 행동할 특권을 지녔다. 마리아의 경우, 의무를 논하는 것은 그녀 자신에게 해당되는 것 이외에는 우스꽝스러운 일이었다. 이성뿐만 아니라 예민한 감수성이 그녀로 하여금 남편에게 돌아갈 생각조차 하지 못하게 했다. 그렇다면 그녀는 편협한 생각에 사로잡혀 끌리는 마음을 통제해야 하는가? 그가 그녀의 이성에 호소했을 때, 그녀의 마음에 흥미를 느끼고 있다는 사실을 감추기 싫어했으므로, 이런 주장이 사실을 완전히 오도하는 것은 아니었다. 이러한 확신은 기쁘기보다는 신성했다. 그는 하루에도 천 번씩 그런 기쁨을 누릴 자격이 있는지 자문했다. 그럴 때마다 그는 그녀가 자리 잡은 마음을 순수하게 유지하기로 결심했다. 그는 다시 그녀와 함께하게 해달라고 부탁했다.

그리고 그렇게 되었다. 그가 마리아를 존중하는 태도로 품에 안고, 불행한 어머니를 소중히 여기는 감정을 전했을 때, 그의 두 눈에는 눈물이 글썽거렸다. 슬픔이 사랑의 도취를 잠재웠지만, 서로에 대한 둘의 마음은 더욱 마음을 움직일 뿐이었다. 이전에 만났을 때, 단포드는 백 가지 사소한 구실로 그녀 곁에 앉으려고 하고, 손을 잡으려고 하거나, 눈을 마주치려고 했지만, 이제는 위로가 되어주려는 애정뿐이었고, 존중이 사랑에 필적하는 것 같았다. 그는 마리아의 이야기를 언급하고, 억압받은 그녀를 따스하게 위로했다. 빛나는 그의 두 눈은 마리아에게 자유와 사랑을 되찾아주기를 얼마나 바라는지 말해주었다. 하지만 그는 성자에게 하듯이 마리아의 손에 입맞추었다. 그리고 아이를 잃은 일을 자신의 일처럼 말했다. 마리아에게 이보다 더 마음에 드는 일이 있겠는가? 자신을 부인하는 모든 행동거지가 마리아의 마음에 들었고, 마리아는 자신을 너무나 사랑해 욕망에 빠져들기를 거부하는 그를 사랑했다.

그들은 다시, 또다시 만났다. 그리고 단포드는 뺨을 붉히면서 그 전에는 사랑이 어떤 것인지 몰랐다고 선언했다.

어느 날 아침, 제미마는 마리아에게 주인이 찾아오고 싶어 하며 단둘이서 이야기를 나누고자 한다고 알려왔다. 그는 편지를 한 통을 들고 찾아왔는데, 그 내용을 모르는 척했지만, 그것을 돌려달라고 했다. 그것은 앞에서 말한 변호사가 보낸 편지로, 마리아에게 아이가 죽었음을 알리고, 이제 합법적인 상속자가 없으므로, 만일 도버로 가서 여행을 계속하려면 평생 재산의 절반을 넘겨야 한다는 암시를 주었다.

마리아는 아이를 죽인 살인자와는 어떤 타협도 하지 않을 것이며, 자신을 판 값으로 자유를 사지 않겠다고 했다.

마리아는 간수와 어떻게 하면 좋을지 의논하기 시작했다. 하지만 그는 정색하며 조용히 하라고 말하고는 그가 그런 짓까지 하지는 않았다고 말했다.

단포드가 저녁에 찾아왔다. 제미마는 자리를 비켜주었고, 그들이 방해받거나 발각되지 않도록 문을 잠그고 갔다. 처음에 연인들은 어색했지만, 곧 저들도 모르게 둘만의 대화를 시작했다. 단포드는 두 사람이 곧 헤어질 수 있으며, 운명이 두 사람을 갈라놓지 못하도록 마리아가 마음을 받아주기를 바랐다.

이제 마리아는 단포드를 남편으로 받아들였고, 단포드는 마리아의 보호자가, 그리고 영원한 동반자가 되기로 엄숙히 선서했다.

마리아의 마음속에는 한 가지 특이한 점이 있었다. 그녀는 속지 않으려는 것보다, 속이지 않으려고 애썼다. 그리고 영원히 의심의 먹잇감이 되느니, 충분한 이유 없이도 신뢰하는 편을 택했다. 게다가 사소한 것을 꼼꼼히 따지는 것보다는 사색을 높이 평가하는 우리는 어떤 존재인가! 우리는 바라는 것을 보고, 세상을 우리 것이라고 여긴다. 비록 현실이 비참한 처지를 열어주지만, 상상력이 만들어주는 행복한 순간은 역설 없이 진정한 삶의 위로로 간주될 수 있다. 이제 마리아는 천상의 존재를 발견했다고 생각하고, 행복했다.

속지도 않았다. 그러자 단포드는 그녀의 간절한 손안에서 변화했으며, 그녀를 살아 움직이게 하고, 따뜻하게 데워준 모든 감정을 그대로 반사했다.[29]

[29] 원문에서는 이후에 2.5행이 대시로 이루어져 있다. (초판 출판자 주)

16

어느 날 아침, 저택 안이 온통 혼란스럽더니 제미마가 겁에 질려 찾아와 마리아에게 주인이 다시 돌아오지 않을 결심으로 (그리고 너무나 여러 가지 정황이 이를 입증해주었다) 집을 떠났으니, 마리아의 탈출을 도와줄 준비가 되었다고 전해왔다.

마리아는 벌떡 일어나 누군가 문을 영영 잠가버릴까 두려워하듯, 문 쪽에 눈길을 주었다.

제미마가 말했다. "어쩌면 저는 부인의 약속을 실행할 권리가 없을지도 모릅니다. 하지만 제가 사람들과 화해하는 것은 부인에게 달렸습니다."

"하지만 단포드는!" 마리아가 구슬픈 목소리로 외치고는 다시 주저앉아 팔짱을 꼈다. "이제 찾으러 갈 아이도 없고, 자유에는 달콤함이 사라졌어요."

"그렇지 않습니다. 단포드는 주인님이 달아난 이유입니다. 그분을 지키는 사람들이 알려주었는데, 단포드를 이틀 더 가두어두었다가 풀어주기로 약속했답니다. 부인은 그분을 만날 수 없어요. 하지만 그들이 단포드를 풀어주는 순간 편지를 줄 거예요. 그 편지에 런던 어디에서 만날지 적어두세요. 어딘가 호텔로 정하세요. 부인의 옷을 내게 주세요. 그것을 내 옷과 함께 내보내고, 정원 문으로 빠져나가요. 그 준비를 하는 사이에 편지를 쓰세요. 서둘러요!"

진정할 수 없이 불안한 마음으로 마리아는 단포드에게 편지를 쓰기 시작했다. 마리아는 그를 '남편'이라는 성스러운 이름으로 불렀고, "서둘러 내 재산을 나누러 오세요. 그러지 않으면 돌아가겠어요"라고 적었다. 아델피의 어느 호텔이 만날 장소였다.

편지를 봉해 맡겼다. 그리고 비록 겁에 질리기는 했지만 빠른 발걸음으로, 정원 문으로 결코 나갈 수 없으리라는 막연한 두려움을 안고서, 마리아는 숨도 제대로 쉬지 못한 채 아래로 내려갔다. 제미마가 먼저 갔다.

악마에 들린 자에게나 어울릴 만한 얼굴을 한 존재가 길을 막더니 마리아의 팔을 붙잡았다. 마리아는 빠져나가지 못하는 것 이외에는 두려울 것이 없었다. "누군가요? 무엇인가요?" 그 모습이 별로 인간의 것으로 보이지 않았기 때문에 이렇게 물었다. "살과 피로 된 존재라면, 나를 막지 말아요!" 무시무시한 두 눈이 마리아를 노려보았다.

"여자여." 무덤에서 흘러나오는 것 같은 목소리였다. "내가 당신과 무슨 상관이오?" 그는 여전히 그녀의 팔을 잡고 욕설을 중얼거렸다.

"아뇨, 아뇨. 나와는 아무 상관 없어요." 마리아가 외쳤다. "지금은 생사가 걸린 순간이에요!"

마리아는 초인적인 힘으로 그에게서 벗어나 제미마를 끌어안으며 외쳤다. "구해주세요!" 마리아가 벗어난 그 존재는 그들이 문을 여는 사이에 돌을 집어 들더니 마치 장난을 치듯이 그들에게 던졌다. 하지만 그들에게 닿지 못했다.

시내에 도착했을 때, 마리아는 이미 정해놓은 호텔로 갔다. 하지만 가만히 앉아있을 수 없었다. 아기가 눈앞에 어른거렸다. 그리고 갇혀있는 동안 일어난 일은 모조리 꿈만 같았다. 마리아는 교외의 집으로 갔다. 아기를 보낸 집이라고 했다. 그 집에 들어가는 순간, 마음이 아팠다. 하지만 마리아는 무덤이 있을 것으로 생각했다. 필요한 질문을 하자, 교회 묘지라는 대답을 들었고, 그곳에 아기가 묻혀 있었다. 유모의 아이가 입고 있는 작은 옷(마리아가 직접 만든 옷이었다)이 눈에 띄었다. 유모는 그 옷을 반 기니에 기꺼이 팔았고, 마리아는 유품을 들고 서둘러 기다리고 있던 마차에 올라탄 뒤, 호텔에 도착할 때까지 그 옷을 보고 있었다.

그다음 마리아는 숙부의 유언장을 작성한 변호사를 기다려 상황을 설명했다. 그는 곧 자신의 수중에 있던 돈을 내주었고, 모든 상황을 고려해보겠다고 약속했다. 마리아는 조용히 지낼 수 있기만을 바랐다. 자신의 서명이 적힌 것으로 보이는 몇 가지 청구서가 대리인에게 보내진 것을 보고, 누가 그 문서를 위조했는지 고민 없이 알 수 있었다. 하지만 위협하기도, 사정하기도 싫었던지라, 마리아는 변호사에게 베너블즈 씨를 찾아가 달라고 청했다. 그는 집에도 없었다. 하지만 결국 그의 대리인, 변호사가 마리아가 적절하게 행동하고, 수표를 내놓는다면, 가만히 내버려 두겠다는 조건부 약속을 제안했다. 마리아는 경솔하게 동의했다. 단포드가 도착했고, 마리아는 오로지 사랑을 위해 살고 싶었다. 아이를 생각할 때마다 느끼는 고통을 잊고 싶었다.

그들은 가구가 준비된 집을 함께 빌렸다. 마리아는 속임수를 쓰고 싶지 않았기 때문이다. 제미마는 가정부로 함께 지내며 여느 사람들과 같은 봉급을 받겠다고 했다. 그것 이외에는 제미마는 여전히 마리아의 친구였다.

단포드는 지치지 않고 자신을 가둔 정황을 추적하고 있었다. 원인은 단순히 그가 상속인인 먼 친척이 상당한 재산을 남기면서 유언장 없이 사망한 것이었다.

단포드가 [영국에] 도착한다는 소식에, [그 재산 관리를 담당하고, 문서를 갖고 있던 사람이 단포드에게서 재산 상속을 빼앗으려고 과감하게 결심하고는] 그를 가두려고 한 것이었다. [그 악당이 자신의 목적에 가장 알맞다고 여긴 조처를 취하자마자] 사설 정신병원의 감시인이 영국을 떠났다. 계속해서 의문을 추적하던 단포드는 마침내 그들이 파리에 숨은 것을 알아냈다.

마리아와 그는 충성스러운 제미마와 함께 그 도시에 찾아가기로 했고, 여행 준비를 하던 중에 베너블즈 씨가 유혹과 간음죄로 단포드에게 소송을 건 것을 알게 되었다. 마리아가 느낀 분노는 말로 설명할 수 없다. 그녀는 수표를 쉽게 내준 것을 후회했다. 단포드는 여행을 미루었다가는 재산을 잃을 위험이 있었다. 그래서 마리아는 그에게 여행 경비를 대주고, 이 일이 해결될 때까지 런던에 머물기로 했다.

마리아는 전에 친하던 귀부인들을 찾아갔지만, 만날 수 없었다. 그리고 오페라 극장과 래닐러에서 그들은 마리아를 기억하지 못했다. 이 부인 중, 마리아와 가장 가깝지는 않았지만, 결혼을 은폐물로 이용해 바르지 못한 품행을 감추는 것으로 알려진 이들이 있었다. 그들이 순진하게 유혹을 당한 소녀였다면, 그런 행동으로 영영 평판을 잃었을 것이다. 이런 여인들이 특히 마리아를 멀리했다. 그녀가 남편과 함께 살며, 부정을 저지르고, 아이를 등한시했다면 사람들은 여전히 그녀를 찾아와 존경했을 것이다. 연인과 공공연히 사는 대신, 수천 가지 속임수를 쓸 수 있었다면, 그래서 그녀의 정신이 타락하고, 속지 않은 사람들이 속은 척해야 했다면, 마리아는 사람들의 애정을 받으며 정숙한 여인 취급을 받았을 것이다. "그리고 브루투스는 명예로운 남자다!"[30] 마크 안토니 역시 진심으로 이렇게 말했다.

마리아는 단포드와 함께 아무도 방해할 수 없는 행복을 맛보지는 못했다. 그의 변덕스러운 태도에 마리아는 종종 괴로움을 느꼈다. 하지만 사랑이 기쁨을 주었다. 게다가 그는 세상에서 가장 상냥하고 동정심 많은 존재였다. 여성을 좋아하는 것이 남성의 행동에 인간적인 면모를 더해주는 것처럼 보이지만, 그들은 현실에 대해서는 가식을

---

[30] 원고의 이름은 시저로 잘못 적혀 있다. (윌리엄 고드윈 주)

보이지 않는다. 그리고 그들은 자신의 만족을 추구하는 것뿐인데, 타인을 사랑하는 것처럼 보인다. 마리아가 얻을 수 없는 행복을 떠올리며 마음속에 자리 잡은 낭만적인 생각을 지우려고 애쓰는 동안, 단포드는 언제나 마리아의 취향과 학식에 도움이 되고자 했다.

인생에서 진정한 애정은 피어날 수 있게 될 때면, 영혼의 기쁨과 온갖 달콤한 감정을 담은 꽃봉오리다. 하지만 그것은 고통스러운 상상력이 그려낸 인위적인 행복과는 달리 자연스럽고 쉽게 자라난다. 마음을 넓히고 교화시키는 진정한 행복은 자연 속을 다니며, 자연에서 불어오는 훈향을 맡으며 경험하는 기쁨과 비견될 수 있다. 반면 열렬한 상상력이 일깨우는 환상이 달콤한 관목이 가득한 정원에서 뛰놀고, 즐기는 동안 질리고, 만족하게 하는 감각을 약화시킨다. 이 삶에서, 혹은 장래라는 끝없는 바다가 에워싸고 있는 지역에서, 별들 아래, 혹은 별들 너머 상상의 세계는 지루하고 재미없는 균일성을 갖고 있다. 시인들은 지극한 행복을 누리는 장면을 상상해 왔다. 하지만 슬픔을, 영혼의 온갖 감정, 그리고 그 위엄을 감지하는 것은 제외된 것 같다. 우리는 잔잔한 호수를 보며 졸다가 행복한 만족감의 계곡을 에워싸고 있는 바위에 오르고 싶어 하지만, 길도 없는 사막에는 독사들이 도사리고 있으며 아무도 모르는 책략에는 위험이 도사리고 있다. 마리아는 행복하기보다는 관대해진 자신을 발견했고, 이전에는 무시했던 성품에서 미덕을 찾게 되었지만, 그녀가 추구하는 우아함과 우월함은 결국 불운을 불러올 뿐이다. 연애 감정 때문에 마음은 종종 닫힌다. 그리고 병든 감수성을 키우면서,

부드러운 인간애에는 점점 무감해진다.

단포드와의 작별은 진정으로 잔인했다. 그로 인해 너무나도 고통스럽게 외로웠다. 하지만 마리아는 그에게서 소송의 근심과 복잡함을 덜어줄 수 있어서, 그리고 그만의 사람이 되어서 다시 만날 것으로 생각하니 기뻤다. 현재의 결혼은 부도덕으로 가는 길이라고 생각되었지만, 사회의 증오가 훼방을 놓고 있으니, 마리아는 기존의 규칙에 따라 그의 아내가 되어서 애정을 맹세하고 싶었다. 그녀의 행동은 결혼이라는 의식이 없어도 똑같을 것이고, 그에게 대한 기대도 덜하지 않을 테지만, 전혀 다른 동기를 가지고 행동하는 여인들과 혼동당하고 싶지 않았다. 유죄를 인정하려는 기소 내용에 대해 마리아가 스스로를 변호하고자 소환당하는 것은 여전히 괴로웠다. 사회에서 여성이 처한 상황을 쓰디쓰게 반추하는 일이기 때문이었다.

17

법을 지키는 개들이 달려들었을 때, 마리아의 마음 상태는 그러했다. 마리아는 단포드의 변호를 직접 맡았다. 마리아는 그의 변호인에게 간통죄에 대해서는 유죄를 시인하되, 유혹에 대해서는 부인하라고 지시했다.

원고 측 변호인은 자신의 의뢰인이 늘 애정 많은 남편이었으며, 몇 가지 기질에 있어서 약점은 있지만, 아내에 대해서 범법을 저지른 일은 없다고 변호를 시작했다. 하지만 그녀는 아무런 이유 없이 집을 나갔고, 당시 그녀가 피고와 알고 있었는지는 모르지만, 남편이 그녀를 집으로 데려오려고 하자 이 남자가 경찰들을 따돌리고 그녀를 모르는 곳으로 데려갔다고 했다. 아이가 태어난 뒤, 마리아의 행동이 너무 이상했으며, 민감한 사안이라 자세히 말할 수 없는 우울병이 집안에 있는지라 마리아를 감금해야 했다고 했다. 모종의 수단을 써서 피고는 그녀가 탈출하게 해주었고, 두 사람은 질서와 예의를 어기고 함께 살아왔다고 했다. 간통죄는 인정했으니 증인을 데려올 필요가 없지만, 유혹은 정황상 매우 신빙성이 높으나 분명하게 증명할 수가 없었다. 예절과 평판에 대한 존중을 어긴 이 극악무도한 범죄는 죄책감이라고는 없이 저지른 것임을 여실히 보여준다고 했다.

너무나 부당하다는 생각에 마리아의 가슴에서는 아무것도 움직이지 않았다. 그녀는 자신의 천성이 뛰어나다는 사실을 진심으로 주장하고 싶을 뿐이었다. 사회의 조롱, 아무것도 모르는 세상의 비난은 마리아 자신이 지키는 원칙의 근간이 되는 그런 감정에 비하면 아무것도 아니었다. [그래서 그녀는 이 재판에 불참하는 대신, 용감하게 나온 것이다.]

법의 속임수가 수치스러우리라 판단한 마리아는 다음의 글을 썼고, 이를 법정에서 읽어달라고 했다.

"약혼이 무엇인지 제대로 분간하지 못할 때 결혼한 저는 여성을 노예로 삼는 엄격한 법에 종속되었고, 더는 사랑할 수 없는 남자에게 복종했습니다. 결혼한 부부의 의무가 상호 간에 공평한지에 대해서 말하려는 것이 아닙니다. 하지만 제가 보아 넘겨주거나 용서해준 수차례의 외도에 대해서는 증명할 수 있습니다. 이 사실을 확인해줄 증인들이 있습니다. 지금 저는 제 결혼 후에 태어난 그 남자와 하녀의 아이를 데리고 있습니다. 교육과 상황이 남자들로 하여금 더 분방하게 사고하고 행동하도록 하고 있으며, 이는 사회가 질서 유지를 위해 여자들에게 요구하는 것과 다르다고 생각합니다. 제가 비록 이 아이의 탄생을 용서해줄 수는 있지만, 이 불운한 아이를 버리게 할 수는 없었다고 말할 수 있습니다. 그리고 남편을 경멸하는 동안, 존경하기가 쉽지 않았습니다. 하지만 저는 세상에 친화력을 부여하는 제도를 무조건 존중하지 않습니다. 저는 여인의 어깨에만 굴레를 씌우고 어머니 노릇을 하며 자식을 키우고자 하는 여인을 남자의 변덕에 좌지우지되게 하는 법에 반대합니다. 남편들이 선택이나 필요 때문에 여인들을 통치하는데 말입니다. 여성이 남편과 헤어져야 하는 경우는 다양합니다. 그리고 제 경우는 가장 열악한 상황에 속한다고 주장하고자 합니다.

저는 당사자만이 알 수 있는 분한 일들을 과장하지 않겠습니다. 하지만 인류 전체에 대한 모욕이 되는 일들은 밝히겠습니다. 모종의 파괴적인 일 때문에 베너블즈 씨는 제게 부유한 친척으로부터 돈을 빌리라고 종용했습니다. 더 공모하지 않겠다고 하자, 그는 제 몸을 팔 생각을 했습니다. 그리고 돈을 빌린 친구에게 저를 유혹할 기회를 주고, 그러라고 재촉하기까지 했습니다. 이 사악한 행동을 알게 된 저는 그를 떠나기로 결심했고, 단호히, 영영 떠났습니다. 저는 그의 행동 때문에 모든 의무가 무효가 되었다고 생각합니다. 그리고 원칙이 없어서 생겨난 상처는 결코 나을 수 없다고 생각합니다.

그는 저와 함께 5,000파운드의 재산을 받았습니다. 저는 아이를 키울 수 있다고 확신했기에 숙부께서 돌아가셨을 때 이 유산의 상속을 파기했습니다. 저는 제 재산 어느 것도 돌려달라고 하지 않았고, 함께 살았던 6년 동안 빼앗긴 돈의 액수를 세지도 않을 겁니다.

법이 제집이라고 칭하는 곳을 떠난 뒤, 저는 빚을 지지도, 생활비를 요구하지도 않았지만, 범죄자처럼 이곳저곳으로 쫓겨 다녔습니다. 하지만 법이 그런 행위를 용인하고, 여성을 남편의 재산으로 만들고 있습니다. 딸이 태어나고, 저와 아이에게 상당한 유산을 남기신 숙부께서 돌아가신 뒤, 저는 새롭게 괴롭힘을 당했습니다. 그리고 제가 몇 년 동안 고심 끝에 제 믿음을 선언했다는 이유로, 악명 높은 짓을 하는 남자에게 영영 묶여 살아야 하다고 세상은 말했습니다. 하지만 여인들이 비참한 일을 겪도록 만드는 악행, 그들이 깊이 느끼고, 그들의 영혼을 갉아먹고, 이루 말할 수 없어서 얼버무려 버릴 수 있는 그 악행이 무엇입니까! 여인의 모든 미덕이 정숙과 복종, 받은 상처의 용서라고 규정하는 그릇된 도덕이 자리 잡고 있습니다.

제가 비록, 그렇게 빼앗긴 아이를 잃은 것을 쓰디쓰게 슬퍼하지만, 저를 괴롭힌 자를 용서합니다. 하지만 시시각각 반감을 느끼지 않으려면 헤어지는 것이 필요한데도, 사랑하는 척 연기하는 것이 의무라고 생각만 해도 본성이 거부하고 영혼이 병듭니다.

저는 재산을 내놓도록 감금되었습니다. 그렇습니다, 어느 사립 정신병원에 감금되었습니다. 그곳에서, 절망의 한가운데서 저는 저를 유혹했다고 고발된 남자를 만났습니다. 우리는 친구가 되었습니다. 저는 저 자신이 자유라고 여겼으며, 앞으로도 그럴 겁니다. 아이의 죽음은 저와 소위 합법적인 남편이라는 사람과의 유일한 관계를 지워버렸습니다.

그렇게 만난 이 사람에게 저는 제가 원해서 저 자신을 주었습니다. 그리고 저는 인위적인 사회 정책이 확실한 처벌을 규정한 법을 어긴 적 없듯이, 윤리적인 면에서도 법을 어긴 적 없다고 생각합니다. 남편의 어떤 명령도 한 여자가 그런 범죄로부터 고통당하는 것을 막을 수 없는 반면, 여자는 자신의 양심에 따라, 옳고 그름에 대한 자신의 생각에 따라 행동거지를 통제할 수 있어야 합니다. 저 자신을 존중하고자 저는 베너블즈 씨를 남편으로서 다시는 보지 않으리라는 결심을 지킬 것입니다. 제가 만약 운이 없어 원칙 없는 남자와 결혼했다면, 저는 아내와 엄마의 의무를 영영 다하지 못해야 합니까? 저는 나라가 제 행동을 허락해주기를 바랍니다. 하지만 강자가 약자를 억압하려고 만든 법이 존재한다면, 저는 저 자신의 정의감에 호소하여 인간과 인간을 묶어주는 모든 종류의 윤리적 의무를 어긴 사람과는 살지 않겠다고 선언하는 바입니다.

저는 제 남편이라고 여기는 사람을 범죄자로 간주하는 모든 고발에 반대합니다. 저는 베너블즈 씨의 집을 떠났을 때 스물여섯 살이었습니다. 제게 제 행동을 스스로 정할 수 있는 나이가 따로 있다면, 그때 그 나이에 도달했습니다. 저는 심사숙고 끝에 행동했습니다. 단포드 씨는 버림받고 억압당한 여자로 저를 만났고, 현재 사회의 여인들에 필요한 보호를 약속해주었습니다. 하지만 현재 제 남편이라고 주장하는 남자가, 이 행동 때문에 저와 헤어졌습니까? 단포드 씨가 저를 만난 곳이 어딘지 생각해보면, 이런 질문은 상식을 모욕하는 처사입니다. 베너블즈 씨의 집 문은 저를 향해 열려있었습니다. 아니, 저를 돌아오게 하려고 협박하고 사정했습니다. 하지만 왤까요? 애정이나 명예심이 동기였을까요? 그렇습니다. 저는 인간의 마음속으로 들어갈 수는 없습니다. 하지만 [다양한 상황을 겪어보았으니] 그는 다만 엄청난 탐욕으로 인해 그렇게 행동했다고 단언하는 바입니다.

그래서 저는 이혼하고, 괴롭힘을 당하지 않고서 친척이 남긴 재산을 즐기는 자유를 주장합니다. 그 친척은 제가 만족시켜야 하는 남자의 성품을 잘 알고 계셨습니다. 저는 배심원단의 정의와 인간성에 호소합니다. 그분들 개인의 판단이 법을 수정할 수 있어야 합니다. 분명한 규칙이 불분명한 상황에 적용될 수 없는 법이니까요. 그리고 제가 선택한 남자로부터 유혹이라는 죄에 대한 처벌은 면하게 해주시기를 간청합니다.

저는 베너블즈 씨에게 저를 묶어놓은 족쇄에서 벗어났다는 확신이 생기기 전까지는 간통죄에 해당하는 일을 하지 않았습니다. 그와 함께 사는 동안 저는 여성의 아름다운 명예를 더럽히는 목소리에 저항했습니다. 남편에게 버림받았지만, 저는 연인을 두지 않았습니다. 그리고 제 마음의 평화를 희생해 소위 명예를 지키려고 애썼습니다. 제 명예를 지켜야 하는 자가 저를 잡으려고 덫을 놓기 전까지는 말입니다. 그 순간부터, 저는 자유라고 믿었습니다. 그리고 이 땅의 어떤 권력도 제 결심을 무시할 수 없을 것입니다."

판사는 증거를 수합하는 데 있어서 "여성이 결혼 서약을 깨뜨린 데 대한 변명으로 자신의 감정을 주장하는 것이 잘못"이라고 언급했다. 그는 새로운 것, 과거의 올바른 행동 규칙을 무너뜨리는 신식 사고방식에 항상 반대해왔다. 우리는 공적으로나 사적으로나 프랑스의 원칙을 원하지 않았다. 그리고 여성이 부정을 저지른 데 대한 변명으로 자신의 감정을 주장하게 된다면, 부도덕의 수문을 여는 셈이 될 것이다. 정숙한 여인 중 그 누가 자신의 감정을 생각했는가? 경험으로 더 훌륭한 판단력을 지닌 부모와 가족이 정해준 남자를 사랑하고, 그에게 복종하는 것이 여자의 의무였다. 남편을 고발한 것에 대해서는 불분명하고, 사립 정신병원에 감금당한 것 이외에는 아무런 증거가 없었다. 하지만 집안에 정신병이 있다는 증거를 볼 때, 그것은 신중한 조치였을 수도 있다. 그리고 그 부인의 행실은 제정신인 사람의 행동처럼 보이지 않은 것도 사실이다. 하지만 이러한 조치는 정당화할 수 없으며, [다른 법정의] 부인에게 별거 명령을 부여할 수도 있었을 것이다. 하지만 판사는 어떤 영국인도 불륜을 저지른 여인이 자신을 유혹한 남자에게 재산을 주는 것을 허용함으로써 불륜을 합법화하지 않을 것이라고 말했다. 결혼의 신성함을 유지하고자 한다면, 이혼하는 데 여러 가지 제한을 두는 것이 마땅하다. 그리고 그것이 극소수의 개인에게는 좀 힘들 수도 있지만, 분명 전체의 이익을 위한 것이다.

결론

편집자

작품의 나머지는 어떤 계획이 있었는지 알려진 바가 거의 없다. 이후 이야기에 대해서는 단 2개의 문장과 몇 가지 글귀만을 발견했다. 그것을 여기 옮겨 적어 둔다.

I. 단포드의 편지에서는 애정이 느껴졌다. 하지만 상황으로 말미암아 일이 미루어졌고, 늦어지는 편지 몇 통이 도착한다고 해서 기다리는 대답을 얻게 될지 의심하게 만들었다. 마리아의 마음을 진정시키려면 그가 돌아올 필요가 있었다.

II. 단포드가 마리아에게 일이 해결되었다고 알렸으므로, 돌아오는 것이 늦어지는 것이 이상하게 느껴졌다. 하지만 지극한 사랑이 두려움이나 의심을 막아준다.

이후 이야기에 대한 두서없는 글귀는 다음과 같다.[31]

I. 간통죄 재판—마리아의 변호—그 결과 별거—마리아의 재산은 상법부로—단포드는 재산 일부를 얻음—마리아는 시골로 감.

II. 간통죄 재판 실시—재판—단포드 프랑스로 출발—서신들—다시 임신—그가 돌아오다—이상한 행동—방문—기대—발견—만남—결과.

III. 남편의 소송—그에게 피해보상—별거—단포드가 해외로 감—마리아는 시골로 감—아버지를 부양함—따돌림—런던으로 돌아옴—연인을 기다림—기다림의 배신—다시 임신한 것을 알게 됨—기쁨—발견—방문—사산—결말.

IV. 남편과 이혼—연인의 외도—임신—사산—결말.

[다음은 앞의 내용에서 조금 벗어난 것으로 보인다.]

그녀는 아편을 삼켰다. 영혼이 차분해졌다. 태풍도 가라앉았다. 그리고 자신을 잊고, 그 생각에서 벗어나고자 견딘 괴로움으로부터, 이 지옥 같은 실망으로부터 달아나려는 마음 이외에는 아무것도 남지 않았다.

그래도 그녀의 눈은 감기지 않았다. 기억이 어마어마한 속도로 꼬리에 꼬리를 물며 떠올랐다. 평생 겪은 모든 일이 서로 팔짱을

---

[31] 이 글귀를 이해하기 위해서 독자 여러분은 각 글귀가 이야기의 같은 지점에서 시작된다고 보아야 할 것이다. (윌리엄 고드윈 주)

끼고 그녀를 괴롭혔으며, 잠들어 죽음을 맞는 것을 막았다. 죽임을 당한 아이가 다시 나타났으며, 그녀 자신이 무덤이 되었던 아이도 나타났다. 그것이 더 나을 수 있을까? 어머니의 돌봄 없이 사는 것 보다는 나와 함께 죽는 것이 필시 나으리! 나는 살 수가 없다! 하지만 태어나자마자 아이를 버릴 수 있었을까? 그 아이를 도와줄 손도 없이 삶의 풍랑 속에 내던질 수 있을까? 마리아는 고개를 들었다. 내가 어떤 일을 겪은 것일까! 내가 가는 곳에서 아버지를 찾을 수 있기를! 고개가 옆으로 돌아갔다. 온몸이 마비되었다. 정신을 잃었다. 인내심을 갖자. 마리아는 어지러운 머리를 세우며 말했다. (마리아는 어머니를 떠올렸다.) 이런 상태가 오래갈 리 없다. 게다가 내가 겪은 고난에 비하면, 몸이 좀 불편한 것이 다 무엇이란 말인가?

새로운 광경이 눈앞에 어른거렸다. 제미마가 들어왔다. 조그마한 아이가 뒤뚱거리며 침대로 다가왔다. 멀리서 제미마가 부르는 소리가 들려왔다. 마리아는 들으려고, 말하려고, 보려고 했다!

"아이를 보세요!" 제미마가 외쳤다. 마리아는 침대에서 일어나려다가 쓰러졌다. 심한 구토가 이어졌다.

마리아가 되살아나자 제미마가 엄숙하게 말했다. "○○가 부인의 남편과 오빠가 부인을 속이고 그 아이를 감추어둔 것이 아닌가 의심하게 만들었어요. 부질없는 희망으로 괴롭혀드리고 싶지 않아서 (위기의 순간에) 부인을 두고 아이를 찾으러 갔어요! 아이를 비참한 곳에서 구해냈는데, (이제 되살아났으니) 아이를 이 세상에, 제가 겪은 일을 겪도록 두고 가실 건가요?"

마리아는 그녀를 미친 듯이 쳐다보았다. 온몸이 흥분해서 떨렸다. 제미마가 오는 내내 가르친 덕분에 아이가 "엄마!"라고 말했다. 마리아는 아이를 품에 안고 뜨거운 눈물을 흘렸다. 그리고 아이를 죽일까 봐 두려운 듯, 가만히 침대에 내려놓았다. 마리아는 영혼의 고통스러운 갈등을 감추려는 듯, 두 눈을 가렸다. 그녀는 5분 동안 팔짱을 끼고 앉아있더니 고개를 숙이고 외쳤다. "갈등은 끝났어요! 아이를 위해 살겠어요!"

이 암시를 찾아본 몇몇 독자 여러분께서는 이 일이 지루함 없이, 혹은 이야기의 흥미를 포기하지 않고, 어떻게 가능한지, 앞에서 제시한 내용보다 훨씬 많은 내용을 채우지 않고 설명될 수 있을지 궁금할 것이다. 하지만 사실, 이러한 암시는 비록 단순하기는 하지만, 감정과 괴로움으로 가득하다. 소설에 그렇게 많은 사건을 다 집어넣고, 독자의 마음속에 아무것도 남겨놓지 않는 것은 실력 없는 작가만이 쓰는 기법이다. 사건을 발전시키고, 그 가능성을 발견하고, 거기서 생겨나는 여러 감정과 정서를 주장하며, 그것을 작은 사건으로 다양화하고, 현실감을 주는 것, 그리고 감각 있는 독자의 마음을 사로잡는 것은 진정한 천재의 영역이다. 이 경우, 이야기를 위대한 윤리적인 목적을 위해 사용하는 것이 저자의 계획이었다. 즉 "사회의 편파적인 법률과 관습에서 생겨난, 여성의 고통과 억압을 보여주는 것"이며 "이런 시각은 저자의 상상력을 제한했다."[32] 저자에게는 놀라운 시각을, 너무나 자주 간과되는 악행을 제시하고, 그러한 세세한 억압을 드러내는 것이 필요했다. 그런 것에 대해 혐오스럽고 무감각한 인간들은 크게 신경 쓰지 않기 때문이다.

끝.

---

[32] 저자의 서문 참조. (윌리엄 고드윈 주)

마틸다

MATHILDA

Mary Shelley

1[1]

아직 네 시밖에 안 되었지만, 겨울이라 해는 이미 졌습니다. 맑고 쌀쌀한 하늘에는 구름이 한 점도 없어 기우는 햇살이 반사될 곳이 없지만, 살짝 장밋빛으로 물든 공기가 땅을 덮은 눈에 그 빛을 다시 반사합니다. 저는 인적 없이 드넓은 황야에 홀로 세워진 오두막에 살고 있습니다. 사람의 목소리는 전혀 들리지 않습니다. 눈이 밀려 내리면서 평지보다 얇게 깔려 한낮의 햇볕에 녹아 검은 흙은 드러난 가파른 언덕 꼭대기 몇 군데를 제외하면 하얀 눈으로 뒤덮인 황량한 평야뿐입니다. 새 몇 마리가 웅덩이를 덮은 단단한 얼음을 쪼고 있었습니다. 서리가 오랫동안 계속 내려온 탓입니다.

저 자신의 마음 상태가 낯섭니다. 저는 이 세상에 혼자, 거의 아무도 없이 혼자 남았습니다. 불행이 병충해처럼 저를 갉아먹고 시들게

---

[1] 이 소설은 1818년에서 1819년 사이에 집필되었지만, 메리 셸리가 아버지 윌리엄 고드윈에게 원고를 보내어 출간하도록 했을 때, 고드윈이 근친간의 사랑이라는 주제를 못 마땅히 여겨 출간을 거부했다. 이후 메리 셸리 역시 남편의 죽음을 겪으며 이 원고가 불길하다고 판단해 발표하지 않았고, 결국 1959년에 와서야 엘리자베스 미치가 원고를 모아 편집하여 처음으로 출간하였다. (역자 주)

했습니다. 이제 곧 죽게 되리라 생각하니 행복합니다. 기뻐요. 제 맥박이 느껴집니다. 빠르게 뛰고 있습니다. 앙상한 손을 뺨에 대보면 불같이 뜨겁습니다. 제 안에 가냘프게 떨고 있는 영혼은 마지막 불꽃을 반짝이고 있습니다. 내년 겨울의 눈을 보지 못할 것입니다. 다음 여름의 태양이 온 땅에 활력과 온기를 전하는 것도 보지 못하리라 확신합니다. 그렇게 생각하니 제 비극적인 이야기를 적어두어야겠다는 마음이 들었습니다. 어쩌면 저 같은 사람의 이야기는 저와 함께 무덤에 묻히는 편이 낫겠지만, 뭐라 말할 수 없는 감정이 제 손을 이끌고 있으며 제 몸과 마음이 모두 너무 약해 아무리 작은 충동도 막아낼 수가 없습니다. 생명력이 강하던 시절 제 이야기에는 신성한 공포가 자리 잡아 입 밖에 낼 수 없다고 진심으로 생각했지만, 이제 죽을 때가 되니 그 신비로운 두려움을 말로 더럽히고 있습니다. 그것은 마치 죽어가는 사람들만 들어갈 수 있는 에우메니데스의 숲[2]과도 같습니다. 그리고 오이디푸스는 곧 죽게 됩니다.

대체 무엇을 쓴단 말일까요? 생각을 정리해야 합니다. 제가 죽으면 이 글을 받게 될 저의 벗, 당신 이외에는 그 누구도 이것을 들여다보지 않으리라는 사실을 알고 있습니다. 당신만을 상대로 이 글을 쓸 생각은 아닙니다. 당신만 이 글을 읽는다고 한다면, 우리가 서로 이미 다 알고 있으므로 두말할 필요도 없는데도 당신과의 우정에

---

2 아이스킬로스의 『콜로누스의 오이디푸스』에서 복수의 여신들, 에우메니데스는 숲에 살고 있고, 자책하며 눈이 먼 오이디푸스는 그 숲에 들어가야 한다. (역자 주)

대해서 자꾸만 이야기하고 싶을 테니까요. 그러므로 저는 이 이야기를 낯선 사람들에게 하듯 전개할 것입니다. 당신은 제가 왜 혼자 사는지, 왜 눈물을 흘리는지, 그리고 무엇보다도 왜 그토록 철저히 쌀쌀맞게 침묵하는지 자주 물었습니다. 살아있는 동안에는 감히 이유를 말할 수 없었습니다. 이제 죽음을 앞두고 그 비밀을 밝히고자 합니다. 남들은 이 글을 가볍게 던져버릴 것입니다. 상냥하고 정 많은 친구 우드빌, 당신에게는 이 글이 소중할 것입니다. 죽어가면서도 당신에 대한 감사의 마음이 따뜻해지는 이가 남긴 소중한 추억이니까요. 제 불행을 기록한 이 글에 당신의 눈물이 떨어지겠죠. 그러리라는 사실을 저는 알고 있으니, 아직 살아 있는 지금, 당신의 동정심에 미리 감사를 전합니다.

서론은 이 정도면 됐습니다. 이제 이야기를 시작하고자 합니다. 이것이 제가 마지막 할 일이고, 이 일을 마칠 기운이 남아있기를 바랍니다. 죄를 지었다고 기록하는 것은 아닙니다. 제 잘못은 쉽게 용서받을 수 있는 것입니다. 악한 동기에서 시작된 것이 아니라 판단력의 부재에서 비롯된 것이기 때문입니다. 게다가 다르게 행동했거나, 뛰어난 지혜가 있었다고 하더라도 제가 지금 겪는 불행을 피할 수 있었으리라 말할 사람은 드물 것입니다. 제 운명은 불가피한 상황, 무시무시한 상황에 의해 결정되었습니다. 한때는 즐거움이 담긴 말만 하고, 언제나 선행을 사랑하고 기뻐하며 어쩔 줄 모르던 저를 오로지 죽음으로, 이제 곧 닥쳐올 죽음으로 치닫게 하는 불행에 얽힌 굵고 단단한 사슬을 부수려면 저보다, 아니, 그 어떤 인간보다

센 힘이 필요할 것입니다. 하지만 이 이야기를 하는 동안에는 저 자신은 잊고자 합니다. 몇 차례 글쓰기를 멈추고 흐릿해진 눈을 비비며, 현재의 흐릿하지만 무거운 불행을 잊고 과거의 또렷한 감정을 되살려내고자 노력할 것입니다.

나는 영국에서 태어났다. 아버지는 지위가 높은 분이셨다. 아버지는 일찍이 부친을 여의고 병약한 모친이 부유한 귀족이라면 누려도 좋다고 여긴 온갖 호사를 누리며 교육받았다. 아버지는 이튼에,[3] 그 후에는 대학에 보내졌다. 그리고 어렸을 적부터 큰돈을 자유롭게 쓸 수 있었다. 따라서 이렇게 좋은 집안에서 태어난 남자아이가 사립 학교에 들어가서야 누릴 수 있는 독립적인 생활을 아버지는 아주 어릴 적부터 즐겼다.

이런 상황에서 아버지의 열정[4]은 그 본질이 무엇이냐에 따라서, 뿌리를 내리고 자라서 아름다운 꽃이 될 수도 있고 잡초가 될 수도 있는 비옥한 땅을 만난 셈이었다. 언제나 스스로 행동할 수 있었던

---

3 1440년에 설립된 영국의 최고 명문 사립 기숙 학교 이튼 칼리지를 가리킴. (역자 주)

4 이때 사용된 'passion'이라는 단어는 메리 셸리의 어머니 울스턴크래프트가 사용한 의미와 맥락상 다르다는 점에 주목해야 한다. 울스턴크래프트는 격렬한 감정이란 이성(mind)보다 열등하며 통제해야 하는 것으로 보는 중세를 거치며 성립된 이분법적 시각을 따르는 반면, 메리 셸리는 열렬한 감정이란 "꽃"으로도 "잡초"로도 자랄 수 있는, 즉 긍정적인 가능성과 부정적인 가능성을 가진 것으로 보고 있다. 이러한 변화는 이성과 대비되는 감정에 대한 근대적 시각 변화로 볼 수 있으며, 이를 반영해 각각 '격정'과 '열정'으로 번역한다. (역자 주)

아버지는 일찌감치 뚜렷한 개성을 가지게 되었고, 혜안을 가진 사람이라면 아버지의 여러 모습에서 미덕의 씨앗을 알아볼 수도 있었을 것이고, 불행의 씨앗을 알아볼 수도 있었을 것이다. 아버지는 아무렇게나 돈을 쓰는 사치스러운 생활로 일시적인 기분에 따라 엄청난 돈을 탕진했고, 그런 성향을 열정이라고 그럴듯하게 명명했는데, 이러한 기질은 끝없이 후한 선심으로 나타나는 경우가 많았다. 하지만 아버지는 진심으로 남들의 요구를 들어주려고 애쓰면서 동시에 자신이 바라는 바도 충실히 채웠다. 아버지는 돈을 나누어주었지만, 남에게 선물하기 위해 자신이 바라는 것을 희생하는 법은 없었다. 시간도 남들에게 베풀었지만, 그것은 가치 있다고 여기지 않았고, 어떤 방식으로든 기꺼이 행동으로 옮긴 애정 역시 아낌없이 나누어 주었다.

아버지가 바라는 것이 남들이 바라는 것과 경쟁하게 될 때, 아버지가 지나치게 자신만을 생각했다는 뜻은 아니지만, 실제로 그런 경쟁은 일어난 적이 없었다. 아버지는 풍요 속에서 자랐고, 그 혜택을 모두 누렸다. 모두가 아버지를 사랑했고, 아버지의 마음에 들고자 했다. 아버지는 언제나 주위 사람들을 기쁘게 하려고 애썼지만, 그들의 기쁨이 곧 아버지의 기쁨이었다. 그리고 아버지가 여느 소년들보다 남의 감정을 더 배려했다면, 그것은 자신뿐만 아니라 모두가 근심, 걱정 없어야 마음이 편해지는 성품 때문이었다.

학교 시절, 배워 습득한 내용과 타고난 능력 덕분에 아버지는 동기들 사이에서 눈에 띄는 존재였다. 대학에 들어간 아버지는 책을 버렸다. 아버지는 책에서 배우는 것 이외의 가르침이 필요하다고 믿었다. 이제 성년이 되었건만 아버지는 여전히 학업이란 아이들을 꼼짝 못하게 하는 족쇄이며, 말 안 듣는 아이가 말썽을 부리지 못하게 만드는 것일 뿐, 인생, 즉 아버지가 훨씬 더 깊은 흥미를 지닌 승마와 사냥 등과는 아무런 관련이 없다고 여길 만큼 미숙한 것이었다. 그래서 비록 가볍기는 해도 냉정하지는 않아 쉽게 타락하지 않는 마음씨를 가졌음에도, 아버지는 대학 시절 흔히 저지르는 우행의 세계로 들어갔다. 아버지는 성실하고 동정심 많은 친구였다. 하지만 아버지는 자신보다 뛰어나거나 비슷하여 정신을 함양하는 데 있어서 도움을 주거나 낡은 생각을 버리고 새로운 생각을 찾도록 해줄 친구를 만나지 못했다. 아버지는 주위 사람들보다 자신의 판단력이 정확하다고 생각했다. 재능과 지위, 재산이 아버지를 항상 우두머리로 만들어주었고, 아버지는 그 상태에 만족했을 뿐만 아니라 매우 즐거워하면서 자신이 세상에서 목표로 삼을 만한 가치가 있는 일은 그렇게 주위 친구들의 우두머리가 되는 것뿐이라고 확신했다.

특이하리만치 편협한 사고방식에 따라 아버지는 온 세상 모든 것을 자신의 작은 친교 집단과 관련이 있는지 여부에 따라 판단했다. 아버지는 자신과 절친한 이들이 반대한 의견은 모두 괴상하거나 뒤떨어졌다고 보았으며, 정통이라고 여길 수 없는 정서에는 공감할 수 없는 것을 두려워하기도 했고, 그 문제에 대해 독단적으로 굴기도 했다. 대부분의 사람에게 아버지는 남의 시선을 신경 쓰지 않는 사람이었고, 대중의 편견 따위는 경멸하며 무시하는 사람이었다.

하지만 아버지는 남들 앞에서는 당당히 활보하는 동시에, 자신의 편에게는 겸손한 척 몸을 숙였고, 늘 우두머리였음에도 동료들의 찬성을 얻으리라는 확신을 얻을 때까지는 의견도 감정도 나서서 피력하는 법이 없었다.

하지만 아버지에게는 소중한 친구들에게 드러내지 않는 비밀이 하나 있었다. 어린 시절부터 키워온 비밀로, 아버지가 아주 좋아했던 대학 동창 중 그 누구에게도 그 비밀을 털어놓고 배려받거나 공감받기를 기대하지 않았다. 아버지는 자신의 강한 열정이 그들의 놀림감이 될까 봐 두려웠다. 그리고 그들이 아버지가 인생에서 가장 중요하게 여기는 것을 시시하거나 일시적인 것으로 모독한다면 견딜 수 없다고 여겼다.

아버지의 저택 근처, 얼마 안 되는 재산을 갖고 세 딸을 키우는 신사 한 사람이 있었다. 장녀가 단연 가장 아름다웠지만, 그 미모는 여러 가지 자질 중 하나일 뿐이었다. 그녀는 이해력이 뛰어났고 천사처럼 상냥한 성품을 가졌다. 그녀와 내 아버지는 어린 시절부터 함께 노는 친구였다. 다이애나는 어린 시절부터 할머니가 가장 아끼는 존재였다. 이 아름답고 활달한 소녀가 자라는 동안 이와 같은 편애는 점점 심해졌고, 아버지가 방학을 맞아 돌아오면 그들은 늘 함께 붙어 있었다. 교양 있는 삶을 사는 젊은이가 정염을 실제로 느끼기 전부터도 그 존재를 알도록 해주는 소설과 여타 여러 가지 수단이, 온갖 인상에 영향을 받기 쉬운 아버지에게 강한 영향을 주었다. 열한 살의 다이애나는 아버지가 가장 좋아하는 놀이 친구였지만, 아버지는 이미 사랑을 입에 담기 시작했다. 아버지보다 두 살 가까이 많았지만, 적어도 감정을 알고 표현하는 방면에서는 다이애나가 더 어린아이 같았다. 다이애나는 아버지의 따스한 구애를 순진하게 받아들였고, 그 뜻을 제대로 알지 못한 채 응했다. 다이애나는 소설을 읽지 않았고, 교류를 나눈 상대는 동생들뿐이었으니 사랑과 우정의 차이를 어떻게 알겠는가? 그리하여 이 대화의 진정한 본질을 이해하게 되었을 때, 다이애나 애정은 이미 친구를 향하고 있었고, 그녀가 두려워한 것은 다른 상대에게 끌리거나 변덕이 생겨 그가 어린 시절에 한 맹세를 어기는 것뿐이었다.

하지만 두 사람의 사이는 하루가 다르게 열렬하고 다정해졌다. 아버지가 자라면서 열정도 함께 자랐다. 그 열정은 그가 지닌 모든 능력, 그가 지닌 모든 감정에서 비롯된 것이었고, 죽음에 이르러서야 사라질 것이었다. 자신의 마음을 아는 두 사람 이외에 아무도 그 사랑을 알지 못했다. 다른 일에서 모두 그렇듯, 아버지는 자신보다 적은 재산을 가진 상대를 진심으로 사랑한 것에 대해서 친구들의 비난이 두려웠지만, 그 어려움을 극복하는 데 필요한 용기를 낸 순간부터는 그녀와 하나가 되겠다는 목표를 잠시도 잊을 수 없었다.

다이애나는 아버지의 깊은 애정을 받을 만한 사람이었다. 그처럼 순수한 마음을 지니고, 진정으로 겸허한 영혼과 자신의 진실함에 대해서, 그리고 남들의 진실함에 대해서 확고한 믿음을 지닌 사람은 드물었다. 다이애나는 태어나서부터 조용한 삶을 살았다. 아주 어려서 어머니를 여의었지만, 아버지가 딸의 교육을 도맡아 헌신했다.

다이애나 아버지는 딸들에 대해서 여러 가지 독특한 사고방식을 갖고 있어서 다이애나는 그리스와 로마, 그리고 몇백 년 전 영국의 영웅들을 잘 알고 있었던 반면, 자신이 살고 있는 시대의 사건들에 대해서는 무지하다시피 했다. 다이애나는 지난 50년 동안 활동한 작가들의 글은 별로 읽지 못했지만, 그리스와 로마, 과거 영국의 영웅들에 대해서는 상당히 폭넓게 책을 읽었다. 그러므로 아버지보다 인생과 사회가 지닌 알 수 없는 측면에 대해 잘 모르는 것 같아도, 다이애나가 지닌 지식은 더 깊고 탄탄한 기반을 지닌 것이었다. 따라서 만일 아버지가 다이애나 미모와 상냥한 성격에 반하지 않았다면, 그녀의 이해력에 사로잡혔을 것이다. 아버지는 다이애나를 자신의 안내자로 우러러보았고, 그녀로 인해 가끔 느끼는 열등감을 기꺼이 인정할 정도로 흠모해 마지않았다.

아버지가 열아홉 살이 되었을 때, 할머니가 돌아가셨다. 아버지는 이 일로 대학에서 돌아왔고, 옛 친구들과 잠시 헤어져 다이애나 곁에서 지내면서 그녀의 상냥한 음성과 소중하기 짝이 없는 손길에서 모든 위로를 받았다. 이처럼 동료들과 잠시 떨어져 있었던 덕분에 아버지는 독립을 주장할 용기를 얻었다. 아버지는 자신의 결혼 결심에 동료들이 온갖 조롱을 퍼붓더라도, 실제로 결혼을 한다면 감히 그러지 못할 것이라고 느꼈다. 따라서 아버지는 후견인의 동의를 조금 어렵게 얻어냈고, 연인의 아버지에게서는 더욱 쉽게 동의를 얻은 다음, 그 밖의 누구에게도 제 뜻을 알리지 않은 채 스무 살 생일을 맞이하고 다이애나 남편이 되었다.

아버지는 온 열정을 다해 그녀를 사랑했고, 그녀의 다정함은 그로 하여금 그녀 이외에 그 무엇도 생각하지 못하게 하는 마력을 발휘했다. 아버지는 대학 친구 몇 명을 초대했지만, 그들의 가벼운 태도에 혐오감을 느꼈다. 다이애나는 아버지의 어린 시절 눈 앞을 가리던 장막을 찢어놓았다. 아버지는 어른이 되었고, 대학 친구들이 지껄이던 위선적인 말과 생각을 어떻게 함께 나누었는지, 그런 이들의 비난을 어떻게 잠시라도 두려워했는지 놀랍다고 여겼다. 아버지는 단순히 변심이 아니라, 그들이 진정 자신과 어울리지 않는다고 느껴 옛 우정을 버렸다. 다이애나가 아버지의 마음을 모두 채워주었다. 아버지는 그녀와의 결합으로 새롭고 더 나은 영혼을 얻게 된 것 같았다. 아버지가 진정한 인생의 목적을 알게 되었으므로, 다이애나는 안내자였다. 다이애나 고마운 가르침을 통해 아버지는 이전의 취미를 버리고 차츰 주위의 동료들 가운데 한 사람으로, 뛰어난 사회의 일원이자 애국자로 성장했다. 그리고 진리와 미덕을 사랑하며 계몽한 사람이 되었다. 아버지는 미모와 상냥한 성품 때문에 다이애나를 사랑했지만, 뛰어난 지혜 때문에 더욱 사랑했던 것 같다. 두 사람은 함께 공부하고, 함께 말을 탔다. 두 사람은 결코 헤어지는 법이 없었고, 다른 사람을 끼워주는 일도 드물었다.

이렇게 부유한 집안에 태어나 늘 승승장구하던 아버지는 모든 인간이 마주하게 되어 있는 역경이나 갖가지 실망스러운 일을 겪지 않은 채 행복의 최정상에 올랐다. 주위에는 햇살이 가득했고, 천상의 풍경을 만들어주는 아름다운 구름이 그 아래 감추어진 척박한 현실을 가려주었다. 이 어지러울 정도로 높은 꼭대기에서 아버지는 아무것도 모르고 행복을 자축하다 곧바로 추락했다. 결혼한 지 15개월 뒤, 내가 태어났고 내 어머니는 며칠 뒤 돌아가셨던 것이다.

이 기간 동안 아버지의 누나 한 사람이 함께 있어 주었다. 그분은 아버지보다 열다섯 살이나 나이가 많았고, 할아버지의 전처와의 사이에서 태어난 이복 누나였다. 할아버지가 돌아가셨을 때 그 누나는 외가 친척이 데려갔다. 그래서 두 사람은 거의 만나지 못했고, 성품도 매우 달랐다. 그 후 나를 키워준 고모는 이 재앙이 아버지의 강인하고 민감한 성격에 미친 영향에 대해서 내게 자주 이야기했다. 어머니가 돌아가신 순간부터 아버지가 떠날 때까지 고모는 아버지가 말하는 것을 한 번도 듣지 못했다. 아버지는 깊디깊은 슬픔에 빠진 채 그 누구에게도 관심을 두지 않았다. 아버지의 눈에서는 몇 시간째 눈물이 흘렀고, 더욱 무서운 어둠이 아버지를 뒤덮었다. 외부의 모든 것이 그 존재 의미를 잃은 것 같았고, 꼼짝 않고 소리 없이 절망에 빠져 있던 아버지를 조금이라도 반응하게 한 것은 오로지 하나뿐이었다. 아버지는 절대 나를 보려 하지 않았다. 아버지는 다른 누가 옆에 있어도 의식하지 않았지만, 만약 아버지의 감수성을 깨워보려고 고모가 나를 방에 데려오면 곧바로 화를 내면서 다른 일을 핑계로 뛰쳐나가 버렸다. 한 달 뒤 아버지는 갑자기 집을 나갔고, 무슨 의도인지 밝히는 말 한마디, 서신 한 장 남기지 않고서 하인도 대동하지 않고 그 지역을 떠났다. 고모는 함부르크에서 온 편지 한 통을 받고서야 아버지의 운명에 대한 염려를 놓을 수 있었다.

열여섯 살이 될 때까지 부모님을 기억하게 해주는 유일한 물건이었던 그 편지를 보며 내가 얼마나 자주 울었는지 모른다. “어쩔 수 없이 누님께 심려를 끼쳐 죄송합니다. 하지만 제가 영영 잃어버린 그녀의 영혼을 온갖 것이 일깨워주는 그 불행한 나라에 있는 동안 저는 주문에 걸린 것 같았습니다. 그리고 이제 그 주문은 깨졌습니다. 저는 여러 해 동안 어쩌면 영영 영국을 떠나 있겠습니다. 하지만 제가 오로지 저 자신만 생각하는 것은 아님을 알려드리고자 누님께서 필요하다고 생각하시는 모든 것을 서신으로 알려주실 때까지 이 도시에 머무르겠습니다. 제가 이곳을 떠나면 제 소식을 기다리지 마십시오. 지금까지 맺은 모든 관계를 끊어야만 합니다. 저는 방랑자가, 버림받고 떠도는 불쌍한 존재가 되겠습니다. 아무도 없이! 혼자서!” 편지의 다른 부분에서 아버지는 나를 언급했다. “제가 볼 수도 없고, 입에 올릴 수도 없는 그 불행한 어린 것에 대해서는, 누님의 보호에 맡기겠습니다. 그 애를 잘 보살피고 아껴주십시오. 언젠가 제가 그 애를 찾으러 갈 수도 있을지 모릅니다. 하지만 미래는 어둡습니다. 그 애의 현재를 행복하게 해주십시오.”

아버지는 함부르크에서 석 달 동안 지냈다. 그곳을 떠나면서 아버지는 이름을 바꾸었고, 고모는 아버지가 새로 얻은 이름을 알아내지 못했으며 아버지가 독일과 헝가리를 통해 터키로 갔으리라 어렴풋이 짐작할 따름이었다.

이렇게 해서 주위의 모든 사람에게서 흥미와 높은 기대를 끌어내었던 이 고매한 영혼의 소유자는 영영 사라지고 말았다. 그는 그 순간부터 모든 이에게 존재하지 않는 사람이 되었다. 친구들은 그를 되돌아오지 않는 눈부신 환상으로 기억했다. 그의 존재에 대한 기억은 세월이 흐르며 차츰 희미해졌다. 그리고 그들의 일부이자 그들 희망의 일부였던 그는 이제 더는 살아있는 사람으로 간주되지 않았다.

2

이제 내 이야기를 시작하기로 한다. 어린 시절에 대해서는 별로 전할 이야기가 없으므로 간략히 적을 것이다. 하지만 어린아이였던 시절에 대해 잠시 돌이켜보면, 한 가지 희망이 사라지면 모든 삶이 백지가 되는 것은 분명하다는 생각이 든다. 그리고 내가 소중히 여길 수 있는 유일한 애정이 사라질 때, 내 존재도 그와 함께 소멸해버리는 것도 분명해진다.

앞에서도 말했듯이 고모는 아버지와 매우 달랐다. 고모에게 악의는 조금도 없었지만, 인간이 지닐 수 있는 가장 차가운 마음을 가졌다고 생각한다. 고모의 마음에서는 어떤 종류의 애정도 느낄 수 없었다. 고모는 의무라고 여겼기에 나를 맡아주었다. 하지만 고모는 너무 오래 혼자 살아서 아이들이 내는 소리와 조잘거리는 이야기에 방해받은 적이 없었으므로, 내가 조용한 삶을 방해하는 것을 허용하지 않았다. 고모는 결혼한 적이 없었다. 그리고 나를 맡기 5년 전부터는 스코틀랜드의 로크 로몬드[5] 호숫가, 어머니에게서 물려받은

---

[5] 스코틀랜드와 하일랜드의 경계에 위치하는 담수호 (역자 주)

영지에서 완전히 혼자 살았다. 아버지는 편지에서 고모에게 요크셔의 리치몬드 근처 아름다운 시골에 위치한 가족 저택에서 나와 함께 지내달라는 의사를 밝혔다. 고모는 이 제안을 받아들이지 않을 생각이었고, 동생이 떠나며 맡겨진 일을 처리하자마자 나를 데리고 잉글랜드를 떠나 스코틀랜드의 영지로 돌아갔다.

아기였던 나를 여덟 살이 될 때까지 돌보는 일은 그곳으로 동행한 어머니의 하녀가 담당했다. 나는 집 안에서 구석진 곳에서 지내며 정해진 시간에만 고모를 만났다. 고모는 하루에 두 번 만날 수 있었는데, 정오쯤이면 고모가 내 방으로 찾아왔고, 저녁 식사가 끝난 뒤 하인이 나를 고모에게 데려갔다. 고모는 나를 쓰다듬어주는 법이 없었고, 내가 방에 있는 내내 말썽을 부려 성가시게 할까 봐 두려워하는 것 같았다. 착한 유모는 응접실로 나가기 전에 내게 세심한 주의를 주었다. 그리고 고모의 차가운 눈빛과 적은 몇 마디가 일으키는 두려움이 어찌나 컸던지 나는 유모의 가르침을 어기는 법도 드물었고, 그처럼 잠시 만나는 동안 배운 대로 입을 다물고 있지 못한 경우도 거의 없었다.

착한 유모의 보호 아래서 나는 영지에 딸린 정원과 주위의 들판을 신나게 뛰어다녔다. 깊디깊은 사랑의 결실이었던 나는 어려서부터 풍부한 감수성을 드러냈다. 대체 무슨 열정으로 주위의 무생물을 포함한 모든 것을 사랑했는지 모르겠다. 드넓은 정원에 자라는 모든 나무에 하나씩 따로 애정을 품었던 것 같다. 그곳에 사는 모든 동물이 나를 알았고 나도 그들을 사랑했다. 그들이 가끔 죽을 때면, 어린 마음은 괴로움으로 가득 찼다. 그 지역의 길고도 혹독한 겨우내 얼마나 많은 새를 구해냈는지 모른다. 수많은 토끼를 우리 집 개의 공격에서 구해냈고, 우연히 다치면 치료하고 보살펴주었다.

일곱 살이 되었을 때, 유모가 떠났다. 그때는 무슨 영문으로 떠났는지 알았는지 모르겠지만, 지금은 잊어버렸다. 유모는 잉글랜드로 돌아갔고, 헤어질 때 유모가 흘리던 구슬픈 눈물을 마지막으로, 나를 사랑해주는 이를 여러 해 동안 만나지 못했다. 지독히 슬펐다. 온 세상에 유모 말고는 친구가 없었다. 나는 차츰 고독에 적응했지만, 유모를 대신할 애정의 대상을 찾지 못했다. 그렇게 황량한 시골에 살았다.

… 찬양할 이 아무도 없고
사랑할 이 드문 곳.[6]

그 후로 고모를 조금 더 자주 만나게 된 건 사실이었지만, 고모는 어느 모로 보나 사람 만나기를 싫어했다. 그리고 소심한 아이에게 고모는 마치 두껍게 얼어붙은 얼음 밑에 자라는 식물 같았다. 그 식물에 닿으려면 손을 베여야 했다. 그래서 나는 전적으로 나 자신이 지닌 능력에 의존해야 했다. 이웃 목사님이 읽기와 쓰기, 프랑스

---

6 워즈워스의 『서정담시집』에 수록된 "그녀는 인적 없는 곳에 살았네." (역자 주)

어를 가르쳐주었지만, 그분은 가족이 없었고 나를 대하는 태도도 교사를 담당하는 목사 특유의 태도였다. 나는 가끔 이웃 마을에 사는 여자아이 중에서 가장 마음이 끌리는 아이들과 사귀어보려고 했다. 그러나 고모가 보호자의 권한으로 농가 사람들과의 교류를 모조리 차단하지 않았더라도 그런 시도는 성공하지는 못했을 것이다. 고모는 내가 스코틀랜드의 억양과 방언을 배울까 봐 두려워했다. 나도 조금은 스코틀랜드 억양을 조금은 배웠지만, 잉글랜드 말씨를 잃지 않기 위해 매우 노력했다.

나이가 들면서 바라는 것이 많아짐에 따라 자유도 늘어났고, 내가 돌아다니는 영역은 영지의 정원에서 인근 산야로 늘어났다. 우리 집은 호숫가에 있었고 잔디는 물가까지 나 있었다. 나는 이 아름다운 시골, 자연 그대로의 풍경 속을 돌아다녔고 산을 아주 잘 타게 되었다. 폭포가 흐르는 가파른 산마루에서 몇 시간씩 보내기도 했고, 몇 군데 섬까지 작은 배로 노를 저어 가보기도 했다. 나는 이 꽃 저 꽃을 따 모으며 이 아름다운 고독 속에서 끝없이 헤매고 다녔다.

앞길을 온통 색색으로 물들여놓은 꽃들을.[7]

그리고 꾸밈없는 시골 노래를 부르거나, 유쾌한 백일몽에 빠져

---

7 단테의 『신곡』 연옥편. 원문에서는 이탈리아어 원어로 인용되어 있다. (역자 주)

있었다. 내게 가장 큰 기쁨은 이 푸른 숲 사이에서 고요한 하늘을 바라보는 것이었다. 나는 자연이 가져다주는 모든 변화를 사랑했다. 비와 폭풍우, 하늘의 아름다운 구름을 바라보면 그 즐거움이 내게도 전해졌다. 호수의 파도에 흔들릴 때면 기수가 빠른 말의 움직임에 자랑스러워하듯 내 영혼이 승리감에 고양되었다.

하지만 즐거움은 자연을 감상할 때에만 느낄 수 있을 뿐, 내게는 친구가 없었다. 내 따뜻한 애정은 다른 그 어떤 이의 마음에서도 응답을 찾지 못해 무생물에 허비될 따름이었다. 고모가 내 다정한 손길에 혐오감을 드러내며 냉대할 때, 그리고 주위를 둘러보아도 누구 하나 사랑할 상대가 없을 때면 이따금 나는 정말 울음을 터뜨리곤 했다. 하지만 재빨리 눈물을 닦았다. 나이가 들면서 책들이 어느 정도는 사람과의 대화를 대신해주었다. 고모의 서재는 아주 작았다. 셰익스피어, 밀턴, 포프, 쿠퍼가[8] 고모가 호기심에 모아놓은 시인이었다. 그리고 산문 중에는 리비와 롤린의[9] 고대사 번역서를 주로 가장 좋아했지만, 나이를 먹으면서 이전에는 지루하다고 읽지 않았던 다른 책들도 매우 흥미로워했다.

열두 살이 되었을 때 고모는 내가 음악을 배워야 한다고 생각했

---

8 알렉산더 포프(Alexander Pope)는 18세기 영국 시인이며 영웅시 형식을 따른 풍자시로 유명하다. 윌리엄 쿠퍼(William Cowper)는 18세기 가장 인기 있는 시인 가운데 한 사람으로, 시골의 자연풍경과 일상을 기록한 자연 시를 썼으며 19세기 낭만주의 시인들에게 영향을 주었다. (역자 주)

9 리비는 로마제국사의 저자이며 찰스 롤린은 『이집트, 카르타고, 앗시리아의 고대사』의 저자이다. (역자 주)

다. 고모도 하프를 연주했다. 고모는 나를 직접 지도하는 것이 영 내키지 않았다. 하지만 고모는 악기 연주가 교육에 반드시 필요하다고 생각했고, 자신이 직접 가르치는 것과 남을 집에 불러들이는 것 중에서 어느 쪽이 더 괴로운지 견주다가 불편을 감수하기로 했다. 내 연주가 고모의 연주를 방해하지 않도록 하프를 한 대 더 구했고, 연습이 시작되었다. 나는 고모의 가르침을 잘 따랐고, 처음 기초를 완성하고 나니, 상당히 소질 있는 학생이 되었다. 하프는 비 오는 날 친구가 되어주었다. 뜻밖의 사건으로 마음이 산란할 때, 하프는 상냥하게 위로해주었다. 나는 곧잘 하프를 유일한 친구처럼 대했다. 거기 내 소망과 사랑을 쏟아부었고, 그 달콤한 소리가 내게 화답한다고 상상했다. 내가 배운 것은 여기까지다.

나는 고독한 존재였고, 소중한 유모가 떠난 이후 어린 시절로부터 줄곧 몽상을 즐겼다. 로잘린드와 미랜더, 코머스의 아가씨를[10] 살려내 친구로 만들거나, 내 섬에서 내가 그들의 상황에 처했다고 상상하며 연기하기도 했다. 그러다 나는 남의 상상에서 벗어나 내 머릿속에 만들어낸 실체 없는 창조물들과 애정을 나누며 친해지기도 했다. 그러면서도 현실에서 벗어나지 못한 나는 그처럼 개념에 불과한 것들에게 이름을 붙여주고, 실현되기를 바라면서 소중히 간직했다. 부모님에 대한 기억에 매달렸다. 어머니는 돌아가셨으므로

---

[10] 셰익스피어의 『뜻대로 하세요』와 『태풍』, 밀턴의 『커머스』에 등장하는 여주인공들 (역자 주)

다시 만날 수 없었다. 하지만 불행에 빠져 방랑하는 아버지는 내 상상력이 섬기는 우상이 되었다. 내가 가진 모든 애정을 아버지에게 바쳤다. 나는 아버지의 초상을 만들어 늘 바라보았다. 아버지의 마지막 편지를 베껴 쓴 뒤 읽고, 또 읽었다. 편지를 보면 울음이 터질 때도 있었다. 다음의 구절을 홀린 듯 거듭 읽을 때도 있었다. "언젠가 제가 그 애를 찾으러 갈 수도 있을지 모릅니다." 훗날 내가 아버지를 위로하고, 친구가 되어드릴 생각이었다. 좀 더 자라서는 냉정한 고모를 양심의 가책 없이 떠난 뒤 남장을 하고서 아버지를 찾아서 온 세상을 돌아다니는 상상을 가장 즐겼다. 서로를 알아보는 장면이 자꾸만 떠올랐다. 내가 늘 목에 걸고 다니는 아버지의 초상 덕분에 서로 알아볼 것이고, 나는 매번 상황을 바꾸어가면서 마음속에 그 순간을 수천 번 그려보았다. 그곳은 사막이기도 했다. 또는 북적이는 도시에서, 어느 무도회에서, 우리는 어쩌면 배 위에서 만날 수도 있었다. 하지만 아버지의 첫 마디는 늘 변함없이 "딸아! 너를 사랑한다!"였다. 그런 몽상 속에서 얼마나 황홀한 순간을 보냈는지 모른다. 얼마나 많은 눈물을 흘렸는지, 얼마나 자주 소리 내어 웃었는지 모른다.

열여섯 해 동안 이렇게 살았다. 열네 살 때, 그리고 열다섯 살 때, 나는 순례를 떠날 때가 되었다고 종종 생각했고, 그 순례가 반드시 지켜야 할 의무라고 스스로를 속였다. 하지만 고모를 두고 떠나기가 꺼려졌다. 고모가 나 때문에 슬퍼하리라는 사실은 나 자신에게 감출 수 없었고, 그에 대한 가책이 나를 영영 붙들었다. 이튿날 아침 떠나기로 결심하면, 고모가 평소보다 다정한 말을 한두 마디 더해주어 내 결심을 미루게 했다. 나는 비난 받아 마땅할 만큼 나약하다고 호되게 자책했다. 하지만 결정적인 순간이 다가오면 마음은 늘 다시 약해졌고, 나는 결국 떠날 용기를 내지 못했다.

3

내 열여섯 살 생일, 고모는 아버지에게서 편지를 한 통 받았다. 그것을 읽는 동안 마음속에 일었던 동요는 이루 말로 전할 수 없다. 런던에서 보낸 편지였다. 아버지가 돌아온 것이다! 그저 눈물로, 순수한 기쁨의 눈물로 감정을 토로할 수 있을 따름이었다. 아버지는 돌아왔고, 고모가 런던으로 와줄지, 아니면 아버지가 스코틀랜드로 찾아가야 할지 묻기 위해 편지를 보냈다. 나에 대해 적은 편지의 글귀는 너무나도 달콤했다. "내 딸 마틸다를 얼마나 보고 싶은지 말로 표현할 수 없습니다. 그 애는 앞으로 내 삶에 행복을 가져다줄 존재입니다. 내 관심을 끄는 것은 온 세상에 그 애뿐입니다. 당장 누님을 찾아뵈러 가고 싶지만, 피치 못할 사정으로 일주일간 여기 머물러야 해서 누님께서 이곳으로 오시면 좀 더 빨리 만날 수 있기에 편지를 드립니다." 나는 이 글을 간절한 눈으로 읽었다. 거기 입을 맞추고, 눈물을 흘리고, "나를 사랑하셔!"라고 외쳤다.

고모는 그렇게 먼 여행을 하지 않으려 했고, 보름 후 우리는 아버지에게서 편지 한 통을 더 받았다. 에든버러에서 보낸 것이었다. 사흘 뒤 도착할 것이라는 내용이었다. "가까이 다가오니 그 애를 보고 싶은 마음이 점점 더 열렬해졌고, 그 애를 품에 안는 순간이 평생 가장 행복한 순간이 될 것 같다"고 적혀 있었다.

그 사흘이 내게는 어찌나 괴로웠는지! 잠도 식욕도 모두 달아났다. 그저 아버지의 편지만 읽고, 또 읽으면서, 아무도 없는 숲에서 우리가 만날 순간을 상상할 뿐이었다. 사흘째 되는 날 저녁, 나는 일찍 방으로 돌아갔다. 잠은 잘 수 없었지만 밤새 방 안을 서성거렸고 한여름 스코틀랜드에서는 볼 수 있는 광경, 해가 북쪽 지평선을 넘어가며 남기는 붉은 자취를 바라보았다. 동이 틀 무렵 서둘러 숲으로 갔다. 느려터진 시간의 걸음걸이에 날개를 달아주고 내 조급함을 달래주는 몽상에 빠져 있는 동안, 시간은 흘러갔다. 아버지는 정오에 도착할 예정이었지만 아버지를 만나러 돌아가던 나는 길을 잃었다. 길을 찾으려고 발걸음을 옮길 때마다 점점 더 복잡한 숲길로 접어드는 것 같았고, 나를 안내할 길은 나무들이 모조리 가려놓았다. 조바심이 나서 눈물이 났다. 두 손을 다잡고 쥐어짰지만, 그래도 길을 찾을 수 없었다.

두 시가 지났을 때, 작은 배가 묶여 있는 호숫가에 다다랐다. 그 호수는 집에서 멀지 않았고 아버지와 고모가 잔디밭을 걷고 있는 모습이 보였다. 나는 배에 뛰어들었고 배 타기에 익숙했으므로 배를 호숫가에서 밀고 나가 온 힘을 다해 빠르게 노를 저어 나갔다. 흰옷을 입고, 타탄체크[11] 숄만 두른 채 어깨에 머리카락을 늘어뜨리고

---

11 스코틀랜드 고유의 체크무늬 (역자 주)

내가 젓는 것이라고 믿기 어려운 정도로 빠른 속도로 다가오던 나는 인간 처녀라기보다는 정령처럼 보였다고 아버지는 종종 말했다. 내가 호숫가에 닿자 아버지는 배를 잡았고, 나는 가볍게 뛰어나가 순식간에 그 품에 안겼다.

그때부터 내 삶이 시작되었다. 사방이 지루하고 단조로운 광경에서 눈부시게 기쁘고 즐거운 광경으로 바뀌었다. 아버지와 함께 지내며 느낀 행복은 기대와 상상을 초월하는 것이었다. 우리는 언제나 함께였다. 대화의 소재는 절대 바닥나지 않았다. 아버지는 16년 동안 유럽에는 거의 알려지지 않는 나라들을 다녔다. 아버지는 페르시아와 아라비아, 인도 북부를 방랑했고 유럽 사람들이 거의 가보지 못한 원주민들이 사는 곳까지 다녀왔다. 우리가 계획한 앞으로의 삶에 관해 이야기하는 데 지칠 때면 아버지가 전하는 그들이 사는 방식, 일화와 풍경 묘사를 듣느라 꿈결같이 시간이 흘러갔다.

애정 담긴 목소리란 내게 너무나 새로운 것이라 아버지가 그토록 오랜 세월 잊은 듯 지내는 동안 내게 느낀 감정을 이야기할 때면 나는 기쁨에 들떠 귀 기울였다. “처음에는 내 가엾은 딸아이를 생각하는 것도 견딜 수 없었다. 하지만 좀 지나고 슬픔이 조금씩 잊히면서 희망이 다시 나를 찾아오니 그 애가 자꾸만 생각났고, 여러 도시에서, 그리고 사막에서 내가 상상한 그 애의 요정 같은 모습이 끊임없이 눈앞에 어른거렸단다. 상쾌한 북풍은 네 영혼을 함께 실어다주는 것 같아 내겐 더 달콤하고 향기로웠다. 곧장 돌아가 너를 데려다 어딘가 비옥한 섬으로 가서 둘이서 평화롭게 영원히 함께 살 생각도 자주 했다. 돌아오면서 간절한 소망은 여러 가지 두려움과 맞닥뜨렸단다. 초조한 마음이 너무나 고통스러웠지. 네 몸이 아닌 네 무덤에 해가 비추고 달이 뜨리라고는 생각하지 않았다. 그래, 그렇지 않았다. 내 딸 마틸다, 내 위안이자 소망을 찾았구나."

아버지의 말을 들어보면 그 불행을 겪기 전과 별로 변하지 않은 것 같았다. 문명사회와의 접촉, 간절하게 바란 일의 실패, 친구의 배신, 저급한 욕망의 끊임없는 충돌이 사람의 마음을 바꾸고 젊은이의 열렬한 감정을 누그러뜨린다. 소박하고 미개하게 사는 이들 사이에서 오지를 홀로 돌아다닌 경험은 몸을 단련할지는 모르지만, 영혼을 길들이거나 청년이 지닌 열의와 새로운 감정을 누그러뜨리지는 못한다. 인도의 뜨거운 태양과 모든 속박으로부터의 자유가 아버지가 지닌 활기를 더욱 강하게 해주었다. 전에 아버지는 머리를 숙였지만, 이제는 자기 자신의 질책이 아니면 어떤 것도 참지 못했다. 아버지는 너무나 많은 관습을 보고, 너무나 다양한 윤리 기준을 목격했기에 어느 한 나라에서 특정한 것과는 무관한 자신만의 관습과 윤리 기준을 세웠다. 물론 젊은 시절 지녔던 의견이 그 원칙을 세우는 데 영향을 주었고, 대학에서 배운 사상이 예리한 통찰력이 내놓은 추론과 기묘하게 뒤섞였다.

고국을 오래 떠나 있는 동안 삶에 아무런 깊은 관심도 지니지 못해 둔해진 마음은 아버지가 지닌 생각에 독특한 영향을 주었다. 젊은 시절에 비해 아버지가 외국에서 생활한동안에는 기묘하게 비현실적인 느낌이 늘 사라지지 않았다. 아버지가 영국 바깥에서 보낸 시간은 모두 꿈결 같았고 영혼이 품은 모든 관심, 모든 애정은 16년 전 일어난 사건과 16년 전 존재했던 사람들에게만 해당되었다. 아버지가 이 기간을 마치 한밤의 꿈처럼 보낸 이야기를 듣고 있으면 기분이 이상했다. 젊은 시절의 기억이 사후 세계에서 돌이켜볼 때처럼 따로 존재하면서도 그 생생함은 하나도 유실되지 않았다. 아버지는 바로 몇 주 전까지 살아있었던 사람처럼 어머니에 관해 이야기했다. 그렇다고 아버지가 애통한 슬픔을 드러낸 것도 아니었지만, 어머니에 대한 설명과 관련된 모든 일화는 열렬히, 그리고 생생하게 전해졌다.

이러는 내내 내 마음을 끌고 정신을 홀리는 신기한 점이 있었다. 아버지는 사실, 길고 꿈으로 가득한 잠에서 깨어났고 동방에 전해지는 이야기를 재미있게 각색한 극에 나오는 잠든 일곱 신자, 또는 노우르자하드[12]와 어느 정도는 비슷한 느낌을 받았다. 깨어나 보니 다이애나는 세상을 떠났다. 친구들은 변하거나 죽었고, 이제 이 땅에 아버지가 사랑해야 할 존재는 나뿐이었던 것이다.

함께 산책할 소중한 벗이 생기니 로크 로몬드의 호수와 산, 숲이 너무나 아름다워졌다. 섬과 나무 우거진 폭포 가장자리, 경치 좋은 모든 곳에 아버지와 함께 찾아갔다. 그늘진 오솔길, 덤불과 고사리가 빽빽이 자라는 계곡 모두 찾아갔다. 아버지와의 대화로 내 생각

12 에베소서에서 박해를 피해 동굴 속에 오랫동안 잠든 일곱 명의 크리스천들의 이야기는 새뮤얼 제임스 아놀드의 극 『노우르자하드의 잠』으로 각색되어 1813년 11월에 초연했다. (역자 주)

이 넓어졌다. 마치 갓 다시 태어난 존재처럼 주위 모든 것이 새로운 기분이었다. 아버지가 도착한 이후로 나는 작은 흙 알갱이에서 상상할 수도, 이해할 수도 없이 큰 우주로 변했다. 이전의 내 삶은 자그마한 시골 개울처럼 고향 들판에서 떠나지 못해 조용히 맡은 임무를 다하고 땅에 스며들어 흔적도 남기지 못할 운명이었다. 이제 내 삶은 끊임없이 변화하고 끊임없이 아름다운 비옥한 땅을 지나 흐르는 강이 된 것 같았다. 아아! 그 강이 곧 어떤 사막에 다다를지 알지 못했다. 어떤 바위가 그 물길을 갈라놓을지, 어떤 끔찍한 광경이 그 물결 위에 더욱 비틀어진 모습을 비출지. 나는 소망하는 법을 배우기 시작했지만, 깨어진 소망보다 더욱 쓰디쓴 절망을 가져다주는 것이 무엇이란 말인가?

그처럼 엄청난 행복에 곧바로 뒤이어 슬픔이 찾아온다는 것이 이상하지 않은가? 달콤한 술을 마시고 나니 밑바닥에 쓰디쓴 독이 들어있었던 셈이다. 내 마음은 깊은 애정으로 가득했지만, 그 애정으로 고요했다. 사랑에서 불행이 일어날 수 있다는 사실을 알지 못했던 나는 모두가 결국에는 배워야 할 이 교훈을 남들은 받아들일 수 없는 방식으로 배우고 말았다. 이제는 그처럼 낙원의 행복을 누린 짧은 몇 달이 한탄스럽다. 영원히 한탄해야 한다. 어떤 명령도 거역한 적 없었고, 선악과를 먹은 적도 없었지만, 그런데도 낙원에서 가차 없이 쫓겨나고 말았다. 아아! 모두 내 친구가 저지른 짓이고, 나는 그의 타락을 촉발하게 했다. 하지만 이건 다른 이야기이다. 슬픔은 때가 되면 전하리라. 아직은 행복한 시절을 이야기해도 된다.

이처럼 즐겁게 지내며 석 달이 지났을 때, 고모가 병에 걸렸다. 나는 한 달 내내 고모 곁을 떠나지 않고 간호했지만 나을 수 없는 병인지라 고모는 세상을 떠났다. 나는 한동안 도저히 위로받을 수 없이 슬펐다. 죽음이란 살아있는 자들에게 너무나 두려운 존재이다. 딱히 사랑하지 않는 사람이라 할지라도 늘 옆에 있던 사람과의 관계는 너무나 강해서 그것이 끊어지면 마음이 괴롭기 마련이다. 하지만 아버지는 내 곁에서 위로해주었고, 밝은 희망으로 쓰디쓴 기억을 지워주려고 애썼다. 아버지가 내 눈물을 닦아주었기에 슬픔도 달콤했던 것 같다.

그러다 아버지는 어머니를 잃었을 때 느낀 절망과 내 슬픔을 비교하여 나를 달래주려고 했다. 그렇게 오래 지난 일이었지만, 아버지가 묘사하는 감정을 듣자 몸이 떨려왔다. 아버지는 시인의 상상력을 가졌고, 당시에 느꼈던 감정의 동요를 묘사할 때면 그 말이 너무나 생생하게 와 닿아 나는 떨면서 그 말을 믿었다. 미친 듯 제멋대로 날뛰는 생각에 마치 저승의 존재가 된 것 같았던 그 이후에 아버지가 어떻게 다시 삶으로 되돌아왔는지 의아했다. 아버지가 이야기하는 동안 전하는 생각이 너무나 엄청난 것이라 좁은 인간의 마음으로는 그것을 받아들여 이해할 수 없을 것 같았다. 아버지의 감정은 인간의 육신에 깃드는 것보다는 지진이나 화산 속에 사는 정령에게 어울렸다. 하지만 그것은 기억일 뿐이었다. 아버지는 그 후로 변화했다. 이제 오로지 사랑밖에 모르는, 너무나 상냥한 사람이 되었다. 그리고 아버지가 말하는 동안 놀라 눈을 들어보면 아버지의 입가에 떠오른 미소가 그 마음속에는 부드러운 감정뿐이라고 말해주었다.

고모가 돌아가신 지 두 달이 지나서, 우리는 런던으로 왔고 나는 거기서 아버지의 지도를 받아 이전보다 더욱 깊이 있는 공부를 했다. 내 실력이 향상되는 것이 아버지의 기쁨이었다. 아버지는 내가 공부할 때마다 늘 함께했고, 수업을 받을 때마다 나를 도와주거나 동석했다. 매우 많은 사람을 만났고, 아버지는 하루도 빠짐없이 뭔가 새로운 오락거리로 나를 즐겁게 해주려고 노력했다. 아버지의 다정한 마음과 내 애정과 존경심으로 말미암아 매 순간이 마법 같았다. 일 분도 그냥 보내지 않았으므로 시간은 느리게 지나갔다. 우리는 남들이 몇 달 동안 하는 일을 더욱 더 많은 일을 하며 한 주를 보냈고 다양하고 신기한 즐거움에 활기가 넘치는 시간이었다.

우리는 끊임없이 함께 밖으로 나갔다. 경치가 아름다운 곳을 찾아가든, 훌륭한 그림을 보러 가든, 또는 그저 재미있는 것이 있는지 찾아보는 것 이외에는 아무 목적이 없든, 아버지와 함께라면 나는 늘 행복했다. 누군가 다른 사람이 함께하면 아쉬운 마음이 들었지만, 내가 불안한 표정으로 아버지를 돌아보면 아버지의 시선이 내게 고정되어 상냥하게 빛나고 있었으므로 이내 다시 기뻐졌다. 오, 지극히 즐거웠던 시간! 그 시간을 내게서 차단하려는 듯 곧이어 내려앉은 비탄의 안개 사이로 되돌아보니 비록 짧은 시간이었으나 평생만큼이나 긴 시간이기도 했다. 아아! 그 시간은 내가 가진 마지막 행복이었다. 고작 몇 주 안 되는 시간이 지나자, 모든 것이 망가졌다. 나는 마치 프시케처럼[13] 아름다운 음악이 들려오고 형형색색으로 꾸며진, 온갖 호화스러운 즐거움이 가득한 마법에 걸린 성에서 잠시 살았다. 그러다 불쑥 아무것도 없는 바위 위에 던져졌다. 드넓은 절망의 바다가 나를 에워쌌다. 하늘은 온통 새카맸고, 모든 것이 죽어버린 그곳에서 나는 눈을 감았다. 그래도 서두르지 않을 생각이다. 이 행복했던 몇 주를 좀 더 추억할 작정이다. 너무나 많이 기억나는 모든 말을 되풀이해 적어두고, 요정의 땅에서 경험한 모든 마법을 기록할 것이다. 하지만 너무 오래 끌 수는 없다. 내 운명처럼 빠르게 진행해야 한다. 느닷없이, 돌이킬 수 없이, 행복에서 절망으로 추락한 과정을 간결하되 강렬한 표현으로 설명할 수 있을 따름이다.

---

[13] 님프 프시케는 마법에 걸린 궁전에 살았지만, 큐피드를 찾아서, 혹은 비너스의 뜻에 따라 여러 가지 불편한 곳으로 떠났다. 프시케는 그 후 자살 하려고 강물에 몸을 던졌다. (역자 주)

4

우리를 매우 성실히 찾아오던 손님 가운데 좋은 집안 출신에, 박식하며, 호감 가는 청년이 있었다. 런던에서 몇 주를 보내고 난 뒤, 그가 내게 관심을 두는 것이 분명해졌고, 그의 방문도 더 잦아졌다. 나는 내 할 일과 감정에 정신을 파느라 이를 알아차리지 못했고, 실제로 주위에서 벌어지는 사건을 표면적으로만 겨우 알아차렸다. 하지만 그가 우리를 찾아올 때마다 아버지는 어쩔 줄 모르고 불편해했으며, 우리가 함께 이야기할 때마다 아버지는 입을 꾹 다물고서 몹시 불안해한 것이 이제야 기억난다. 결국 이 기분 나쁜 방문은 뚝 끊어졌지만, 그 순간부터 아버지가 변하기 시작했던 것 같다. 돌이켜 보면 온몸이 떨리고 깊이 슬퍼지는 그런 변화였다. 내가 행복에서 불행으로 떨어지는 것을 막을 방법은 아무것도 없었다. 그것은 마치 번개처럼, 갑작스레 온 세상을 뒤바꾸어 놓는 것이었다. 아아! 나를 맞아주던 미소가 찡그린 인상으로 변했다. 사랑하는 아버지가 나를 멀리했고, 가혹하게, 혹은 가슴이 찢어지도록 냉정하게 대했다. 우리가 나누던 달콤한 대화는 중단되었다. 그리고 아버지의 마음을 다시 돌려놓으려 하면, 아버지가 드러내는 분노와 무시무시한 감정에 입을 다물고 눈물을 흘릴 수밖에 없었다.

게다가 이 변화는 갑작스러웠다. 우리가 시골에서 단둘이 지내기 전날, 장차 함께할 여행에 관해 이야기했던 것이 기억난다. 우리의 어조와 동작에는 확신 가득한 자신감과 서로에 대한 깊은 애정만이 일으킬 수 있는 간절한 기쁨이 묻어났다. 하지만 이튿날, 바로 그 직후, 아버지의 이마는 찌푸려졌고, 눈은 침울하게 땅만 바라보았고, 그토록 부드럽고 상냥하던 음성이 나를 부를 때마다 어찌나 차가운지 몸이 흠칫 떨릴 지경이었다. 종종 내 상상력이 마음을 위로해주기도 하고, 슬픔을 더해주기도 하는 등 온갖 심상을 불러올 때, 나는 에내 아름다운 평야에서 즐겁게 근심 없이 꽃을 꺾다가 지옥의 왕에게 붙잡혀 죽음과 불행의 영역으로 간 페르세포네[14]와 나 자신을 비유했다. 아아! 그 직전까지 삶의 즐거움 이외에는 아무것도 몰랐던 내가! 달콤한 꿈만 꾸며 자다가 깨어보면 그 무엇과도 견줄 수 없는 행복을 누리던 내가 이제는 눈물로 하루하루를 보냈다. 사랑으로 가득한 아버지의 모습에서 기쁨을 찾고 발견했던 내가 용기를 내어 간청하는 눈길로 아버지를 바라볼 때면 성난 얼굴이 대답할 뿐이었다. 감히 아버지께 말을 걸 수 없었다. 그리고 이따금 용기를 내어 아버지를 만나 무슨 일인지 설명을 청하려고 하면, 강렬한 감정이 끊임없이 사투를 벌이는 그 얼굴을 한 번 쳐다보기만

---

14 케레스의 딸 페르세포네는 시실리의 에나 평야에 살다가 플루토에게 납치되어 지하세계의 왕비가 되었다. (역자 주)

해도 몸이 떨리고 혀가 굳었다. 매와 부딪친 어리석은 참새처럼 나는 천국에서 땅으로 떨어졌다. 두 눈에서는 눈물이 그칠 줄 몰랐고, 갑작스러운 슬픔에 머릿속은 혼란스러웠다. 불평과 눈물로 얼룩진 하루하루가 지나갔다. 기쁨에서 슬픔으로 좀 더 서서히 떨어지기를 청하는, 그것이 안 된다면 죽어서 나를 휩쓸어가는 잔인한 광풍 아래 사라지기를 간청하는 헛된 기도를 올리며 종종 기운을 내기도 했다.

… 내 여기서 무엇을 해야 합니까.
썩어가는 꽃처럼, 상냥한 온기로
내 가련한 마음에 생명을 주어야 하는
그의 쓰디쓴 말에 여전히 시들어가는 내가.[15]

이따금 나는 이것이 마법이라고, 그러니 이겨나가야 한다고 혼자서 다짐하기도 했다. 아버지가 무엇인가 악의적인 환상에 눈이 멀었으니 내가 그 환상을 없애야 한다고 생각했다. 그리고 다윗처럼 음악으로 아버지에게서 악령을 쫓아내겠다고. 한 번은 노래를 부르다 아버지를 향해 눈을 들어보니 눈물을 글썽거리며 나를 뚫어져라 바

---

[15] 플레처가 쓴 대위의 희극 (저자 주)
프랜시스 보몬트와 존 플레처가 함께 쓴 희극, 『대위』에 등장하는 릴리아의 대사. 이 극에서 릴리아는 오랫동안 헤어져 지낸 아버지를 알아보지 못하고 유혹하는데, 나중에 아버지임을 알고서도 여전히 사랑한다. (역자 주)

라보던 적도 있었다. 그때는 아버지가 편안하고 자연스러웠던 것 같다. 나는 기뻐 울면서 아버지에게 달려가 품에 안기려고 했지만, 아버지는 나를 거칠게 밀어내고 나가버렸다. 이 작은 사건만으로도 아버지는 다시 침울해졌고 전보다 더 가혹해졌다.

아버지의 정신이 병들었으며 이해할 수 없는 상태였음을 알려주는 사건이 여럿 있다. 하지만 다른 사람 몇 명과 함께 있을 때 일어난 한 가지만 이야기하겠다. 이때 나는 우연히 <뮈라>가 알피에리의 비극 중에 최고라고 생각한다고 말하게 되었다.[16] 나는 그렇게 말하면서 아버지 쪽으로 시선을 돌리다 눈이 마주치게 되었다. 그처럼 사랑하던 두 눈의 표정이 처음으로 불쾌하게 느껴졌고, 아무리 노력해도 억누를 수 없는 모종의 비밀스러운 감정 때문에 아버지의 온몸이 떨리는 것을 보고 두려움이 엄습했다. 그 영혼에서 이런 폭풍우가 가라앉으면서 아버지는 우울하고 과묵해졌다. 날마다 무엇인가 새로운 일이 벌어졌고, 아버지에게 영문을 알 수 없는 공포를 일으켰는데, 아버지는 그 공포를 억누르기도 했지만, 그것이 때로는 아버지의 이성을 뒤흔들어놓으려고도 했고, 눈부신 지성을 영원한 혼돈으로 뒤엎어놓으려고도 했다.

이 처참한 상황을 필요 이상으로 오래 생각하지 않겠다. 더 나아질 것이라는 희망이 느껴졌던 때가 매번 덧없이 지나가 버리는 것을 얼마나 불안하게 지켜보았는지, 그리고 내가 애를 쓸 때마다 광

---

[16] 1815년에 번역된 비토리오 알피에리의 『뮈라』를 가리킴 (역자 주)

기처럼 보이는 아버지의 증세가 더욱 악화되는 것을 알고 얼마나 절망했는지 설명하려면 며칠이 걸릴 수도 있다. 그때 느꼈던 슬픔을 모두 전하려면 이 두 눈에서 흐른 눈물을 모두 세고, 내 가슴을 찢어 놓은 모든 징후를 다 열거해야 할 것이다. 이 모든 상황에는 아무리 긴 말로도 전할 수 없는 공포가 존재하며 이 슬픈 광경을 회고하니 다시 죽을 것처럼 괴로우니 간단히 적겠다. 아, 사랑하는 아버지! 아버지는 진정 저를 비참하게 만드셨지만, 그런데도 저는 진심으로 아버지를 용서했으며, 폭포 위에 뜬 무지개처럼[17] 아버지의 엄청난 슬픔을 가라앉히려고 노력하는 동안, 내 마음은 온전히 아버지의 것이었습니다!

그때의 변화는 이렇게 일어났다. 내가 너무 급작스럽게 설명한 것처럼 보일지도 모르겠지만, 실제로 이렇게 급작스럽게 일어났다. 이루 말할 수 없는 행복이라고 생각되는 상태에서 이루 말할 수 없는 슬픔이라고 생각되는 상태로 떨어졌다고 단 한 문장으로 쓰듯이, 내가 겪은 두 가지 상황은 그렇게 꼭 붙어 일어났다. 우리가 런던에서 지낸 다섯 달 중에서 석 달은 즐거웠고 두 달은 슬펐다. 아버지와 내가 단둘이 있는 경우는 드물었고, 그럴 때면 아버지는 주로 바닥만 내려다보며 입을 다물었다. 이전에는 상냥하고 부드러운 감정을 드러내어 나를 기쁘게 해주었던 검은 눈동자가 눈꺼풀과 속눈썹에 덮여 보이지 않았다. 남들과 함께 있을 때면 아버지는 명랑한 척했

[17] 바이런 경 (저자 주)

지만, 그 공허한 웃음소리를 듣고 있노라면 나는 눈물이 났다. 그런 웃음을 웃을 때면, 아버지는 진심 없는 미소로 시작해 이 치명적인 시기 이전에는 한 번도 지어본 적 없는, 쓰디쓴 조소로 끝을 맺었다. 남들이 함께 있을 때면 아버지는 종종 내게 말을 걸었고 내 미동까지 줄곧 살폈다. 내겐 너무 낯선 표정으로 건넨 말에 목이 메어 대답을 차마 하지 못하는 것을 보고 아버지의 음성이 떨리곤 했지만, 나를 향한 말투는 늘 냉랭하고 부자연스러웠다.

하지만 조용히 우울하기만 한 날은 드물었다. 폭풍우 치는 바다에서 피신할 곳을 찾는 작은 배처럼 나를 밀어붙이는 격렬한 감정의 광풍에 그처럼 조용히 우울한 날의 평화는 자주 깨어졌다. 그 바람은 내 고향 항구에서 불어오는 것이고, 나는 점점 더 멀리 밀려나다 폭풍우가 지나가고 바다가 겉보기에 잔잔해졌을 무렵 산산이 부서지고 말았다. 아버지의 감정을 어떻게 설명할 수 있을지 모르겠다. 이따금 아버지는 자신의 감정을 말 한마디, 손짓 하나로 드러내고는 방으로 들어갔고, 나는 몰래 다가갈 수 있는 만큼 가까이 다가가 두려운 마음으로 방 안에서 나는 소리에 귀를 기울였다. 하지만 소리보다 더 무서운 것은 갑작스러운 정적이었다. 정확히 무엇이 무서운지 모르면서도, 나는 시종일관 두려움에 휩싸였다.

어느 무시무시한 하루가 지나고, 아버지의 눈이 번개처럼 나를 노려보았다. 날카롭게 쉰 목소리로는 감정을 토로할 수 없었던 듯, 저녁에 내가 혼자 있을 때 아버지가 침착한 모습으로 찾아오더니 재빨리 닦아낸 내 눈물을 보지 못하고서 사흘 뒤 함께 요크셔의 저택으로 떠날 계획이니 준비를 하라고 이르고는 질문이 두려운 사람처럼 서둘러 돌아갔다.

아버지의 이 결심은 놀라웠다. 그 저택은 아버지가 어린 시절 살던 곳이고 어머니가 어릴 적 살던 집 근처였다. 둘이 젊은 시절 사랑을 나누었던 곳이며, 결혼한 후 살았던 곳이었다. 행복했던 시절에도 아버지는 아내를 잃은 슬픔이 가셨으며 쓰라린 기억에서 벗어났지만, 어머니와 함께했던 그곳은 결코 찾아갈 수 없으며, 그토록 오래전 함께 살았던 방들도, 어머니가 좋아하던 산책로와 어머니가 즐겁게 꽃을 가꾸던 정원도 볼 수 없을 것이라고 자주 말했다. 그런데 아버지는 극심한 고통을 겪는 와중에 더욱 극심한 고통 속으로 뛰어들기로 했고, 이미 자신을 찢어놓은 감정보다 더 격렬한 감정을 구하는 것이었다. 나는 당황했고, 그 의미가 무엇인지 몹시 불안했다. 아, 그것이 파멸이 아니라면 무엇이란 말인가!

그사이에 아버지를 별로 만나지 못했지만, 아버지는 비록 전보다 덜 슬퍼 보이지는 않았고, 더 침착해 보이기는 했다. 사흘째 되던 날 아침, 아버지는 요크셔로 혼자서 먼저 떠날 것이며, 그사이에 다른 연락이 없다면 2주 후에 뒤따라오라고 일렀다. 아버지는 그 날 출발했고, 나흘 뒤 나는 최대한 바로 오라는 아버지의 뜻을 전하는 집사의 편지를 받았다. 나는 불안하면서도 희망을 버리지 않은 채, 밤낮으로 달려 아버지가 있는 곳에 도착했다. 런던에서처럼 나를 피하고, 혐오하듯 대할 것이면 아버지가 나를 부를 이유가 없었으므로 아직 희망이 있었다. 우리의 저택에서 30마일 떨어진 곳에서 아버지를 만났다. 아버지는 슬픈 표정이었다. 잠시 나를 보고 반가운 기색이었지만, 감정을 드러내고 싶지 않은 듯 억눌렀다. 가는 동안 아버지는 말이 없었지만, 태도는 전보다 친절했고, 나는 부드러운 눈빛에 희망을 느꼈다.

도착하자 잠시 쉰 뒤 아버지는 내게 어머니가 쓰던 방을 보여주었다. 어머니가 돌아가신 지 16년도 넘는 세월이 흘렀지만 아무것도 변하지 않았다. 어머니의 반짇고리와 책상은 여전히 그 자리에 있었고, 방에는 탁자 위에 책이 어머니가 둔 그대로 놓여 있었다. 아버지는 심각하고 미동 없는 표정으로 그 광경을 가리켰고, 이따금 눈물이 글썽이는 그윽한 눈으로 나를 바라보았다. 아버지의 표정에 무엇인가 기묘하고 무서운 점이 나를 사로잡았고, 나는 참지 못하고 울음을 터뜨렸다. 아버지는 나를 달래려하지 않았지만, 입술이 떨리고 얼굴 근육이 경련을 일으키는 것을 나는 보았다.

우리는 함께 정원을 거닐었고, 저녁이 되어 내가 방으로 돌아가려고 하자 아버지는 함께 있으면서 책을 읽어달라고 했다. 그러더니 먼저 이렇게 말했다. "이곳에서 마지막으로 지냈을 때, 네 어머니는 내게 단테를 읽어주었다. 어머니가 멈춘 곳에서부터 읽어다오." 그러더니 잠시 후 아버지가 말했다. "아니, 그럴 수는 없다. 단테는 읽지 마라. 네가 책을 골라라." 나는 스펜서를 골라 가이언 경이 탐욕의 전당으로 들어가는 대목을 읽었다.[18] 경청하는 동안 아버지는

---

[18] 에드먼드 스펜서의 『요정 여왕』에 등장하는 대목 (역자 주)

슬프고도 깊은 침묵 속에서 나를 응시했다.

이튿날 아침, 집사에게서 아버지가 도착했을 때 끔찍한 상태였다는 이야기를 들었다. 아버지는 도착한 후 첫날밤을 정원의 젖은 풀밭에서 보냈다. 잠들지 않고 끊임없이 신음했다. "참 슬픈 일이지요!" 눈물을 글썽거리며 이 이야기를 전해준 노인이 말했다. "이런 상태의 주인님을 보고 있으면 가슴이 찢어집니다. 아가씨와 함께 주인님이 이곳으로 오신다는 소식을 들었을 때, 아가씨의 어머님, 우리 마님께서 살아계셨을 때처럼 다시 행복한 날을 보낼 줄 알았습죠. 하지만 우리 가련한 인간들에게 그런 행복은 손에 넣을 수 없는 것인 모양이지요. 그래서 우리 마님도 그렇게 일찍이 보내드려야 했던 겁니다. 우리랑 함께 지내시기에 마님은 너무 아름답고 착하셨지요. 주인님께서 마님과 결혼하셨을 때, 우리는 모두 참 행복한 날이라고 생각했습죠. 마님이 어렸을 적부터 저는 알고 있었고, 노마님 살아생전에 마님께서 제게 참 잘해주셨어요. 아가씨도 어머님을 닮으셨지만, 주인님을 더 많이 닮으셨군요. 그런데 주인님은 돌아오신 이후로 늘 저러신가요? 주인님께서 저렇게 우울한 모습으로, 마님 장례식 다음 날처럼 이 문으로 들어오시는 걸 처음 보니 기쁨이 슬픔으로 바뀌더군요. 저를 시켜 아가씨께 편지를 쓰신 이후로는 조금 나아지는 것 같았지만, 주인님께서 저렇게 불행하신 것을 보니 여전히 참담합니다." 오래되고 충실한 하인이 느낀 감정이 이러했으니, 사랑하는 딸의 감정은 어떠했을까. 아아! 그때도 내 가슴은 거의 다 무너져 내렸다.

우리는 이 집에서 두 달을 지냈다. 아버지는 대부분 시간을 나와 보냈다. 산책도 함께 했고, 내 연주를 듣고, 책을 읽거나 그림을 그릴 때면 가까이 다가와 앉아 있었다. 대화할 때 아버지의 태도는 냉정하고 부자연스러웠다. 아버지의 눈만 말하는 것 같았고, 아버지가 돌아설 때면 나를 향하는 빛나는 검은 눈동자는 진심 어린 슬픔을 드러냈다. 그 검고 깊은 눈동자에 너무나 강렬하고, 너무나 슬픈 무엇인가가 있어서 행복할 때도 나는 그 시선을 마주하면 눈물 흘리지 않을 수 없었다. 하지만 그때는 달콤한 눈물이었다. 이제는 그 두 눈의 부드러운 호소에서 느껴지는 깊은 고통이 내 마음을 갈가리 찢어놓았다. 그 두 눈은 내 마음의 평화를 구하는 것 같았다. 아버지 자신에게는 고통을 인내할 용기를 원하는 것 같았다. 동정심을 갈구하면서도 끊임없이 자제심을 발휘하길 바라는 것 같았다. 나와 함께 있지 않은 때에만 아버지는 감정을 억제하지 못했고, 주먹을 불끈 쥐고, 이맛살을 찌푸리며, 초췌한 얼굴로 절망에 죽음을 외치며, 미친 듯이 소리를 질러댔다. 그러다 기운이 다해 털썩 주저앉았다가 나와 다시 만나 소생할 때까지.

런던에서 지낼 때는 아버지의 슬픔에 가혹하고 시무룩한구석이 있었는데, 요크셔에서는 그런 면이 완전히 사라졌다. 런던에서 나는 위축되어 아버지를 피하기만 했는데, 이제는 아버지와 함께 있으면서 위로하기를 바랄 뿐이었다. 아버지가 말이 없을 때면 나는 주의를 돌려보려고 했고, 이따금 아버지의 감정이 폭발할 때 몰래 다가가면 울기는 했지만, 곁을 떠나지 않았다. 하지만 아버지는 무시무시한 고통을 겪었다. 낮에는 더 잠잠해졌지만, 밤이라 내가 함께하지 못할 때면 아버지는 비탄에 몸을 내맡기는 것 같았다. 아버지는 어머니의 방이나 정원에서 자주 밤을 보냈다. 그리고 아침이 되면 아버지는 내가 지독한 슬픔을 느끼며 자신의 지친 모습을 바라보는 것을 보았고, 거의 죽을 만큼 기운이 다한 아버지는 눈물을 흘렸다. 하지만 그러는 동안 아버지는 그 불행의 원인이 무엇인지 짐작될 만한 말을 한마디도 하지 않았다. 내가 용기를 내어 물어보려고 하면 아버지는 자리를 뜨거나 입술에 손가락을 대면서 내가 차마 맞설 수 없는 표정을 지으며 돌아서곤 했다. 내가 울면 아버지는 말없이 나를 응시하곤 했지만, 더는 가혹하게 굴지 않았고, 아무리 상냥한 손길이라 해도 내가 아버지를 만지려 할 때마다 거부했다.

아버지는 적당한 우울이나 슬픔이라 할지라도 부드러운 감정이 절망에서 벗어나게 해주는 소중한 수단이라고 여긴 모양이었다. 그래서 더욱 격렬한 감정을 해소하고자 우울한 기분을 유지하려고 노력했다. 아버지는 어머니와 함께 사랑과 행복을 이야기하며 걸었던 오솔길을 자주 다녔다. 아버지는 어머니의 유품을 모두 모았고, 방에 걸린 어머니의 초상화 앞에 늘 앉아서 슬픈 절망이 담긴 눈으로 응시했다. 그리고 이 모든 일은 이유를 알 수 없이 두려운 침묵 속에서 행해졌다. 감정이 북받쳐오를 때면 아버지는 스스로를 방에 가뒀다. 그리고 밤이면 정처 없이 집 주위를 배회했고, 그때는 살아있는 모든 것이 잠든 때였다.

아버지가 슬퍼하는 까닭을 짐작해보려고 내가 애쓴 것은 쉽게 상상할 수 있을 것이다. 내가 가장 그럴듯하게 여긴 해답은 런던에서 지내던 동안 아버지가 누군가 어울리지 않는 상대와 사랑에 빠졌고, 그 감정을 채워줄 생각은 없음에도 다스리지 못했다는 것이었다. 아버지는 나를 너무 사랑해 이 사랑 때문에 나를 희생시킬 수 없었고, 그래서 그토록 열렬히 사모했던 어머니의 기억을 되살림으로써 현재의 감정을 누르고자 집을 찾아온 것이었다. 가능성 있는 일이었다. 하지만 어떤 사실적인 근거도 없는 추측에 불과했다. 거기 죄책감이 들어갈 수 있을까? 아버지는 너무나 올바르고 고결한 분이라 양심이 허락하지 않는 일은 그 무엇도 할 수 없었다. 그때만 해도 원하지 않는 감정 속에 생길 수 있는 범죄를 알지 못했기에 아버지의 발작과 우울한 표정을 오로지 마음의 갈등 탓으로 돌렸고, 그것이 가장 무서운 악마 중의 악마, 가책 탓이라는 생각한 미처 하지 못했다.

하지만 나는 여전히 이런 상황이 언젠가는 지나가리라고 자신을 다독였다. 격한 감정을 다스리지 못하는 아버지의 증세는 두려웠지만, 영혼은 거의 망가지다시피 하면서도 이겨내 주었기 때문이다. 내가, 어리석고 주제넘은 내가, 돌이킬 수 없을 때까지, 희망이 없어질 때까지 아버지를 다그치지 않았더라면, 그런 날이 결국 왔을지도 모른다. 이 무서운 싸움에서 내 성급함이 적에게 승리를 가져다주었고, 아버지는 패배해 쓰러졌다. 나! 아버지가 패배한 원인은 오로지 나였고, 당연히 나는 그로 인해 무서운 벌을 받았다. 나는 아버지가 동정심을 받아들이게 하면 이 투쟁이 끝날 거라고, 나 자신에게 말했다. 아버지가 다른 이에게 그 고통의 원인을 털어놓게 하면 그 짐이 절반은 덜어질 것이라고. 그래서 아버지를 내 편으로 만들 것이라고. 아버지는 내게 슬픔을 나눠주길 거부하지 않을 것이고, 아버지의 비밀을 알게 되면 내가 그 영혼을 위로해 내게 향하는 미소를 바라볼 생각이었다. 기뻐서가 아니라면 적어도 상냥한 애정과 감사로 두 눈이 빛나는 모습을 보는 황홀한 즐거움을 다시금 누릴 생각이었다. 그렇게 해내리라고, 나는 말했다. 그리고 절반은 성공했다. 나는 아버지의 비밀을 알아냈고, 우리 둘은 영영 돌이킬 수 없이 희망을 잃고 말았다.

5

아버지가 돌아온 지 근 1년이 지났고, 사철이 한 번씩 다 지나갈 무렵이었다. 그때는 5월 말이었다. 숲은 싱그러운 녹색으로 옷을 갈아입었고, 새로 깎은 잔디의 달콤한 냄새가 들판에서 풍겨왔다. 향기로운 공기와 자연의 여신의 예쁜 얼굴이 아버지에게 다정한 감정을 일으키는 것을 도와주고, 내가 아버지에게서 얻어내기로 결심한 확신에 필요한 평화와 사랑의 감정을 줄 수 있으리라고 생각했다.

그래서 나는 그런 날 중 하루 저녁에 시도해보기로 정했다. 나는 아버지에게 함께 산책하자고 하고, 옅은 그림자가 지는 해의 비스듬한, 눈부신 빛을 가려주는, 이웃 너도밤나무 숲으로 안내했다. 말없이 한동안 걷고 난 뒤, 나는 이끼가 자라는 언덕에 아버지와 함께 앉았다. 이상한 일이지만, 지금도 그 자리가 눈에 선하다. 가느다랗고 매끄러운 나무를 담쟁이덩굴이 감아 오르고 있었고, 그 짙은 초록색 잎이 하얀 나무껍질과 그리고 너도밤나무에서 갓 자라난 어린싹의 빛나는 잎과 대조되었다. 짧게 자란 풀은 이끼와 뒤섞였고 바람에 날려 와 작은 언덕에 모인 지난가을의 낙엽에 여기저기 가려져 있었다. 산들바람에 나뭇잎들이 부드럽게 움직였고, 그 녹색

나뭇잎 사이사이로 새파란 하늘이 보였다. 저녁이 되면서 멀리 나무들이 노을에 붉게 물들었고, 새 몇 마리가 쉬러 날아갈 때 바람은 완전히 잦아들었다.

우리는 거기서 함께 앉아 있었고, 지나가는 모든 소리를 들으면. 기묘한 감정 이외에는 우리에게 천국이 될 수도 있었던 이 고요한 자리에서도 우리의 영혼을 찢어놓는 모든 무시무시한 소리를 들으면, 그 고요함이 내게 고요함을 주고, 내게 용기뿐만 아니라 설득할 말을 불어넣어 주었던 그때 그 모습 그대로 기억하는 것이 이상하지 않을 것이다. 나는 그 모든 것을 보았고, 내가 하려는 일을 위해 생각을 정리하려고 애쓰면서 멍하니 그것들을 마음속에 새겨두었다. 거부당하지 않기로 했으므로, 아버지에게 말을 꺼내려고 하니 가슴이 두근거렸다. 하지만 내 말이 아버지에게 어떤 영향을 줄까 생각해보니 몸이 떨렸다. 결국, 한참을 망설이다가 나는 입을 열었다.

"사랑하는 아버지, 아버지의 다정함과 애정이, 처음 돌아오셨을 때 제게 보여주신 과도한 애정이 지금 감히 말씀드리는 것을 용서해주시기를 바랄게요. 비록 제가 딸의 애정을 담아 말씀드리지만, 친구이자 동등한 상대처럼 자유롭게 말씀드리는 것이니까요. 하지만 용서하세요. 부디 제 말씀을 들어주세요. 제게서 등을 돌리지 마세요. 조급해하지 마세요. 아버지는 쉽게 제 입을 막을 수 있지만, 제 심장이 터질 것 같아요. 지난 4개월 동안 제 마음을 떠나지 않았던, 불확실함이 주는 고통을 더는 겪을 수도 없어요.

소중한 친구인 아버지, 제 말을 들어주세요. 그리고 제가 아버지의 믿음을 얻게 해주세요. 서로 사랑하던 행복한 시절은 돌아오지 않는 꿈처럼 제게서 떠난 건가요? 오호라! 아버지는 우리 모두를 파멸시키는 비밀스러운 슬픔을 갖고 계시죠. 하지만 제가 그 비밀을 알아내도록 해주셔야 해요. 말씀해주세요. 제가 아무것도 할 수 없나요? 아버지의 마음을 편하게 해드릴 수만 있다면, 이 세상에서 제가 하지 못할 희생이 없고, 못 견딜 고생이 없다는 걸 잘 아시잖아요. 하지만 제가 아무리 노력해도 아버지를 행복하게 해드릴 수 없다면, 적어도 왜 슬퍼하시는지 알게 해주세요. 분명 제 진심 어린 사랑과 깊은 동정이 아버지의 절망을 위로해드릴 거예요.

제가 억지스럽게 말할까 봐 걱정이 되네요. 제 마음은 아버지의 생각과 표정에 다시 한번 고요함을 가져다드리고 싶은 간절한 바람으로 가득합니다. 하지만 아버지의 슬픔을 더할까 봐, 아버지 마음속에 분노와 불쾌감을 더할까 봐 걱정이 됩니다. 그러니 계속 땅만 내려다보지 마세요. 제가 아버지의 영혼을 읽을 수 있도록, 눈을 들어 저를 봐주세요. 제게 말을 걸어주시고, 제 주제넘은 행동을 용서해주세요. 아아! 저는 정말 불행한 인간입니다!"

나는 감정이 격해져 숨이 찼고, 시야를 흐리며 차오르는 눈물을 쫓아낸 뒤, 아버지를 간절한 두 눈으로 바라보았다. 아버지는 눈을 들지 않았지만, 잠시 침묵이 흐른 뒤 낮은 목소리로 내게 대답했다.
"너는 정말 건방지구나, 마틸다. 건방지고 매우 성급하구나. 나 같은 사람의 마음속에는 비밀이 있다. 네가 찾으려 들어서는 안 되는 비밀스러운 고통이 있다. 게다가 내가 너를 불편하게 만들고 있다는 사실에 얼마나 더 슬픈지 이루 말할 수 없다. 하지만 이 또한 지나갈 것이고, 곧 우리는 몇 달 전처럼 되돌아가기를 바란다. 네 조급증을 다스려라. 그러지 않으면 네가 낫게 하려는 것을 망칠 수도 있다. 다시는 이런 식으로 내게 말하지 마라. 네 주위에서 일어나는 일을 순순히, 인내심을 갖고 기다려라."

"오, 그럴게요!" 나는 열렬한 마음으로 대답했다. "끈기 있게 기다릴게요. 성급하게 굴지도, 건방지게 굴지도 않을게요. 내 하나뿐인 친구, 내 희망, 내 은신처인 아버지의 고통과 눈물, 절망을 지켜볼게요. 팔짱을 끼고, 눈을 내리깔고서 그 모든 것을 지켜볼게요. 아버지는 저를 솔직하게 대하지 않으세요. 아버지 말씀은 사실이 아니에요. 이건 곧 지나가지 않을 것이고, 아버지가 제게 말씀하지 않으시면, 제 위로를 받아들이지 않으시면 영원히 계속될 거예요.

소중한, 가장 소중한 아버지. 저를 불쌍히 여기시고 용서해주세요. 부디 저를 절망으로 몰아넣지 마세요. 정말이지 저를 거부하시면 안 돼요. 제가 알면 괴로울지 모르지만, 아버지가 이야기해주셔야 할 것이 하나 있어요. 혹시나, 제가 아버지의 불행의 원인인지 말씀해주시길 엄숙히 요구합니다. 제가 참아도 소용없이 흐르는 눈물이 안 보이세요. 제가 흐느끼느라 목소리가 갈라지는 것을 들어도 아무렇지도 않으신가요. 제 손이 얼마나 떨리는지 느껴보세요. 제가 하는 말에 제 온 마음이 담겨있으니, 아무 뜻도 없는 말로 제 말문을 막지 마세요. 제 의심의 고통이 저를 다그치니, 대답해주세요. 부탁드려요. 이제는 사라진, 저에 대한 옛사랑을 생각하셔서라도, 한 가지 질문에는 대답해주세요. 아버지가 슬퍼하시는 건 저 때문인가요?"

아버지는 땅에서 눈을 들었지만, 여전히 나를 쳐다보지는 않은 채로 말했다. "그렇게 간청하니 그 성급한 질문에는 대답해주겠다. 그렇다. 내 괴로움, 내가 죽을 때까지 겪어야 할 모든 괴로움의 유일한 원인이 바로 너다. 자, 조심해라! 조용히 해라! 너를 파멸시키라고 나를 재촉하지 마라. 나는 태풍에 뿌리째 뽑혀 쓰러져 있다. 하지만 너는 내게 기대어 일어설 수 있다. 너는 젊고 네 감정은 잔잔하다. 네가 한마디만 하면 너 역시 내 파멸에 연루될 것이다. 하지만 그 말을 내뱉고 싶구나. 아! 무시무시한 절벽이 가로놓여 있다. 그러니 부디 조심해라!"

"아, 가장 소중한 친구여!" 내가 외쳤다. "두려워하지 마세요! 그 말을 하세요. 그러면 죽음이 아니라 평화가 올 거예요. 절벽이 가로놓여 있다면 우리의 사랑이 그것을 뛰어넘을 날개를 줄 것이고, 그 너머에서 꽃과 푸른 들판과 기쁨을 찾을 거예요." 나는 아버지 발치에 몸을 던지고 아버지의 손을 잡았다. "그래요, 말씀하세요. 그러면 행복해질 거예요. 다시는 의심도, 두려운 모호함도 없을 거예요. 절 믿으세요. 제 애정이 아버지의 슬픔을 위로할 거예요. 그 말씀을 해주시면 모든 위험이 지나갈 것이고 우리는 전처럼, 그리고 영원히 서로 사랑할 거예요."

아버지는 내 손을 뿌리치더니 벌떡 일어났다. "무슨 말이냐? 너는 네가 하는 말뜻을 모른다. 어째서 나를 데리고 나와서 괴롭히고 유혹하고 죽이는 거냐. 차라리 네가 미친 호기심에 내 가슴에서 심장을 끄집어내어 피를 뚝뚝 흘리면서 그 비밀을 읽는 편이 훨씬 낫겠구나. 그러면 네가 나를 아무것도 아닌 존재로 만들어 위로할 수 있을 텐데. 하지만 네 말은 견딜 수가 없다. 곧 네 말이 나를 미치게, 완전히 미치게 할 것이고, 그러면 나는 이상한 말을 지껄일 것이고, 너는 그 말을 믿을 것이며, 그러면 우리는 둘 다 영영 길을 잃고 말 것이다. 나는 미치기 직전이다. 잔인한 딸아, 어째서 나를 자꾸 몰아치는 것이냐. 너는 후회하고 나는 죽게 될 것이다."

아버지의 말을 다시 적고 있으니 내 고집스러운 어리석음이 놀랍다. 대체 무슨 감정으로 그렇게 했는지 모르겠다. 거절당하지 않으리라는 결의에, 아버지의 대답을 제대로 파악하지 못하고 내 목표로만 나아간 것 같다. 나는 격정에 이끌려 아버지가 그토록 두려워하며 피한 심연으로 미친 듯이 끌어들였던 것이다. 나는 아버지의 말에 이렇게 대답했다. "네, 아버지가 제게 공포를 가득 채운 것은 사실이에요. 하지만 그 말씀을 들으니 이 의심만 가득한 상태를 끝내야 한다는 결심은 더욱 굳어졌어요. 그런 말씀에 물러서지 않을 거예요. 하루하루 이렇게, 칼이 가슴에, 머리카락 한 올을 사이에 두고 치명상을 입히려고 겨누어져 있는 상태를 견디며 살 수 있으리라 생각하세요. 한마디만 해주세요! 그 무서운 말이 무엇인지 알려주세요. 그것이 벼락처럼 저를 쓰러뜨린다 해도, 말씀해주세요.

아아, 아아! 이게 무슨 꼴인가요? 제가 아버지께 온 세상처럼 소중하다고 생각한 지 몇 달밖에 지나지 않았는데. 이 세상에서 아버지가 마틸다와 나누지 않을 기쁨도 슬픔도 없었는데. 그 행복하던 시절은 가버렸고, 제가 이 세상에서 가장 두려워한 일이 닥쳤어요. 절망에 빠져서 저는 아버지께서 감추지 못하신 걸 보고 있어요. 아버지는 이제 절 사랑하지 않는다는 걸. 아버지, 부자연스러운 감정이 아버지의 심장을 사로잡지 않았나요? 저는 이 땅을 기어 다니는 가장 불쌍한 벌레가 아닌가요? 제가 아버지의 무릎을 감싸 안아도, 아버지는 잔인하게 저를 내치지 않나요? 알아요. 다 보여요. 아버지는 절 싫어하시죠!"

나는 격한 감정에 사로잡혀 아버지의 발치에 쓰러져 있다가 일어났고, 나무에 기대서서 하늘을 올려다보았다. 아버지는 난폭하게 대답했다. "그렇다, 그렇다. 널 싫어한다! 너는 내 골칫거리이고, 내 독약이며, 넌더리가 난다! 오! 아니!" 그러더니 아버지의 태도가 바뀌어 내 온몸의 신경과 기관을 떨리게 하는 표정으로 나를 노려보았다. "너는 그런 것이 아니다. 너는 내 빛이요, 내 하나밖에 없는 존재, 내 생명이다. 딸아, 널 사랑한다!" 마지막 말은 쉰 목소리로 속삭였지만, 나는 그것을 들었고, 메스꺼움과 두려움에 죽을 것 같아서 얼굴을 가리며 주저앉았다. 이마에 식은땀이 흘렀고, 나는 사지를 떨었다. 하지만 아버지는 미친 듯이 두 손을 꼭 모아 쥐고는 이렇게 말했다.

"이제 나는 바위산 꼭대기에서 바닥으로 뛰어내렸다! 이제 나는 그 무시무시한 절벽으로 몸을 던졌다! 위험은 끝났다. 그 애는 살아 있다! 오, 마틸다. 그 소중한 눈을 들어 내 삶이 되어주는 빛을 보여주렴. 평화롭고 침착하게 네 사랑스러운 목소리를 듣게 해주렴. 비록 나는 괴물이지만, 너는 언제나 그랬듯이, 이루 말할 수 없이 사랑스럽고 아름답구나. 이 마지막 순간이 지나고 내가 어떤 존재가 되었는지 모르겠다. 어쩌면 나는 타락한 대천사처럼 생김새가 변했을지도 모르겠다. 분명히 변했을 것이다. 이제 내게는 새로운 영혼이 자리 잡았고, 내 피가 핏줄 속에서 용솟음치고 있으니. 열에 온몸이 불에 붙은 것 같다. 하지만 지금은 소중한 순간이다. 비록 내가 악마가 되었지만, 내가 여태까지 사랑했던, 그 누구보다 더 사랑하는 내 마틸다가 내 앞에 있으니. 그리고 이제 그 애가 그걸 알고 있으니. 그 애가 내 말을 듣고 있으니. 어리석게도 이 말을 하면 그 애가 죽어버릴 줄 알았는데. 자, 자. 최악의 순간은 지나갔다. 더는 슬퍼할 것도, 눈물 흘릴 것도, 절망할 것도 없다. 그게 네가 한 말이 아니더냐? 우리는 네가 말한 것처럼 절벽을 뛰어넘었고, 이제, 잘 들어라, 마틸다. 우리는 꽃과 푸른 초원과 기쁨을 찾게 될 거다. 아니, 지옥과 불구덩이, 고문일까? 오, 사랑하는 이여. 나는 떠난다. 더는 나를 지탱할 수가 없다. 필시 이것이 바로 다가오는 죽음이다. 네 심장 곁에 내 머리를 눕히게 해다오. 네 품에서 죽게 해다오!" 아버지는 정신을 잃고 땅에 쓰러졌고, 나는 거의 생명을 잃고서 절망에 빠져 아버지를 바라보았다.

그렇다. 내가 느낀 것은 절망이었다. 처음으로 그 유령이 나를 사로잡았다. 그 후로 그것이 나를 떠난 적 없으니, 그것이 처음이자 유일한때였다. 맨 처음 말문이 막히는 고통이 지나간 뒤, 나는 절망이 심장을 송곳니로 물어뜯는 것을 느꼈다. 나는 머리카락을 뜯었다. 큰 소리로 고함쳤다. 한순간 아버지의 고통이 가엾어서 내 품에 끌어안았다. 그리고 겁에 질려 화들짝 물러나면서 아버지를 발로 밀어냈다. 마치 독사에게 물린 것 같았고, 전갈의 꼬리에 맞은 것 같았다. 아! 어디로! 어디로 가야 할까!

이렇게 계속 있을 수는 없었다. 한 가지 생각이 떠올랐다. 절대, 다시는, 아버지와 말할 수 없다. 이 끔찍한 확신이 내게 들자, 내 영혼이 녹아 상냥한 마음과 애정으로 변했다. 나는 마지막 인사를 하려고 아버지를 보았다. 아버지는 정신을 잃고 쓰러져 있었다. 아버지의 눈은 감겨 있었고, 뺨은 죽은 사람처럼 창백했다. 위에서 너도밤나무의 나뭇잎이 아버지의 얼굴에 그림자를 드리웠고, 그것이 흔들리는 소리는 구슬픈 노래처럼 들렸다. 나는 이 모든 것을 보고 이렇게 말했다. "아, 이곳이 아버지의 무덤이구나!" 그리고 나는 엉엉 울고 나서 내 절망을 거두고, 천륜을 저버리는 아버지의 고통을 덜어달라고 하늘을 바라보며 사정했다. 눈에서 흐르는 뜨거운 치유의 눈물 덕분에 미칠 것처럼 옥죄던 가슴이 후련해졌다. 나는 한참을 울었고, 아버지가 정신을 차리려고 하자 다시 공포와 비참함이 되살아났고 흘러넘치던 감정이 제자리로 돌아갔다. 나는 견딜 수 없는 공포에 벌떡 일어나 나는 듯이 숲길을 따라 들판을 가로질러 달아났다. 그리고 죽을 만큼 지쳐서 우리 집에 도착했고, 하인들에게 내가 알려준 곳에서 아버지를 찾으라고 지시한 뒤 내 방에 틀어박혔다.

6

내 방은 집의 구석 쪽에 있었고, 정원을 바라보고 있어서 다른 사람들이 내는 소리가 닿지 않았다. 그래서 완벽하게 혼자인 이곳에서 나는 서너 시간 동안 울었다. 하인이 식사할 것인지 물어보러 왔을 때, 그에게서 아버지가 돌아오셨으며 건강해 보인다는 말을 들었고, 그러자 불안한 마음은 놓였지만 비통한 마음으로 울기는 멈추지 않았다. 처음에는 현재의 절망과 대조되는 예전의 행복한 기억이 스쳐지나가면서 답답한 가슴을 말로, 신음으로, 그리고 찢어질 것 같은 한숨으로 해소했다. 하지만 본성이 지쳤고, 이와 같은 더욱 격렬한 슬픔이 가시고 나자 열렬하되 소리 없는 눈물이 하염없이 흘렀다.

내 영혼 전체가 그 눈물 속에 녹아버린 것 같았다. 손을 맞잡지도, 머리카락을 뜯지도, 한탄을 내뱉지도 않았지만, 보카치오가 지스카르도의 마음을 놓고 시기스문다가 느낀 강렬하면서도 소리 없는 비탄을 묘사하듯이, 나는 두 손을 모으고 앉아서 소리 없이 눈물을 쏟고 있었다.[19] 그 괴로움을 일으킨 것이 무엇인지 느끼지도 못한 채, 깊은 감정에 빠져들어서 내 생각은 여러 가지 무심한 것을 대상으로 방황했다. 하지만 팔다리도, 몸도 움직이지 않은 채, 흐르던 눈물은 마치 샘이 마르는 것처럼 차츰 잦아들었고, 나는 꿈에서 깨어나듯 일어났다.

울음을 멈추자 이성과 기억이 되돌아왔고, 나는 그날 있었던 일과 내가 어떻게 행동하는 것이 좋은지 좀 더 침착하게 생각하기 시작했다. 몇 시간밖에 흐르지 않았지만, 내게는 엄청난 변화가 일어났다. 그날 아침부터 여러 해에 걸쳐 일어날 법한 일이 벌어진 것이다. 아버지는 내게 죽은 것과 같았고, 나는 잠시 머리가 하얗게 센 아버지가 관에 누워 있고, 젊음이 지나간 내가 아버지의 죽음에 울고 있는 것처럼 느끼기도 했다. 하지만 그렇지 않았고, 나는 아직 어렸다. 아아, 너무나 어렸다. 그리고 아버지는 실제로는 죽지 않았다. 하지만 불쌍한 나는 아버지를 다시 보지도, 아버지와 이야기해서도 안 되었다. 내 원수에게서 달아나는 것보다 더 열심히 아버지에게서 달아나야 했다. 혼자 지내든, 도시에서 지내든, 아버지를 다시는 보지 말아야 했다. 그렇게 생각하니 괴로워서 숨이 가빴고, 내 상상력이 가로막혀 잠시 아무런 생각도 할 수 없었다. 이 일 이후로는 가장 적막한 곳에서 혼자 지낼 것이라고 생각했다. 대륙으로 건너가 수녀가 되기로 했다. 나는 가톨릭 신자가 아니니 종교를 위해서가 아니라, 세상에서 영영 차단되기 위해서였다. 거기서

---

[19] 보카치오의 『데카메론』의 넷째 날, 첫 번째 이야기. 기스몬다가 지스카르도의 심장이 든 금잔을 보고 눈물을 흘리는 장면이 나온다. (역자 주)

홀로 울 수 있을 곳을 찾아내면, 사람들의 목소리가 결코 와 닿지 않을 것이다.

하지만 내 아버지, 내 사랑하는, 너무나 가련한 아버지는? 아버지는 돌아가실까? 지금 자신을 무자비하게 사로잡고 있는 맹렬한 욕망을 결코 극복하지 못하실까? 지금부터 여러 해가 지나고 나면, 지금 겪는 감정의 불길을 세월이 꺼뜨리고 나면, 그때가 되면 다시 내 아버지가 되어주지 않을까? 이런 생각을 하니 이마의 주름살이 펴졌고, 내 입술에서 우울한 미소가 고통의 표정을 지워주는 것이 느껴졌다(그리고 그것을 느끼고 울었다). 나는 감히 장차 더 나아질 것이라는 희망을 품었다. 오랜 세월이 흘러야 하겠지만, 희망의 날개를 단 세월은 가볍게 지나갈 것이고, 무겁다 하더라도 그래도 여전히 흘러갈 것이니 나는 영영 아버지를 잃는 것이 아니다. 아버지가 다시 16년 동안 정처 없이 방랑하게 하자. 다시 한번 다른 나라의 드넓은 숲과 요란한 폭포를 향해 미친 듯이 불평을 던지게 하자. 아버지가 다시 한번 무시무시한 위험과 영혼을 움츠리게 하는 고난을 겪게 하자. 남쪽 나라의 뜨거운 태양이 아버지의 욕망에 수척해진 뺨을 그을리게 하고, 차가운 밤비가 아버지의 피를 식히게 하자.

가엾은 아버지, 저는 아버지를 이런 삶에 바칩니다! 가세요! 아버지의 낮을 야만인들과 보내고, 밤을 하늘의 옷자락 밑에서 보내세요. 아버지 육신이 지치고, 심장은 식어버리게, 모든 젊음은 아버지 속에서 죽어버리게 하세요! 아버지 머리카락이 눈처럼 희어지게 하세요. 걸음걸이는 휘청거리고, 목소리는 달콤한 어조를 잃어버리게 하세요! 촉촉한 안광이 꺼지게 하세요. 그리고 제게, 아버지의 마틸다에게, 아버지의 딸에게 돌아오세요. 그러면 아버지의 심장이 죄없는 감정으로 뛸 때, 제가 그 애정 어린 품에 안길게요. 가세요, 충실한 아버지. 그렇게 되어 돌아오세요! 이것이 저의 저주, 딸의 저주입니다. 가세요, 그리고 순수해져서 딸에게 돌아오세요. 이 딸은 아버지 이외에는 아무도 사랑하지 않을 겁니다.

이것이 내 생각이었다. 그리고 나는 떨리는 손으로 불행한 아버지에게 편지를 쓸 준비를 했다. 그때 몇 시간이나 눈물을 흘리며, 슬픈 마음으로 사색했다. 12시가 넘었다. 집 안은 온통 조용했고, 내 창문으로 살며시 들어오는 미풍은 그림자를 드리우고 있는 나뭇잎을 흔들지도 못할 만큼 약했다. 내 숨소리와 나도 모르게 흐느끼는 소리만이 들리는 시각, 완전한 고요함을 느꼈다. 갑자기 계단을 걸어 올라오는 조용한 발소리가 들렸다. 나는 숨을 멈추었고, 그 소리가 다가오는 동안 방의 구석으로 숨었다. 발걸음은 내 문 앞에서 멈췄지만, 잠시 후 다시 물러가더니 계단을 내려갔고, 아무 소리도 들리지 않았다.

이 사소한 일에 나는 너무나 괴로운 생각이 들었다. 내가 느낀 감정을 감히 표현하지도 못하겠다. 아버지가 가만히 있지 못하는 것은 이해했다. 아버지가 잠들지 못하는 유령처럼, 심장을 태우는 지옥 불에서 평화를 찾지 못하고 헤매는 것은 이해했다. 하지만 왜 내 방에 다가오는 것인가? 그곳은 신성한 곳이 아닌가? 아버지가 거기 서 있을 때 나는 거의 기절할 뻔했지만, 나는 조금도 움직이지 않아 내가 깨어있다는 사실을 드러내지 않았다. 비록, 내 심장이 엄청난 공포로 두근거리는 것이 들렸지만. 아버지는 돌아갔다. 오, 다시는, 다시는 아버지를 보지 않기를! 내일 밤은 우리가 같은 지붕 아래 있을 수 없다. 아버지나 내가 떠나야 한다. 우리의 운명을 하나로 묶어주는 끈은 끊어졌다. 바다가, 혹은 육지가 우리를 갈라놓아야 한다. 우리에게는 동시에 별과 해가 떠올라서는 안 된다. 아버지가 지는 초승달을 보면서 "마틸다가 이제 달이 지는 것을 보는구나" 라고 말해서는 안 된다. 그렇다. 모든 것이 바뀌어야 한다. 내가 어두울 때, 아버지는 밝아야 한다! 내가 겨울의 눈보라에 떨고 있을 때, 아버지는 여름의 태양을 느끼게 해야 한다! 우리가 대척점에 놓이기를!

결국 동이 트기 시작했고, 아침의 편안한 햇빛이 내 방에 흘러들어왔다. 나는 망을 보느라 지쳤고, 잠시 내 눈꺼풀을 짓누르는 잠과 싸웠다. 하지만 나는 더는 두려움 없이 침대에 몸을 눕혔다. 망각을 바라지는 않았지만, 휴식을 구했다. 무서운 꿈에 쫓기리라는 것을 알고 있었지만, 이미 꾼 악몽은 두렵지 않았다. 나는 일어나서 아버지에게 가 아버지에게서 떨어지기로 한 결심을 알릴 것이라고 생각했다. 아버지를 집에서, 공원에서, 그리고 들판과 숲에서 찾으러 다녔지만, 찾을 수가 없었다. 결국 멀찍이 나무 아래 앉아있는 아버지를 발견했고, 아버지는 나를 알아보더니 다가오라고 손을 몇 번 흔들었다. 아버지의 모습에 어딘가 두렵기도 하고 오싹하기도 한, 이 세상 사람 같지 않은 면이 있었지만, 나는 가까이 다가갔다. 가까워지자 아버지가 시신처럼 창백한 얼굴로, 희고 헐렁한 옷을 입고 있는 것이 보였다. 갑자기 아버지가 벌떡 일어나더니 내게서 달아났다. 나는 쫓아갔다. 우리는 들판을 가로질러, 숲 가장자리를 지나, 강둑으로 달려갔다. 아버지는 빠르게 달아났고, 나는 뒤를 쫓았다. 우리는 마침내, 바다 위의 거대한 절벽 끝에 섰다. 바람이 불어 거친 파도가 저 아래 절벽 아래 부딪쳤다. 파도의 함성이 들렸다. 아버지는 곧장 가장자리로 갔고, 나는 아버지가 무시무시한 절벽으로 몸을 던질까 봐 두려움에 숨도 쉴 수 없었다. 나는 더 빨리 움직이려고 했지만, 무릎이 떨려서 걸을 수 없었다. 하지만 아버지에게 닿았다. 아버지의 휘날리는 가운 한 자락을 잡았을 때, 아버지는 아래로 뛰어내렸고 나는 비명을 지르며 깨어났다. 나는 떨고 있었고, 베개는 내 눈물로 젖어 있었다. 잠시 가슴이 세게 두근거렸지만, 환한 햇살과 새가 지저귀는 소리에 재빨리 정신을 차렸고, 나는 기운은 없지만, 그날 무슨 일이 일어날까 궁금한 마음으로 일어났다. 시간이 좀 지나자 종을 쳐서 하녀를 부를 용기가 생겨났고, 하녀가 왔을 때도 여전히 아버지의 이름은 입에 올리지 못했다. 나는 하녀에게 아침식사를 방으로 가져다 달라고 했고, 다시 혼자 남았다. 하지만 여전히 아무런 결심도 할 수 없이, 아버지에게 30마일쯤 떨어진 곳에 사는 친척을 방문하도록 허락해 달라는 편지를 쓸 수도 있겠다고 생각할 따름이었다. 그 친척이 자기 집에 놀러 오라고 초대했지만, 그때는 아버지를 두고 갈 수 없어서 거절했었다. 하녀가 돌아오더니 내게 편지를 한 통 주었다.

"누가 보낸 편지지?" 내가 떨며 물었다.

"아가씨 아버님께서 몸종에게 맡기셨답니다. 일어나시면 드리라고요."

"아버지가 남기셨다고? 어디 계시는데? 여기 안 계셔?"

"네. 오늘 새벽 4시가 되기 전에 집에서 나가셨어요."

"세상에! 가셨구나! 어떻게 된 일인지 말해줘. 어서 말해줘!"

그녀의 이야기는 짧았다. 아버지는 마차를 타고 가까운 시내로 가셔서 4륜 역마차와 말을 구한 뒤 런던으로 갔다. 아버지는 거기서 하인을 돌려보내며 갑자기 일이 생겼으니 돌아올 때까지 나를 안주인으로 삼아 지시에 따르라고만 말했다.

7

두근거리는 가슴을 안고, 이유는 알 수 없지만 두려운 마음으로, 나는 그 하녀를 내보내고 문을 잠근 뒤 앉아서 아버지의 편지를 읽었다. 그 내용은 다음과 같았다.

소중한 딸아,

내가 네 믿음을 배신했다. 네 마음을 더럽히려고 들었고, 네 순수한 마음에 부정하고 괴물 같은 욕망의 모습과 언어를 알려주었다. 나는 이 범죄에 대해 속죄해야 하고, 내가 지은 죄와 벌의 비율을 어느 정도는 맞추려고 노력해야 한다. 너는 분명 내가 이제 할 말에 대해 마음의 준비를 했을 것이다. 우리는 영영 헤어져 지내야 한다.

내가 네게서 아버지와 유일한 친구를 빼앗는구나. 너는 은신처 없이 세상에 내던져지는구나. 네 희망은 깨지고, 네 순수한 마음의 평화와 안전이 망가졌다. 기억이 네게 무시무시한 죄책감의 형상과 순수한 사랑을 배신 받은 고통을 가져다줄 것이다. 하지만 너를 이렇게 비참하게 만든 내가, 너를 무자비하게 버리고, 자기 자식의 심장과 이마에 불신과 고통의 봉인을 찍은 내가, 그 아름다움을 훔쳐다 흉측한 죄악에 갖다 넣으려고 한 내가, 가슴에 넘치는 아픔을 안고서, 네게 용서를 구한다.

네 동정을 구하지는 않겠다. 너는 나를 혐오해야 한다. 하지만 용서해다오, 마틸다. 그리고 네 생각이 분노로 나를 좇지 않도록 해라. 나는 다시는 널 봐서는 안 된다. 네 목소리를 들어서도 안 된다. 하지만 네가 부드럽게 속삭여주는 용서의 말은 내게 닿아 내 흐트러진 머리와 가슴의 불길을 식혀줄 것이다. 내 무덤 속에서도 그것을 느낄 것이다. 그리고 이런 청을 하면서 내가 어떻게 이 뜨거운 고통의 그물 덫에 걸려들었으며 풀려나려고 얼마나 고생했는지 이야기하려고 한다. 정말이지 네 영혼이 조금 덜 순수하고 밝았더라면 나는 이렇게 무죄를 입증하려고 들지 않을 것이다. 내가 만약 너로 하여금 나를 덜 혐오하도록 이끈다면, 네가 죄악을 덜 미워할지도 모른다는 걱정이 드는구나. 하지만 네게 말할 때 나는 마치 천사 판사에게 호소하는 기분이 든다. 네 용서 없이는 떠날 수 없으니, 그것을 얻으려고 애쓰지 않으면 절망에 빠지고 말 것이다. 그러니 내 말을 들어다오. 그리고 선함으로 죄책감이 조금이라도 날카로운 고통을 덜 수 있다면, 그리고 머릿속을 미치게 만드는 가책을 덜 수 있다면, 나는 비록 그럴 수 없지만 너는 내가 네 동정을 조금이나마 살 수 있다고 생각할 수 있을지도 모르겠구나.

로크 로몬드 호숫가에서 처음 행복하게 살던 시절을 기억해보려무나. 나는 16년간의 고달픈 방황에서 돌아왔고, 그 기간 동안 여러 가지 위험과 불운을 겪었지만, 애정은 텅 비어 있었단다. 내가 만약 슬퍼했다면 네 엄마를 위한 슬픔이었고, 내가 사랑했다면 그것은 네 모습을 위한 애정이었다. 이 감정만이 내 가슴을 조용히 채워주었다. 주위의 사람들은 아무런 동정심을 불러일으키지 않았고, 네 엄마의 죽음이 가져온 큰 변화가 내 마음을 장차 어떤 일에도 무감각하게 만든 줄 알았다. 사랑스러운 것을 보아도 사랑하지 않았고, 그래서 네 어린 모습을 기억할 때 이외에는 마음속에서 따뜻함이 사라져버린 줄 알았다.

너를 보지 않고도 열렬히 사랑하게 된 것은 내 운명의 기묘한 끈이다. 나는 방황하는 동안 네가 다정한 꿈을 꾸게 해달라고 하지 않고서는 잠들지 않았다. 예쁜 여인을 보면 내 마틸다가 그녀를 닮았을까 생각했다. 모든 즐거움, 숭엄한 풍경, 부드러운 산들바람, 아름다운 음악이 모두 너와 관련된 것 같았고, 너를 통해서만 내게 유쾌했다. 결국 너를 만났다. 너는 아름다운 땅의 여신 같았다. 모든 인류 중에 나만을 받아들여주는 천국의 천사 같았다. 나는 감히 너를 내 딸로 생각하지 못했다. 네 아름다움, 순수함, 배우지 않고도 아는 지혜는 더욱 높은 존재의 것 같았다. 네 음성은 사랑을 담은 말만 했다. 네게 이 땅의 것이 조금이라도 있다면, 그것은 세상의 아름다움에서 가져간 것뿐이다. 너는 산에 부는 미풍에서, 폭포수와 호수에서 우아함을 얻은 것 같았다. 그리고 네가 지닌 애정 이외에는 이 땅의 것은 이것뿐이었다. 네 성정에는 찌꺼기가, 나쁜 감정이 없었다. 너는 아직 이 세상을 다 보지 못해 우리가 일상생활에서 늘 보는 여자들과 너처럼 숲에 사는 정령과 어떤 차이가 있는지 모를 것이다. 인간들이 너와 같은 이의 눈만 몇백 년을 바라보면 더 현명하고 더 순수해질 수 있을 것이다. 베아트리체가 단테에게 비추던 것과 같은 신성한 빛이 내게 비추었고, 나도 그와 함께 이렇게 말할 수 있을 것이다.

에 콰지 미 페르데이 글리 오치 치니[20]

마틸다, 내가 네 모습과 네 말, 네 행동을 보고 순수한 기쁨을 마신 것은 당연하다.

하지만 이런 이야기는 내 목적에서 벗어난 것이구나. 밤이 끝나가고, 내가 이 집에서 보낼 시간이 정해져 있으니 좀 더 간략히 말해야겠다. 우리는 런던으로 갔고, 그때까지만 해도 나는 죄 없는 열정의 평화를 느낄 뿐이었다. 너는 항상 나와 있었고, 나는 네 얼굴을 보고, 내가 네게 온 세상임을 아는 것 이외에는 바랄 것이 없었다. 나는 아무 걱정 없이 즐기는 바보의 낙원에 파묻혀 있었다. 내 사랑이 비난받을 것이었을까? 그랬다면 나는 알지 못했다. 나는 내가 지닌 것만 바랐고, 네 모습과 네 말, 너무나 순수한 손길을 즐겼다면, 부모가 아이에게 느끼는 감정에서 나오는 황홀감이었지, 불편함도, 어떤 바람도, 어떤 부질없는 생각도 내게 죄책감을 일깨워주지

[20] 단테의 『신곡』 천국편에서 베아트리체가 너무나 신성한 사랑이 가득한 눈으로 그를 보자 그는 고개를 돌렸고 "내리 깐 눈으로 나 자신을 잃을 뻔했다"고 말한다. (역자 주)

않았다. 나는 인간 아버지가 천사 어머니에게서 낳은 딸을 사랑하듯이, 그렇게 너를 사랑했다. 성별만 바뀌었더라면, 안키세스가 베누스의 아이를 사랑하듯이 말이다.[21] 존중과 소중함이 섞인 사랑 말이다. 어쩌면 네가 내게만 준 깊은 사랑에 내 욕망이 고요히 잠들었을지도 모를 일이다.

하지만 네가 다른 이가 사랑하는 대상이 된 것을 보았을 때. 네가 아름다움과 훌륭함의 신성한 전형이자 상이 아닌, 다른 방식으로 사랑받을 수 있다고 생각했을 때. 혹은 네가 다른 이를 나보다 더 열렬히 사랑할 수 있으리라고 생각했을 때, 내 마음속에서 악마가 눈을 떴다. 나는 네 연인을 내쫓았다. 그리고 그 순간부터 나는 평화를 잃었다. 잠들고 쉬기를 바랐으나 소용없었다. 눈이 감기지 않았고 피가 끊임없이 요동쳤다. 나는 지옥에서 깨어나기를 바라며 죽는 사람의, 새로운 삶에서 깨어났다. 내가 겪은 싸움과 나에 대한 분노, 절망을 일일이 말해 네 상상력을 더럽히지 않겠다. 죄를 지은 아버지의 상상할 수 없는 감정에는 장막을 쳐두도록 하자. 그토록 고통받은 가슴이 품은 비밀을 아무 데나 내보일 수 없다. 모든 것이 소동이고, 범죄이며, 가책이자, 증오였지만, 그런데도 가장 상냥한 사랑이었다. 그리고 처음 내가 욕망을 억누르고 딸에게 아버지를 되찾아 주어야겠다고 결심한 것은, 네 비통하고 가련한 슬픔이었다. 이것이

---

[21] 아름다운 안키세스는 베누스의 사랑을 받았고, 베누스는 그에게 아들, 로마의 건립자인 아에네아스를 낳아주었다. (역자 주)

나를 여기까지 이끌고 왔다. 네 어머니를 잃었을 때 느낀 슬픔을 다시 내 가슴속에 일깨울 수 있다면, 그리고 17년 동안 잠들어 있었던 그녀의 기억을 일깨울 수 있다면, 그녀의 딸에 대한 모든 사랑이 사라질 것이다. 나는 영웅주의에 빠져 혼자 떠나기로 했다. 너를, 내 삶을, 버리고 죄책감 없이 널 볼 수 있을 때까지 보지 않기로 했다. 하지만 그것은 소용이 없었다. 내 용기를 너무 높이, 혹은 내 사랑을 너무 낮게 평가했던 것이다. 네가 내게로 다가오지 않았더라면, 나는 분명 죽었을 것이다. 정말로 그래서 내가 사라졌더라면!

자, 마틸다. 네게 마지막 고백을 해야겠다. 네게 대한 사랑을 억누를 수 있다고 상상한 것은 비참한 착각이었다. 그럴 수 없다. 내 첫 사랑이 살던 이 집, 이 들판과 숲을 보면 그 사랑이 점점 커지는 것 같다. 나는 실성해서 이렇게 말했다. 다이애나가 그녀를 낳기 위해 죽었다고. 그 어머니의 영혼이 딸의 몸에 옮겨졌고, 그래서 그녀는 내게 다이애나와 같은 존재라고. 이 사랑을 떨쳐버리고자 애쓸 때마다, 사랑은 더 바짝 다가온다. 네 희망을 시들게 하고, 나를 영영 파멸시키는, 증오보다 더 부자연스러운 이 죄 많은 사랑이.

절망을 사랑하는 것이 더 나았고, 키스하는 것이 더 안전했나니.

어떤 시간도, 어떤 공간도 내 영혼에서 그 일부를 떼어낼 수 없다. 이곳에 도착한 이후로 나는 모든 것이 식고, 굳고, 죽을 때까지 내게서 떨쳐낼 수 없는 지옥 같은 욕망을 느끼지 않은 적이 없었다. 하지만 나는 죽지 않을 것이다. 오호라! 다이애나 마지막 청을 거역했는데, 어찌 그녀를 만날 곳에 갈 수 있으리. 모든 것보다 오래 남는 사랑 이외에는 모든 감정이 이미 죽었을 때, 그녀는 가녀린 음성으로 유언을 말했는데, 그때 내게 아이를 행복하게 해달라고 했다. 그 생각만으로도 죽음을 포기하게 된다. 나는 너에게서, 모든 살아있는 것에서 멀어져 홀로 살고자 한다. 삶을 견뎌야 한다. 그리고 두렵지만 갈구하는 무덤이 나를 고통에서 벗어나게 해줄 때까지 그것이 내 의무이니 그렇게 할 것이다. 내게 느낌이 있는 동안에는 내 감각은 모조리 아픔뿐일 테니까. 내가 견뎌야 하는 저주가 바로 이것이 아니겠니? 내가 비참한 운명을 기다리고 있는 것 아니겠니? 딸아, 이 생이 지나고 너를 다시 만나게 된다면, 고통이 심장을 정화할 수 있다면, 내 심장은 순수할 것이다. 회한이 죄책감을 덜어줄 수 있다면, 나는 아무 죄도 없을 것이다.

네 방에 갔었다. 고요하더구나. 너는 자고 있다. 정말로 자는 거니, 마틸다? 선한 성령이시여, 제가 진심으로 올리는 기도의 눈물을 보십시오! 내 아이를 축복하십시오! 주위의 저밖에 모르는 자들에게서 그 애를 지켜주십시오! 그 애를 욕망의 고통과 실망의 구렁텅이에서 지켜주십시오! 평화와 희망과 사랑이 네 수호신이 되기를. 오, 내 영혼의 영혼아. 네 안에서 내가 숨 쉬고 있으니!

더 쓸 시간이 없으니 편지를 다시 읽어보지 못하겠구나. 적은 표현 중에 몇 가지가 마음에 안 들지도 모르겠다. 너를 마지막으로 본 이후에 계속해서 편지를 썼고, 아직 몇 통 더 써야 한다. 내가 떠나고 나면 아무도 내 소식을 듣지 못할 테니까. 우리 사이의 모든 연결고리가 깨어졌다고 생각하라는 부탁은 할 필요가 없다. 너는 사려 깊은 아이라 나를 찾으려 들지 않을 테니까. 내 목적지를 모르는 것이 네 마음의 평화를 위해 훨씬 더 좋다. 너는 나를 따라오지 않을 것이다. 내가 나 자신을 추방하는데, 네가 나를 쫓아와 죄를 키우겠느냐? 그러지 않을 것이다. 그러리라는 것을 내가 안다. 너는 나를 잊고, 내가 네게 가르친 모든 죄를 잊어야 한다. 네게 내가 준 유일한 선물, 슬픔을 던져버리고 악에서 향기롭게 피어난 그 어느 꽃보다 더 분연히, 내 해로운 영향력을 견디고 일어나라.

다시는 내 소식을 듣지 못할 것이다. 그러니 이 편지가 네게 닿는 내 마지막 소식이라고 여겨라. 비록 내가 네 효심을 망쳐놓았지만, 이 편지를 아버지의 명령으로 여기도록 하여라. 초년에 처음 겪은 이 불운이 네게 가져온 비참함을 결연히 벗어던져라. 용감하게 폭풍우와 맞서라. 계속해서 현명하고 순한 사람이 되어라. 하지만, 행복해지는 것이 네 의무임을 믿어라. 너는 아직 어리다. 이 일이 네 영광스러운 앞날을 오래 가로막지 않도록 해라. 사랑하는 딸아, 버텨라. 젊음의 태양은 네게 지지 않았단다. 그것이 네게 기력과 생명력을 회복시켜줄 것이다. 고집스러운 슬픔으로 그 혜택을 거부하지 마라, 아이야! 내가 너를 완전히 망가뜨리지 않았다는 희망으로 나를 축복해다오.

잘 있어라, 마틸다. 네가 나를 용서해주었다는 믿음을 가지고 떠난다. 네 상냥한 성품이 네 가장 큰 적을 미워하지 않도록 해주기를 바란다. 비록 내가 네 손에서 행복을 앗아간 자라 할지라도. 비록 내가 네 어린 사랑과 희망을 파멸의 천사로서 앗아가고, 아름다움과 기쁨을 발견해 괴로움과 절망만 남겨놓았지만, 너는 나를 용서하기를. 그러면 내 눈물이 철철 흐르는 눈으로 네게 감사한다. 내 사랑하는 딸아. 내가 끝없이 감사하는 마음으로 네 용서를 받아들일 것이다. 그 감사는 반드시, 죄책감과 회한보다 오래 남으리니.

영원히, 잘 있어라!"

이 편지를 다 읽자마자 나는 마차를 준비하게 하고 아버지를 뒤쫓을 준비를 했다. 편지에서 아버지가 내게 이러지 말라고 한 말이 내 결심을 세우도록 했다. 어째서 아버지가 그 내용을 쓰신 것일까? 내가 아버지의 의도를 내게서 떨어지는 것이라고 믿는다면, 아버지의 뜻에 거역하기보다는 그렇게 따르리라는 것을 아버지는 알았을 것이다. 혹은 아버지가 나를 다시 볼 수 있으리라는 유일한 희망을 던져버리려고 한다면, 내게 미련이 있다면 내가 아버지를 찾으리라고 생각했을 것이다. 그렇게 생각한다면, 미친 짓이겠지만, 아버지는 내 연인이었다. 그리고 연인이라면 이렇게 행동하지 않을 것이다. 그렇다. 아버지는 죽기로 결심했고, 그 사실을 내게 알리지 않으려고 한 것이다. 내 의무에 대해 아버지가 한 몇 가지 무의미한 말이 더 분명한 증거가 되어주었다. 그리고 편지를 더 자세히 볼수록, 아버지에게 삶은 이제 끝났음을 알려주는 미묘한 표현들이 숱하게 보였다. 아버지는 죽으려고 했다! 그렇게 생각하니 피가 얼어붙었다.

속이 메스꺼울 정도로 두려워 눈물도 나지 않았다. 마차를 기다리는 동안 나는 빠른 발걸음으로 종종걸음을 쳤다. 그러다가 무릎을 꿇고 손을 꽉 잡고서 기도를 하려고 했지만, 발작하듯이 터져 나오는 흐느낌에 목이 메어 말이 나오지 않았다. 오, 태양은 빛났고, 바람은 향기로웠다. 아버지가 죽는다면 모든 것이 내게는 한밤중처럼 캄캄해질 테니, 아버지는 살아야 했다!

아버지에게로 데려다주는 마차의 움직임과 어쩌면 아버지가 살아있을 때 찾을 수 있으리라는 희망에 약간은 용기가 되살아났다. 하지만 무서웠다. 희망만이, 내가 너무 늦지 않을 수도 있다는 희망만이 나를 지탱해주었다. 울지 않았지만, 이마에서 땀을 닦고, 머릿속과 거의 미친 듯이 쿵쾅거리는 심장을 진정시키려고 노력했다. 오! 아버지를 볼 때 미쳐서는 안 된다. 아니, 어쩌면 내가 미치는 것이 더 나을 수도 있을 것이다. 내 혼란이 아버지를 진정시키고, 아버지가 생을 견딜 수 있도록 해줄 수 있을지도 모른다. 하지만 아버지를 찾을 때까지는 이성이 제자리를 지키게 해야 한다. 그래서 나는 손으로 이마를 꽉 눌렀다. 이성이 나를 떠나지 않도록. 그렇지 않으면 나는 무슨 일을 하던지 잊어버릴 것이고, 번개 같은 속도로 달리는 대신, 너무 늦어버릴 것이다. 오, 신이시여, 저를 도와주소서! 아버지가 살아있게 하소서! 사방이 캄캄하다. 비참함 속에서 나는 더는 요구하지 않는다. 희망도, 선한 의지도. 오로지 욕망과 죄책감과 공포뿐. 그러나 살아있기를! 살아있기를! 내 감정에 목이 메었다. 눈물을 흐르지 않았지만 나는 흐느끼며 숨을 몰아쉬었다. 단 한 가지 생각이 나를 사로잡았고, 그 말만을 할 수 있었다. 그 비명에 가까운 말만이 내 입술을 떠나지 않았다. 살아있기를! 살아있기를!

집사를 데리고 갔는데, 그가 수소문으로 정보를 알아내는 데 나보다 나았기 때문이다. 그 가련한 노인도 내 깊은 고통과 그 원인을 알고 눈물을 감추지 못했다. 그는 가끔 띄엄띄엄 위로의 말을 건넸다. 이럴 때, 그 노인의 흐릿한 두 눈이 동정심 가득한 눈물에 젖어 있는 것을 보았을 때, 안주인과 하인은 어떤 면에서 동등해진다. 그의 숱 없는 잿빛 머리카락이 늙어 주름진 이마에 흩어져 있는 것을 보고, 아버지도 그랬으면 하고 생각했다. 아버지도 노쇠하고, 백발이 성성하다면. 그렇다면 내가 이 고통을 덜 수 있을 텐데…….

가장 가까운 도시에 도착했을 때, 나는 말을 빌려 아버지가 간 길을 따라갔다. 우리가 말을 바꾸는 여인숙마다 아버지가 들렀다는 말을 들었고, 나는 희망과 두려움을 번갈아 가며 느꼈다. 한참 그렇게 달리다가 아버지가 경로를 바꾼 것을 알게 되었다. 처음에 아버지는 런던으로 가는 길을 따라갔지만, 이제는 그것을 바꾸었고, 알아보니 아버지가 가는 길은 바다로 향한다고 했다. 꿈이 자꾸만 떠올랐다. 나는 평소에는 미신을 믿지 않았지만, 비참한 상황에 처하면 모두가 그렇게 된다. 바다는 50마일 떨어져 있었지만, 아버지가 달아난 곳은 그쪽이었다. 반쯤 미쳐버린 내 상상 속에서 그 생각만 해도 끔찍했고, 내게 아직 남아있는 얼마 안 되는 자제력이 그만 뒤집혀버렸다. 나는 온종일 달렸다. 매 순간 비참한 심정은 커졌고 혈관의 열기를 견딜 수 없었다. 여름 태양이 구름 한 점 없는 하늘에서 빛났다. 공기가 후덥지근했지만, 타는 것 같은 살갗 이외에는 모든 것이 차가웠다. 저녁이 되면서 시커먼 천둥 구름이 지평선 위로 떠올랐고, 그것이 멀리서 우르릉거리는 소리가 들렸다. 해가 진 뒤 먹구름에 하늘이 온통 어두워졌고, 비가 오기 시작했다. 사방에 번개가 쳤고, 천둥소리에 우리 마차 소리가 들리지 않았다. 다음번 여인숙에서 아버지는 말을 빌리지 않았다. 거기 돌아오겠다고 말하고 상자를 하나 맡겨놓고는 들판을 가로질러 시내로 걸어갔다고 했다. 8마일 떨어진 곳에 있는 바닷가 도시였다.

나는 잠시 두려움에 온몸이 굳어버리는 것 같았다. 하지만 기력을 되찾고, 안내인에게 함께 아버지를 따라가 달라고 했다. 폭풍우 치는 밤이었지만, 내가 제시한 액수가 높아서 쉽게 마을 사람을 구할 수 있었다. 우리는 좁은 길과 들판, 거친 구릉을 지났다. 비가 억수같이 쏟아졌다. 요란한 천둥에 머리 위에서는 끔찍하게 부서지는 소리가 들려왔다. 아! 얼마나 무시무시한 밤이었는지! 나는 비와 폭풍우 가운데 높다랗게 자란 젖은 풀 사이로 발걸음을 재촉했다. 내 꿈이 머릿속에서 떠나지 않았고, 절망에 빠져 있을 때 종종 그러듯이 나는 제정신을 잃고 이렇게 말했다. “용기를 내자! 아직 바다에 가깝지 않아. 바다까지는 아직 몇 마일이나 남았어.” 하지만 우리가 가는 방향은 바다 쪽이었고, 그 때문에 내 머릿속은 더욱 혼란스러웠다. 한 번은 피로에 젖은 땅에 주저앉기도 했다. 200야드쯤 떨어진 곳, 커다란 목초지에 당당한 모습의 참나무가 서 있었다. 그 나무의 숱한 나뭇가지가 바람에 꺾이는 것이 번갯불에 보였다. 이상한 생각이 나를 사로잡았다. 누군가 내 감정을 느끼려면 온 세상이나 다름없는 존재가 죽었는지 살았는지 모를 고통을 느껴봐야 한다. 그런 상태에서는 의지에 구속받지 않는 정신이 외부의 상황으로 이상하고 공상으로 가득한 조합을 만들어 자연의 변화를 그들이 두려워하는 것과 직접 연결하기 때문이다. 이런 감정에서 나는 곁에서 창백한 얼굴로 떨고 있는 집사에게 말했다. "가스파, 보세요. 다음번 번개에 저 참나무가 쓰러지지 않는다면, 아버지는 살아계실 거예요."

내가 이 말을 미처 끝내기도 전에 엄청난 천둥소리와 함께 번갯불이 거기 떨어졌다. 눈 부신 빛이 잦아들고, 앞이 다시 보이게 되었을 때, 참나무는 더는 목초지에 서 있지 않았다. 집사는 내 예언에 갑자기 해석이 따라온 것을 보고는 겁에 질려 비명을 질렀다. 나는 기운을 차리고 다시 일어났다. 그리고 공포를 느끼며 이렇게 외쳤다. "오, 신이시여! 이것이 신의 명령입니까? 하지만 어쩌면 제가 너무 늦지 않았을지도 모릅니다."

아직 몇 마일이 남았지만, 우리는 계속해서 바다로 향했다. 그리고 마침내 그곳 도시로 이어지는 길에 다다랐고, 아버지가 해지기 전에 지나갔다는 여인숙에 당도했다. 아버지는 폭풍우가 오는 것을 보고 바다에서 1마일 떨어진 곳에 있는 다음 도시로 가기 위해 말을 한 필 빌렸다. 폭풍이 오기 전에 그 도시에 도착하기 위해서였다. 그 도시는 5마일 떨어져 있었다. 우리는 여기서 마차를 한 대 빌렸고, 네 필의 말이 폭풍우를 뚫고 빠르게 마차를 몰았다. 옷이 젖어 온몸에 들러붙었고, 머리카락은 바람에 흩날리지 않을 때는 목 주위에 늘어져 있었다. 몸이 떨렸지만, 맥박이 열에 들떠 고동쳤다. 신이시여! 어찌나 고통스러웠는지 모른다. 나는 눈물을 흘리지 않았지만, 불붙은 듯 번득거리던 내 두 눈이 머리에서 튀어나올 것 같았다. 내 머리를 짓누르는 무게를 감당하기 힘들었다. 우리는 반 시간 조금 더 걸려 ○○에 도착했다. 아버지가 도착했을 때 폭풍이 이미 시작되었지만, 아버지는 멈추지 않고 거기 말을 두고서 바다로 계속 걸어갔다고 했다. 아아! 최후의 결심을 위해 바다를 선택한 것은 곱절로 잔인한 일이었다. 그로 인해 내 절망에는 광기가 더해지고 있었다.

가엾은 집사는 혼자 가볼 테니 나 보고는 여기 있으라고 설득하려고 했다. 나는 소리 없이, 슬픈 얼굴로 고개를 저었다. 나는 거의 죽을 것 같아서 그의 팔에 몸을 기댔고, 마차가 달릴 길이 없었으므로 지친 발을 끌며 황량한 구릉을 지나 내 운명을 맞이하러 갔다. 이제는 의심의 고통을 겪기에는 그 운명이 너무나 분명하게 느껴졌지만. 나는 쓰러질 것 같았지만, 서서히 운명의 바닷가로 향했다. 도시에서 벗어나자 바닷물의 고함이 들렸다. 나는 혼잣말로 중얼거렸다. "꿈에서 들은 소리와 똑같구나. 내게 들리는 것은 아버지의 장례를 알리는 조종 소리다."

비가 그쳤다. 천둥도 번개도 더는 치지 않았다. 바람도 멈췄다. 내 심장도 더는 미친 듯이 뛰지 않았다. 열도 나지 않았다. 하지만 오한이 들었다. 무릎에 힘이 들어가지 않았다. 너무나 지쳐 걸으면서도 거의 잠들다시피 했다. 사지가 떨렸다. 나는 말도 하지 않았다.

점점 더 크고 무서워지는 파도 소리 이외에는 모든 것이 고요했다. 하지만 우리는 천천히 나아갔다. 가끔은 결코 도착하지 못할 거라는 생각이 들었다. 그래도 파도 소리가 우리를 유혹할 것이고, 우리는 계속해서 영원히 걸을 거라는 생각이 들기도 했다. 들판이 끝없이 이어지고 우리의 지친 여행은 끝이 나지 않을 것 같았다. 밤도, 낮도, 끝나지 않을 것 같았다. 하지만 우리는 여전히 파도 소리를 들을 것이고, 이 모든 것에 끝이 없을 것 같았다. 행복한 사람들의 상상 저 너머에는 참담함과 절망이 낳은 생각이 있다.

결국 우리는 드넓은 해변에 다다랐다. 작은 길옆에 오두막이 한 채 있었다. 우리가 문을 두드리자 문이 열렸다. 안에 있는 침대가 곧 눈에 들어왔다. 뭔가 뻣뻣하고 꼿꼿한 것이 거기 시트를 덮고 누워 있었다. 오두막 사람들은 놀란 표정이었다. 그들이 처음 꺼낸 말은 내가 전부터 알고 있었던 사실을 확인해주었다. 나는 충격을 받지도, 압도되지도 않았다. 내가 한두 가지 질문을 하고, 대답을 들은 것 같다. 정확히 기억은 안 나지만, 몇 분 뒤 나는 정신을 잃고 푹 쓰러졌다. 그때 모든 것이 끝났다면 좋으련만!

8

나는 근처 도시로 옮겨졌다. 신열은 발작과 기절로 이어졌고, 몇 주 동안 내 불운한 영혼은 죽음의 경계에서 머물렀다. 하지만 내 생명력은 아직 강했다. 나는 회복했다. 처음에는 기억이 희미했고, 너무 약해 강렬한 감정을 느낄 수 없었던 것이 건강을 회복하는 데 어느 정도 도움이 되었다. 나는 종종 아버지가 돌아가셨다고 혼잣말을 했다. 아버지는 죄책감 어린 감정으로 나를 사랑했고, 회한과 절망에 사로잡혀 스스로 자결했다. 그런데 어째서 나는 아무런 공포를 느끼지 않을까? 이런 상황이 무섭지 않은가? 내 사랑하는 아버지의 두 눈을 다시는 보지 못하는 것으로 충분하지 않은가. 아버지의 음성을 다시 듣지 못하는 것으로, 쓰다듬는 손길도, 봐주는 눈길도 차갑게 식어, 굳은 채, 죽어버렸으니! 아아! 나는 무감각했다. 밖에서 헤매던 그날 밤은 무서웠고, 내 심장에 내린 차가운 비는 안티파로스의 동굴[22]을 채운 물처럼 작용했다. 나는 울지도, 한숨을 짓지도 않았다. 하지만 나 자신을 설득하고, 슬픔과 절망을 느끼도록 강요

---

[22] 에게 해의 섬으로 종유석이 가득한 동굴로 유명하다. (역자 주)

해야 한다. 나는 모든 후회를 느끼지 않았으므로, 내가 느끼는 것은 체념도 아니다.

나는 이런 식으로 나 자신과 대화했지만, 주위의 모든 이들에게는 입을 다물었다. 아주 간단한 질문에도 거의 대답하지 않았고, 주위에 인간이 있으면 불편했다. 주위에는 여자 친척들이 있었지만, 그들은 모두 거의 남이나 다름없었다. 그들이 해주는 위로를 듣지 않았다. 그리고 그들이 원하는 위로의 효과가 너무나 없어서 마치 내가 모르는 나라의 말을 하는 것처럼 느껴졌다. 나는 슬픔이 내 마음속에서 죽어버렸다면, 사랑과 동정을 원하는 마음도 마찬가지임을 알게 되었다. 하지만 슬픔은 그저 잠들었다가 더욱 맹렬히 살아난 반면, 사랑은 다시 깨어나지 않았다. 내 아버지 무덤 위에서 떠나지 않는 내 사랑의 망령만이 살아남았다. 아버지의 죽음 이후, 내게는 온 세상이 백지였다. 오직 비탄이 더는 웃지 말라는 글귀를 찍어두었을 뿐이다. 살아있는 사람들은 내게 어울리는 친구가 아니었고, 나는 그들을 어떻게 모두 떨쳐버리고 다시는 그들에게 내 소식을 알리지 않을지 늘 생각하고 있었다.

회복은 빠르게 진행되었지만, 내가 떨칠 수 없는 것은 생각이었고, 나는 이후로 사람들과 어울릴 때 당할 고통에서 어떻게 벗어날지, 말할 수 없는 슬픔으로 다른 사람들과 어울리지 못하게 된 이에게 어울리는 고독을 어떻게 찾아낼지, 늘 그 계획만 세우며 지냈다. 자신의 내력, 거기서 생겨나는 끝없는 감정과 기억을 아무도 몰라주는 존재보다 그 누가 더 고독할 수 있겠는가. 내 이야기 속에는 너무나 깊은 공포가 있어서 아무에게도 털어놓을 수 없었다. 나는 이 땅 위에서 내 비밀을 알고 있는 유일한 존재였다. 바람에게, 사막의 히스에게 말할 수 있을지 몰라도, 사람들 사이에서는 말로도, 표정으로도, 그 무시무시한 현실을 조금이라도 눈치채게 할 수 없었다. 나는 내 눈에서 아버지의 죄를 읽을까 두려워 남자의 눈앞에서는 위축되어야 했다. 내 떨리는 목소리가 상상할 수 없는 공포를 드러낼까 두려워 입을 다물어야 했다. 내 비밀을 깊이 파묻은 무덤 위로, 그 속을 꿰뚫지 못하도록 거짓 미소와 거짓말을 쌓아올려야 했다. 약삭빠른 사기, 기만적인 웃음, 온갖 가벼운 속임수가 안개가 되어 남들의 눈을 가릴 것이고, 내게는 사막의 유독한 모래 폭풍이 되어 줄 것이다. 내가 사랑이 낳은 자식이요, 숲의 아이며, 자연의 여신이 젖을 먹여 키운 내가 이런 일을 겪을 수 있을까? 그럴 수 없었다.

어떻게 달아날 것인가? 나는 돈이 많고 젊었으며 정해진 보호자가 있었다. 그리고 주위 모든 사람이 내가 그들의 훌륭한 사교 대상이라는 듯 행동할 테지만, 나는 실은 그들로부터 영영 단절되었다는 비밀을 지켜야 했다. 내가 달아나면 찾으러 올 것이다. 삶 속에서는 달아날 곳이 없었다. 그렇다면 죽어야 하나. 몸이 떨렸다. 차가운 무덤에 내가 사랑하는 모든 것이 들어있다고 해도, 감히 죽을 수는 없었다. 비록 욥과 함께 이렇게 말할 수 있을지라도.

내 희망이 어디 있으며 내 희망을 누가 보겠느냐
우리가 흙 속에서 쉴 때는 희망이 스올의 문으로 내려갈 뿐이니라[23]

그렇다. 내 희망은 죽음이 우리에게 가져다주는 부패와 티끌과 모든 것이었다. 혹은 죽은 이후에—아니, 아니, 내게 죽으라고 설득하지 않을 것이다. 그럴 수 없다. 도저히 그럴 수 없다. 그래서 나는 울었다. 그렇다. 뜨거운 눈물이 다시 눈에 차올랐고, 위로는 되었지만 쓰디썼다. 그리고 한껏 운 뒤에는 가시지 않은 고통을 느끼며, 팔을 뻗어, 잔인한 아버지를 불렀다. 약한 몸이 온갖 통곡으로 지치면 나는 다시 몽상에 빠져들었고, 다시 한번 내가 가장 원하는 것을 어떻게 구할 것인지 생각해보았다. 내게 소중한 것이 있다면, 죽음 같은 고독뿐이었다.

나는 감히 죽지 못했지만, 죽음을 가장하고 나를 위로하려는 자들에게서 달아날 수 있었다. 그들은 내가 아버지와 만났다고 믿을 것이고, 정말로 그렇게 될 것이다. 혼자 있을 때, 누구의 음성도 내 꿈을 방해하지 못하고, 누구의 차가운 눈도 내 눈에 불길이 있는지 확인하지 못할 때, 나는 아버지의 영혼과 대화할 수 있을지도 모르기 때문이다. 외딴 황야에서, 정오에나, 자정에나, 나는 여전히 아버지 곁에 있을 것이다. 아버지가 내게 마지막으로 남긴 말은 행복해야 한다는 것이었다. 어쩌면 아버지는 내가 스스로 약속한 어두운 행복을 말한 것이 아닐지 모르지만, 내가 맛볼 수 있는 행복이란 오직 그뿐이었다. 손에 쥐면 터져서 사라져버리는, 비눗방울을 좇다가, 또 더 환한 빛깔의 비눗방울을 좇는 사람이 내가 다시는 될 수

---

[23] 욥기 17장 15~16절. 개역개정 번역. (역자 주)

없으리라는 것을 아버지는 알지 못했다. 내 희망도 비눗방울임이 밝혀졌지만, 그것이 너무 아름답고 너무 찬란해서 나는 그 후로는 그렇게 나를 이끄는 것을 보지 못했다. 게다가 나는 그것을 좇는데 지쳐버렸다. 너무나 지쳐서 죽을 것 같았다.

죽음을 가장하기로 했다. 내 상속자들이 내 재산을 움켜쥐게 하고, 나는 자유를 사야 했다. 하지만 그러려면 솜씨 좋게 계획을 세워야 했다. 궁핍하게 살지 않을 테니, 어느 정도 돈을 확보해야 했다. 아아! 나는 어떤 운명을 향해 가는가? 하지만 그것이 아니라면 평생 거짓으로 사는 것뿐이었다. 그리고 속임수를 쓰는 것에 회한이 들어 계획을 포기하려는 마음이 들 때면 항상 친척이 찾아와 내게 죽음이 모든 사람의 종말이라고 말해주는 바람에 다시 결심이 섰다. 그리고 그들은 어머니가 죽은 뒤로 아버지가 분명 실성한 것이라고 말했다. 아버지는 미쳤고, 발작을 일으켜 자신을 죽이는 것이 아니라 나를 죽였을 수도 있으므로 다행이라고 했다. 물론, 이 모든 말은 사려 깊게 했다. 내 감정이 다치도록 대놓고 한 말은 아니었다. 하지만

그렇게 속삭이며
작고 나지막한 소리로 어두운 암시를 주었으니[24]

눈을 내리깔고, 동정 어린 미소를 짓거나, 훌쩍이면서. 나는 온몸

---

[24] 새뮤얼 코울리지의 『불, 기아, 살해』의 17~18행 (역자 주)

의 신경을 떨면서도 조용한 얼굴로 듣고 있었다. 이 온갖 모독에 나는 그렇다고도, 아니라고도 말할 수 없었다. 오, 속임수 없는 달콤한 삶이었다! 나는 비둘기 같은 얼굴을 하고, 여우의 심장을 갖고 있었다. 실제로 나는 거짓으로 타락을 느낄 뿐이었고, 그것을 구할 순수한 양심이 깃든, 신성한 감정은 전혀 느낄 수 없었다. 전에는 진정성이라는 흰옷을 입고 있던 내가 이제는 색색의 옷을 빌려야 했다. 처음에는 그 옷이 어색했지만, 익숙해지니 우아한 주름을 접어서, 고상한 차림새를 보여줄 수 있게 되었다. 그렇다. 내 영혼의 본색을 감출 때까지, 나는 거짓으로 내 영혼을 죽일 수 있었다. 오, 사랑하는 아버지! 불행한 딸의 순수한 마음을 받아주세요. 제가 들키지 않고 아버지와 함께하도록 해주세요. 그렇지 않으면 제 변한 모습을 알아보지 못하실 거예요. 슬픔이 컨스턴스[25]를 바꾸어 놓았듯이, 거짓이 저를 바꾸어 놓아 천국에서 아버지는 "이는 내 아이가 아니오"라고 말씀하시게 될 거예요. 아버지, 지금과 우리가 다시 만날 때 모두 행복해지려면, 저 같은 사람에게는 속임수일 뿐인 이 삶에서 달아나야 해요. 혼자일 때만 저는 저 자신이 될 수 있어요. 혼자일 때만 저는 아버지의 것이 될 수 있어요.

아아! 여러 차례 어려운 사투 끝에, 도피하려고 쓴 내 계략과 계획을 돌이켜보면 혐오감이 들었다. 우선 내 남은 평생 최소한의 생계

---

[25] 셰익스피어의 희곡 『존 왕』에서 아서 왕자의 어머니 컨스턴스는 극 중 내내 슬퍼한다. (역자 주)

를 확보하고, 내 죽음을 확신시키려고 쓴 수단을 길고 자세하게 늘어놓을 수도 있다. 그럴 수 있지만, 하지 않겠다. 지금도 내가 한 거짓말을 떠올리면 얼굴이 달아오른다. 마음이 아프다. 순수한 속임수라고 부를 수 있는 이 복잡한 일들은 독자 여러분의 상상에 맡기겠다. 그 기억은 마치 범죄처럼 내 머릿속을 떠나지 않는다. 내가 그것을 전하려 한다면, 내 이야기는 결국 끝나지 않을 것이다. 나는 런던으로 갔고, 거기서 몇 주 동안 차가운 눈길과 차가운 말, 그보다 더 차가운 위로를 견뎌야 했다. 하지만 나는 탈출했다. 그들은 비단이라고 생각하는, 나를 쇳덩이처럼 누르는 족쇄를 채우려고 했지만, 나는 지푸라기 한 가닥을 끊어내듯이 쉽게 그것을 끊어내고 자유를 향해 달아났다.

런던에서 보낸 몇 주는 내 평생 가장 비참했다. 대도시는 슬퍼하는 사람이 지내기에는 무시무시한 곳이다. 석양과 상냥한 달, 나뭇잎의 축복 받은 움직임과 잔잔한 물소리는 모두 혼란스러운 마음에 달콤한 약이 된다. 영혼이 확장되며, 고요히 잠재워주는 약을 마신다. 내게 그것은 마법에 걸린 수부에게 아름다운 물뱀의 모습과 같은 효과를 가졌다. 사랑과 축복을 건네는 자연 속에서 나는 나도 모르게 내 영혼을 축복했다.[26] 하지만 도시에서는 모든 것이 감옥처럼 폐쇄되어 있다. 그 감옥에서는 하늘을 몰래 내다볼 수 있을 따름

---

[26] 새뮤얼 코울리지의 『노수부의 노래』에서 수부가 물뱀을 보고 '사랑'을 느껴 목에 걸린 알바트로스를 떼어내는 것을 가리키는 내용일 수 있다. (역자 주)

이다. 그곳에서 지내는 동안 내가 느낀 것이 얼마나 광적인 것인지 설명할 수 없다. 그렇다. 내가 떠올렸던 제멋대로의 생각을, 가끔은 행동이 보조를 맞추려고 애썼던 그 생각을 돌이켜보면. 양손을 높이 쳐들고 하늘의 장막이 내게 내려와 나를 묻어달라고 외쳤던 때. 머리카락을 쥐어뜯으며 바람에 산발을 하고서 "너는 자유로우니 가서 내 아버지를 찾아라!"고 외쳤을 때. 그리고 불운한 컨스턴스처럼 머리를 다시 잡아 묶었다. 내가 찾을 수 없다면, 그 어떤 것도 아버지를 찾을 수 없을 것이니. 나는 무릎을 꿇고서 아버지 무덤 곁에 있다고 생각하며 아버지를 내게서 감추어놓은 땅을, 화가 나서 두드렸다. 종종 나는 바다의 소리에 아버지의 신음이 섞여있지 않은지 귀를 기울여 들었다. 그리고 기운이 다해 진정하고 기절할 때까지 울었다. 그때가 되면 나는 이 모든 것을 기억하고, 이것이 광기가 아닌지 자문했다. 런던에서 지내는 동안 이 모든 것과 말로 표현하기 어려운 무시무시한 생각이 내 몫이었다. 그리고 자유가 되자 이 모든 고생을 잊었다. 사방에 야생의 황야가 펼쳐진 것을, 서쪽 하늘에 저녁별이 뜬 것을 보자, 나는 가만히 울 수 있었고, 마음의 평화를 얻을 수 있었다.

내 말을 착각하지 마시기 바란다. 나는 정말로 미친 것은 아니었다. 갈피를 잡을 수 없는 생각이 나를 미치게 만드는 것 같았을 때, 나는 늘 내 상태를 의식했고, 그것을 항상 침묵과 고독으로만 표현했다. 주위 사람들은 이런 것을 전혀 보지 못했다. 그들은 그저 상심하여 작은 목소리로 말하고, 내리깐 눈에서 흐르는 눈물을 감추려드는 가련한 여자를 보았을 뿐이다. 혼자 있고 싶어 하며, 남의 시선에서 위축되는 여자. 절대 웃지 않는 여자. 그렇다! 나는 절대 웃지 않았다. 그리고 그것이 전부였다.

나는 달아났다. 보호자의 집을 떠났고, 내 소식을 다시는 누구에게도 알리지 않았다. 내가 남긴 편지와 다른 정황에 따라, 내가 자결 계획을 세웠다고 모두 믿었다. 그래서 경우가 달랐다면 나를 더욱 열심히 찾았겠지만, 그렇지 않았다. 그리고 곧 내 모든 흔적과 나에 대한 기억이 사라졌다. 나는 영국 북부의 항구로 향하는 작은 배를 타고 런던을 떠났다. 그리고 그러한 시도가 성공하고 혼자 있게 되자 마음의 평화가 되돌아왔다. 바다는 잔잔했고, 배는 천천히 앞으로 나아갔다. 나는 탁 트인 하늘 아래, 갑판에 앉아 있었고, 전혀 다른 사람이 된 것 같았다. 미쳐 날뛰는, 비참한 마틸다가 아니라, 은둔하기로 하고, 온갖 번뇌와 부정한 절망으로부터 멀어지기로 한, 젊은 은둔자가 된 것 같았다. 옷도 수녀복 같은 것으로 골랐다. 내 존재가 나만이 아는 비밀이라는 사실과 이 이후로 고독이 내 운명이 되었다는 사실이 상처 입은 가슴에 부드러운 생각을 키워 주었다. 머리카락을 쓰다듬는 미풍이 내게 생기를 불어넣어주었고, 나는 고요한 눈빛으로 파도 위에 반사되는 햇빛과 깃털을 스치도록 물 위를 함께 날아다니는 새들을 보았다. 악몽에 시달리지 않고 잠도 잤다. 그리고 개운하게 일어나 다시 고요한 자유를 누렸다.

나흘 뒤 우리는 나의 목적지에 정박했다. 나는 해안에 머물지 않고 곧장 내륙으로 향했다. 어디서 살 것인지 이미 정해두었다. 아무도 살지 않는 드넓은 들판에 있는 외딴집이어야 했다. 거기서 나는 지평선을 바라보며 다른 사람들의 눈길에 시달리지 않고서 멀리까지 걸어 다닐 것이다. 나는 사람을 혐오하지는 않지만, 감정이 고요하게 잦아들기 위해서는 혼자 있어야 했다. 나는 넓은 고독에 나 자신을 묶어두었다. 돌이 여기저기 흩어져 있는 척박한 황야에 짧은 풀이 자랐다. 그리고 작은 웅덩이 옆에는 여기저기 골풀이 조금 자랐다. 내 오두막에서 멀지 않은 곳, 소나무가 몇 그루 있었는데, 사방에서 보이는 나무는 그것뿐이었다. 내 집에서 이 작은 숲까지 가시금작화를 가로질러 작은 길이 나 있었는데, 그 나무 꼭대기에서 해가 뜰 때면 새들이 지저귀며 나를 깨웠고, 나는 명상하는 하루를 맞이했다. 멀리 숲이 있어서 황야에 검은 점을 이루고 있는 쪽을 제외하면, 내 시야를 가리는 것은 지평선뿐이었으므로 눈이 닿는 곳까지 드넓고 황량한 땅이 희미한 빛깔로 뻗어 있었다. 여기서 나는 구름이 두꺼운 덩어리를 이루는 것이 보였다. 천둥을 알리는 먹구름이 서서히 솟아오르는 것이 보였고, 조각구름이 하늘을 가로질러 날아가는 것도 보였으며, 소나무 아래서 잔잔한 파란 하늘을 감상할 수도 있었다.

내 삶은 매우 평화로웠다. 하녀가 하나 있었지만, 그녀는 하루 대부분을 2마일 떨어진 마을에서 보냈다. 내 오락거리는 소박하고 매우 순수했다. 나는 소나무 위나 내 작은 정원의 담을 덮고 있는 담쟁이덩굴 속에 집을 지은 새들에게 먹이를 주었고, 새들은 곧 나를 알아보았다. 용감한 녀석들은 내 손에서 빵조각을 쪼아 먹었고, 내 손가락 위에 앉아서 고맙다고 노래를 했다. 좀 더 그곳에서 살자 다른 동물들도 찾아왔는데, 여우 한 마리는 날마다 자기 먹을 것을 구하러 왔고, 머리를 쓰다듬어주어도 가만히 있었다. 그 밖에 책 여러 권과 하프가 있어서 절망이 찾아오면 영혼을 달래고 동정심과 사랑으로 기운을 차릴 수 있었다.

사랑! 무엇을 사랑해야 했나? 오, 여러 가지가 있었다. 달빛이 있었고, 반짝이는 별들. 미풍과 신선한 비. 온 땅과 그 위의 하늘이 있었다. 내 상상 속을 찾아오는 온갖 아름다운 것과 영웅과 미덕의 기억. 하지만 이전의 나는 자연과 책에만 묻혀 있었음에도, 이는 이전의 삶과는 매우 달랐다. 그때 나는 들판을 가로질러 나갔다. 내 영혼은 바람을 타고 날아 잔잔한 바람과 즐겁게 하나가 되어 뒤섞이는 것 같았다. 그리고 천천히 걸어 돌아다니면 달콤한 노래나 더 달콤한 백일몽으로 기운을 북돋웠다. 보는 모든 것에서 성스러운 환희가 솟아나는 것을 느꼈다. 삶에서 기쁨을 마셨다. 발걸음이 가벼웠다. 애정으로 맑아진 두 눈은 하늘을 찾았고, 긴 머리를 바람에 날리면서 나는 몸과 마음을 동정심과 기쁨에 내맡겼다. 하지만 지금 내 걸음은 느렸다. 눈을 드는 일이 드물었고, 눈물이 자주 차올랐다. 노래도, 미소도, 주위에 관심을 빼앗겨 멋대로 움직이는 일도 없었다. 나는 나 자신에게, 후회와 사라진 희망만을 영영 생각하는 이기적이고 고독한 존재에게 몰입했다.

내 삶은 할 일도 없고, 쓸모도 없는 삶이었다. 그랬다. 하지만 폭풍이 지나간 뒤 쓰러진 백합은 일어나서 전처럼 꽃을 피운다고는 말하지 말라. 내 심장은 죽음의 상처로부터 피를 흘리고 있었다. 그와 다르게 살 수는 없었다. 종종 겉보기에는 고요했지만, 절망과 우울이 찾아왔다. 그 어떤 것도 흩어놓거나 극복할 수 없는 어둠이었다. 삶이 싫었고, 아름다움에 신경 쓰지 않게 되었다. 이 모든 것이 발작적으로 나를 거의 소멸하곤 했다. 아무리 평온한때라도, 단 한순간도 죽음을 달라고 기도하기를 멈춘 적이 없었다. 무로 기꺼이 변화하기를 바랄 뿐이었다. 그리고 아침저녁으로 눈물 글썽이는 눈을 들어 하늘을 바라보았고, 두 손 모아 기도하며 시인의 말을 되뇌었다.

다음 날을 보기 전에
오, 이 몸이 죽어 사라지게 하소서![27]

그러니 나를 쓸모없다고 비난하지 마시라. 나는 자살을 한다면 신의 법을 어기게 된다고 믿었고, 기어가듯 느리게 흘러가는 시간을 견디는 힘든 일을 함으로써, 내 의무를 충분히 채웠다고 생각했다. 나를 비참하게 짓누르는 시간의 무게를 견디고, 고요한 순간에 내가 범죄라고 여긴 것을 삼갔다는 점에서, 나는 미덕의 보상을 받을 가치가 있었다. 내가 절망에 빠져 모든 의무의 존재와 범죄의 현실성을 의심했던 무서운 순간도 있었다. 하지만 나는 몸을 떨고, 그 기억을 외면했다.

---

[27] 윌리엄 워즈워스의 <버림받은 인도 여인의 한탄>에서. (역자 주)

9

이렇게 2년이 흘렀다. 하루하루, 수백 일이 지나갔다. 세월이 흘러도 겉보기에는 아무런 변화가 없었지만, 내가 죽음을 향해 나아가는 동안 마음에는 몇 가지 느린 변화가 일어났다. 나는 더 공부하기 시작했다. 책에 표현된 타인들의 사고를 좀 더 공감하기 위해서, 역사를 읽고, 내 앞에 존재했던 사람들 사이에서 내 개인성을 잃어버리기 위해서였다. 그렇게 어쩌면 긴박한 고통이 차츰 사라지면서 나는 좀 더 인간다워졌다. 고독도 그 매혹을 몇 가지 잃게 되었다. 나는 다시 남의 공감을 바라게 되었다. 그렇다고 사람들을 찾아 나서고 싶은 마음이 드는 것은 아니었지만, 나를 사랑해줄 친구 한 명이 있어 주기를 바랐다. 내가 차츰 사회로 돌아가기에 적합해졌다고 말할지도 모르겠다. 하지만 나는 그렇게 생각하지 않는다. 내가 바란 공감이 너무나 순수하고, 외부의 영향력은 전혀 없는 것이기에, 세상에 나가면 가장 선한 감정과 자꾸만 섞여드는 혐오스러운 것에 움츠러들지 않을 수 없었다. 그렇다. 그때도 그 전만큼이나 다른 사람들과는 전혀 어울릴 수 없었다. 내가 사람들을 떠날 때, 사람들은 나를 괴롭혔고, 그것은 통증이나 질병이 괴롭히는 것과 마찬가지였다. 마음과는 무관한 어떤 것이 마음을 괴롭혔고, 그래서 나는 그것을 피하고 싶었다. 하지만 이제 나는 공감을 원했다. 내 영혼을 그들 중 누군가의 영혼과 엮고 싶었고, 숱한 실망과 고통에 대비해야 했다. 나는 섬세한 식물처럼 부드러웠기에, 야망이나 지혜 속에서가 아닌, 상냥한 상호 간의 애정 속에서 공감과 도움을 바랐다. 나를 격려해주는 미소와 위로해주는 부드러운 말. 내 비탄을 쏟아낼 수 있는 한 사람의 마음이 있기를 바랐고, 땅이 지닌 천상의 자질로 그처럼 악한 씨앗에서 축복받은 열매가 싹 트기를 바랐다. 하지만 이를 어떻게 찾을 수 있을까? 우정의 영혼인 사랑은 두 사랑스러운 존재가 어린 시절부터 하나가 되었을 때나 두 사람이 같은 고통이나 일로 하나가 되지 않는 한 쉽게 구할 수 없는 것이다. 그것은 바라지도 않고, 깨닫지도 못한 사람들에게도 찾아온다. 그것은 전에 아무리 척박했다 하더라도 좋은 영향을 받으면 온갖 향기로운 식물로 비옥해지는 곳에 상냥한 이슬처럼 내린다. 하지만 원하면 그것은 달아난다. 그것은 그 숭배자들의 기도를 경멸한다. 그것은 주어지는 것이지, 찾는다고 구해지는 것이 아니다.

나는 이것을 다 알고 있어서 공감을 찾으러 나가지 않았다. 하지만 그곳 내 고독한 황야에, 사방이 황폐한 곳 내 작은 오두막 아래, 그것이 마치 겨울날 얼어붙은 눈을 녹이는 햇살처럼 내게 찾아왔다. 아, 병든 과실을 비추는 태양이었다. 나는 그 상냥한 힘을 느끼기에는 너무나 망가졌기 때문에 그 온기를 받고도 되살아나지 못했다. 아버지와 아버지의 기억이 내 삶의 생명이었다. 나는 타인에게 감사를 느낄 수는 있었지만, 전처럼 사랑할 수도, 희망을 품을 수도 없었다. 그것은 모두 고통이었다. 나는 기쁨을 즐기지 못했고, 묵묵히 감내할 뿐이었다. 나는 검고 가파른 절벽으로 사방이 에워싸인, 산중의 외로운 한 점 같았다. 그곳에는 어떤 따뜻한 햇볕도 뚫고 들어올 수 없었다. 그리고 햇살 비추는 들판으로 나아갈 수 있는 길도 없었다. 그래서 우정이 나를 잠시 위로해줄 수 있다 해도 나를 완전히 회복시킬 수는 없었다. 그것은 상냥한 유령처럼 왔다. 떠났지만 나는 상실감을 느끼지 못했다. 내 안에 영혼이 죽었다. 그래서 친구가 왔을 때 내가 더 반가이 맞이하지 않은 것도, 그것이 떠났을 때 하늘이 주신 최상의 선물을 내가 더 비통하게 아쉬워하지 않은 것도, 놀랄 일은 아니다.

내 친구의 이름은 우드빌이었다. 그의 이야기를 간단히 적을 테니, 내 심장이 얼마나 차가웠으면 그의 능변과 상냥한 동정심에도 전혀 뜨거워지지 않았는지 판단해볼 수 있을 것이다. 그리고 그도 몹시 불행한 사람이라서, 비참함이 나를 메두사처럼 돌로 만들어 버리지 않았더라면 우리는 서로 위로하기에 적절했을 것이다. 우드빌이 겪은 불행은 나와 같이 가슴 깊이 박혀 있는 것이 아니었다. 그의 슬픔은 자연스러운 것으로, 마음을 파괴하는 것이 아니라 정화하는 것이며, 그 그늘이 지나가고 나면 그는 전보다 더 밝고 행복해질 수 있었다.

우드빌은 가난한 성직자의 아들이었고 고전 교육을 받았다. 그는 태어날 때부터 행운의 여신이 편을 들어주는 몇 안 되는 사람 중

하나였다. 그에게 행운의 여신은 지적인 능력과 신체적인 능력을 끝없이 한껏 선사해주고, 여신의 보호 아래서 아무리 작은 흠이나 아무나 일시적인 실망도 겪지 않았다. 행운의 여신은 그의 뛰어난 정신을 어떤 찌꺼기도 더럽힐 수 없게 해준 것 같았으며, 그의 지력은 어떤 실수로도 오도할 수 없었다. 그의 천재성은 초월적이었고, 그것이 동쪽의 밝은 별처럼 떠오를 때 모든 사람이 동경하며 우러러보았다. 그는 시인이었다. 그 이름이 너무나 자주 폄하되어서 그가 어떤 사람인지 제대로 전달하지 못할 것이다. 그는 요람에서 뮤즈들이 왕관을 씌워주고, 꿀벌들이 그 달콤한 입술을 찾아왔던, 과거의 시인 같았다. 그가 여느 사람들 사이에서 걷고 있으면 머리의 후광이 그들과 차이를 드러내어주었다. 그의 남다른 아름다움, 빛나는 눈빛, 듣고 있는 사람이 입을 다물고 황홀경에 빠지도록 하는 풍부한 억양으로 하는 말이 그를 초월적인 존재로 만들어주었고, 그 앞에서 그들은 그의 출중한 능력을 돌보기 위해 생겨난 존재 같았다.

그는 어릴 적부터 영광스러운 존재였다. 모두가 그를 사랑했다. 비열한 사람들이 품는 시기나 원망의 그림자가 그에게 드리운 적 없었다. 그는 신들의 각별한 기쁨으로서, 자신이 가진 신성의 보호를 받았고, 그래서 사랑과 동경 이외에는 그 무엇도 그에게 다가가지 못했다. 그의 마음은 아이처럼 순박했고, 교만이나 허영에 얼룩지지 않았다. 그는 자신을 과소평가하기 때문이 아니라 타인의 열등함을 인식하지 못했기 때문에 친구들보다 자신이 뛰어나다는 사실을 모르고 사람들과 어울렸다. 그는 이기심과 악덕이 세상에서 가진 힘이 얼마나 큰지 알지 못하는 것 같았다. 내가 그를 알았을 때, 그는 가장 소중한 희망 속에서 좌절을 겪었지만, 인간의 비열함이나 이기심에서 일어나는 그 어떤 감정도 경험하지 않았다. 그의 위치가 너무 높아 사람들의 굳은 마음 때문에 고통을 당하지 않았다. 그리고 그들은 너무나 낮아 그가 배은망덕이나 이기심을 경험하지도 않았다. 적절한 행운의 여신은 그에게 금전적으로 은혜를 베풀지 않아 인간의 약점이나 악의에 빠져들지 않도록 지켜주었다. 같은 인간에게 은혜를 베푼다는 것은 신과 같은 자질이다. 너무나도 그러해서 인간에게는 어울리지 않는 것이다. 아담이나 프로메테우스처럼 인간에게 새로운 것을 알린 이들은 자신의 뛰어남에 순교함으로써 본성을 초월한 대가를 치러야 한다. 우드빌은 이런 죄악을 저지르지 않았다. 그리고 만약 본보기가 그에게 떠오른다고 해도, 그는 그것에 신경 쓰지 않고 우리 같은 인간들이 걸려 넘어질 작은 장애물에 방해받지 않고 제 갈 길로 날아가는 천사처럼 그저 지나쳐버렸을 것이다. 그는 천재의 신성을 믿는 사람이었고, 모든 인간을 자신과 같은 비참한 수준으로 끌어내리려는, 옹졸하게 트집을 잡거나 사소한 것을 비판하는 이들의 반대를 절대 믿지 않았다. "제가 과학적인 비유를 만들 겁니다." 그가 이렇게 말하곤 했다. "다윈 박사의 방식으로 말입니다.[28] 저는 천재가 실수를 저질렀다고 하면 정해진 위치

---

[28] 이래즈머스 다윈(1731-1802)는 과학자이자 식물학자, 시인으로서 <식물원>

의 별이 거기서 벗어난 것이라고 봅니다. 별까지의 거리와 우리의 불완전한 관찰 수단이 별들이 움직이는 것처럼 보이도록 만드는 것이죠. 사실 별들은 언제나 그 자리에서, 영광스러운 중심으로서 우리에게 겸손의 가르침을 주고 있습니다. 우리가 그렇게 받아들인다면 말이지요."

나는 그가 시인이라고 말했다. 그가 23세 때 처음으로 시를 발표했으며, 그 시는 전국에서 열광적인 호평을 끌어내었다. 그를 비추는 별이 영원히 반짝였다. 그렇게 빨리 유명해진 사람은 그 전에도 없었다. 그의 평판은 어디서나 같았다. 사람들은 그의 장롱에서 현자들의 걸작을 끌어내어 극찬했다. 반대하는 사람은 한 명도 없었다.

바로 그때, 영광의 절정에서 그는 엘리노어를 알게 되었다. 엘리노어는 보호자와 함께 사는 지극히 아름다운 어린 상속녀였다. 그들은 함께 한순간부터 서로를 위해 운명 지어진 존재 같았다. 엘리노어는 우드빌의 천재성을 갖지 못했지만 관대하고 고결했으며 젊음으로 칭송받았고, 어디에서나 사랑을 불러일으켰다. 그녀는 사랑스러웠다. 그녀의 태도는 솔직하고 소박했다. 그윽한 파란 눈은 지혜가 하나가 된 지각만이 띨 수 있는 빛으로 가득했다.

그들은 꼭 맞는 한 쌍이었고, 곧 사랑했다. 우드빌은 처음으로 사랑의 기쁨을 느꼈다. 그리고 엘리노어는 그처럼 아름답고 영광스러운 사람의 마음을 갖게 된 것에 황홀했다. 그런 두 사람의 결합에

이라는 과학 시를 쓴 것으로 유명했다. (역자 주)

순수한 기쁨 이외에 무엇이 뒤따를 수 있을까?

우드빌은 시인이었다. 그는 모든 사람이 찾는 이였고, 그가 나타나면 모두의 시선이 그에게만 향했다. 하지만 그는 가난한 성직자의 아들이었고 엘리노어는 부유한 상속녀였다. 그녀의 보호자는 두 사람의 애정에 반대하지 않았다. 우드빌의 장점이 너무나 뛰어났으므로 그의 재산이 부족하다고 해서 비난할 수 없었다. 하지만 그녀는 아버지의 유언으로 인해 나이가 찰 때까지 결혼할 수 없었고, 이를 따르지 않으면 재산을 상속받을 수 없었다. 엘리노어는 막 스무 살이 되었고, 그녀와 연인은 결혼을 미뤄야 했다. 하지만 그들은 항상 함께였고, 그들의 행복은 천상의 행복 같았다. 그들은 함께 공부하고, 함께 장래 할 일을 계획했으며, 서로의 눈과 말에서 사랑과 기쁨을 마시느라 완전한 결합이 늦어지는 것이 그다지 아쉽지 않았다. 우드빌은 계속해서 승승장구했고, 엘리노어는 뛰어난 연인의 가르침 하에 더욱 아름답고 현명해졌다.

두 달이 지나면 엘리노어는 스물한 살이 되었다. 그들의 결합을 위해 모든 준비가 끝났다. 그런 큰 기쁨의 파국을 어떻게 말해야 할까. 하지만 이처럼 천사 같은 한 쌍이 서로를 위해 존재한다면, 이 땅은 병충해와 슬픔으로 뒤덮인 세상이 아닐 것이다. 온 세상을 다 뒤져도 그들의 결혼이 가져다주었을 완벽한 행복은 찾지 못할 것이다. 그런 완벽한 환희를 인정하려면, 우리처럼 비참한 이 땅의 사람들 사이에 존재하는 만물의 질서가 뒤집혀야 할 것이다. 언제나 슬픔을 가져오는 필연의 고리가 깨어졌을 것이고, 악의적인 운명의 여신이 영원한 법을 어기는 것을 허용하지 않았을 것이다. 하지만 어째서 내가 이 일에 슬퍼하는가? 비참함은 내 일부이고, 비참한 것 이외에는 내게 다가올 수 없었다. 우드빌이 행복했다면, 나는 그를 알지 못했을 것이다. 그리고 여러 해 동안 눈물을 먹고 슬픔의 이슬만 마시며 산 내가 비탄과 죽음의 이야기를 멈출 수 있을까?

우드빌이 시골에 가야 할 일이 있었는데, 아리따운 신부를 만나지 못하고, 며칠이나 거기 발이 묶였다. 그는 엘리노어에게서 몸이 좀 안 좋으니 어서 와달라고 청하며, 그의 눈빛에서 건강을 얻을 것이며, 그와 함께 하는 시간이 명약이 되어줄 것이라는 편지를 받았다. 그는 사흘 더 그곳에 있다가 서둘러 엘리노어에게 돌아갔다. 이유는 모르지만, 그의 마음이 불운을 예견했다. 그는 그 후로 엘리노어에게서 소식을 듣지 못했던 것이다. 그는 엘리노어의 병세가 악화되었을까 염려했고, 이 염려로 마음이 조급해져 다시 건강하고 아름다운 그녀의 모습을 보고 싶어 견딜 수 없었다. 사악한 누군가의 목소리가 늘 그에게 이렇게 속삭이는 것 같았다. "그녀를 다시는 예전처럼 볼 수 없을 것이다."

그녀의 집에 도착하자, 사방이 고요했다. 우드빌은 몇 개의 방을 거쳐 안으로 들어갔다. 한 곳에서 하인이 비통하게 울고 있었다. 그는 두려움에 정신을 잃을 것 같았고, "그녀가 죽었나?"라고 물을 수도 없어서 "아직은 아닙니다"라는 무서운 대답을 듣고만 있었다. 이 놀라운 말은 그가 예상한 것보다는 덜 두려운 대답이었다. 그녀가 아직 살아있으며, 아직 희망이 있다는 것이 그에게는 위로였다.

그는 엘리노어의 편지 내용을 기억했고, 따뜻한 사랑과 생명력을 불어넣는 자신의 키스가 그녀에게 새로운 영혼을 줄 것이라는 생각을 했다. 그리고 그가 가까이 있으면, 그녀는 죽을 수 없다고 생각했다. 그의 존재가 그녀의 생명에 부적이라고 생각했다.

우드빌은 엘리노어의 병상으로 달려갔다. 엘리노어는 열에 들뜬 얼굴로 누워 있었다. 눈은 감은 채였고, 정신을 잃은 것 같았다. 우드빌은 그녀를 품에 안았다. 그는 뜨거운 입술에 숨 가쁘게 키스했다. 그는 부드러운 이름으로 괴로움을 억누르며 그녀를 불렀다. “돌아와요, 엘리노어. 내가 왔어요. 당신의 생명, 당신의 사랑이. 돌아와요, 소중한 그대여. 내가 당신에게 건강을 가져다줄 것이라고 약속했잖아요. 당신의 상냥한 영혼이 되살아나게 해요. 내 곁에서 죽을 수는 없어요. 죽음이 무엇인가요? 당신을 다시 보지 못하는 것? 나 자신의 일부와 헤어지는 것. 그대 없이 나는 기억도, 미래도 없는데? 엘리노어가 죽다니! 이것은 광란이요, 가장 비참한 절망이에요. 내가 곁에 있는데 당신이 죽을 수는 없어요.”

그리고 그는 다시 그녀의 눈과 입술에 키스했고, 그녀의 꼼짝 않는 몸 곁에 서서 여전히 아름답지만 변한 그 얼굴을 지켜보았다. 작은 경련과 생명이 아직 거기 있지만 곧 떠날 것을 알려주는 혈색의 변화가 모두 보였다. 한 번은 잠시 그녀가 되살아나 그의 음성을 알아들었다. 그녀의 입술에 미소가, 마지막 어여쁜 미소가 떠올랐다. 그는 12시간 동안 그 곁에서 지켜보았고, 그리고 그녀는 세상을 떠났다.

10

그가 오래 품었던 희망이 이렇게 비참한 결말을 맞이하고 6개월 후, 나는 그를 처음 만났다. 그는 평화롭게 슬픔에 잠겨 지내고자 아무도 자신을 모르는 시골에 은거하고 있었다. 그가 사랑하던 엘리노어의 죽음으로 그의 세상이 변했다. 예전에 그녀를 보았던 곳, 그러니까 매우 찬란한 희망과 그녀의 모습이 뒤섞여 주위를 밝혔던 곳, 하지만 지금은 그의 생명에 태양처럼 빛나던 그녀가 영영 지고 나서 자정보다 더 캄캄한 어둠으로 변해버린 곳에서는 이제 살 수 없게 된 것이다.

그는 한동안 하늘의 빛을 보지 않고, 과거의 자신과는 거리가 먼 영원한 어둠 속에 눈을 가리고 지냈다. 하지만 세월이 흘러 슬픔이 약해지자, 자연의 여신의 진정한 아이답게 그는 자연의 아름다움을 즐김으로써 불행의 위로를 구하고자 했다. 그는 자신을 전혀 모르는 시골로 가서 깊고 깊은 고독 속에서 오로지 자신의 마음과 대화를 나눌 수 있도록 했다. 그는 하늘의 미풍, 그리고 시냇물과 숲의 소리에서 견딜 수 없는 슬픔의 위로를 발견했다. 그는 승마를 좋아하게 되었다. 이 운동은 마음을 딴 데로 돌려주었고, 영혼을 고양해주었다.

빠른 말을 타고 있으면, 다른 곳에서는 항상 머릿속에 떠오르는 그녀의 모습에서 잠시 벗어날 수 있었다. 엘리노어가 죽기 전, 어여쁜 모습이 변하고, 그녀에게 생기를 불어넣었던 연약한 영혼이 차츰 사라지던 그 모습으로부터. 여러 달 동안 우드빌은 이 끔찍한 기억을 떨쳐버리고자 애썼지만, 소용없었다. 그 기억은 그의 무거운 영혼에 큰 짐이 될 때까지 그를 짓눌렀지만, 말에 올라타면 그를 사로잡고 있는 것 같았던 주술이 풀렸다. 그가 말을 타고 잃어버린 신부를 생각할 때면, 아름다움에 밝게 빛나는 그녀의 모습이 떠올랐다. 그녀의 음성이 들려왔고, 그 소중한 형상을 바라보는 것이라고 생각하면서 그녀가 '그 곁에서 달리는 요정 사냥꾼'이라고 상상할 수 있었다. 나는 그가 황야를 가로질러 말을 달리는 것을 서너 차례 보고 내 고독이 방해받는 것에 화가 났다. 농부들 외에는 사람들과 말을 나누어본 지가 너무 오래되어서 그보다 높은 지위의 사람이 쳐다보는 것에 불쾌한 느낌이 들었다. 나를 전에 본 적이 있는 사람일까 봐 두렵기도 했다. 나를 알아보고, 내 이름을 밝혀내면, 나는 전에 겪은 것보다 더한 고통을 주는 삶으로 끌려나가야 했다. 이는 무서운 일이었고, 내 꿈에서 자주 벌어지는 일이기도 했다.

하루는 소나무 숲 가장자리에 앉아있는데, 우드빌이 말을 타고 지나갔다. 그를 보자마자 나는 벌떡 일어나 숲으로 들어가서 그의 시선을 피하려고 했다. 내가 일어나는 바람에 그의 말이 놀랐다. 말이 뒤로 물러나며 펄쩍 뛰었고, 타고 있던 사람은 결국 떨어졌다. 그러자 말은 빠르게 황야를 가로질러 달려가 버렸고, 낯선 사람은 떨어진 데 놀라 땅에 쓰러져 있었다. 그는 크게 다치지 않았고, 물을 조금 마시자 회복했다. 나는 그의 엄청난 미모에 깜짝 놀랐고, 내게 고맙다는 인사를 할 때 상냥하지만 우울한 목소리를 듣고 눈물이 났다.

우리 사이에 짧은 대화가 오갔지만, 이튿날 그는 다시 내 오두막에 들렀고, 우리 사이에는 차츰 친밀함이 생겨났다. 그때 내가 스무 살이 되지 않았으니, 그가 보기에 그렇게 어리고, 필시 상류 사회에 속하며 일류 교육을 받아서 모든 재능을 갖춘 여자가 혼자 아무것도 없는 황야에 사는 것이 이상했다. 그 여자의 얼굴에는 슬픔이 남긴 자국이 선연했고, 말이나 행동을 보면 생각은 전혀 다른 것에, 침통하고 압도적인 슬픔에 가 있는 것이 분명했으니까. 나는 특이하게 수녀처럼 옷을 입고 있어서 어쩔 수 없이 홀로 지내는 것이 아니라, 슬픔과 은둔이라는 호사를 누리려는 것임이 드러났다.

그는 곧 내게 큰 관심이 생겼고, 가끔 내 곁에 앉아 내 기운을 북돋워 주느라 자신의 슬픔을 잊곤 했다. 그는 온 세상과 멀어져 죽고자 하며, 세상을 떠난 이와 살고 있는 여인의 흥미를 끌어내는 것도 성공했다. 그의 아름다움. 상상력과 감수성으로 빛나는 그의 대화. 그의 입술에서 언제든지 흘러나와 공기마저 잠자코 그의 말을 경청하게 하는 시는 그 누구도 거부할 수 없는 매력이었다. 그는 내 아버지보다 젊고, 활달하며, 이성적이었으며, 그를 보고 있으면 아버지가 조금도 떠오르지 않았다. 그는 직접적인 슬픔을 겪고 있었지만, 슬픔의 부드러운 영향력이 그 밖의 다른 잠들어 있는 감정을 불러일으키기보다는, 그가 드러냈더라면 내게는 너무 눈부셨을 감정을 가려주기만 하는 것 같았다. 함께 있을 때 나는 별로 말을 하지 않았지만, 내 이기적인 마음이 가끔은 빠르게 움직이는 그의 생각과 함께 나아가기도 했다. 나도 잠시나마 눈을 빛내며 시선을 들곤 했지만, 결코 죽지도, 거의 잠들지도 않는 기억이 돌아오면 다시 눈물이 눈을 흐리곤 했다.

우드빌은 늘 세상에서 아름다운 것과 행복한 것에 대해 사색하도록 이끌었다. 그의 마음은 악보다는 선에 대한 믿음에 항상 경도되어 있었고, 희망을 잃은 이들조차 기쁘게 만들어줄 이 감정은 그가 하는 말속에서 늘 빛을 발했다. 그는 인간의 놀라운 능력과 그들의 현재 상태와 희망에 대해 말하곤 했다. 그들이 과거에 어떠했으며, 그때는 어땠는지, 그리고 이성이 더는 그를 안내할 수 없을 때면 영감이라도 받은 듯이 상상력이 과거와 미래를 가리고 있는 것들에 빛을 밝혀주었다. 그는 인간이 살기 전의 이 땅의 상태가 어떠했을지, 인간이 처음 등장해서 어떻게 차츰 지금과 같이 이상하고, 복잡하며, 그의 말을 빌리자면 영광스러운 존재가 되었는지 사색하기를 즐겼다. 이 땅을 자신의 창조물로 뒤덮고, 그 정신력으로 눈에 보이는 것보다 더 아름다운 다른 세상을 만들어 우리가 글 속에서 발견하는 그 모든 세상을 지어내는 것. 그는 그 세상이 글 속에서 보았던 본보기보다 뛰어나다고 주장할 수 있으며, 선과 악이 더욱 분명히 분간되는 아름다운 작품이라고 말하곤 했다. 선한 사람들이 원하는 대로 보상을 받고, 악한 사람들은 인간애를 가진 사람이라면 상상하기도 무서운 고통을 받는 것이 아니라, 그저 조용히 그들에게서 해로운 성질을 없애주는 마땅한 벌을 받는 세상. 송곳니를 뽑아버린 독사를 죽여야 할 이유가 없다는 것이었다.

내 말로는 제대로 전달할 수 없는 그의 시적인 언어와 사상은 나를 사로잡았다. 그의 영감 가득한 말을 듣고 있는 것, 그의 눈빛을 잠시 바라보는 것, 찰내 공감을 느끼다가 미혹에서 깨어나 이 모든 것이 아무것도 아닌 꿈이라고, 내게는 현실성 없는 그림자일 뿐이라고 깨닫는 것은 우울한 기쁨이었다. 아버지는 나를 영영 버렸고, 내게 나와 다른 사람들 사이에 영원한 장막을 치는 기억만을 남겨놓았다. 나는 정말로 그 누구의 친구도 될 수 없었다. 그, 우드빌은 신부의 죽음을 슬퍼했다. 다른 이들도 자신에게 찾아온 온갖 괴로움을 슬퍼했다. 하지만 내게는 오명과 죄책감이 뒤섞여 있었다. 불법적이고 혐오스러운 욕망이 내 귀에 독약을 쏟아부었고, 내 피를 완전히 바꾸어놓아, 그것은 이제 생명력을 지지해주는 흐름이 아니라, 그 근원부터 부패한 원망의 차가운 샘이 되었다. 내가 혼자인 운명에서 벗어날 수 있다고 상상한다면, 그것은 광기일 것이다. 인간 세상에서 떨어져 나와, 남녀 모두에게서 동질감을 느낄 수 없고, 자연의 여신에게서 추방당한 불쌍한 인간, 그것이 나였다.

가끔 우드빌은 자신에 관해서 이야기해주었다. 그는 행복하던 시절과 비탄에 빠진 시절을 간단히 이야기해주고, 자신과 엘리노어의 사랑에 대해 열렬히 전했다. 그는 이렇게 말했다. "그 사람은 이 땅 위에 온 것 중 가장 아름다운 형상이었습니다. 그 사람의 솔직한 얼굴에, 목소리에, 우아한 동작 하나하나에는 저를 압도하는 무엇인가가 있었습니다. 인간이 그전까지 즐겨본 어떤 것보다 더 달콤한 대화로 저와 교류한 천상의 존재 같았지요. 그 사람 앞에서는 슬픔이 달아났습니다. 그 사람의 미소는 모든 정신적인 어둠을 밝혀주는 빛과 같은 영향력을 지닌 것 같았습니다. 이 상냥한 미소가 오갈 때면 인간의 아름다움 같지 않았습니다. 표현하자면 밝아졌다 금방 어두워져 잡으려고 하거나 품에 영영 넣으려고 하면 달아나버리는, 호수를 비추는 햇살 같았지요. 그 미소가 영원히 사그라지는 것을 보았습니다. 아아! 엘리노어가 멍한 두 눈을 떠서, 햇살보다 더 아름답고, 새의 물결치는 깃털보다 더 가볍고 빠르며, 번개처럼 눈 부신, 마치 밤에 낮을 부여하는 것 같으면서도 부드럽고 희미한 그 미소를 지어주지 않았더라면, 그 사람이 정말로 죽었다는 사실을 믿을 수가 없었을 겁니다. 그것이 떠났고, 그리고 제게는 모든 기쁨의 종말이 남았습니다."

이렇게 그의 슬픔이, 혹은 그의 마음속에 아름다움과 함께 남아 있는 것에서 본을 뜬 형상들이 우리의 대화가 되었고, 그동안 나는 조심스레 내 슬픔을 감추었다. 그가 잠시라도 호기심을 보이면 나는 눈을 내리뜨고, 목소리를 낮추어서 내 고통이 그로 하여금 재빨리 그 생각을 쫓아내도록 했다. 하지만 그는 늘 이야기 속에 위로를 담았고, 깊은 공감과 동정을 보여주어 내 절망을 달래주려고 했다. "우리는 모두 불행하군요." 그가 이렇게 말하곤 했다. "제가 당신에게 우울한 이야기를 해드렸고, 우리는 그토록 잔인하게 저를 버린 아름다운 영혼을 잃은 일을 두고 함께 울었습니다. 하지만 당신은 슬픔을 감추는군요. 당신의 슬픈 사연을 알려달라고 부탁하지는 않겠지만, 제가 당신에게 위로가 되지 않는다면 이야기해주세요. 이런 황야에서 당신 같은 사람이 혼자 있는 것을 발견하다니 굉장한 일 같습니다. 당신은 젊고 예쁩니다. 태도는 세련되고 매력적입니다. 하지만 당신에게 굳건히 자리 잡은 우울과 그 눈빛에, 당신을 사람들과 갈라놓는 무엇인가가 있습니다. 용서하세요. 적어도 한 번쯤은 당신의 운명에 대해 제가 느끼는 관심을 표현하지 않을 수 없군요.

당신은 절대 웃지 않습니다. 목소리는 작고, 말할 때면 마치 그 작은 소리가 두렵다는 듯이 말합니다. 끔찍하고 강렬한 슬픔의 표정이 잠시도 당신 얼굴에서 사라지지 않습니다. 저는 남자가 가질 수 있는 가장 사랑스러운 동반자를 영영 잃었습니다. 우리보다 월등한 존재가 뭔가 이상한 우연으로 우리 사람들 사이에 돌아다니는 것처럼 느껴졌던 사람이었죠. 하지만 저는 웃고, 가끔은 제가 겪은 변화를 거의 잊어버린 채 말하기도 합니다. 하지만 당신의 슬픈 모습은 절대 변하지 않습니다. 당신은 맥박이 뛰고, 숨을 쉬지만, 이미 다른 세상에 가 있는 것처럼 보입니다. 그리고 가끔은, 부디 멋대로 하는 제 생각을 용서하시길. 당신이 제 손을 건드릴 때면, 당신 속에서 온 세상의 불이 다 꺼진 것 같은데도 그 손이 따뜻한 것에 놀랄 지경입니다.

당신을 바라볼 때면, 당신이 흘리는 눈물이, 당신이 질문을 거부하는 그 부드러운 표정이, 제 슬픔을 말할 때 당신의 음성이 드러내는 깊은 공감이 당신에 대한 제 관심을 더합니다. 당신은 여기 쉴 곳도 없이 서 있습니다. 당신은 우리 사이에서 몸을 던져 이 버려진 황야에서 시들어 갑니다. 무엇인가 무시무시한 재앙이 당신에게 일어난 것이 분명합니다. 제게서 등을 돌리지 말아요. 그 일을 밝혀달라고 하지 않겠습니다. 그저 제 말을 듣고 친절하게 위로하는 목소리에 친숙해지기만을 청할 뿐입니다. 동정심과 동경, 부드러운 애정이 당신을 그 절망으로부터 떼어낼 수 있다면, 제가 그 일을 해보도록 맡겨주세요. 행복한 감정을 당신에게 되살려주려고 애쓰지 않고서, 그 깊은 슬픔의 표정을 볼 수가 없습니다. 이마를 펴세요. 우울에 굳어버린 몸의 긴장을 푸세요. 친구를, 성실하고 애정 어린 친구를 허락하세요. 제가 그 친구가 되어서 조금이나마 위안을 드리고, 당신의 고통이 잠시나마 멈추도록 해드릴게요.

제가 당신의 비밀을 캐내려 들 것으로 생각하지 마세요. 당신이 참아주기만을 청할게요. 영원히 슬픈 표정을 짓지 말고, 영원히 입 다물지 마세요. 한마디만 불평해준다면, 제가 부드럽게 그 일을 비난하고, 당신에게 향기로운 동정을 부어줄게요. 저를 차단하지 마세요. 어째서 슬퍼하는지 말하지 말고, "나는 불행해요"라고만 말하세요. 그러면 마법의 주문이 걸린 것처럼, 잠시 동안은 인간의 공감이 만드는 울타리 속으로 들어가 위로를 받을 테니까요. 제 진심을 믿어주고, 저를 오래된 믿을 만한 친구로 여겨주세요. 저를 잊지 않겠다고, 이유 없이 저를 쫓아내지 않겠다고 약속해주세요. 제 모든 힘을 당신을 행복하게 만드는 데 쓸 테니, 저를 사랑하려고 노력해주세요. 그리고 잠시나마 불평과 슬픔이 말로 표현된다면, 제가 곁에서 당신의 괴로운 영혼에 평화를 이야기해주도록 하세요."

나는 그의 설득을 힘없이 적을 뿐이지, 그것에 활력을 준 어조와 몸짓을 동시에 전달할 수는 없다. 황량한 흙에 생기를 불어넣는 소나기처럼 그 말은 나를 살려내었고, 비록 내가 그 원인을 비밀에 붙여두기는 했지만, 그는 내게 쓰디쓴 불평을 쏟아내게 하고, 내 비탄을 울분과 불길을 담은 언어로 표출하게 했다. 처절한 슬픔의 힘을 모두 담아, 나는 내가 지극한 행복에서 비참한 나락으로 떨어졌다고 말했다. 내게는 기쁨도, 희망도 없으며, 아무리 비통해도 죽음이 내 고통에 반가운 종지부가 되어줄 것이라고 했다. 해골 같은 죽음이 사랑처럼 아름다울 것이라고 했다. 이유는 모르겠지만, 사람의 귀에 이 말을 하니 기분이 좋았다. 그리고 내가 모든 위로를 조롱했지만, 상냥하고 친절하게 위로를 해주는 것을 보니 기뻤다. 나는 조용히 경청했고, 그가 말을 멈추면 다시 내 비참한 처지를 쏟아내어 내 상처는 너무 깊어 어떤 치료도 소용없음을 보여주었다.

하지만 이제 나는 완벽한 고독의 열매도 거두기 시작했다. 나는 어떤 대화에도 어울리지 않게 되었다. 세상에서 가장 상냥하고 공감어린 존재, 우드빌과도 마찬가지였다. 나는 말꼬리를 잡고, 앞뒤가 맞지 않는 소리를 했다. 성격도 완전히 망가졌다. 나는 그를 친구라고 불렀지만, 그가 하는 모든 행동을 시기심 어린 눈으로 보았다. 그가 정해진 시간에 날 찾아오지 않으면 화가 매우 나서 그에게 정말로 내게 관심을 느꼈다면 그 관심이 식었다고 했다. 나처럼 가련하고 지친 존재에게, 그 깊은 불행이 그의 세속적인 마음이 줄 수 있는 것보다 더 많은 것을 요구하는 사람에게 그가 어울릴 수 없다고 했다. 잠시라도 그의 태도가 냉정하다고 느껴지면, 나는 짜증을 내며 이렇게 말하곤 했다. "당신이 오기 전에는 평화로웠어요. 왜 나를 성가시게 하죠? 내 마음이 당신처럼 완전하다는 듯이, 내가 사실 털이 깎여 황량한 산기슭에 버려져 바람이 불 때마다 고통당하는 양이 아니라는 듯이, 당신은 내게 새로운 요구를 주었고, 이제는 나를 하찮게 보고 있어요. 나는 친구도, 동정도 바라지 않았어요. 나는 당신을 피했고, 당신도 그걸 아는데, 내게 억지로 다가와서 원하는 것을 만들었고, 이제 당신이 내게 행사하는 권력을 승리감을 느끼며 보고 있죠. 오, 자신이 흐르게 한 눈물을 얼려버리는 차가운 북풍의 강한 힘이여! 하지만 나는 이런 일을 견디지 않겠어요. 가세요. 당신이 오기 전처럼 해는 떴다가 질 것이고, 저는 소나무 사이에 앉아있거나 당신이 듣기를 바라지 않고서 울며 불평하며 황야를 떠돌아다닐 거예요. 온몸에서 피를 흘리는 나를 이렇게 거칠게 대하다니, 당신은 정말 잔인해요."

그리고 내 짜증 섞인 말을 듣고 그의 얼굴이 동정심에 일그러지는 것을 보면,

글리 오치 드리초 베르 메 콘 켈 셈비안테
체 마드레 파 소프라 피글리오울 델리로[29]

나는 울며 이렇게 말했다. "오, 용서하세요! 당신은 선하고 친절하지만, 저는 살 수 없는 처지예요. 제가 왜 살아야 하나요? 지루한 시간을 질질 끌며, 나무들이 가지를 흔드는 것을 보고, 바람을 느끼고, 날카로운 그 모든 것에서 날카로운 고통을 느낄 뿐인데. 제 몸은 강건하지만, 영혼은 이 괴로움을 견딜 수 없을 지경으로 침잠합니다. 죽음은 제가 얻고자 하는 목표이지만, 오호라! 그 길의 끝이 보이지도 않는 걸요. 동정심 많은 친구여, 평화롭게, 죄 없이 죽는 법을 알려준다면, 축복해드리겠어요. 가련한 제가 원할 수 있는 것은 고통 없는 죽음뿐이니."

하지만 우드빌의 말에는 마술 같은 힘이 있어서 달콤한 동정심을 담아 말을 꺼내면 그는 나를 나 자신과 슬픔으로부터 차츰 끌어내었고, 나는 내가 이기적인 것이 아닐까 생각하게 되었다. 하지만 그가 돌아가면 절망이 돌아왔다. 위로는 언제나 새로 시작해야 했다. 나는 그가 아예 없어지기를 종종 원했다. 내가 일상에서 벗어나는 것 같았고, 오랫동안 혼자 살아서, 내 익숙한 슬픔을 견디고, 날마다 비통함을 마실 수는 있어도 조금이라도 새로운 감정이 드는 것에는 익숙하지 않았기 때문이다. 기대와 희망, 애정은 모두 내가 감당하기 너무 힘들었다. 나는 이를 알았지만, 다른 때는 터무니없이 굴면서 잘못이라고는 없는 그를 비난했다. 그리고 그의 상냥한 영혼이

---

[29] 단테의 『신곡』 천국편. "그녀는 의식이 혼미한 아이를 보는 어머니의 표정으로 내게 시선을 돌렸다."

더 상냥하다면, 그의 강렬한 동정심이 더 강렬하다면, 내 영혼에서 악마를 몰아내고 나를 더 인간답게 만들어줄 수 있으리라고 심술궂게 생각했던 것이다. 내가 바로 비극이라고 생각했다. 나는 그가 보러 온 비극 속의 인물이었다. 이따금 그가 내게 신호를 보내면 나는 그의 뜻에 맞는 대사를 할 수 있었다. 어쩌면 그는 내가 등장하는 시를 이미 계획하고 있었을지도 모른다. 나는 그에게 우스꽝스러운 소극이자 연극이었지만, 내게 이것은 모두 끔찍한 현실이었다. 그는 나의 비극을 감상하는 이익을 얻고 나는 현실의 짐을 진다.

11

그것은 이상한 상황이지만, 축복이 저주로 바뀔 때면 종종 일어나는 일이다. 혼자서 내가 누릴 수 있는 유일한 위로로 동정을 원했던 나는 이제 그것이 나를 더욱 괴롭힌다는 것을 알게 되었다. 아버지가 살아있는 동안 나는 늘 애정 넘치고 관대한 기질을 가진 사람이었지만, 그 기쁘던 시절 이후로, 아아! 나는 많이 변했다. 나는 거만하고, 심술궂고, 무엇보다도, 의심이 많아졌다. 내 이야기의 진정한 관심사는 이제 끝났으니 재빨리 그 우울한 파국을 써야 하겠지만 내 슬픈 의심과 절망이 어떻게 드러났으며, 우드빌이 얼마나 선량한 마음으로, 거의 천사 같은 힘으로 내 감정을 누그러뜨리고 상냥함으로 되돌렸는지 한 가지 사례를 이야기하려고 한다.

우드빌은 어느 날 오후 나와 시간을 보내기로 약속했었지만, 폭우가 계속 와서 찾아올 수 없었다. 나는 저녁 시간 내내 혼자 있었다. 나는 꼬박 2년을 불만 없이 혼자 지냈지만, 이제는 비참해졌다. 그가 진심으로 나를 염려할리 없다고 생각했다. 그랬다면 내가 그를 기다리지 않는다 하더라도, 폭우가 온다고 해서 약속한 방문을 취소하는 대신 비를 맞고라도 찾아와야 한다는 생각이 들었다. 그는 이 음울한 하늘과 컴컴한 비가 내 영혼을 거의 미치게 한다는 것을 잘 알았다. 날씨가 좋았다면, 나는 우울한 생각 이외에는 아무런 친구도 없이 이 비참한 오두막에 갇혀 지내지 않아도 되었으니, 그의 부재가 그렇게 아쉽지 않았을 것이다. 그가 진정 내 친구라면 이 모든 것을 계산할 줄 알아야 했다. 그래서 내가 그가 늘 떠벌이는 우정을 계산하고, 그 가치를 확인하기로 했다.

그는 엘리노어에 대한 슬픔을 극복했고, 그래서 시골이 지루해졌으므로 나 같은 것이라도 재밋거리로 발견한 것이 기뻤다. 그래서 이곳에서 할 일 없는 시간을 보내는 동안 달리 할 일을 찾지 못하자, 이것을 우정이라고 부르는 것이다. 그의 존재가 내게 위로가 되는 것도 사실이고, 그의 말은 상냥하며, 그가 원하면 나를 절망에서 구원하는 생각을 쏟아부어 주는 것도 사실이다. 그의 말은 달콤하다. 그렇다. 벌의 꿀도 달콤하지만, 벌에게는 침이 있고, 박정함은 벌레의 독에서 받는 것보다 더 아픈 상처를 남긴다. 나는 그에게 증거를 대라고 할 것이다. 그는 모든 희망이 죽었다고 하고, 나는 내게 모든 희망이 죽었다고 하니, 우리는 둘 다 죽기에 적합하다. 그가 나와 함께 죽을 것인지 시험해볼 것이다. 나는 혼자 죽기가 두려우니, 그가 나와 함께 동행해줄 것인지, 그래서 그가 내 처지가 허락하는 유일한 방식으로 내 친구가 되어줄 수 있음을 증명할 것인지.

미친 생각이지만, 이런 생각이 떠오르자 다른 것은 아무것도 생각할 수 없었다. 그가 나와 함께 죽는다면 잘된 일이다. 그것이 두 비참한 사람의 종말이 될 것이다. 그리고 그가 죽지 않는다면, 나는 그의 우정을 경멸하고 그의 비겁함을 부끄럽게 하도록 그 앞에서 독약을 마실 것이다. 나는 진심으로 이 모든 장면을 계획하고 미친 듯이 내 영혼을 이 계획에 바쳤다. 아편 틴크를 구해 그것을 탁자 위의 두 잔에 담고, 내 방을 꽃으로 가득 채우는 등, 비극의 마지막 장면을 꼼꼼히 장식했다. 그가 올 시각이 다가오자 마음이 약해져서 눈물이 나왔다. 계획을 포기한다는 뜻이 아니라, 결심이 선 뒤에도 죽음의 약을 마시기 전에는 몇 가지 감정 변화를 겪기 때문이었다.

이제 모든 준비가 끝나고 우드빌이 왔다. 나는 오두막 문 앞에서 그를 맞이해 엄숙한 표정으로 방으로 안내했다. 그리고 이렇게 말했다. "내 친구여, 저는 죽고 싶어요. 시간마다 겪고 있는 비참함을 견디는 데 너무 지쳐서, 이제 그만 벗어던지고 싶어요. 할 수만 있다면, 어느 노예가 그 사슬에서 벗어나지 않겠어요? 보세요, 저는 울고 있어요. 2년도 넘게, 단 한순간도 고통에서 벗어나지 못했어요. 자주 죽고 싶었어요. 하지만 저는 겁이 너무 많아요. 저처럼 행복했고, 저처럼 젊은 사람이 자발적으로 혼자서 음울한 무덤으로 가기 어려워요. 그럴 수가 없어요. 죽어야 하지만, 두려움에 오싹해요. 그래서 멈추고 몸을 떤 뒤, 몇 달씩이나 지극한 슬픔을 견디고 있어요. 하지만 이제 삶을 포기할 수 있는 때가 왔어요. 이 어두운 여행에서 동행을 거부하지 않을 친구가 있으니까요. 그게 제 청이에요. 저와 함께 죽어주기를 진심으로 부탁할게요. 그러면 우리는 엘리노어와 제가 잃은 것을 찾게 될 거예요. 보세요. 죽음의 잔이 있으니, 함께 마시고서 기꺼이, 기쁘게, 밉살스러운 하루하루를 끝내도록 해요.

제게서 등을 돌리는군요. 하지만 저를 거부하기 전에, 우드빌, 우리를 괴롭히는 눈물과 슬픔의 짐을 던져버리면 얼마나 달콤할지 생각해보세요. 그리고 분명, 어두운 계곡을 지나고 나면 빛을 발견할 거예요. 저 약이 우리를 달콤한 잠에 빠뜨릴 것이고, 일어나면 모든 슬픔과 두려움이 사라진 것을 보고 얼마나 즐거울까요. 조금만 견디면 모두 끝날 거예요. 그래요. 조금만 참으면 돼요. 보세요, 저것이 우리의 감옥 열쇠니까요. 우리가 그것을 손에 쥐고 있어요. 그것을 버리고 스스로 속박되다니, 노예보다 못한 존재인가요? 지금이라도 용기만 있으면 우리는 자유로워질 수 있어요. 보세요. 죽음을 상상하기만 해도 기뻐서 뺨이 달아오르네요. 우리가 사랑하는 모두가 죽었어요. 자, 손을 주세요. 공감을 담아 즐겁게 마주 보고, 함께 떠나 그들을 찾아요. 잠을 부르는 여정이에요. 우리가 도착한 곳에서는 끝없는 기쁨이 있을 것이고, 우리가 깨어나는 곳은 천사들이 깨어나는 곳일 거예요. 망설이나요? 겁쟁이인가요, 우드빌? 오, 그만두세요! 그 멍하게 우울한 표정을 던져버려요. 아! 죽음의 호사를 제가 표현해 당신의 마음을 얻을 수만 있다면. 우리는 이제 비참한 인간이 아니에요. 우리는 신이 될 거예요. 신처럼 자유롭고 행복한 영혼. 황량한 바닷가에서 반대편 꽃이 만발한 섬에서 잃어버린 연인이 오라고 손짓하는데, 파도가 검고 흐리다고 망설이는 바보가 어디 있나요?

가는 길에 연약한 육신이

거친 파도가 두렵도록 고통이 좀 따른다면?
잘 견딘 짧은 고통이 긴 평안을 가져오고
고요한 무덤에 영혼이 잠들도록 눕혀주지 않나요?

제 말 잘 들으세요. 저는 절망의 언어를 배웠어요. 저는 그 언어를 모두 가슴에 품고 있어요. 제가 바로 절망이니까요. 그런데 저는 이상한 존재예요. 즐겁고, 승리감에 찬 절망이거든요. 하지만 그 말은 틀렸어요. 파도가 검을 수는 있지만, 거칠지는 않으니까요. 우리는 누워서, 잘 자라는 인사를 상냥하게 나누고 눈을 감아요. 잠에서 깨어나면, 자유로워질 거예요. 자, 그럼 더 미루지 말고 이리 와요. 꾸물대지 말고! 이 기쁨의 약을 보세요! 자, 저는 당신을 초대한 인간 처녀가 아니라 선한 영혼이에요. 그리고 설득력 있는 말솜씨로 (아, 설득력이 있어야 할 텐데!) 이렇게 말하죠. 이리 와서 마셔요."

나는 말하면서 그의 표정에 시선을 고정했고, 그가 입을 열기도 전에, 그의 절묘한 아름다움이, 그의 눈에서 빛을 발하는 천상의 동정심이, 다정하지만 진정 어린 비난과 경악의 표정이 내 긴장된 감정에서 변화를 끌어내었고, 내게서 굳은 절망을 앗아가고, 부드러운 슬픔만으로 채워주었다. 그가 내 양손을 잡고, 내 곁에 앉을 때, 촉촉이 젖어 드는 눈을 보았다. 그는 이렇게 말했다.

"소중한 친구여, 당신이 내게 시키는 것은 슬픈 행동입니다. 당신의 비탄이 정말로 깊어 이런 불행한 생각이 드는군요. 당신은 죽음을 바라지만, 그것이 두려워서 제가 동행이 되어주기를 바라고 있습니다. 하지만 저는 당신보다 용기가 적어 그렇게 동행이 있어도 죽을 수 없어요. 제 말 들어요. 그리고 당신이 저를 설득하려고 한다면, 아무리 절망의 웅변을 쓴다고 하더라도, 검은 죽음이 너무나 유혹적이라 파란 하늘이 어둠처럼 보이도록 만들어야 한다는 걸 생각해보세요. 저 역시 절망적인 생각을 했고, 죽음이 어서 오기를 다급하게 기다렸지만, 결국 그 망령을 발로 짓밟고 그 침을 부숴버린 사람의 말을 잘 들어보세요. 자, 당신이 제게 절망의 역할을 했으니 저는 당신에게 유내 역할을 해서 절망의 어두운 동굴에서 상한 데 없이 빠져나가게 해주겠어요.[30] 내 말 잘 들어요. 이기적인 감정이 깃들지 않은 말을 듣고 마음을 돌리세요.

우리는 이 드넓은 세상이 무슨 의미인지 모릅니다. 선과 악이 이상하게 뒤섞여 있는 까닭도 모릅니다. 하지만 우리는 여기 태어났고, 살면서 희망합니다. 우리가 무엇을 희망해야 하는지 모릅니다. 하지만 우리 너머 어딘가에 우리가 찾아야 하는 선이 있습니다. 그리고 이 땅에서 우리가 해야 할 일은 그것입니다. 불운이 닥치더라도 우리는 싸워야 합니다. 우리는 불운을 옆으로 치워두고, 우리의 본질이 바라게끔 하는 것을 찾아 나서야 합니다. 이와 같이 미래에는 선을 구할 수 있으리라는 전망이 또 다른 존재에 대한 준비인지, 저는 모릅니다. 혹은, 그것이 그저, 우리가, 신의 포도밭에서 일하는

[30] 에드먼드 스펜서의 『요정 여왕』 1권에서 절망이 레드크로스를 유혹하여 자살하게 하지만 유나가 그에게서 칼을 빼앗고 막는다. (역자 주)

청지기로서 후손들의 길을 닦는 데 도움을 주어야 하는지도 모릅니다. 정말로 그렇다면, 지금 미덕을 지닌 자들의 노력이 이 아름다운 세상에 앞으로 살아갈 이들을 더 행복하게 하는 것이라면, 이기심을 버리고 사물의 진리를 알려고 하는 이들의 노력이 지금은 너무 멀지만 언젠가는 올 사람들, 현재 신음하며, 당신처럼 울며 사는 사람들의 짐에서 벗어날 사람들을 자유롭게 하는 것이라면, 그들이 지금은 삶의 필요악에 해당하는 것들로부터 자유롭게 하는 것이라면, 진정 저는 실패하지 않을 것이고, 온 영혼을 다해 그 일을 도울 겁니다. 저는 어릴 적부터 미덕을 지닐 것이라고 말해왔습니다. 저는 타인의 이익을 위해 제 삶을 바칠 겁니다. 저는 악을 타파하고, 악을 보호하는 영혼이 영향력을 미치는 상황이 된다면, 저는 그 노력 중에 고통당하겠지만, 희망이 있는 동안에는, 성공할 희망이 있는 동안에는 즐겁게 제가 맡은 일을 해내겠습니다.

제게는 능력이 있습니다. 제 고향 사람들은 제 능력을 높이 평가합니다. 제가 척박한 공기 속에 씨앗을 심고, 제가 하는 일에서 아무런 목적도 없다고 생각합니까? 제 말 믿으세요. 이 마지막 희망이 제 가슴에서 사라질 때까지는 결코 생명을 버리지 않을 것이며, 어떻게든 제 노력이 만들어내는 금사슬로 우리는 모두 저 높은 구름 위에 앉아 있는 행복의 여신을 끌어올 것입니다. 지금은 그녀가 우리 손에 닿을 수 없는 곳에 있지만, 이 땅에서 우리와 함께 살도록 하겠습니다. 소크라테스나 셰익스피어, 루소가 절망에 사로잡혀 우리처럼 젊었을 때 죽었다고 생각해봅시다. 우리와 온 세상이 그들의 파멸로 인해 호감과 행복의 증진을 잃어버려서는 안 된다고 생각하지 않습니까. 저는 그들과 같은 사람은 아닙니다. 그들은 수백만의 사람들에게 영향을 주었습니다. 하지만 제가 백 명에게, 아니 열 명에게, 아니 단 한 사람에게 영향을 줄 수 있다면, 그래서 그를 악에서 선으로 끌어낼 수 있다면, 그 기쁨은 제 모든 고생에 보답이 되어줄 겁니다. 그 고생이 백만 배로 늘어난다고 할지라도 말입니다. 그리고 그 희망이 저를 버티게 해줄 겁니다.

그리고 후세를 위해 일하지 않는 사람들은, 저의 경우처럼 지금 그러지 않고 있는 사람들은, 후세가 알지 못할 겁니다. 하지만 제발 믿어주세요. 그들에게도 나름의 의무가 있습니다. 당신은 불행하기 때문에 슬퍼합니다. 당신이 구하는 것은 행복이지만, 그것을 얻는 것에 절망하고 있습니다. 하지만 당신이 타인에게 행복을 줄 수 있다면, 단 한 사람에게 단 한 시간의 행복을 줄 수 있다면, 그러기 위해서 살아야 하지 않을까요? 그리고 누구나 그럴 능력은 갖추고 있습니다. 이 세상에 사는 사람들은 너무나 많은 고통을 겪고 있습니다. 복잡한 도시에서, 경작한 평야에서, 또는 아무것도 없는 산에서도, 고통은 숱하게 자라고 있으며, 이 해로운 잡초를 한 그루 뽑는다면, 그 대신 우리는 옥수수나 아름다운 꽃 한 송이를 심을 수 있습니다. 그것만으로도 자살하지 않을 충분한 동기로 삼읍시다. 앞날에 이 일을 할 수 있다는 희망이 조금이라도 있다면, 우리의 의무를 버리지 맙시다.

그렇습니다. 저는 죽을 수 없습니다. 제게는 저를 의지하고 바라는 어머니가 있습니다. 그리고 저를 목숨처럼 사랑하는 친구가 있는데, 제가 배은망덕하게 그를 버린다면 그 가슴에 치명상을 입히는 일이 될 겁니다. 그래서 죽지 않겠습니다. 당신도 마찬가지입니다, 친구여. 기운을 내세요. 울음을 그치세요. 부탁입니다. 당신은 젊고, 아름답고, 선하지 않습니까? 어째서 절망합니까? 당신에 대해서 절망해야 한다면, 어째서 타인에 대해서도 절망합니까? 당신이 결코 행복할 수 없다면, 타인에게 행복을 전할 수도 없습니까? 오, 제 말 믿으세요. 슬픔으로 창백한 입술이 단 한 번 기쁨과 감사의 미소를 떠올리는 것을 보았다면, 그리고 당신이 바로 그 미소를 만들어준 사람임을 안다면, 당신 없이는 그 미소가 없었을 것을 안다면, 너무나 순수하고 따뜻한 행복을 느껴 그와 같은 기쁨을 또다시 느끼고자 영원히 살고 싶을 겁니다.

자, 그렇게 사로잡혀 있던 슬픈 생각을 이미 벗어버린 것이 보이는군요. 저 거울을 보세요. 제가 왔을 때 당신의 이마에 주름이 잡혀 있었고, 눈은 쑥 들어가 있었고, 입술은 떨리고 있었습니다. 제가 보니 손이 격렬하게 떨리고 있었습니다. 하지만 이제 모든 것이 고요하고 부드럽습니다. 당신은 슬퍼하고 있고, 표정에도 슬픔이 묻어 있지만, 그것은 부드럽고 달콤합니다. 이 저주받은 음료는 던져버리라고 해주세요. 웃는군요. 오, 저를 축하해주세요. 희망은 승리하는 법이고, 저는 좋은 일을 했습니다."

내가 다시 적으니 이 말이 막연하게 느껴지지만, 그것은 사실 불의 언어였고 내게 따뜻한 희망을 불어넣어 주었다. (나처럼 불쌍한 것이 희망을 품다니!) 그것은 내 혈관을 기쁨처럼 간지럽혔다. 그는 오랫동안 나를 떠나지 않았다. 그가 붙인 불씨를 키우고, 천사 같은 손으로 기쁨처럼 보이는 것을 만들어낼 때까지 떠나지 않았다. 그는 나를 떠났지만, 나는 여전히 침착했고, 별이 반짝이는 하늘과 이슬이 촉촉이 내린 땅을 향해 사랑을 담은 눈으로, 밤 인사를 한 뒤 나는 곤히 잠들었고, 몇 달 만에 처음으로 즐거운 꿈을 꾸었다.

하지만 그것은 일시적인 위로에 불과했고, 예전의 습관적인 감정이 되돌아왔다. 나는 사는 동안 슬퍼할 운명이었고, 아버지의 죽음과 그 끔찍한 원인에서 당연히 비롯되는 슬픔에 상상력이 열 곱절의 비탄을 더했다. 나는 내가 불러일으킨 부자연스러운 사랑에 더럽혀졌다고 믿었고, 자연이 저주하고 버린 존재라고 생각했다. 나는 마치 또 한 명의 카인처럼, 나와 사람들 사이를 가로막는 표식을 이마에 달고 있다고 생각했다. 우드빌은 내 표정을 보면 마치 내가 다른 세상에 속해있는 것 같다고 했다. 그러니 그도 그 표식을 본 것이었다. 그 음울한 표식은 온 세상을 향해 내 영혼에는 어떤 침묵으로도 가릴 수 없는 것이 존재한다고 알려주었다. 어째서 운명은 나를 이처럼 사람들의 애정을 받지 못하는 존재로 만들었을까? 그 누구도 대화나 애정을 건네지 않는 괴물로. 운명의 여신은 그 저주받은 순간에 나를 짙은 안개로 감싸고 나와 사람들 사이에 새카만 어둠을 두어 나를 더는 보지 못하게 만들지 않았을까? 그러면 내가 고통으로 가득한 먹구름처럼 지나갈 때, 세상 사람들은 나를 그저 섬뜩한 오한으로 인지할 뿐일 텐데. 그리고 사람들에게 진정으로 성스럽지 못한 것이 가까이 있다고 말해줄 텐데. 그러면 나는 이 음울한 황야에서 아무도 만나지 않고 살았을 테고, 내 부정한 시선으로 아무도 파멸시키지 않았을 텐데. 아아! 곧 죽음이 오리라는 생각에 내 비통한 감정이 누그러지지 않았더라면, 몇 달 더 내가 그때처럼, 몸은 튼튼하지만, 영혼은 그 정수까지 몹쓸 병에 들어 썩은 채로 살았더라면, 날마다 이 무시무시한 감정을 생각하며 살았더라면, 나는 미쳐서 내가 살아있는 전염병이라고 생각했을 것이다. 이 형태, 이 목소리, 이 비참한 자아가 내게도 너무나 끔찍하게 보였다. 그것이 바로 이름 없는 죄책감의 근원이 아니었던가?

이것은 미신이었다. 아버지라는 성스러운 이름이 내게는 저주가 된 것을 처음 알았을 때, 나는 그렇게 미칠 것 같은 감정을 느끼지 않았다. 하지만 고독한 삶이 내게 제멋대로의 생각을 불어넣었다. 그리고 우드빌을 만나고, 그가 날마다 내 신뢰를 얻으려고 하는데 내가 그 어두운 이야기를 결코 할 수 없자, 나는 사실 내가 표식을 지닌 존재라는, 죽음만이 어울리는 추방자라는 두려운 생각이 더욱 강하게 자리 잡은 것이다.

12

내가 이런 생각에 끊임없이 시달렸으므로, 우드빌이 한 말의 효과는 아주 짧았음을 알 수 있을 것이다. 그리고 그가 다정하지 않다고 다시는 비난하지 않았지만, 나는 곧 전처럼 불행해졌다. 이 일이 있고 나서 우리는 헤어졌다. 그는 어머니가 편찮으시다는 소식을 듣고 급하게 돌아갔다. 그는 내게 작별인사를 하러 왔고, 우리는 마지막으로 황야를 함께 걸었다. 그는 다시 찾아오겠다고 약속했다. 그리고 내게 기운을 내라고, 시간과 용기가 내 비참함을 극복하게 해줄 때까지 할 수 있는 한 행복한 생각을 한다면, 다시 사람들과 어울릴 수 있을 것이라고 격려해주었다.

"제가 하는 모든 조언 가운데, 이것을 가장 소중히 여기고 따르세요." 그가 말했다. "절망하지 마세요. 그것은 당신이 계속해서 빠져드는 가장 위험한 바다입니다. 하지만 당신은 발밑을 조심하고, 희망이 앞길을 안내하도록 해야 합니다. 희망을 품으세요. 그러면 당신의 상처는 이미 절반은 치유될 겁니다. 하지만 고집스레 절망한다면, 당신에게는 더는 위로가 없을 겁니다. 제 말 믿으세요, 소중한 친구여. 태양과 땅에는 기쁨이 있고, 그 모든 아름다움은 당신이 언젠가 느낄 기쁨을 선사할 수 있습니다. 사랑이 주는 새로운 기쁨이 다시 당신의 마음을 찾아갈 것이고, 당신을 짓누르는 긴긴밤에 눈이 어떻게 감길 수 있을지 의아해할 때까지, 당신을 비탄에 묶어두는 주문을 풀어줄 겁니다. 제 생각과 제가 당신에게 가지는 애정이 당신의 우울을 덜어주고 비통한 눈물을 줄여줄 수 있을 정도로 당신에게 충분한 흥미를 불어넣었다고 바랄 수는 없습니다. 하지만 제 우정이 당신으로 하여금 삶을 좀 덜 혐오하게 만들 수 있다면, 의심으로 삶을 상처 주고 있다는 사실을 유념하세요. 사랑은 연약해서 심한 질투에 쉽게 상처받습니다. 부탁이니 아무데나 불어오는 바람도 흔들지 못하는 당신 마음속 깊은 곳에 제가 진심을 담아 드리는 이 말을 담아두세요. 당신의 기질은 고통 때문에 조화롭지 못해졌고, 당신의 마음은 가끔 그럴 만한 이유가 없는데도 흔들리는 것 같습니다. 하지만 제 공감과 사랑에 대한 믿음은 더 깊어지도록 해서 이따금 마음을 흔드는 혼란을 느끼지 마세요. 그리고 만약 그것이 당신의 애정을 건드리지 않는다면, 당신도 다치지 않을 겁니다."

이것이 우드빌의 마지막 가르침이었다. 나는 그의 말을 들으면서 울었다. 그리고 우리가 애정 어린 작별인사를 나눈 뒤, 나는 이 땅에서 내게 위로를 가져다준 그 사람이 안 보일 때까지 눈으로 그를 멀리까지 좇았다. 나는 황야를 건너 그가 사는 마을까지 함께 가겠다고 졸랐었다. 그가 떠날 때 해가 아직 높이 떠 있었고, 나는 오두막 쪽으로 발걸음을 돌렸다. 그때는 밤이 추워지는 9월 말이었다. 하지만 날씨는 고요했고 계속 걸어가면서 기분 좋은 환상에 빠져들었다. 우드빌에 대한 감사와 상냥한 마음을 생각하면서, 이유는 모르겠지만 그가 떠나는 것이 전혀 원망스럽지 않았다. 큰 충격을 한 번 당하고 나니, 다른 변화는 모두 사소해진 것 같았다. 그래서 나는 우리 넷이 모두 함께 모이고, 내 사랑하는 아버지를 어딘가 아름다운 천국에서 다시 만나게 되리라는 생각하면서 계속 걸었다. 나는 단테가 마틸다가 꽃을 꺾고 있는 모습을 그려낸 아름다운 강가에 내가 있는 모습을 떠올려보았다.

브루나, 브루나,
소토 롬브라 페르페투아, 체 마이
라지아르 논 라스키아 솔레 이비, 네 루나.[31]

그리고 나는 단테가 천상의 낙원에 들어가는 광경을 묘사하는 아름다운 구절을 혼자서 모두 읊었다. 그리고 그 아름다운 강가에서 걸어 다니고 있을 때, 빛과 함께 오래전 잃은 아버지가 내게 돌아온다면 참으로 달콤하리라고 생각했다. 거기서 그 순간을 기대하며 기다리고 있을 때, 거기 자라는 아름다운 꽃으로 기쁨의 화관을 만들 것이다. 나는 아버지가 가장 좋아하는 노래, <강가에서>를 부를 것이고, 내 목소리가 고요한 하늘에서 미끄러져, 우리가 다시 만날

---

31 단테의 『신곡』 연옥편, “어둡고, 어두운, 저 영원한 그림자 아래, 해도, 달도, 결코 비추지 않는 곳에.” (역자 주)

순간을 기다리고 있는 아버지에게 딸이 왔음을 알릴 것이다. 그리고 내 이마에서 비참함의 표식이 사라진 것을 보고, 나는 두려움 없이 눈을 들어 아버지의 눈을 바라볼 것이다. 순수한 사랑의 부드러운 빛을 띠는 아버지의 눈을. 그 그윽한 눈의 마술 같은 빛을 생각하면 눈물이 나왔지만, 내가 흐느끼는 소리로 그 요정 세상 같은 장면을 망치지 않도록 소리 없이 울었다.

나는 이 환상 속에 너무나 몰두한 나머지 어디로 가는지도 모른 채 계속 걸었고, 꽃도 자라지 않는 그 황야에서 내 화환을 만들 꽃을 한 송이를 꺾기 위해 실제로 허리를 숙였다. 그러다가 백일몽에서 깨어나 보니 어딘지 모르는 곳에 와 있었다.

해는 저물었고 해가 질 때 구름이 띠는 장밋빛 색조도 거의 잦아든 상태였다. 들판에 바람이 불었고 나는 주위를 둘러보았지만, 어딘지 알려주는 것은 단 하나도 없었다. 나는 길을 잃었고, 오두막으로 가는 길을 찾아보았지만 소용없었다. 나는 계속 걸었고 내리는 어둠이 내 길잡이가 되어줄 발자국을 모두 지워놓았다. 결국 칠흑 같은 밤의 어둠으로 사방이 뒤덮였다. 나는 지쳤고 하녀가 그날 밤 이웃 마을에서 자기로 했으므로 내가 돌아가지 않아도 아무도 모를 것이다. 그리고 이 황야에서는 아무도 침입할 자가 없었으므로, 나는 그 자리에서 밤을 보내기로 했다. 사실 너무 지쳐 더 걸을 수도 없었다. 바람을 쌀쌀했지만 몸의 불편은 개의치 않았고 혼자 지낸 2년 동안 계절과는 상관없이 끝없이 방랑하며 보냈기에 날씨에는 익숙했다.

나는 빛 한 줄기 꿰뚫지 못하는 칠흑 같은 어둠으로 에워싸인 풀 위에 누웠다. 밤이 깊자, 나무와 덤불이 있어도 아무것도 살지 않는 이 외딴곳에 사는 유일한 존재인 벌레들도 잠이 들었고, 아무런 소리도 들리지 않았다. 하늘에 놀라운 정적이 내 감각을 진정해주었지만, 반대로 내 영혼은 활기를 얻었고, 내 정신은 이런저런 모습을 떠올리느라 바빴으며, 마치 영원을 포착하는 것 같았다. 내 마음속에는 고요함뿐이었지만, 곧 머릿속이 복잡해지더니 잠이 들며 혼란도 찾아들었다.

잠에서 깨어나니 비가 왔다. 이미 옷이 상당히 젖어 있었고, 간밤의 추위로 몸은 굳고 머리는 어지러웠다. 추적추적 온몸을 적시는 비였다. 젖은 머리카락이 목덜미에 들러붙고 얼굴을 가리자 나는 눈을 가리는 긴 머리카락을 손을 치울 기력도 없었다. 어두웠지만 구름이 가장 없는 동쪽 하늘에서는 옅은 회색 구름 뒤로 달이 보였다.

달이 뒤에서 둥글게 떠 있지만
그녀는 작고 멍하게 보인다.

달을 보니 그 빛으로 집을 찾아갈 수 있으리라는 희망이 생겼다. 하지만 나는 기운이 없었고, 느린 발걸음을 질질 끌며, 더 나아갈 수 없어서 진흙에 앉아 자주 쉬다 보면 오두막에 닿는 데 몇 시간이 걸릴 것 같았다.

이 밤이 특히 기억에 남는 것은 그날 밤이 내 비극의 마지막 장면으로 나아가는 때였기 때문이다. 그밖에 다른 모든 것은 오랜 세월 무기력한 슬픔을 거치면서 사라졌을 수도 있다. 나는 도착했을 때 심하게 아팠고, 온몸에 들러붙은 젖은 옷을 제대로 벗을 수도 없었다. 아침이 되어 돌아온 하녀는 고열에 들떠 방바닥에 쓰러져 죽기 직전의 나를 발견했다.

나는 오랫동안 심하게 앓았고, 고열이 주는 위험에서 벗어나자 급성 폐렴의 모든 증상이 나타나기 시작했다. 나는 한동안 이를 몰랐고 심한 무기력이 열병 탓이라고 여겼다. 하지만 기운이 점점 더 떨어졌다. 겨울이 닥치자 기침이 났다. 그리고 전에는 창백하던 핼쑥한 뺨이 이제는 열에 들떠 달아올랐다. 이 증상은 하나씩 하나씩 나를 공격했다. 그리고 나는 그토록 바라던 순간이 곧 오리라는 것을, 내가 죽어가고 있다는 것을 확신하게 되었다. 나는 난롯가에 앉아있었고, 열병에 시달리던 이후로 나를 돌보던 의사도 돌아간 뒤, 그가 남기고 간 처방전을 살펴보니 디기탈리스가 주된 약이었다. “그렇지.” 내가 말했다. “이제 무슨 병인지 알겠다. 내가 그렇게 오랫동안 스스로를 속였다니 이상한 일이다. 이제야 무고한 죽음을 맞이하게 되었으니, 아편이 약속한 것보다 더 달콤할 것이다.”

나는 일어나서 천천히 창가로 갔다. 드넓은 황야가 맑고 싸늘한 공기 사이로 밝게 비추던 햇살 아래서 반짝이는 눈으로 덮여 있었다. 새 몇 마리가 내 창가 밑에서 빵부스러기를 쪼고 있었다. 나는 고요한 기쁨에 미소를 지었다. 그리고 늘 누군가에게 말하는 습관이 있는 나는 생각을 가다듬으며 앞에 펼쳐진 광경을 향해 이렇게 말했다.

"아름다운 태양아, 작별인사를 받으렴. 그리고 희고 차가운 하얀 땅아! 어쩌면 나는 네가 녹음으로 뒤덮인 광경을 다시 못 볼지도 모르고, 다가오는 봄의 꽃들은 내 무덤에서 필지도 모르겠다. 나는 너희들을 떠나려고 한다. 곧 이상한 형상과 생각 사이에서 늘 바쁘고, 너희들에게 속하지 못한 이 살아있는 영혼은 다른 지역으로 던져질 것이고, 이 쇠약한 몸은 네 품에서 아무것도 느끼지 못하고 쉬게 될 거란다.

하루하루 끊임없이 자전하는 이 땅에 묻혀
바위와 돌과 나무들과 함께.

내가 떠난 뒤에도 우리 모두의 어머니라고 부르는 너에게는 똑같을 테니까. 나는 너를 사랑했다. 그리고 행복할 때나 슬플 때나 내가 직접 창조한 제멋대로의 환상으로 네 고독을 채웠다. 내가 사랑한 숲과 호수, 산들은 내게는 수많은 연상을 주었다. 그리고 오, 그대, 태양! 태양은 미소를 보내주었고, 내 영혼에서만 살아나고, 나와 함께 죽을 여러 상상 속에서 역할을 담당해주었다. 달콤한 땅이여, 그대의 고독, 그대의 나무와 시냇물들은 그대의 바람에 움직이며, 혹은 여전히 정오의 눈 아래서 여전히 존재할 것이나, 내가 너에 대해 느낀 것, 너를 이상한 형태로 바꾸어놓은 내 꿈들은 나와 함께 죽을 것이다. 너는 다른 이들의 마음속에 다른 상을 비출 것이고, 늘 똑같이 남아있겠지만, 네가 비친 상은 수천 가지 방식으로 다를 것이고, 너를 보는 사람들의 마음만큼이나 쉽게 바뀔 것이다. 네 모습을 사랑했던 연약한 거울 중 하나가 이제 깨어지고 먼지가 되어 사라질 것이다. 하지만 영원히 사라지지 않는 자연의 여신이 또 다른 이를, 또 다른 이를 창조할 것이고, 너는 내가 소멸한다고 해서 아무것도 잃지는 않을 것이다.

너는 언제나 변함없을 것이다. 그러니 곧 사라질 덧없는 그림자의 감사 어린 작별 인사를 받아주렴. 그는 기쁜 마음으로 너를 떠나지만, 마지막으로 애정을 담아 감사의 눈길을 보내고 있으니. 안녕히! 하늘과 들판, 그리고 숲들아. 그대들 위에서 자라는 어여쁜 꽃들아. 산과 강물아. 향기로운 미풍과 강한 북풍아. 모두, 잘 있으렴. 내 일이 거의 끝났고 길고도 힘겨운 고통에 곧 보상을 받으려고 하니, 더는 눈물을 흘리지 않으련다. 내가 너희들을 축복하듯이 너희들의 아이가 죽더라도 축복해주렴. 그리고 내가 조용한 무덤에서 평화롭게 잠들게 해주렴."

나는 죽음이 다가온 것을 느끼고 차분해진다. 더는 절망하지 않고 차분한 애정을 가지고 주위를 바라본다. 내 기운이 계속해서 소진되는 것을 바라보는 것이, 그리고 하루, 또 하루, 가을 단풍을 보지 못하리라고 스스로에게 다짐하며 말하는 것이 달콤하다. 그때가 되기 전 나는 아버지와 함께 있을 것이다. 우드빌이 함께 있지 않아서 다행이다. 그는 어쩌면 슬퍼했을 것이고, 나는 삶의 마지막 장면에서 미소만을 보고 싶기 때문이다. 그에게 마지막으로 편지를 썼을 때 건강이 좋지 않다고 말했지만, 그가 찾아와야 한다고 생각할까 봐 불치병이라는 말은 하지 않았다. 우정의 눈물을 보면 축복처럼 느껴지는 차분한 마음이 깨어질까 봐 두려웠기 때문이다. 내가 더는 이 세상 사람이 아니게 될 때 일어날 소소한 일들을 정리하는 것이 즐겁다. 사실 나는 죽음을 사랑하고 있다. 나는 수의에 싸인 내 모습을 상상하면 신부 치장을 한 자신의 모습을 생각하는 여느 처녀들보다도 기뻤다. 내 수의가 바로 웨딩드레스가 아닌가? 그것만이 내가 아버지와 다시는 헤어지지 않을 영원한 정신적 결합을 이룰 때, 우리를 하나로 만들어줄 것이다.

나는 마지막으로 쇠약해지는 과정에서 느끼는 최후의 변화에 대해서는 생각하지 않을 것이다. 그것은 빠르지만 고통스럽지 않다. 거기서 기묘한 쾌감을 느낀다. 이것은 오랜만에 나를 찾아온 평화로운 시간이다. 나는 더는 쓰디쓴 눈물과 미친 듯한 불평으로 비통한 가슴을 소진하지 않는다. 태양을, 땅을, 바람을, 아프다고, 비참하다고 비난하지 않는다. 나는 내게 몹시 달콤하고도 씁쓸했던 삶의 마지막 순간을 고요히 기대하고 있다. 인생을 즐기지 못하고 죽는 것은 아니다. 16년 동안 나는 행복했다. 아버지가 돌아오고 첫 몇 달 동안 나는 몇십 년 어치의 즐거움을 누렸다. 이제 나는 슬픔에 늙어버렸다. 늙은이처럼 발걸음에 힘이 없다. 나는 심술궂어졌고, 삶에 어울리지 못한 존재가 되었다. 그래서 이 땅 위에서 20년을 채 살지 못했지만, 나는 천수를 다한 사람들보다도 더 무덤에 잘 어울리는 사람이 되었다.

나는 짧은 생의 여러 장면을 기억 속에서 자꾸만 자꾸만 되돌려 보았다. 세상이 무대이고 나는 그 위에 선 배우일 뿐이라면, 내 역할은 기이하고, 아아! 비극적이었다. 나는 보통 아이들이 태어나자마자 받는 애정을 얻지 못했다. 나는 오로지 혼자 살아남도록 내버려졌고, 나는 현실이 아니라 꿈이기에 부자연스러운 즐거움에 가까운 것을 즐겼다. 땅은 내게 마법 등잔이었고, 나는 바라보고 듣기는 하지만 행동하지는 않았다. 그러다 내 삶 속에서 영혼을 재생시키는 변화의 기간이 왔다. 아버지가 돌아왔고, 나는 인간의 마음에 따스한 애정을 쏟아부을 수 있었다. 새로운 태양과 새로운 땅이 나를 위해 창조되었다. 존재의 강물이 반짝였다. 환희! 환희! 하지만, 오호라! 크나큰 비탄이여! 내 기쁨은 산을 비추며 숲을 드러냈다가 검게 버려두고 떠나는 햇살의 움직임보다 더 빨리 사라졌다. 내 행복에 뒤이어 광기와 비탄, 그리고 절망이 뒤따랐다.

이것이 내가 종이에 적은 내 인생의 드라마였다. 석 달 동안 나는 이 작업을 해왔다. 슬픔의 기억이 눈물을 가져왔다. 행복의 기억이 그 기쁨의 생생한 그림자를 따뜻하게 빛냈다. 이제 내 눈물은 다 말랐다. 뺨에서는 빛이 사라졌고, 당신, 우드빌에게 몇 마디 작별인사를 남기며 내 작품을 끝맺는다. 그것이 마지막 할 일이다.

안녕히, 이승의 내 유일한 친구여. 당신은 나를 삶과 연결해준 유일한 고리인데, 나는 이제 그 고리를 끊습니다. 당신을 떠나는 것은 전혀 고통스럽지 않습니다. 우리의 이별이 당신에게도 큰 고통이 될 리 없습니다. 당신은 나를 이승의 존재로 여긴 적이 없고, 무엇인가 참회를 위해 그림자의 왕국에서 보내어진 존재로 여겼으니까요. 그래서 그녀는 이 땅에서 며칠을 울고 고향으로 돌아가고 싶어하는 것이라고 생각했죠. 당신은 울 테지만, 상냥함에서 우러난 눈물일 겁니다. 당신의 회한을 줄일 수 있다면, 당신이 보았듯이 제가 겪던 고통에서 떠나게 된 것에 미소를 지으며 축하해달라고 할 겁니다. 저는 이렇게 말할 겁니다. 우드빌, 당신 친구와 함께 기뻐하세요. 저는 이제 승리했고 너무나 행복합니다. 하지만 저는 이런 말은 삼갑니다. 이는 살아있는 자들의 위로가 아닐지 모릅니다. 그들은 자신의 고통을 위해 울지, 상실한 이들의 고통을 위해 우는 것이 아닙니다. 그렇습니다. 저를 기억하며 몇 방울 눈물을 흘리세요. 그리고 제 무덤을 혹시 찾아온다면, 거기서 꽃 한 송이를 꺾어 당신 가슴에 놓아주세요. 제 기억이 묻힐 무덤은 당신 가슴밖에 없으니까요.

제 죽음이 빠르게 다가오고 있고, 당신은 제 영혼이 흩어져 사라지는 것을 볼 수 있는 곳에 없습니다. 이 일을 아쉬워하지 마세요. 죽음은 살아있는 사람들에게는 너무 끔찍한 대상이니까요. 그것은 가슴을 정화하는 대신 상처를 입히는 적입니다. 그것은 너무나 강렬한 고통이라 감정을 굳게 하고 무디게 하니까요. 제가 아버지를 좇아 바다로 갔다가 시신을 발견했을 때는 너무나 무서웠습니다. 하지만 저는 저 자신을 위해, 감각이 사라져가는 이를 지켜보는 것보다는 그것이 낫다고 여깁니다. 그의 맥이 약해지는 것을, 그리고 그의 삶을 집어삼키는 것을, 잠도 자지 못하고 지켜보는 것보다는. 그의 사지에서 생명을 보면서, 그 생명이 곧 거기 없으리라고 생각하는 것. 그의 입술에서 흘러나오는 따뜻한 숨결을 보면서, 그것이 곧 싸늘하게 식으리라는 것을 아는 것. 이 무시무시한 그림을 더는 그리지 않겠습니다. 당신이 과거에 겪은 일이니까요. 저는 그렇지 않았습니다. 그리고 그 기억은 때때로 당신의 가슴을 쓰디쓴 절망으로 채웁니다. 그렇지 않을 때면 당신의 감정은 부드러운 슬픔으로 녹아들었을 텐데요.

그래서 날마다 저는 약해지고, 기름이 곧 떨어지는 등잔처럼, 쇠약해지는 몸에서는 생명이 깜빡이고 있습니다. 이제 5월의 따뜻한 태양을 바라보고 있습니다. 제 사랑하는 아버지를 처음 본 것도 4년 전 5월이었습니다. 제 어리석음이 제가 사랑할 수 있는 유일한 존재를 파멸시킨 것은 3년 전 5월이었습니다. 5월이 돌아왔고, 저는 죽습니다. 사흘 전, 우리가 만난 지 1년째 되던 날. 그리고 아아! 우리가 영원히 헤어진 날. 하루 동안 감정에 휩싸였다가, 저는 다시 한번 자연의 얼굴을 바라보았죠. 저는 오두막에서 멀리 떨어진 목초지로 갔습니다. 풀은 깎여 있었고, 들판에는 건초의 냄새가 났습니다. 땅은 온통 신선하게 보였고, 그곳에 사는 이들은 행복해 보였습니다. 저녁때가 되어서 해가 지는 것을 보았습니다. 3년 전, 바로 그날, 그 시각, 석양은 너도밤나무 가지와 나뭇잎 사이로 비췄고, 그 빛이 제가 마지막으로 바라보던 그분의 얼굴 위에 깜빡였습니다. 이제 저는 구름 위로 휘황찬란하게 미끄러져 지평선 뒤로 가라앉는 태양을 보았습니다. 태양은 제가 찾는 그분이 존재하지 않는 세상에서 사라졌습니다. 그것은 그분이 존재하지 않는 세상으로 다가갔습니다. 제가 어째서 이렇게 통곡하는 걸까요? 어째서 제 심장은, "물이 바다 덮음 같이" 심장을 뒤덮는 쓰디쓴 고통을 내던지려는 헛된 노력을 하느라 뛰는 걸까요. 저는 그분이 없는 이 세상을 떠나 다른 세상에서 그분을 곧 만날 겁니다.

안녕히, 우드빌. 곧 제 무덤 위에 잔디가 푸르게 자랄 겁니다. 그리고 바이올렛이 필 겁니다. 거기 제 희망과 기대가 있습니다. 당신의 희망과 기대는 이 세상에 있습니다. 그것이 이뤄지기를 바랍니다.

끝.

| 작품 해설 I |

여성주의 소설의 원형

메리 울스턴크래프트의 『메리』와 『마리아』

『여성 권리 옹호』를 발표하여 여성의 동등한 능력과 권리를 주장함으로써 근대 최초의 여성 운동가로 꼽히는 메리 울스턴크래프트의 삶은 그녀의 사상만큼이나 당시로써는 진보적이고 파격적이었다. 폭력적인 아버지에게서 병약한 어머니를 지키고 여동생들을 돌보며 자란 울스턴크래프트는 친부모에게 정을 붙이지 못한 대신 친구 패니 블러드에게 마음을 열고 그녀의 부모를 친부모보다 더 의지했다. 울스턴크래프트와 블러드의 우정은 비밀을 공유하는 청소년 시절의 단짝 친구 사이 이상이었다. 산후우울증을 겪던 여동생 엘리자에게 근본적인 문제는 결혼 생활 자체에 있다고 진단하면서 별거를 조언한 울스턴크래프트는 패니, 그리고 엘리자와 함께 학교를 설립하고 감정적으로나 재정적으로나 서로 의지할 수 있는 일종의 여성 유토피아 건설을 시도했다.

패니 블러드에 대한 울스턴크래프트의 우정은 여러모로 각별했다. 블러드가 결혼하여 남편과 함께 요양을 위해 포르투갈의 리스본으로 떠나면서 울스턴크래프트의 꿈도 무산된 셈이었다. 그러나 친구의 건강이 악화되었다는 소식에 울스턴크래프트는 학교 운영을 포기하고 리스본으로 달려가 친구의 임종을 지켰다. 패니에게 열렬하고 깊은 애정을 지니고 이른바 '낭만적 우정'을 나누었던 울스턴크래프트는 크게 상심했고, 학교 설립 역시 실패하고 말았다.

패니 블러드가 사망한 뒤, 킹스보로 집안에서 가정 교사로 일하던 울스턴크래프트는 가난하지만, 독립적으로 살아가고자 하는 여성들에게 주어진 기회가 얼마나 적은지 실감했다. 그녀는 자신에게 잘 맞지 않는 가정 교사 일을 그만두고, 전업 작가로서 살기로 결정했다. 당시 문필로 생계를 세우는 여성은 극소수에 불과했지만, 울스턴크래프트는 여성 작가라는 '신 부류의 최초'가 되기로 결심했다. 작가 경력을 쌓기 위해 런던으로 옮겨온 울스턴크래프트는 화가 헨리 퍼셀와 관계를 맺게 되었다. 유부남이었던 퍼셀와의 관계가 좋지 않게 끝나자, 울스턴크래프트는 프랑스 혁명의 혼란 속에 있었던 파리로 떠났다. 그리고 그곳에서 혁명에 대한 진보적인 견해를 담은 『인간 권리 옹호』를 발표해 일약 유명 문인으로 자리매김했다. 여기에서 시작된 논의를 개진한 『여성 권리 옹호』가 그녀의 저작 가운데 가장 널리 알려진 글이자, 초기 여성주의 철학의 대표작이다.

파리에서 울스턴크래프트는 미국의 모험가 길버트 임리와 열렬한 사랑에 빠졌다. 영국과 프랑스 사이에서 전쟁이 선포되자, 임리는 울스턴크래프트를 보호하기 위해 혼인신고를 했다고 지인들에게 알렸으며, 두 사람은 딸 패니를 낳았다. 그러나 갖은 노력에도 불구하고, 임리와의 관계도 끝나자, 울스턴크래프트는 런던으로 돌아와 작가 활동을 재개했다. 이때 그녀는 문인들 사이에서 정치 철학가이자 소설가인 윌리엄 고드윈을 만났고, 두 사람은 서서히, 그러나 열렬히 사랑에 빠졌다. 고드윈은 결혼 철폐를 주장했던 급진적인 사상을 지녔지만, 두 사람이 아이를 갖게 되자 결혼식을 올렸으며, 결혼식 이후에도 부부가 각자의 독립성을 유지하기 위해 두 채의 연결된 집에서 살았다.

어느 모로 보나 행복하고 안정적이었던 두 사람의 결혼 생활은 매우 짧았다. 울스턴크래프트는 장차 또 한 사람의 걸출한 여성 작가가 될 딸, 메리를 출산한 뒤, 후유증으로 인해 짧은 생을 마감했다. 깊은 슬픔에 빠진 윌리엄 고드윈은 이듬해 아내에 대한 회고록을 발표했다. 고드윈은 진심 어린 애정을 담은 글이라고 생각했지만, 독자들은 그가 아내의 이전 연애와 사생아 출산, 자살 시도와 같은 사건을 그대로 밝힌 것에 충격을 받았다. 그러나 고드윈의 의도가 어떠했든지, 메리 울스턴크래프트의 진보적 사상이 삶과 결코 분리된 것이 아니었음을, 그 회고록이 없었다면 오늘날 우리가 쉽게 알기 어려웠을지도 모른다.

울스턴크래프트의 전기를 간단히 훑어보기만 해도, 그녀의 첫 소설 『메리』가 실제 경험을 바탕으로 하고 있음을 쉽게 알 수 있다. 주인공 메리와 친구 앤의 관계는 울스턴크래프트와 그녀에게 온 세상이나 다름없었던 친구, 패니 블러드의 관계와 매우 닮아있다. 울스턴크래프트의 성장 과정에서 블러드가 그러했듯이, 메리는 앤과의 교제를 통해 독서와 사색에 입문하게 되었으며, 자선과 헌신을 실천함으로써 성장한다. 메리는 산책으로 자연을 거닐며 교감하고, 울스턴크래프트가 지양하던 감상적인 여주인공이 등장하는 로맨스와 대조되는 철학 텍스트를 읽고 사색하며, 여행과 친밀한 우정을 통해 스스로 사고하는 힘을 키운다.

따라서 『메리』는 여러모로 18세기에 유행하던 성장 소설을 틀을 따른다. 그리고 물론 이 작품에서 성장의 주체는 여주인공 메리이다. 루소의 『에밀』이나 리처드슨의 『클라리사』와 등, 18세기를 대표하는 소설에서 여주인공들이 남성 주인공의 성장을 위한 도구로써 활용되고 희생되었다면, 이 소설은 온전히 메리가 지닌 능력, 그녀가 지닌 합리적인 사고력, 불합리한 제도와 맞서는 능력, 남녀 인물들과 교류하고 경험을 통해 자아를 확장하는 과정에 초점을 맞추고 있다.

여주인공의 성장을 통해 여성에게도 남성과 똑같은 능력이 존재한다는 초기 여성주의 사상의 기본 전제를 저자는 소설을 통해 주장하고 확인하고자 한다. 울스턴크래프트가 작품의 첫 부분에서 언급하고 있듯이, 『플라토닉한 결혼』이나 『엘리자 워릭의 이야기』와 같은 당대 유행하던 감상 소설에 등장하는 눈물 많고, 희생적이며, 남성의 욕망에 굴복하는 여성상을 지양하고, 감수성을 여성 특유의 미덕으로 배치하는 당대의 시각을 거부하는 시도 역시 이러한 맥락에서 파악할 수 있다.

이와 같은 측면에서 메리와 앤이 보여주는 여성 간의 우정은 이 작품이 여성주의 소설로서 보여주는 가장 중요한 주제 가운데 하나다. 클로디아 존슨과 같은 비평가는 메리와 앤의 우정이 '평범한 우정'이 아니며, 일반적인 우정의 정의를 뛰어넘는 차원의 관계라고 설명한다. 성 정체성의 개념이 확립되기 이전이었던 당대의 여성 관계를 '동성애'라고 규정하는 것이 불가능하기는 하지만, 사랑받는 기쁨을 경험하고, 사랑을 실천하기 위해 소통하고 교유하는 메리와 앤의 관계는 남녀 관계에서 느끼는 감정을 토로하고 교훈을 정리하고자 이용되는 기능적인 여성 친구의 관계와 근본적으로 다르다. 16세기 이래로 유행하던 로맨스 장르에서 여성 간의 우정이 이성애, 혹은 결혼 플롯의 완성에 이바지하는 장치로서 기능했다면, 『메리』에서 여성 간의 우정은 결혼과 대치되는 여성만의 공간을 마련하고, 가부장적 권위와 문제적인 제도에 여주인공이 맞서도록 해준다.

그런데 메리와 앤의 우정은 단순히 메리로 하여금 애정 없는 결혼 생활과 남편의 지배에서 벗어나기 위한 도피의 장만은 아니다. 고대로부터 우정이 남성의 전유물로 간주되었고, 중세에서 근대 초기를 거치며 집필, 유통되었던 로맨스 장르에서 남성 간의 친밀한 우정과 유대가 여성을 유통하고 통제하는 메커니즘으로 항상 작동했다면, 『메리』에서 제시되는 여성 간의 사랑과 우정은 이와 같은 문학 전통에 대한 도전이기도 하다.

울스턴크래프트는 이 첫 소설이 자신의 작가적 역량을 제대로 보여주지 못했다고 생각했으며, 이 작품이 세련되거나 치밀한 서술 방식을 지녔다고 생각하는 비평가나 독자도 드물 것이다. 그러나 이 소설은 자유로운 여성 주체와 그녀가 지닌 자질과 능력을 참신하고 파격적인 방식으로 그려냈으며, 이후 샬럿 브론테로부터 버지니아 울프에 이르는 여성주의 소설의 원형을 제공함으로써 확고한 문학사적 의의를 지닌다.

울스턴크래프트의 두 번째 소설이며 그의 가장 급진적인 여성주의 작품으로 꼽히는 『마리아』는 미완성으로, 작가의 사후에 남편 윌리엄 고드윈이 편집하여 출간하였다. 고드윈은 완성된 부분의 원고 말미에 결말 부분에 대한 노트와 주석을 덧붙여 독자들로 하여금 결말을 알 수 있도록 했는데, 울스턴크래프트가 결말에 대한 초안을 여러 가지로 꼼꼼히 적어두고도 이 소설을 완성 짓지 않은 이유가 궁금해진다. 실제로 울스턴크래프트는 글을 매우 빨리 썼으며, 『인간 권리 옹호』나 『여성 권리 옹호』와 같은 대표적은 저술은 1개월 남짓한 시간 동안 완성했음에도 불구하고, 유독 『마리아』는 1년 이상의 집필 기간을 썼음에도 결국 미완성으로 남았기 때문이다. 이에 대해 일부 비평가들은 『마리아』에 저자의 정치적 견해와 다른 요소들이 많이 있었고, 여기 불만을 느낀 저자가 집필을 중단했을 것이라고 설명하기도 한다. 그러나 일관되고 논리적인 주장이 관통하는 대신, 다양한 인유와 상징이 등장하고, 여성이 처한 입장에 대한 상반된 논의가 가능한 다면적인 텍스트라는 점은 소설로서 이 작품을 더욱 풍부하게 만들어 주고 있다. 그리고 바로 그런 이유에서 울스턴크래프트가 유난히 공을 들이며 오랜 시간을 투자해 집필한 작품이라고 이해할 수도 있다.

이 소설은 여주인공 마리아가 남편에 의해 정신병자용 수용소에 갇혀 있는 상태에서 시작하면서 당시 유행하던 고딕 소설의 틀을 따른다. 아내의 옷을 팔아 매춘부를 사고, 아내가 숙부로부터 물려받을 유산을 손에 넣으려고 온갖 수를 쓰는 베너블즈 씨는 집을 나간 아내에게서 딸을 빼앗고 가둔다. 남편의 계략에 빠져 정신을 잃었던 마리아는 광인들의 울음소리가 들려오는 으스스한 고성에서 눈을 뜨고 갇힌 처지를 깨닫는다. 마리아가 일찍이 결혼 제도를 '노예 제도'에 비유했다면, 그녀의 유폐는 결혼 생활의 또 다른 부당하고 부정한 면모를 상징한다고 볼 수 있다. 그런데 『마리아』에서 여주인공이 갇힌 성은 그녀가 수동적으로 시련을 견디며 진정한 남주인공의 구출을 기다려야 하는 장에서 그치지 않는다. 이곳에 갇힌 마리아가 루소의 감상소설 『신 엘로이즈』를 읽는 것으로부터 시작해, 모든 여성이 남성과의 관계에서 겪는 '수난'의 보편적이고 필연적 성격을 깨닫지 못하고 또다시 단포드와의 격정적인 연애에 빠져드는 과정까지, 이 고딕 소설적인 배경은 여주인공에게서 이성과 판단력을 앗아가는 공간이기도 하다.

따라서 이 소설은 단포드에 대한 마리아의 사랑을, 성적 주체로서 그녀의 더 나은 선택으로 보거나, 저자 울스턴크래프트가 경계하는 감상적 여주인공의 우행으로 보는 두 가지 상반된 해석을 끌어내고 있다. 물론, 마리아가 감상소설의 주인공 프루의 영웅성을 단포드에게 덧씌우고 그가 자신을 구원해줄 사람이라고 생각하는 것은 현실과 허구를 혼동하는 것이며, 비이성적이고 불합리한 판단으로 이끄는 과정이라고 할 수 있다. 하지만 마리아가 단포드를 변호하고 남편이 제기하는 기소 이유에 대해 스스로 변호하는 모습을 보면, 그 역시 마리아로 하여금 여성이 고난을 겪을 수밖에 없도록 만드는 사회 체제를 고발하고 비판하는 장치로 활용되고 있는 것도 사실이다.

마리아에게, 그리고 독자에게 가장 충격적인 이 소설의 '반전'은 그런 단포드 역시 마리아에게 이상적인 관계를 제공하지 못한다는 것이다. 단포드의 배신에 실의에 빠진 마리아에게 다시 살아갈 힘을 주고, 무엇보다도 딸을 찾아오는 인물은 바로 제미마이다. 남성과의 관계에서 지독한 환멸을 느낀 마리아에게 제미마가 내놓는 제안에는 존슨 같은 비평가가 제시하듯이 "레즈비언 가족의 원형"적인 측면이 분명히 있으며, 남녀 관계와 결혼 제도에 대한 대안적인 가족상으로 평가할 만하다.

그리고 두 여성, 마리아와 제미마의 유대는 계급 차이를 초월한 유대라는 점에서 주목받는다. 마리아가 숙부로부터 큰 재산을 물려받게 되어 있는 상류층 여인임에 비해, 제미마는 극한 상황에 몰려 매춘과 도둑질로 연명한 경험이 있는 여성이다. 그러나 두 사람은 남자에게 배신당하고 아이를 잃은 경험을 공유함으로써 서로 이해하고 우정을 쌓는다. 교육과 재산 정도가 전혀 다른 두 여성이 여성이라는 이유에서 이해관계를 공유하고 유대를 맺는 『마리아』의 설정은 문학사에서 최초로 시도된 것 가운데 하나로 평가받고 있으며, 이 또한 이후 여성 문제의 중요한 어젠다를 제시하고 있다.

고딕 소설을 넘어서

메리 셸리의 『마틸다』와 서사의 여성 주체

1970년대 이후 가장 널리 읽히는 영국 낭만주의 소설 가운데 한 편으로 꼽히는 『프랑켄슈타인』의 저자 메리 셸리에 대한 연구는 고딕 소설, 19세기 소설, 여성 문학 등의 주제를 중심으로 활발히 이루어져왔다. 그러나 메리 셸리에 대한 연구, 그리고 텍스트 해석과 유통이 『프랑켄슈타인』을 중심으로 이루어져왔기 때문에 오히려 다른 작품들에 관심이 모이는 데 오래 걸린 측면이 있다. 그러나 최근에 와서는 『발퍼가』와 『최후의 인간』, 『로도어』 등의 소설들이 일반 독자들을 위한 판본으로 편집, 출간되었으며, 메리 셸리의 독특한 상상력과 비전을 이해하는 데 도움을 주었다.

그리고 그와 나란히 '발굴'된 텍스트 『마틸다』는 좀 더 흥미로운 내력을 지니고 있다. 이 소설은 『프랑켄슈타인』을 익명으로 발표한 뒤, 메리 셸리가 남편과 함께 영국을 떠난 뒤, 두 아이를 잃은 슬픔에 휩싸여 집필한 소설이다. 그러나 1820년 셸리가 이 소설을 영국에서 발표하도록 아버지 윌리엄 고드윈에게 보냈을 때, 아버지는 젊은 여성과 아버지 사이의 근친 관계를 다룬 소설의 원고를 보고 경악했고, 이후 여러 차례 딸의 요청이 있었음에도 원고를 발표하지 않았다. 사실 고딕 소설 속에서 근친 관계가 종종 등장하는 요소였기 때문에, 윌리엄 고드윈이 드러낸 반감이 거기서 비롯된 것만은 아닐 수도 있다. 마틸다가 태어나자마자 어머니를 잃은 것이나, 이후 천재 시인 우드빌과 우정을 나누는 점 등, 이 소설에 메리 셸리의 자서전적 요소가 많은 것이 어쩌면 더 큰 이유가 될 수도 있었을 것이다.

따라서 이 작품의 초기 비평은 대체로 여주인공에 대한 정신분석학적 접근으로 이루어졌다. 1959년 이 소설의 흩어져 있던 원고를 찾아내어 편집, 출간한 엘리자베스 니치와 일단의 비평가들은 여주인공 마틸다와 작가 메리 셸리의 삶을 비교하면서, 이 텍스트가 아버지에 대한 낭만적 집착, 어머니의 이상화, 그리고 시인 남편과의 경쟁 관계와 같은 요소를 통해 셸리의 심리를 탐색하도록 해주는 작품이라고 평가했다.

하지만 1990년대에 이르러 찰스 로빈슨과 같은 비평가는 마틸다를 단순히 아버지의 욕망에 희생된 비극적인 여주인공으로 보는 데서 벗어나, 스스로 고딕 소설 속의 여주인공을 연기하고, 삶을 극화하는, 믿을 수 없는 여주인공으로 보았다. 이와 같은 시각은 특히 마틸다가 우드빌과 만난 이후, 인생을 연극 무대에 비유하는 데 집착하고, 그와의 동반 자살을 연출하는 기묘한 대목을 이해하는 데 도움을 준다. 요컨대, 마틸다가 아버지의 죽음 이후에 세상과 단절을 시도하고, 기회가 있음에도 불구하고 모든 인간관계를 차단한 채 피학에 가까운 태도로 죽음을 맞이하는 과정은, 가학적인 남주인공의 괴롭힘을 수동적으로 견뎌내는 것으로부터 이른바 영웅성을 획득하는 고딕 소설 여주인공의 역할을 스스로 담당하는 행위라는 것이다.

이와 같은 해석은 『마틸다』를 여성주의 텍스트로서 논의할 수 있는 장을 제공해주었다. 캐서린 밀러와 같은 여성주의 비평가는 근친 간의 사랑이라는 요소 역시 마틸다에게 서사 속에서 주체성을 확보하도록 해주는 장치라고 설명한다. 아버지의 도저히 입에 담을 수 없는 죄악은, 화자이자 주인공인 마틸다로 하여금 끝까지 그의 이름을 밝히지 않도록 함으로써 상징적인 차원에서 삭제할 수 있도록 해준다. 그뿐만 아니다. 이 이야기가 마틸다가 연인이 될 수도 있었던 우드빌에게 생전에 끝까지 밝히지 않았던 자신의 내력을 전하는 틀을 갖고 있음을 생각하면, 아버지와의 비밀을 감추고자 하는 의지는 마틸다에게 이 서사를 결국 완벽하게 통제하고 구성할 수 있는 권한을 부여한다. 그렇기에 윌리엄 고드윈에게 충격을 주었던 이 소설의 주제로 인해, 이 작품은 여성 화자를 통해 전달되는 "여성판 오이디푸스"라는 평가를 받는다.

그러나 오이디푸스가 자신도 모르는 사이에 신탁을 그대로 실현함으로써 주어진 운명을 따르는 인물이었다면, 마틸다는 결국 아버지에 대한 사랑을 고백하며 죽음을 향해 나아가는 순간까지 스스로 판단하는 대로 행동하고, 욕망하는 대로 선택하는 인물이다. 아버지의 사랑을 그리워하며, 아버지와의 재회만을 소망하면서 이 세상의 모든 것, 문명 자체를 거부하는 마틸다는 '아버지'의 질서로부터 자유롭다. 그리고 바로 그런 이유에서 아버지에 대한 마틸다의 애정이 설명되기도 한다. 아버지의 패륜적인 사랑 덕분에 마틸다는 가부장제적 권위와 불합리한 법률, 재산과 함께 유통되어야 하는 운명에서, 그리고 아마도 자기 생명의 통제권을 허락하지 않는 기독교 교리에 이르기까지, 이 모든 것으로부터 해방될 수 있었으므로 그 아버지를 사랑하는 것은 역설적이면서도 당연하기 때문이다.

▌작가 연보▐

메리 울스턴크래프트(Mary Wollestonecraft, 1759-1797)

1759년 4월 27일 런던 스피털필즈에서 출생

1778년 집을 나와 바스에서 새러 도슨의 '귀부인 친구' 일자리를 얻음.

1780년 어머니 엘리자베스 딕슨 사망.
당시 절친한 친구였던 패니 블러드의 집에서 지내기 시작.

1784년 여동생 엘리자가 산후우울증으로 힘들어하자 별거를 제안.
패니 블러드와 여동생들과 함께 뉴잉턴 그린에 학교를 설립.
패니 블러드가 결혼 후 리스본으로 떠남.

1785년 패니 블러드 사망.

1786년 아일랜드 미첼스타운 킹스보로 집안의 가정 교사로 취업.

1787년 여동생 에버리나에게 작가가 되기로 결심했음을 알림.
『딸의 교육에 대한 생각』 발표.

1788년 『메리』 발표. 『마리아』 집필.

1790년 『인간 권리 옹호』 발표.

1792년 『여성 권리 옹호』 발표. 파리로 이주.

1794년 임리와의 사이에서 딸 패니 임리 출산.
『프랑스 혁명에 대한 역사적 윤리적 시각』 발표.

1795년 임리를 뒤따라 런던으로 귀국.
임리의 거부에 자살 시도.

1796년 『스웨덴, 노르웨이, 덴마크에서 쓴 편지』 발표.

1797년 3월 29일 윌리엄 고드윈과 결혼.

8월 30일 고드윈과의 사이에서 메리 출산.

9월 10일 패혈증으로 사망.

1798년 1월 고드윈이 『여성 권리 옹호 저자를 회고하며』 출간.

고드윈이 편집한 『마리아』가 미완성으로 출간.

1959년 엘리자베스 니치가 편집한 『마틸다』 출간.

메리 셸리 (Mary Wollestonecraft, 1759-1797)

1797년 8월 30일 런던 서머스 타운에서 출생.

9월 10일 어머니 메리 울스턴크래프트 사망.

1801년 아버지 윌리엄 고드윈 재혼.

1811년 램스게이트의 기숙 학교에서 6개월간 교육.

1812년 스코틀랜드 던디 근처에서 급진주의자 윌리엄 백스터 가족과 지냄.

1814년 시인 퍼시 셸리와 정기적으로 만남.

7월 28일 아버지의 반대에 퍼시 셸리와 함께 파리로 도주.

1815년 2월 22일 딸 조산했으나 사망.

1816년 1월 24일 아들 윌리엄 출산.

5월 14일 제네바 도착.

10월 9일 언니 패니 임리 자살로 사망.

12월 10일 퍼시 셸리의 아내 해리엇이 익사한 채 발견됨.

12월 30일 퍼시 셸리와 결혼.

1817년 9월 2일 클라라 출산.

1818년 1월 익명으로 『프랑켄슈타인』 발표.

3월 퍼시 셸리와 함께 이탈리아로 떠남.

9월 딸 클라라 사망.

1819년 6월 아들 윌리엄 사망.

1819년 11월 12일 퍼시 플로렌스 출산.

소설 『마틸다』 집필.

1822년 7월 8일 남편 퍼시 셸리 사망.

1823년 런던으로 돌아와 아버지와 함께 살기 시작.

역사 소설 『발퍼가: 루카의 왕자 카스트루치오의 모험』 발표.

1826년 소설 『최후의 인간』 발표.

1827년 친구 이사벨 로빈슨과 그녀의 연인 메리 다이애너 도즈의 결혼 추진에 가담.

1830년 역사 소설 『퍼킨 워벡의 모험』 발표. 『프랑켄슈타인』 판권 판매.

1835년 소설 『로도어』 발표.

1836년 아버지 윌리엄 고드윈 사망.

1837년 소설 『포크너』 발표.

1839년 『퍼시 셸리 시선』 편집.

1840년 아들 퍼시와 독일 및 이탈리아 여행.

1844년 『독일 및 이탈리아 기행문집』 발표.

1848년 아들 퍼시 결혼.

1851년 2월 1일 사망.

지은이 메리 울스턴크래프트(Mary Wollestonecraft, 1759-1797)

메리 울스턴크래프트는 영국의 작가, 철학가, 여권운동가이다. 소설, 논문, 여행기, 프랑스 혁명사, 사회규범 교육서에서 아동서에 이르는 다양한 책을 집필했다. 1792년 『여권옹호론』을 발표하여 여성이 남성보다 열등한 것이 아니라 교육이 부족해서 그렇게 보일 뿐이라고 주장한 것으로 유명하다. 철학자 윌리엄 고드윈과 결혼하여 둘째 딸 메리를 출산한 직후에 사망했다. 20세기 초에 여성 운동이 시작되면서 울스턴크래프트가 기존의 여성관을 비판하고 여성 평등을 주장했던 것이 점차 중요하게 받아들여졌다. 오늘날 울스턴크래프트는 여성주의 철학의 창시자 중 한 사람으로 간주되고 있다.

지은이 메리 셸리(Mary Shelley, 1797-1851)

메리 셸리는 영국의 작가로서 소설, 희곡, 에세이, 전기, 기행문 등 다양한 장르의 글을 집필했으며 1818년 발표한 소설 『프랑켄슈타인』으로 가장 널리 알려져 있다. 남편 퍼시 셸리가 1822년 사망한 이후로 아들을 양육하며 전업 작가로서 활동했다. 1970년대까지 메리 셸리는 퍼시 셸리의 작품 활동에 도움을 준 조력자로서, 그리고 『프랑켄슈타인』의 작가로서만 알려져 있었지만, 최근에는 잘 알려져 있지 않던 그녀의 작품들에 대해서도 폭넓은 연구가 이루어지고 있다.

옮긴이 이나경

서울대학교 대학원 영어영문학과에서 르네상스 로맨스 연구로 박사학위를 받았다. 현재 덕성여자대학교에서 강의하며 번역을 하고 있다. 그동안 옮긴 책으로는 스티븐 킹의 『샤이닝』, 닉 혼비의 『피버 피치』, 『딱 90일만 더 살아볼까』, 제프리 디버의 『XO』, 제시 버튼의 『뮤즈』, 엠마 캐럴의 『이상한 별』, 폴 비티의 『배반』 등이 있다.

한국연구재단 학술명저번역총서 서양편·775
메리, 마리아, 마틸다

1판 1쇄	2018년 3월 30일
원 제	Mary, Maria, Mathilda
지 은 이	메리 울스턴크래프트(Mary Wollstonecraft) 메리 셸리(Mary Shelley)
옮 긴 이	이 나 경
편집교정	정 지 영
펴 낸 이	김 진 수
펴 낸 곳	**한국문화사**
등 록	1991년 11월 9일 제2-1276호
주 소	서울특별시 성동구 광나루로 130 서울숲IT캐슬 1310호
전 화	02-464-7708 / 3409-4488
전 송	02-499-0846
이 메 일	hkm7708@hanmail.net
홈페이지	www.hankookmunhwasa.co.kr
블 로 그	http://blog.naver.com/hkm2012

책값은 뒤표지에 있습니다.

ISBN 978-89-6817-612-8 03840

이 도서의 국립중앙도서관 출판예정도서목록(CIP)은 서지정보유통지원시스템 홈페이지(http://seoji.nl.go.kr)와 국가자료공동목록시스템 (http://www.nl.go.kr/kolisnet)에서 이용하실 수 있습니다.
(CIP제어번호: CIP2018008693)

'한국연구재단 학술명저번역총서'는 우리 시대 기초학문의 부흥을 위해 한국연구재단과 한국문화사가 공동으로 펼치는 서양고전 번역간행사업입니다.